W0239800

KNAUR

*Im Knaur Verlag sind bereits folgende Weihnachtskrimi-Anthologien erschienen:*
Süßer die Schreie nie klingen
Stollen, Schnee und Sensenmann
Türchen, Tod und Tannenbaum
Plätzchen, Punsch und Psychokiller
Kerzen, Killer, Krippenspiel
Makronen, Mistel, Meuchelmord
Lametta, Lichter, Leichenschmaus
Rentier, Raubmord, Rauschgoldengel
Winter, Weihrauch, Wasserleiche
Wichtel, Wunder, Weihnachtsmord

*Über die Herausgeberin:*
Rahel Schmidt, aufgewachsen in Ostwestfalen, studierte Buch-, Film- und Medienwissenschaften. Ihre Leidenschaft für Bücher zog sie durch ganz Deutschland; von Mainz nach Paderborn bis München. Heute lebt sie in Hamburg, wo sie in der Verlagsbranche arbeitet.

Rahel Schmidt (Hg.)

# Teelicht, Tatort, Tannenduft

24 Weihnachtskrimis von
Rügen bis Arosa

KNAUR

**Besuchen Sie uns im Internet:**
**www.knaur.de**

Aus Verantwortung für die Umwelt hat sich die Verlagsgruppe Droemer Knaur zu einer nachhaltigen Buchproduktion verpflichtet. Der bewusste Umgang mit unseren Ressourcen, der Schutz unseres Klimas und der Natur gehören zu unseren obersten Unternehmenszielen. Gemeinsam mit unseren Partnern und Lieferanten setzen wir uns für eine klimaneutrale Buchproduktion ein, die den Erwerb von Klimazertifikaten zur Kompensation des $CO_2$-Ausstoßes einschließt. Weitere Informationen finden Sie unter: www.klimaneutralerverlag.de

MIX
Papier | Fördert gute Waldnutzung
FSC® C083411
www.fsc.org

Originalausgabe Oktober 2023

Ein Imprint der Verlagsgruppe
Droemer Knaur GmbH & Co. KG, München

Covergestaltung: ZERO Werbeagentur, München
Coverabbildung: Composing unter Verwendung von @ John David Bigl III / shutterstock.com
Karte: Computerkartographie Carrle
Satz: Sandra Hacke, Dachau
Druck und Bindung: CPI books GmbH, Leck
ISBN 978-3-426-53039-9

2 4 5 3 1

# Inhalt

Die Tatorte
N
100 km
Kiel
Rügen
Juist
Neu-
harlingersiel
Hamburg
Berlin
Herford
Leipzig
Voerde
Oberhessen
Bad Nauheim
Würzburg
Homburg
Heidelberg
Schwarz-
wald
Mark-
gräflerland
München
Ebersberg
Chiem
see
Wien
Hernstein
Kitzbüheler
Alpen
Arosa

*Schneeflöckchen, Mörderchen,*
*wann folgt deine Tat?*
*Es ist nun bald Weihnacht,*
*schlag ein deinen Pfad.*

*Komm, such dir den Tatort*
*in unserer Welt.*
*Nimm Rache und Leben,*
*wie es dir gefällt.*

*Mörderchen, es holt sich*
*sein Opfer ganz still.*
*Mit Messer, Gift, Keule;*
*immer, wie es will.*

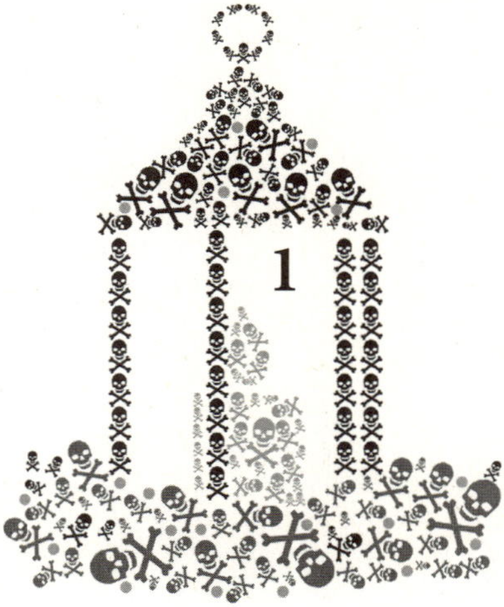


Daniel Holbe

# Letale Dosis

*Oberhessen*

*Über den Autor:*

Daniel Holbe, Jahrgang 1976, lebt mit seiner Familie im oberhessischen Vogelsbergkreis. Neben der erfolgreichen Julia-Durant-Reihe, die er seit dem Tod von Andreas Franz weiterführt, schuf er eine eigene Reihe um die Ermittlerin Sabine Kaufmann, die er seit Band 3 gemeinsam mit Ben Tomasson schreibt.

Wie viele Vanillekipferln sind eigentlich eine letale Dosis? Ich weiß überhaupt nicht, warum mir diese Frage ausgerechnet jetzt in den Kopf schießt. Draußen ist es alles andere als winterlich, doch in der Firma läuft die Produktion der beliebten Backwaren längst auf Hochtouren. Im Garten herrschen frühlingshafte Temperaturen, die Blumen haben sich dazu entschlossen, neu auszutreiben. Hier drinnen duftet es nach Mandeln und Vanille, und durch die Glastür meines Büros höre ich das nie verstummende Arbeiten schwerer Maschinen.

Apropos Mandeln. Bei Bittermandeln liegen die Dinge auf der Hand: Roh verzehrt können bereits fünf dieser Nüsse ein Kind töten, bei Erwachsenen liegt die Toleranzgrenze entsprechend höher. Darauf ankommen lassen sollte man es aber nicht. Auch normale Mandeln können fatale Auswirkungen haben, allerdings nur, wenn eine entsprechende Allergie vorliegt. Deshalb produzieren wir neben den herkömmlichen Kipferln auch eine nussfreie Variante. Außerdem welche in glutenfrei, vegan und in Bioqualität. Man kann uns nicht nachsagen, dass wir die modernen Nischen der Wohlstandsgesellschaft nicht ausfüllen, und tatsächlich gehören wir zu den Marktführern im deutschsprachigen Raum.

Während meine Gedanken immer wieder entgleiten, versuche ich, den Worten zu folgen, die einer blechern klingenden Übertragung entspringen. Kurt Hohnold, Inhaber und Geschäftsführer der Firma. Ein beleibtes Männchen mit Spitzbauch und einem Ruhepuls von hundertzwanzig. Sein Blutdruck ist so hoch wie sein Terminkalender voll. Einmal habe ich gesehen, wie er sich an einer Papierkante geschnitten hat. Statt ein, zwei Tropfen Blutes spritzte es förmlich aus seiner Fingerkuppe. Gäbe es Vampire, würden sie beim Zubeißen vermutlich binnen Sekunden ertrinken. Vielleicht schützt ihn dieses Phänomen ja wenigstens vor den Moskitos. Denn Kurti – nicht viele Menschen dürfen ihn so nennen – befindet sich gerade in Mexiko, und sein in unsauberem Englisch gehaltener Vortrag richtet sich an eine Gruppe chinesischer Investoren. Mexiko. China. Ja, wir machen dem Bild eines deutschen Traditionsunternehmens wirklich alle Ehre.

Irgendwann zwischen Tortendiagrammen und Absatzprognosen greift Kurti sich an die Brust und knöpft sich das Hemd auf. Die Chinesen sitzen da, fünf Stück, alle wie aus dem Ei gepellt. Pokerfaces. Kurti schwitzt wie ein Schwein. Ein Deckenventilator flappt hier und da am oberen Rand durch das Bild. Ich höre ihn atmen. Schnell und schwer. Wie es in diesem engen mexikanischen Konferenzzimmer wohl riechen muss? Und warum gibt es dort drüben keine Klimaanlagen?

Zurück zu den Diagrammen und Prognosen. Den Mienen der Chinesen nach zu urteilen prognostiziere ich, dass sich binnen der nächsten Sekunden einer reflexartig an seine Nase greifen wird. Ist es nicht so, dass wir Europäer für die Asiaten ganz furchtbar unangenehm riechen? Stattdessen ist es Kurtis Hand, die sich bewegt. Sie fliegt in Richtung der eigenen Brust. Er gerät ins Taumeln, die andere Hand sucht den Tisch. Ein Kabel wird ihm zum Verhängnis, als Nächstes rast das Bild wie die Aufzeichnung einer Action-Cam und wird dann schwarz.

Ich finde mich stehend wieder. Mit aufgestellten Nackenhaaren, wie sie kein Horrorfilm mir jemals bereitet hat.

Das also war Kurt Hohnolds Abgang.

*

Kommissar Brunner erscheint ein paar Tage später. In mürbeteigfarbenem Trenchcoat und braunen Lederschuhen, die ihre besten Zeiten im vergangenen Jahrhundert erlebt hatten. Als man im Abendprogramm noch regelmäßig neue Columbo-Filme geliefert bekam. Vermutlich stammt daher auch sein Kleidungsstil. Frisur und Sprechweise haben ebenfalls gewisse Ähnlichkeiten.

»Eigentlich hatte ich für heute andere Pläne«, verkündet er mit verknittertem Lächeln.

»Wer nicht?«, erwidere ich und lächle zurück. Es ist immerhin Sonntag.

Kurti hatte auch andere Pläne. Normalerweise wäre sein Rückflug heute am Nachmittag in Frankfurt gelandet. Genau genommen ist er das auch, nur eben ohne ihn. Einen Erste-Klasse-Fensterplatz braucht er jedenfalls nicht mehr.

Brunner fragt mich ein paar Details ab, dann kommen wir zum Kern der Sache: »In welcher Beziehung stehen denn Sie zum Opfer?«

»Ich arbeite hier.«

Ist das nicht offensichtlich? Oder leitet er gerade eine Art Columbo-Manöver ein?

»Ich bin zuständig für den Vertrieb und die …«

Er wedelt mit der Hand. »Nein, nein. Es geht mir um die persönliche Beziehung.«

»Na ja«, ich räuspere mich, »Kurt war mein Chef. Unser aller Chef, um genau zu sein.« Meine Hand zieht einen weitreichenden Bogen auf das unter dem Glaskasten liegende Reich der Maschinen. Mit einer Ausnahme vielleicht. Gleichzeitig frage ich mich, warum diese Ausnahme heute nicht hier ist und stattdessen nur ich hier die Stellung halte.

»Wie lange arbeiten Sie schon hier?«

Etwas Saures drängt in meinem Hals nach oben, aber ich bleibe unverbindlich. Mit leicht zusammengekniffenen Augen gebe ich ihm eine Zahl. »Dreizehn Jahre.«

»Dreizehn!« Er notiert es sich. »Und wo angefangen?«

»Direkt hier.«

Er nickt. »Hatte Herr Hohnold irgendwelche Feinde?«

Das kam plötzlich. Ich hebe die Schultern und schüttele dann den Kopf. »Nein … Soweit ich weiß …«

»Denken Sie in aller Ruhe darüber nach. Konkurrenz, Produkterpressung, unzufriedene Angestellte. Die Vorweihnachtszeit bringt allerlei schräge Typen hervor, das können Sie sich gar nicht vorstellen.«

Ich stutze. »Wie kommen Sie ausgerechnet auf Erpressung?«

»Vergiftetes Gebäck? In dieser Jahreszeit? Würden Sie da nicht jede Summe zahlen?«

»Aber zahlt man das nicht, bevor jemand stirbt?«

Brunner grinst. »Würden Sie wirklich jedes Mal zahlen? Oder nur dann, wenn einer der Chefs das Zeitliche gesegnet hat?«

»Das sollten Sie den anderen Chef fragen«, erwidere ich angesäuert. Diesmal kann ich es nicht mehr verbergen, also versuche ich es gar nicht. »Er hatte ebenfalls andere Pläne für heute.«

»Und die wären?«

»Nun … Was hat achtzehn Löcher und jede Menge Gras?«

Brunner nickt und trollt sich. Wie aufs Stichwort hält er inne, kurz bevor er aus meinem Sichtfeld verschwindet, und hebt seinen Arm mit gestrecktem Zeigefinger.

»Eine Frage noch«, ruft er, lauter, als es eigentlich vonnöten wäre.

»Ja?«

»Wie geht es denn jetzt mit dem Betrieb weiter? Rücken Sie an Hohnolds Stelle?«

Das waren zwei Fragen. Ich verneine lauthals.

Wenn es so einfach wäre …

Er verschwindet. Keine Musik. Kein Abspann. Keine gelbe Schrift.

Die Sache ist noch nicht vorbei.

*

Mein Ururgroßvater ist ein Seemann gewesen. Eine romantische Vorstellung: Er brachte Gewürze, Zucker und natürlich Rum aus allerlei Ländern rings um den Äquator ins nasskalte Europa. Da war eine Menge Geld zu machen, das wussten auch die allgegenwärtigen Piraten, und auf seiner letzten Fahrt fiel sein Schiff ebendiesen zum Opfer. Zimt, Vanille und Rohrzucker. Er selbst überlebte zwar, aber sechzehn Matrosen blieben auf See.

Meine Ururgroßmutter Dorothea buk zur selben Zeit ihre legendären Vanillekipferln. Er hatte es immer geschafft, ihr etwas von den teuren exotischen Zutaten abzuzweigen. Nur dieses Mal kehrte er mit leeren Händen zurück. Die Ladung war verloren. Zimt, Vanille und zehn Tonnen Zucker. Genug für eine Million Kipferln, wenn ich mich nicht verrechnet habe. Das macht 62 500 Stück für jeden toten Seemann.

Ist das vielleicht die letale Dosis?

Maik Carstens schaut mich an und schnauft. Kommissar Brunners Auftritt dürfte ihm seine Golfpartie wohl gründlich verhagelt haben.

»Wie konnte das passieren?«

Ich reibe mir mit einem Taschentuch durch die Augenwinkel.

»Ich kann es selbst kaum glauben«, antworte ich und schniefe.

Es ist kein Geheimnis, dass niemand in der Firma den spitzbauchigen Kurti so richtig mochte. Immerhin wollte er die Produktion nach Mittelamerika verlegen. Das muss man sich mal ausdenken! Ein deutsches Traditionsprodukt, produziert von Chinesen im Niemandsland von Mexiko! Bei Autos mag man sich das ja noch vorstellen, aber weder ich noch Carstens fanden diese Idee akzeptabel. Kurti indes gab uns sehr deutlich zu verstehen, dass er der Chef sei und deshalb zu dem Meeting reisen würde – und zwar allein.

Jetzt sind die Karten also neu gemischt.

Maik Carstens ist das ziemliche Gegenteil von Hohnold, er ist schlaksig und hochgewachsen, außerdem ein Sonnyboy. Die letzten Tage haben ihn allerdings alt werden lassen. Empörte Anrufe aus der Belegschaft, irgendwie haben die wohl Wind davon bekommen, dass der oberhessische Traditionsbetrieb seinen vielleicht letzten Produktionszyklus begonnen haben könnte.

Das meinte er übrigens auch mit seiner Frage.

Wie konnte das passieren? Wie konnte diese delikate Information nach außen dringen?

Ich unterdrücke ein Grinsen, schniefe noch einmal und sage theatralisch: »Der arme Kurti.«

»Vergiss doch den Blödmann mal für eine Weile!«, zischt Maik Carstens. »Wir haben jetzt Wichtigeres zu besprechen.«

»Was denn?«

»Na, dieser Brunner zum Beispiel. Für den haben wir doch ein 1-a-Mordmotiv.«

»Du vielleicht«, erwidere ich mit Pokerface. Bevor er rot werden und aufspringen kann, füge ich mit einem Augenzwinkern hinzu: »Und jeder andere Angestellte mit dazu.«

Er entspannt sich wieder.

»Du also«, sagt er und nickt bedächtig.

»Tu nicht so scheinheilig«, gebe ich zurück, und diesmal lächle ich. »Es wäre doch sowieso rausgekommen. Und solange es dich aus der Schusslinie nimmt …«

Soll Maik ruhig denken, dass ich ihm einen Mord zutraue. Immerhin hat Kurti ihm mal die Frau ausgespannt. Darüber ist der Gute nie so richtig weggekommen. Einzig das viele Geld aus dem Betrieb hat ihn bei Laune gehalten.

Nur wenige Menschen wussten von Kurt Hohnolds ausgeprägter Nussallergie. Wie ein Luchs war er immer hinterher gewesen, dass auch nicht das kleinste Krümelchen in die allergenfreie

Produktlinie geriet. Er verreiste niemals ohne einen kleinen Vorrat, und genau hier liegt seine Schwachstelle. In Mexiko wusste keiner von seiner Allergie. Die Partner aus Fernost bevorzugten starke, vitale Männer. Deshalb hatten sie seinen Kollaps für einen Herzinfarkt gehalten und ihm noch die Brust massiert, während er einem heftigen anaphylaktischen Schock erlag.

Die letale Dosis an Vanillekipferln für Kurti lag übrigens bei einer Tüte von 150 Gramm. Das ist erschreckend viel weniger als 62 500 Stück …

*

Als Kommissar Brunner mich das nächste Mal besucht, sehe ich, wie sein Blick sich in meinem Dekolleté verfängt.

Moment, Sie haben gar nicht mitbekommen, dass ich eine Frau bin? Trauen Sie mir das etwa nicht zu? Wir leben immerhin im 21. Jahrhundert!

Wer, glauben Sie denn, hat damals die Familie am Laufen gehalten, während mein Ururgroßvater zur See schipperte? Wer hat das geheime Familienrezept für die begehrtesten Kipferln des gesamten Landkreises von Generation zu Generation weitergegeben? Frauen! Mütter an Töchter. Großmütter an Enkelinnen. Hinter jedem starken Mann steckt eine noch viel stärkere Frau, das sollte mal gesagt sein! Aber lassen wir das.

»In die mexikanischen Ermittlungen kann ich mich nicht einmischen«, berichtet der Trenchcoatträger mit dem Morning-Look in der Frisur. Wenigstens pafft er keinen Zigarillo wie seine Fernsehvorlage. »Doch Kurt Hohnold starb an einer Nussallergie. Ist das nicht unüblich? Ich meine, in seiner Position?«

»Es war ein wohlgehütetes Geheimnis«, nicke ich. Dann, mit geneigtem Kopf und einem nachdenklichen Blick in die Ferne, setze ich nach: »Andererseits sind die geheimen Verkaufspläne ja auch irgendwie unter die Belegschaft gelangt.«

»Es könnte also im Grunde jeder hier ein Motiv haben?«, fragt Brunner nach. Offensichtlich hat Carstens ihn über den Hintergrund der Mexikoreise umfassend informiert. Schon beim Gedanken daran, 150 Mitarbeitende einzeln zu befragen, tritt ihm der Schweiß auf die Stirn.

»Das haben jetzt Sie gesagt«, kontere ich. »Ich möchte da niemanden verdächtigen.«

»Wie stehen denn Sie zu den Verkaufsplänen?«, will er wissen. Ich gebe mir Mühe, gleichgültig zu wirken.

»Ach wissen Sie … ich habe meine Zweifel, dass das funktioniert. Lebkuchen müssen aus Nürnberg kommen, Christstollen aus Dresden, und, um ehrlich zu sein, wundern sich schon viele darüber, dass unsere Firma in Oberhessen sitzt und nicht irgendwo in Süddeutschland. Aber als Importprodukt aus Mexiko«, ich schüttele den Kopf, »und dann auch noch als Teil eines chinesischen Konzerns …«

»Verstehe. Und Ihr Partner?«

Natürlich kenne ich Maiks Standpunkt. Unterm Strich sieht er aber nur das Geld. Und die späte Rache, die seinen alten Rivalen um eine Frau ereilt hat. Aber das soll dieser Ermittler mal besser selbst herausfinden.

Dieses Mal verabschiedet er sich nicht in Columbo-Manier. Keine letzte Frage noch. Aber er wird wiederkommen.

*

Maik Carstens' Tod sah wie ein schrecklicher Unfall aus.

Ein Grund, der unseren Chef auf den Gedanken gebracht hatte, die Produktion auszulagern, sind sicherlich die antiquarischen Maschinen. Da klappert und stinkt es überall, und ständig müssen irgendwelche Mechaniker her. Einige der Malaisen bekommen wir aber mittlerweile selbst in den Griff. Manchmal erfordert das waghalsige Aktionen. Wenn die Sicherung der Knetmaschine herausfliegt zum Beispiel, muss man zuerst über einen wackligen Steg balancieren, um seinen Kopf anschließend in einen finsteren Kasten voller Kabel zu stecken. Eine falsche Bewegung, und man sieht aus wie eine verbrannte Weihnachtsgans. Genauso die Teigwalze. Eine Monstrosität, die den Weihnachtsmann nebst Schlitten und Rentiergespann ohne Mühe zu einem Bettvorleger verarbeiten würde. Um an die Elektrik zu gelangen, muss man sich auf das Band stellen und dabei höllisch aufpassen, dass man mit den Füßen nicht an den Schaltkasten stößt. Eine sanfte Berührung genügt, um das Ungetüm zum Leben zu erwecken. Als Nächstes reißt es einem die Füße unter dem Leib weg. Überlebenschance gleich null. Dafür ist es ein relativ schneller, wenn auch unappetitlicher Tod.

Maik Carstens allerdings starb langsam. Mit dem Kopf in 1200 Kilogramm Kipferlteig. Die Geheimzutat meiner Ururgroßmutter war neben Rübenzucker und echter Vanille vor allem eines: Gänseschmalz. Mit den Resten, die sie an St. Martin weitsichtig aufsparte, verfeinerte sie stets den Teig, ohne dass sie das jemals jemandem verraten hätte. Sie ersetzte einfach einen Teil der Butter damit, und das besondere Aroma ihrer Kipferln wurde oft zu kopieren versucht, aber niemals erreicht.

Jemand musste den Stromkreislauf der Knetmaschine jedenfalls so manipuliert haben, dass der arme Maik beim Wiedereinschalten einen solch heftigen Schlag bekam, dass er rückwärts ins Nichts taumelte. Eine Etage tiefer warteten dann der Teig und die Rührhaken. Das Gänseschmalz übrigens hatte man in der Firma aus Kostengründen längst durch Schweineschmalz ersetzt. Und das auch nur gerade so wenig, dass man es nicht auf dem Etikett deklarieren musste. Wobei das Schmalz natürlich weder bei der veganen noch bei der Biovariante Verwendung fand. In welchen Teig genau das Schicksal unseren Sonnyboy verschlug, spielte am

Ende keine Rolle. Eine unbarmherzige Woge überrollte ihn, und die gewundenen Edelstahlhaken mit den scharfen Spitzen taten den Rest.

Ein Kilogramm Teig ergibt nach der Faustformel meiner Großmutter rund 100 Kipferln. Die letale Dosis für den guten Maik lag demnach bei 12 000 Stück. Oder sollte ich besser nur die Menge an Teig zählen, die ihm in Mund, Nase und Rachen gedrückt worden war? Aber nein. Das überlasse ich mal besser der Rechtsmedizin.

*

Ob Sie diesen Vergleich nun passend finden oder nicht: Die Ermittlungen ziehen sich wie ein zäher Teig. Schon seit Wochen. Das Ergebnis ist ungewiss. In der Belegschaft rumort es. Man möchte wissen, was die Zukunft bringen wird. Ich wurde derweil als kommissarische Leitung eingesetzt, weil irgendjemand ja die Geschäfte weiterführen muss. Weihnachten steht vor der Tür, und die Nachfrage nach deutscher Backkunst erreicht einen neuen Höhepunkt.

Kommissar Brunner besucht uns nur noch selten, und seine Fragen werden zunehmend absurder. Ich bin mir sicher, er wird irgendwann aufgeben. Er hat, wie ich weiß, an den Adventssonntagen auch noch einen anderen Job. Als Nikolaus verkleidet tingelt er über die hiesigen Weihnachtsmärkte. Mundartgedichte in petto. Und unsere Backwaren im Sack.

Oberhessen hat ganz wunderbare Weihnachtsmärkte. Klein und urig inmitten jahrhundertealter Fachwerkhäuser. Im Gegensatz zum Fernseh-Columbo wird Brunner sein Interesse wohl bald verlieren.

Sobald die Ermittlungen eingestellt sind, werde ich den Laden dauerhaft übernehmen. Das steht mir auch zu, wie ich finde. Sechzehn Jahre ist es her, dass Maik und ich miteinander gingen, und der Teufel allein weiß, warum ich mich damals für Kurti umentschieden habe. Wie Kurti mich um den Finger wickelte und Maik als gehörnter Ex auf der Strecke blieb. Wie Kurti sich dann beim Weihnachtsbacken das Geheimnis unseres heiligen Familienrezeptes aneignete. Er hat sich sogar entschuldigt, als seine Firma in den Folgejahren durch die Decke ging. Ausgerechnet mit Maik steckte er da drin, und das Rezept war mittlerweile patentiert. Nicht einmal eine Ohrfeige habe ich ihm gegeben, so perplex war ich damals. Stattdessen habe ich mich mit einer gut bezahlten Stelle im Vertrieb zufriedengegeben, während die beiden Männer sich mit meinem Familienrezept die Taschen füllten.

»Es ist ja alles auch irgendwie dir zu verdanken.«

Dieser selbstgefällige Satz war das Allerschlimmste für mich. »Auch« und »irgendwie«. Das war ein Schlag ins Gesicht, und er traf ganze Generationen.

Doch ich habe gewartet.

Ein Scheppern reißt mich aus der Gedankenwelt.

Es ist Sonntag, und außer mir ist keiner hier. Heute backe ich eine ganz besondere Garnitur von Vanillekipferln. Das Gänseschmalz habe ich mir von einem Bauern im Nachbarort besorgt. Heute gibt es hier keine Chinesen, keine Mexikaner und keine Männer, denen das Geld wichtiger ist als jede Tradition. Keinen Kurt mehr und auch keinen Maik. Heute ist es so, als wäre mein Ururahn mit seinen exotischen Zutaten heimgekehrt, und meine Ururahnin würde sich mit Hingabe ans Backen machen.

Der Teig ist geknetet. 500 Kilogramm.

Ich greife in meine Tasche und stecke mir eines unserer regulären Kipferln in den Mund. Auch ich führe sie in der Adventszeit praktisch immer mit mir. Die neue Charge allerdings wird die Krönung von allem sein.

Über die Frage, welches denn nun eine letale Dosis an Vanillekipferln wäre, denke ich nicht mehr nach. Vielleicht stelle ich sie demnächst einmal Kommissar Brunner.

Unter den Duft nach Mandeln und Vanille mischt sich etwas Verschmortes. Schon wieder diese vermaledeite Teigwalze, jenes Ungeheuer, das zugleich das Herzstück unseres Betriebes ist. Meines Betriebes, denke ich mit einem bitteren Lächeln, als ich mich dem Schaltkasten nähere, an dem im Laufe der Jahre schon so oft gebastelt und geflickt wurde.

Ich lehne mich nach vorne, während ich im Winkel meiner verdrehten Augen eine rot-weiße Gestalt erkenne. Es ist der Nikolaus. Ich blinzle irritiert. Die Weihnachtsfeier haben wir aus Pietätsgründen in diesem Jahr ausfallen lassen. Das firmeneigene rot-weiße Kostüm nebst Rauschebart ruht in einem verstaubten Karton im Lager. Und doch steht er leibhaftig da. Nur trägt er statt schwarzer Stiefel ein Paar ausgelatschte Lederschuhe.

Kommissar Brunner! Von draußen mischt sich ein blaues Flackern in die rot-grün-gelben Lichterketten, die aus meinem Büro strahlen. Er hat seinen Einsatzschlitten mitgebracht und vielleicht auch ein paar uniformierte Elfen.

Ich spüre, wie mir der Schweiß auf die Stirn tritt. Liegt es an meiner verbogenen Körperhaltung, die Arme noch immer in Richtung der Kabelknoten gestreckt? Und was hat er überhaupt gegen mich in der Hand? Als drittwichtigste Angestellte dürften meine Fingerabdrücke selbst auf Kurtis tödlicher Kipferltüte nicht belastend sein. Ebenso wenig wie auf jedem Quadratzentimeter der Knetmaschine, die Maik für mich erledigt hat und mich zur Nummer eins beförderte.

»Einen Moment«, presse ich angestrengt hervor.

»Es ist nur eine Kleinigkeit«, ruft Brunner zurück.

Na, das sage ich doch! Soll er also warten. Ich verbiege mich noch etwas mehr, balanciere dabei auf Zehenspitzen auf dem

Laufband, auf dem der süße Teig darauf wartet, zu einer flachen Bahn gewalzt zu werden. Danach in Bahnen. Danach in Stücke. Ich möchte Ihnen die Illusion nicht nehmen, aber handgemacht sind selbst die traditionellsten Kipferln schon lange nicht mehr.

Mein Puls steigt an, ich fühle mich plötzlich unter Druck, unterzuckert, und greife ein weiteres Mal in die Tasche meines Blousons. Es ist nur noch ein einziges Kipferl übrig.

Ich kann die Spitze schon zwischen meinen Fingern spüren. Das Fett, den Puderzucker, ich schmecke es schon auf der Zunge. Doch genau in dieser Sekunde löst sich der Halbmond. In Zeitlupe segelt er dem Horizont unter meinen Füßen entgegen, während mein Oberkörper im Inneren des Ungeheuers festhängt. Treffsicher landet das Gebäck genau dort, wo es nicht landen dürfte. Der hochsensible Schaltkasten. Ich spüre noch den Ruck, der mir die Beine wegzieht, höre das Stampfen und Klirren und sehe den Rachen, der nach mir schnappt.

»Es ist nur eine Kleinigkeit«, verkündet der Nikolaus mit einer Stimme, die sich im Dröhnen der Maschine verliert.

Eine letale Kleinigkeit.

Dann wird es schwarz. Doch wenigstens meine Frage ist nun endgültig beantwortet:

Manchmal reicht schon ein einziges Kipferl, um tödlich zu sein.

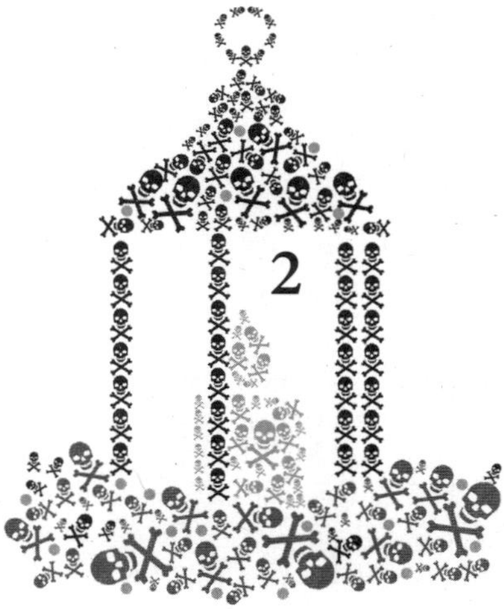


Christiane Franke & Cornelia Kuhnert

# Wenn der Nikolaus zweimal klingelt

*Neuharlingersiel*

*Über die Autorinnen:*

Christiane Franke lebt gern an der Nordsee, wo ihre bislang 26 Romane und ein Teil ihrer kriminellen Kurzgeschichten spielen. Mit ihren Büchern stürmt sie nicht nur die regionalen Bestsellerlisten, die heitere Neuharlingersieler Krimireihe, die sie gemeinsam mit Cornelia Kuhnert schreibt, erobert sich regelmäßig Plätze auf der *Spiegel*-Bestsellerliste. Gemeinsam schreiben sie auch die 50er-Jahre-Reihe »Frisch ermittelt«, in der eine Heißmangelbetreiberin die Hauptrolle spielt. Alleine schreibt sie die erfolgreiche Serie um die beiden Wilhelmshavener Kommissarinnen Oda Wagner und Christine Cordes, und im Goya-Verlag erschien 2021 der Roman »Endlich wieder Meer«, den die Autorin auch selbst als Hörbuch eingesprochen hat. Alle Rowohlt-Romane sowie ein Teil der Emons-Reihe sind ebenfalls als Hörbuch erhältlich. Mehr unter www.christianefranke.de

Cornelia Kuhnert lebt und schreibt in der Nähe von Hannover. Sie war nach dem Geschichts- und Deutschstudium Lehrerin an verschiedenen Schulen. Seit einigen Jahren arbeitet sie freiberuflich als Autorin von Kriminalromanen und Kurzkrimis aus dem niedersächsischen Kleinstadtmilieu und hat das Krimifest Hannover zusammen mit anderen mörderischen Schwestern zum Laufen gebracht und mehrere Jahre organisiert. Im Emons Verlag hat sie in drei 111-Orte-Bänden Superlative und geheime Schätze ihrer Heimatstadt Hannover in Szene gesetzt. Seit 2014 hat sie ihre mörderischen Ermittlungen nach Ostfriesland verlegt. Zusammen mit Christiane Franke schreibt sie die erfolgreiche Kultserie um Henner, Rosa und Rudi und die 50er-Jahre-Reihe »Frisch ermittelt« im Rowohlt Verlag.
Mehr Infos unter: www.corneliakuhnert.de
Und: www.kuestenkrimi.de

In der Weihnachtsbäckerei, gibt's so manche Leckerei …« Fröhlich vor sich hin singend, stapft Rosa Moll durch den Schnee. Seit heute Nachmittag rieseln weiße Flocken herab, als hätte der Himmel gewusst, dass sie am Abend gemeinsam mit den anderen Frauen des Häkelbüdel-Clubs die ersten Kekse für den alljährlichen Verkaufsstand auf dem Weihnachtsmarkt backen wollen. Rosa schleppt eine große blaue Einkauftasche von IKEA mit sich, anders hätte sie die Kekstrommeln, in die nachher die Krüllkuchen und Engelsaugen wandern sollen, gar nicht mitschleppen können.

Treffpunkt ist das Haus am Hafen. Zwischen lauter alten Backsteinhäusern steht es direkt am Traditionshafen, in dem auch jetzt einige Krabbenkutter liegen und für eine idyllische Kulisse sorgen. Das Haus selbst dient den Neuharlingersielern als Kirche, und unten, im Souterrain, befinden sich die Gemeinderäume und die Wohnung für den Kurprediger. In der Vorweihnachtszeit darf der Häkelbüdel-Club die Räumlichkeiten zum Backen nutzen. Der Kreis ist größer als sonst, weil einige der Landfrauen zur Unterstützung gekommen sind.

»… Zwischen Mehl und Milch macht so mancher Knilch eine riesengroße Kleckerei …«, singt Rosa weiter, stoppt vor dem modernen Gebäude, steigt die Treppenstufen hoch und klingelt. Kurz darauf öffnet Hildegard Steffens die Tür, sie ist die Älteste im Häkelbüdel-Club und wird von allen nur Tante Hildegard genannt. Um den Bauch trägt sie eine geblümte Schürze, auf der schon Mehlflecken zu sehen sind.

»Bin ich etwa zu spät?« Rosa wirft einen Blick auf ihre Armbanduhr.

»Nee. Die anderen waren zu früh. Komm man schnell rin und

mach die Tür zu, Tee ist fertig, und wärmer ist es unten auch.« Tante Hildegard geht vor, und wenig später steht Rosa in der großen Küche, in der ein Dutzend Frauen schwatzend beieinandersitzen, jede ein Tässchen Tee vor sich auf dem Tisch.

»Nanu, ich denk, die ersten Krüllkuchen sind schon fertig.« Rosa schält sich aus Jacke, Schal und Mütze, legt die Sachen auf einen Stuhl und holt die leeren Kekstrommeln sowie einen Behälter mit Teig aus der Tasche.

»Wir fangen ja gleich an. Aber hast du schon gehört, was Pastor Grotjahn zugestoßen ist?« Adelheid, die älteste Schwester von Rosas bestem Kumpel Henner, schüttelt fassungslos den Kopf. »Dass es so was Dreistes auch bei uns in Neuharlingersiel geben könnte, hätte ich nie und nimmer gedacht.«

»Was ist denn geschehen?« Rosa bindet sich ihre pinkfarbene Schürze um, nimmt eine Tasse Tee entgegen und trinkt einen Schluck. Das Wulkje Sahne steigt schon auf. Mittlerweile hat Rosa sich fast daran gewöhnt, den schwarzen Tee auf die ostfriesische Art zu trinken, obwohl sie eigentlich grünen Tee bevorzugt. Nur süß darf er nicht sein.

»Man hat mich hinterhältig überfallen und ausgeraubt.«

Erst jetzt bemerkt Rosa den alten Seelsorger auf einem Stuhl in der Ecke des Raumes. Äußerlich besteht zwar Ähnlichkeit mit Loriot, aber zum einen ist er nicht so groß wie der Humorist, und zum anderen fehlt dem pensionierten Pastor dessen Humor.

»Um Gottes willen! Ist Ihnen was passiert?« Rosa blickt ihn erschrocken an, doch Grotjahn winkt ab.

»Zum Glück nicht. Obwohl die mich brutal beiseitegedrängt haben, als sie mein Haus wieder verließen.«

»Wer sind denn ›die‹?«

Ohne eine Antwort abzuwarten, ruft Tante Hildegard: »Adelheid, mach mal dein Waffeleisen an. Wir haben das alles ja schon gehört und können nicht ewig hier rumstehen. Die Krüllkuchen backen sich schließlich nicht von allein, genauso wenig wie die Kekse.«

Das findet Rosa ziemlich unsensibel, aber Tante Hildegard meint es sicher nicht böse, sie ist einfach immer nur sehr direkt. Ihre Worte zeigen jedenfalls prompt Wirkung. Augenblicke später gießt Adelheid den flüssigen Teig auf das mit Fett bestrichene Waffeleisen, Gisela rollt den Mürbeteig aus, und zwei der Landfrauen stechen die ersten Kekse aus, während Rosa aufmerksam Pastor Grotjahn zuhört.

Zwei Monteure hätten am Morgen bei ihm geklingelt, sich als Mitarbeiter des Wasserwerks ausgegeben und behauptet, sie müssten den Druck auf der Wasserleitung prüfen. Der Pastor sollte im Badezimmer den Wasserhahn immer mal auf- und zudrehen, die Monteure würden in der Küche überprüfen, ob dann dort auch noch genug Wasser kommt. »Der eine stand die ganze Zeit neben mir und hat seinem Kollegen immer wieder was zugerufen. Ich hab wirklich geglaubt, der andere ist die ganze Zeit in der Küche. Das Wasser rauschte ja laut. Plötzlich rief der von draußen ›fertig‹, und die beiden hatten es ganz eilig, wegzukommen. Da hab ich mir noch gar nichts bei gedacht. Auch nicht, als der eine mich angerempelt hat, als er sich an der Eingangstür an mir vorbeidrückte. Ich fand den nur ganz schön unhöflich. Aber als sie dann fort waren, fiel mir auf, dass die eine Schublade im Wohnzimmerschrank nicht ganz geschlossen war. Die klemmt nämlich. Als ich die Lade schließen wollte, hab ich bemerkt, dass die Schmuckschatulle meiner verstorbenen Frau geöffnet war. Und leer. Ich konnte das erst gar nicht fassen! Ich meine, das muss man sich mal vorstellen: Gemeine Diebe, klauen mir, einem pensionierten Pastor, den Schmuck meiner verstorbenen Frau! Sogar den Ehering haben diese Ganoven mitgenommen. Dabei kann man den ja gar nicht verkaufen, da ist ja der Name meiner Erna eingraviert. Und unser Hochzeitsdatum.«

»Haben Sie die Polizei angerufen?«, fragt Rosa.

Der Pastor nickt. »Natürlich. Aber die Diebe waren schon über alle Berge. Ich hab denen auch eine Beschreibung gegeben, aber die jungen Leute sehen heute ja alle gleich aus. Wollmütze auf dem Kopf und Vollbart. Wie soll man denn da jemanden erkennen?« Er seufzt. »Was für ein Elend. Zum Glück haben die mein geheimes Geldversteck im Keller nicht gefunden. Den Banken kann man ja auch nicht trauen. Da ist die Schublade im alten Herd meiner Waschküche allemal sicherer.« Er grinst, dann guckt er spitzbübisch zu Tante Hildegard. »Ist schon ein Krüllkuchen fertig? Den könnte ich jetzt gut gebrauchen.«

Drei Krüllkuchen und einen steifen Grog später zieht der Pastor von dannen. In der Küche duftet es mittlerweile verlockend nach Keksen und Waffeln, auch ein Topf mit Glühpunsch steht auf dem Herd. Schließlich muss heute keine der Frauen mehr Auto fahren, sie wohnen alle fußläufig, das ist der Vorteil des kleinen Sielortes am Wattenmeer.

»Also mich könnte kein Trickbetrüger so leicht reinlegen«, sagt Gisela Frerichs, die größte Klatschtante des Dorfes. »Wie kann man nur so dumm sein und wildfremde Menschen einfach so durch sein Haus laufen lassen.«

»Der ist nicht dumm. Karl Friedrich ist nur gutgläubig«, widerspricht Tante Hildegard, die Pastor Grotjahn schon seit knapp siebzig Jahren kennt. Sie sind beide zusammen in die Grundschule gegangen. »Wer rechnet schon damit, dass man gefälschte Ausweise vorgezeigt kriegt?«

»Da sollte man mit rechnen«, wirft Adelheid ein, »so was steht immer wieder in der Zeitung. Er ist wirklich nicht der Erste, der übers Ohr gehauen wird.«

»Jetzt hört auf zu streiten. Ich mach lieber Musik an«, meint Gudrun, Adelheids jüngere Schwester, und legt eine CD in das Laufwerk der Musikanlage. »Hab ich schließlich extra mitgebracht. *Best of Christmas-Music.*« Sofort ertönt »Last Christmas«, und augenblicklich singen alle Frauen mit, wenn auch etwas schief. Rosa schiebt die Gedanken an den Überfall auf den Pastor für heute Abend beiseite.

Als Rosa am Freitagnachmittag Gudruns Friseursalon betritt, kläfft Mischlingshund Schecki laut und springt an ihren Beinen hoch. Niemand nimmt Notiz davon, genauso wenig wie von der im Hintergrund dudelnden Weihnachtsmusik. Gudrun, Adelheid und Gisela stehen neben dem Frisierstuhl, auf dem Tante Hildegard mit eingedrehten Lockenwicklern sitzt. Die Trockenhaube ist an die Wand geschoben und ausgestellt.

»Was ist denn los?«, wundert Rosa sich, als sie in die aufgebrachten Gesichter ihrer Freundinnen blickt.

Gisela stößt einen tiefen Seufzer aus. »Rosa, du glaubst es nicht. Der Pastor ist schon wieder überfallen worden! Ich putz doch freitagmorgens immer bei ihm. Und als ich heute früh geklingelt habe, hat er nicht geöffnet. Erst als ich laut geklopft habe – er hört ja etwas schwer –, ist er an die Tür gekommen. Mit einem dicken Verband um den Kopf. Erschrocken hab ich gefragt, was denn passiert sei, und er hat gestammelt, der Nikolaus hätte ihn überfallen.«

Rosa sieht Gisela entgeistert an. »Der Nikolaus hat den Pastor überfallen?«

»Stellt euch vor«, legt Gisela los. »Gestern am späten Nachmittag, es war schon dunkel, hat der Nikolaus beim Pastor geklingelt. Jedenfalls einer, der ein rotes Kostüm samt Rauschebart und Mütze trug. ›Hohoho‹, hat er gerufen. ›Ich sammle Geld, um Kindern in Not Weihnachtsgeschenke zu kaufen.‹« Gisela nippt an ihrem Tee. »Ihr kennt unseren Pastor ja, kinderlieb, wie der ist, hat er den Nikolaus sofort in sein Haus gebeten. Ohne sich einen Ausweis oder Ähnliches zeigen zu lassen. Also, *ich* hätte das nicht gemacht, nach dem, was ihm mit diesen Monteuren vom Wasserwerk vor drei Tagen passiert ist.«

»Nun komm auf den Punkt«, drängelt Adelheid.

»Immer mit der Ruhe«, wiegelt Gisela ab, die die Aufmerksamkeit der anderen Frauen sichtlich genießt. »Der Pastor hat den Nikolaus also in seine gute Stube gebeten und ist dann zu seinem Geheimversteck in den Keller gegangen. Ihr wisst schon, die Schublade von seinem alten Herd. Hat er ja bei der Weihnachtsbäckerei von erzählt.«

»Deswegen kann man ja wohl kaum von Geheimversteck reden.« Tante Hildegard ruckelt an dem Lockenwickler über ihrem rechten Ohr.

»Stimmt.« Adelheid wirft einen schnellen Blick auf ihre Uhr. »Ich bin spät dran. Eigentlich müsste ich längst wieder im Andenkenlädchen stehen. Also: Mach hinne.«

Gisela verzieht pikiert ihren Mund, als würde sie überlegen, ob sie überhaupt weiterreden soll. Dann gibt sie sich einen Ruck. »Also …«, sagt sie gedehnt, »Pastor Grotjahn geht die Treppe in den Keller runter. Kaum kniet er vor dem Küchenherd, bekommt er einen kräftigen Schlag auf den Hinterkopf.« Sie lässt ihren Blick kreisen und nickt, um ihren Worten Nachdruck zu verleihen. »Der kriegt so richtig einen über die Rübe – und dann wird alles schwarz um ihn. Als er wieder aufwacht, ist die Schublade vom Herd leer. Und das Geld weg. Genau wie der Nikolaus.«

»Ich fass es nicht«, ruft Tante Hildegard. »Das ist ja wie im Fernsehen. Und weiter?«

»Was weiter?« Gisela stellt ihre Teetasse auf die Ablage vorm Spiegel. »Der falsche Nikolaus muss mit der Kohlenschaufel zugeschlagen haben. Die steht ja neben dem Herd. Der Pastor ist jedenfalls völlig fertig.«

»Ein bisschen leichtgläubig ist Karl Friedrich ja nun schon«, findet Tante Hildegard. »Das könnte mir nicht passieren.«

»Ach Hildegard. Der Pastor glaubt eben an das Gute im Menschen. Schon von Berufs wegen«, entgegnet Gudrun.

Rosa nickt, aber schon im nächsten Augenblick schießen Gedankenblitze durch ihren Kopf und schieben sich wie bei einem Puzzle zusammen. »Da passt was nicht«, sagt sie schließlich.

»Wieso?«, kommt es wie aus der Pistole geschossen von Gisela. »Ich hab das genauso erzählt, wie der Pastor mir das berichtet hat. Da war nichts übertrieben.«

»Das meine ich auch nicht.« Rosa zieht sich einen der rollbaren Friseurstühle heran und setzt sich. »Erst kommen die beiden Monteure und bestehlen den Pastor. Das kann eine Zufallstat sein. In Esens haben Trickbetrüger mit der gleichen Masche auch einen Rentner beraubt. Und drei Tage später überfällt der Nikolaus den Pastor im Keller, als er Geld aus seinem Geheimversteck holen will, das genau genommen keins war, weil er uns allen beim Backen davon erzählt hat. Ich frage mich …«, Rosa holt tief Luft, »ob der Nikolaus nicht vielleicht eine Frau gewesen ist. Mit so einem Kostüm geht schließlich jeder als Mann durch.«

Für einen Moment ist es still im Friseursalon. Schecki scheint die Stille zu irritieren. Laut kläffend rennt er auf Gudrun zu, die ihn mit einem »Aus, Schecki« zur Ordnung ruft.

»Was willst du damit sagen?« Gudrun blickt Rosa nachdenklich an. Auch in ihrem Kopf scheint es zu arbeiten. Rosa hat allerdings den Eindruck, dass Gudrun sich sträubt, die gleichen Schlüsse zu ziehen wie sie.

»Denkt mal genau nach. Wer wusste alles von diesem Geheimversteck?«

»Na, wir«, sagt Gisela.

»Der ganze Häkelbüdel-Club«, ergänzt Tante Hildegard. »Und die Frauen vom Landfrauenverein, die uns an dem Abend geholfen haben.«

Wieder ist es für einen Augenblick still. Schließlich räuspert sich Adelheid. »Willst du uns etwa verdächtigen? Das traust du doch wohl nicht wirklich einer von uns zu! Ich war's jedenfalls nicht.«

»Ich auch nicht«, ruft Gisela. »Und für unsere Mädels aus dem Häkelbüdel-Club leg ich die Hand ins Feuer. Bleibt nur jemand von den Landfrauen. Aber da kennen wir doch auch die meisten.«

»Aber nicht alle. Sind ein paar Neue hinzugekommen«, weiß Tante Hildegard. »Ich konnte mir deren Namen gar nicht merken. Wir sollten Rita Cassens fragen. Als Erste Vorsitzende kann sie uns bestimmt ein büschen was zu den Neuen sagen.«

»So geht das nicht. Das schürt nur böses Blut. Da soll sich die Polizei mal schön drum kümmern«, meint Adelheid. »Pastor Grotjahn wird ja wohl Anzeige erstattet haben.«

»Eben nicht.« Gisela rollt mit den Augen. »Die Sache ist ihm zu peinlich. ›Ich steh ja da wie der letzte Depp, wenn alle wissen, dass ich in einer Woche zweimal überfallen worden bin‹, hat er zu mir gesagt.«

»Ist ja auch wirklich ein bisschen blöd.« Tante Hildegard schüttelt verständnislos den Kopf. Ein Lockenwickler löst sich und fällt herunter. Bevor Gudrun sich danach gebückt hat, hat Schecki ihn sich geschnappt und trägt ihn zu seinem Körbchen. »Kein Wunder, dass sein Sohn meint, dass er langsam zu tüdelig ist, um noch alleine zu leben.«

»Wie kommt der denn da drauf?«, fragt Rosa.

»Ich hab ihn letztens auf dem Friedhof getroffen. Am Grab seiner Mutter. Da hat er mir das erzählt. Nicht jeder ist im Alter so fit wie ich, hat er gemeint.« Ein gewisser Stolz ist aus Tante Hildegards Stimme herauszuhören.

Gisela nickt, verkneift sich aber jeglichen Kommentar. Vielleicht weil sie ihre Putzstelle beim Pastor nicht verlieren will.

»Es hilft alles nichts«, sagt Rosa schließlich. »Verdächtigungen bringen uns nicht weiter. Wenn wir nicht herausfinden, wer den

Überfall verübt hat, bleibt das gegenseitige Misstrauen bestehen. Es gibt nur eine Möglichkeit, wie wir aus diesem Dilemma herauskommen.«

Alle Blicke sind auf sie gerichtet.

»Und die wäre?« Adelheid schaut Rosa an, als ahne sie, was nun kommt.

»Wir stellen dem Dieb eine Falle. Und wenn er hineintappt, schlagen wir zu.«

»Wie wollen wir das denn anstellen?«, will Gisela wissen.

»Ganz einfach. Wir brauchen einen Lockvogel. Und da gibt es keine, die das besser könnte als du, Tante Hildegard.« Rosa lächelt die alte Dame gewinnend an.

»Ich soll den Lockvogel spielen?« Tante Hildegards Wangen laufen vor Aufregung rot an.

»Ja. Keine passt so gut ins Beuteschema wie du. Alt, allein lebend und etwas vermögend.«

»Also ... von alt möchte ich nichts hören. Der Rest geht in Ordnung.« Tante Hildegard grinst verschmitzt. »Und wie soll das mit der Falle funktionieren?«

»Heute Abend treffen wir uns doch noch einmal zum Backen im Haus am Hafen. Da sind auch die Landfrauen wieder dabei. Wir reden über den erneuten Überfall, und du lässt im Gespräch ganz einfach fallen, wo du dein ›Geheimversteck‹ ...«, Rosa malt mit den Fingern Anführungszeichen in die Luft, »mit Geld und Schmuck hast. Und dann warten wir ab, was passiert.«

»Tante Hildegard soll sich freiwillig überfallen lassen?«, empört sich Gisela. »Und wenn ihr dabei was zustößt?«

»Um das zu verhindern, sind wir doch da. Mit Speck fängt man Mäuse. Wir halten uns abwechselnd in ihrem Haus auf. Und wenn der Nikolaus kommt, schnappen wir ihn uns.«

»Wenn das man funktioniert«, murmelt Gisela und fügt einen Moment später hinzu: »Wenn das man gut geht.«

»Nu sei bloß nicht so schisserig.« Tante Hildegard lacht. »Da haben wir doch schon ganz andere Sachen mit unserem Häkelbüdel-Club geschaukelt.«

»Stimmt.« Adelheid nickt. »Also, Rosa, wie stellst du dir das denn genau vor?«

Wieder fallen dicke Flocken vom Himmel, als Rosa sich am Nachmittag, kurz bevor es dunkel wird, auf den Weg zu Tante Hildegard macht. Sie ist gespannt wie ein Flitzebogen, und ihr Herz bummert. Ob der falsche Nikolaus gestern Abend wohl angebissen hat? So richtig mag sie nicht glauben, dass der Dieb tatsächlich jemand aus der Backtruppe ist. Die Landfrauen sind eigentlich alle ganz nett, zu einer der jungen Frauen, die neu dabei ist, hat Rosa gleich einen guten Draht gehabt. Sülher heißt sie und ist seit einem halben Jahr mit Fritjoff Friedrichs verheiratet, der einen Hof direkt am Deich zwischen Neuharlingersiel und Carolinensiel betreibt. Über Wölfe haben sie sich unterhalten und über die Angst der Deichschäfer vor Wolfsrissen. Ein großes Thema derzeit. Nicht nur in Ostfriesland.

Pastor Grotjahn ist auch auf einen Tee vorbeigekommen, um zu horchen, ob ihm eine der Stimmen bekannt vorkommt. Rosa hat sämtliche Überredungskünste anwenden müssen, um ihn zum Kommen zu bewegen. Schließlich wäre der Fall gelöst, wenn er eine der Frauen als falschen Nikolaus enttarnen würde. Immer noch mit Kopfverband hat Grotjahn dann am Tisch gesessen und von dem Überfall berichtet – und das war das Stichwort für Tante Hildegard, von *ihrem* Geheimversteck zu erzählen.

Die ersten Trommeln waren schon mit Krüllkuchen gefüllt, als der Pastor sich verabschiedete. Rosa hat ihn natürlich nach draußen begleitet. »Tut mir leid«, hat er gesagt. »Keine der Stimmen passt zu dem Nikolaus. Aber ich höre ja auch nicht mehr so gut.«

Es wäre ja zu schön gewesen, den Fall so schnell zu lösen, sinniert Rosa vor sich hin, als sie bei Tante Hildegard klingelt. Auch ihr ist die Aufregung anzumerken, als sie Rosa öffnet.

»Komm schnell rin, min Deern. Nicht dass der falsche Nikolaus dich sieht. Er soll schließlich glauben, ich bin allein.« Schnell schließt sie die Tür. »Ich hab gedacht, wir setzen uns in die gute Stube. Da hab ich die die Vorhänge zugezogen, so kann von draußen keiner reingucken. Wenn es klingelt, stellst du dich hinter die Wohnzimmertür, und ich öffne. Der Nikolaus wird denken, ich hab in der Küche gesessen. Da hab ich den Tee auf das Stövchen gestellt, meine Teetasse, Kluntjes, Kekse und die Zeitung auf den Tisch gepackt.« Bang umfasst sie Rosas Hände. »Hoffentlich geht alles gut.«

»Ganz bestimmt«, sagt Rosa zuversichtlicher, als sie ist. Aber nun haben sie das Ganze angefangen, jetzt müssen sie es auch zu Ende bringen. »Rudi weiß Bescheid. Sobald es klingelt, schicke ich ihm eine Nachricht. Dann ist der im Nu da, wenn es brenzlig wird. Schließlich wohnt er gleich um die Ecke.« Rudi ist nicht nur ihr zweitbester Kumpel, sondern auch der Dorfpolizist. Gemeinsam haben sie schon etliche Abenteuer durchgestanden.

Tante Hildegard nickt. »Gut. Dein Wort in Gottes Ohr.« Sie legt den Kopf schräg. »Und was machen wir, wenn der Nikolaus nicht anbeißt?«

Die Stunden ziehen sich wie Kaugummi. Mittlerweile haben Rosa und Tante Hildegard gemeinsam Abendbrot gegessen und drei Runden Dame gespielt. Es dauerte, bis Rosa sich wieder in die Finessen des Brettspiels hineingefuchst hat. Diesen Vorteil hat Tante Hildegard gnadenlos ausgenutzt, bevor sie den Fernseher angeschaltet hat, um im dritten Programm die Nachrichten aus Niedersachsen zu schauen. Gerade als die Wettervorhersage beginnt, klingelt es an der Tür.

Tante Hildegard zuckt zusammen und wirft Rosa einen fragenden Blick zu. Die nickt. »Toi, toi, toi«, raunt sie der alten Dame zu, hebt die Hände und drückt beide Daumen. Dann schickt sie Rudi eine Nachricht, löscht das Licht, schaltet ihr Handy auf lautlos und stellt sich so hinter die Wohnzimmertür, dass sie vom Flur her nicht gesehen werden kann.

Tante Hildegard öffnet die Eingangstür einen Spalt.

»Hohoho«, hört Rosa eine tiefe Stimme. »Ich bin der Nikolaus und möchte um eine milde Gabe bitten.«

Rosa kann nicht erkennen, ob es sich um eine männliche oder weibliche Stimme handelt.

»Für wen?«, fragt Tante Hildegard beherzt, und Rosa ist stolz auf sie, dass sie nicht einfach so mir nichts, dir nichts die Tür öffnet.

»Für die Neuharlingersieler Kindergartenkinder. In Zeiten wie diesen ist bei manchen Familien das Geld knapp, und es sollen doch alle Kinderaugen an Weihnachten strahlen. Es haben schon viele Bürger ihr Herz und ihr Portemonnaie geöffnet. Sie wollen doch nicht die Einzige sein, die sich dem wohltätigen Zweck verschließt?«

»Natürlich nicht. Warten Sie, ich hole mein Portemonnaie.«

»Gute Frau. Wollen Sie einen armen alten Mann, der sich um die Kinder des Ortes sorgt, vor der Tür stehen lassen? Sind Sie so kaltherzig?«

Ganz schön raffiniert, dieser Nikolaus, denkt Rosa, und richtig, Tante Hildegard öffnet die Tür. Ist ja auch so abgemacht. »Also gut, kommen Sie herein.«

Es geht los. Noch immer steht Rosa hinter der Tür und kann nicht sehen, was da vor sich geht.

»Hier«, hört sie Tante Hildegard sagen. »Nehmen Sie zwanzig Euro für den guten Zweck. Mehr Geld habe ich nicht im Haus.«

»Sie lügen! Ich weiß genau, dass Sie mehr haben.« Plötzlich

klingt die Stimme des Nikolaus hart und fordernd. »Rücken Sie es raus.«

»Hilfe«, ruft Tante Hildegard panisch. »Nehmen Sie die Waffe weg!«

»Erst wenn Sie mir die zweitausend Euro aus Ihrem Versteck im Schlafzimmerschrank geben! Machen Sie schon! Sonst schieße ich!«

Verdammter Mist! Das läuft ja alles völlig aus dem Ruder. Rosas Herz schlägt bis zum Hals. Wo bleibt Rudi? Hektisch überlegt sie. Sie hat keine Zeit, auf ihn zu warten, sie muss sofort handeln.

Mit einem Satz springt sie in die Diele, wo der Nikolaus seine Pistole auf Tante Hildegard richtet. Rosas Augen flitzen hin und her auf der Suche nach etwas, womit sie ihn außer Gefecht setzen kann.

Abgesehen vom hölzernen Regenschirmständer ist nichts in Reichweite.

Egal. Das muss reichen.

Sie schnappt sich den Stockschirm. Hebt ihn hoch und drückt dem falschen Nikolaus die Schirmspitze in den Rücken.

»Waffe runter«, kommandiert sie mit dunkler Stimme. »Mein Finger ist am Abzug. Und ich sage Ihnen, dieser Finger ist sehr nervös. Eine falsche Bewegung, und ich drücke ab.«

»Scheiße«, ruft der Nikolaus. Gleich darauf lässt er die Pistole zu Boden fallen. Doch es ist kein schweres, metallisches Geräusch, als sie auf den Fliesenboden prallt, eher ein hohles. Rosa runzelt die Stirn.

»Heb sie auf«, sagt sie immer noch mit tiefer Stimme zu Tante Hildegard. »Und gib sie mir.«

Als Tante Hildegard die Waffe in der Hand hält, stutzt sie. »Das ist ja eine Kinderpistole!« Sie blickt den Nikolaus an. »Das ist gar keine echte Waffe.«

Verblüfft lässt Rosa den Schirm sinken.

»Ich würde doch niemals mit einer echten Waffe … ich hab ja auch gar keine …«, stammelt der Nikolaus und wirkt plötzlich wie ein Häufchen Elend. Mit einem Mal kommt Rosa die Stimme bekannt vor. Kurz entschlossen zieht sie ihm von hinten die rote Kapuze vom Kopf. Als er sich nicht wehrt, macht sie einen Schritt vor und reißt dem Nikolaus mit einem Ruck den falschen Bart ab, den Schirm hält sie zur Sicherheit noch weiter in der anderen Hand.

»Ich glaub es nicht«, ruft Tante Hildegard entsetzt und lässt sich auf den alten Stuhl aus Eiche fallen, der schon ihrem Vater gehört hat und der seit Ewigkeiten in der Diele steht. »Das ist ja Karl Friedrich!«

Mit hängenden Schultern steht Pastor Grotjahn vor den beiden Frauen. »Ich wollte das nicht«, gesteht der Pastor. »Und nie im Leben würde ich dir was antun, Hildegard. Aber es blieb mir doch keine andere Wahl!«

Was sollen sie jetzt tun? Rosa wirft Tante Hildegard einen fragenden Blick zu.

»Nein, o nein«, murmelt die und hat sich trotz des Schrecks wohl schon wieder gefangen. »Ich glaub, jetzt wird's Zeit für 'nen Tee. Mit einem ordentlichen Schuss Rum.« Sie geht in die Küche vor. Der Pastor folgt ihr mit gesenktem Kopf. Kaum sitzen sie am Küchentisch, vibriert Rosas Handy. Eine Nachricht von Rudi. »Was ist? Soll ich nun kommen?«

Einen Moment zögert sie. Dann tippt sie »Nein. Alles gut« und drückt auf Senden. Den Rest kriegen Tante Hildegard und sie auch alleine hin.

Eine halbe Stunde später hat der Geistliche alles gebeichtet. Der erste Überfall ist tatsächlich so geschehen. Den zweiten aber hat er erfunden. »Ich bin eben manchmal ein bisschen zerstreut«, gibt er zu. »Ich wollte Anmachpapier aus dem Keller holen. Für das Feuer im Kachelofen. Das liegt in der unteren Schublade vom alten Herd. Und ist gleichzeitig die Tarnung für mein Geldversteck. Ich griff jedenfalls nach dem Papier, da rief mein Sohn an. Der macht mich immer ganz konfus, weil er so tut, als wäre ich tüdelig. Das bin ich aber nicht. Jedenfalls hab ich mit halbem Ohr meinem Sohn zugehört und war in Gedanken nicht mehr bei der Sache. Ich hab das Papier in den Ofen gesteckt und angezündet. Erst als das zu brennen anfing, hab ich gesehen, dass ich auch ein Bündel 50-Euro-Scheine mit in den Ofen geschmissen hab. Ich hab versucht, das Feuer zu löschen, doch die Geldscheine konnte ich nicht mehr retten. Das war aber noch nicht das Schlimmste«, sagt der Pastor mit tränenerstickter Stimme. »Mein Sohn weiß, wie viel Bargeld ich im Haus hab. Deshalb hat er mich angerufen. Er will sich was von mir leihen. Am Wochenende kommt er.« Der Pastor stößt einen tiefen Seufzer aus. »Aber so viel Geld habe ich gar nicht mehr. Da kam mir die Idee mit dem Überfall. Ich hab gedacht, wenn es falsche Wasserwerker gibt, gibt es bestimmt auch falsche Nikoläuse. Und als ich gestern im Haus am Hafen beim Backen gehört hab, dass du auch ein Geheimversteck hast, Hildegard, hab ich gedacht, ich hole mir einfach dein Geld. Damit kann ich dann meins ersetzen und steh vor meinem Sohn nicht als seniler Alter da.« Er senkt verschämt den Kopf. Für etliche Minuten ist es still in der Küche. Nur das Ticken der Wanduhr ist zu hören. »Und nun?«, fragt Pastor Grotjahn kleinlaut.

Rosa und Tante Hildegard blicken sich an, dann sagt Rosa: »Nun werden Sie Ihrem Sohn die Wahrheit sagen.« Als sie den Schreck im Gesicht des Pastors sieht, fügt sie hinzu: »Was das verbrannte Geld angeht … Den erfundenen Überfall haben Sie der Polizei nicht gemeldet?«

Grotjahn schüttelt heftig den Kopf. »Natürlich nicht. Ich wollte ja niemanden fälschlicherweise beschuldigen! Steht ja schon in der Bibel: Du sollst nicht falsch Zeugnis reden wider deinen Nächsten.«

»Na ja, so ganz haben Sie das ja nicht befolgt. Und ich denke, ein wenig Buße schadet Ihnen nicht. Was meinst du, Tante Hildegard?«

»Das schadet dir ganz und gar nicht, Karl Friedrich. Ich weiß auch schon, wie: In den nächsten Wochen sammelst du als Nikolaus Geld für bedürftige Kinder. Ganz so wie du es mir vorhin vorgetragen hast. Am Wochenende ist Weihnachtsmarkt in Carolinensiel. Da kannst du anfangen, bevor du dann auf unserem eine Woche später weitermachst. Das passende Kostüm hast du ja.«

»In Ordnung. Das mache ich«, stimmt Grotjahn erleichtert zu. »Und in die Geschäfte gehe ich auch.«

»Na, dann steht dem Fest der Liebe ja nichts mehr im Wege«, sagt Rosa zufrieden und steht schmunzelnd auf. »Ich begleite Sie nach Hause, Pastor Grotjahn. Nicht dass Ihnen auf dem Rückweg noch etwas passiert.«

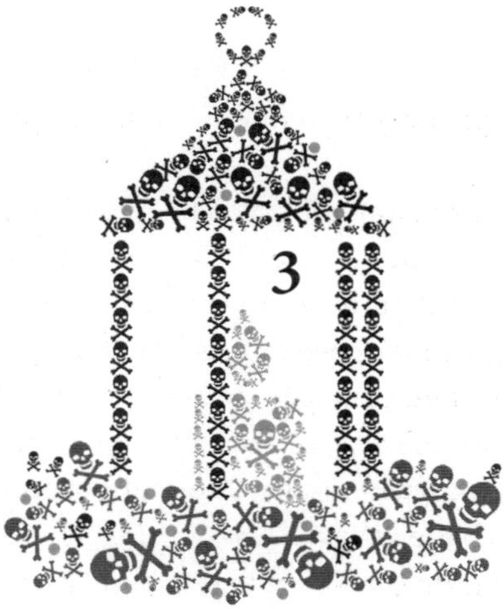


Andreas Gruber

# Der Weihnachtsmann auf dem Dachboden

*Hernstein*

*Über den Autor:*

Andreas Gruber, geboren 1968 in Wien, studierte an der dortigen Wirtschaftsuniversität und lebt als freier Autor mit seiner Frau und fünf Katzen in Grillenberg in Niederösterreich. Er gibt Schreibkurse und veröffentlicht über den kreativen Prozess des Schreibens. Gemeinsam mit dem Mordsharz-Krimifestival rief er im Jahr 2018 den Harzer Hammer ins Leben, einen mit 1000 Euro dotierten und seitdem jährlich im Rahmen des Festivals vergebenen Literaturpreis für Krimi-Nachwuchsautoren. Gruber ist Erfinder der Rache-Reihe um den kauzigen Ermittler Walter Pulaski und der Todes-Reihe um den niederländischen Profiler Maarten S. Sneijder. Im Auftrag von SAT.1 hat Constantin Film 2019 Sneijders ersten Fall »Todesfrist« und 2021 den zweiten Fall »Todesurteil« mit Josefine Preuß in der Hauptrolle verfilmt. Mit seinen verschiedenen Buchreihen steht er regelmäßig auf den Bestsellerlisten und erreichte im deutschsprachigen Raum eine Gesamtauflage von über 5 Millionen verkauften Exemplaren.
Weitere Infos unter: www.agruber.com
www.facebook.com/Gruberthriller

Früher hatten in meinem ehemaligen Großelternhaus, einem prächtigen Einfamilienhaus am Waldrand auf dem Hügel mit einem Wahnsinnsausblick auf das Hernsteiner Schloss, noch drei Generationen gewohnt. Aber heute lebten Tanja und ich allein in dem riesigen Kasten.

Meine Eltern waren bei einem Autounfall gestorben, als ich vier war, und so war ich hier bei meinen Großeltern aufgewachsen. Inzwischen lebte mein Großvater aber im Heim, und meine Großmutter war vor zehn Jahren gestorben, ausgerechnet am Heiligen Abend. Ein solches Erlebnis prägte einen für immer, das können Sie mir glauben.

Wenn es nach mir ginge, hätte ich nie mehr wieder Weihnachten gefeiert. Der Dezember war für mich seither keine Zeit des Feierns, der Besinnung und des Frohsinns mehr. Aber Tanja bestand auf diesem Fest. Außerdem behauptete sie, dass man dunkle Erinnerungen nur überwinden könne, indem man sie durch frische und fröhliche Erinnerungen austauschte. Klang nach einem dämlichen Kalenderspruch, und vermutlich hatte sie das auch aus einem Buch über positives Denken geklaut. Also zelebrierten wir diese Zeit mit allem, was dazugehörte. Und das bedeutete jedes Jahr gnadenlos das volle Programm. Und zwar im *ganzen* Haus – und das Haus war verdammt groß.

Für uns beide war es mit Keller, zwei Etagen, zwei Terrassen, Eckbalkon und Wintergarten eindeutig *zu groß*, aber Tanja wollte keine Kinder haben. Sie ging voll in ihrem Job auf, arbeitete in einem Reisebüro und organisierte Pauschalreisen für Senioren. Ab November waren geführte Bustouren zum Wiener Christkindlmarkt am Rathausplatz der Renner, in die Salzburger Innenstadt oder zum Schloss Schönbrunn, wo die Oldies mit Glühwein und Rumpunsch abgefüllt wurden, dass sie wankend in den Bus kletterten und auf der Heimreise laut schnarchten.

Ich war froh, dass mein Job so absolut rein gar nichts mit Weihnachten zu tun hatte. Ich bin Architekt, plane Wohnhäuser – und in mein Büro kommen keine Weihnachtskerzen, keine grünen Zweige und auch keine Zimtstangen. *Weihnachtsfreie Zone!* Ich bin wie der hässliche grüne Grinch – und Menschen, die wussten, was mit meiner Großmutter zu Weihnachten passiert war, nahmen Rücksicht darauf und verkniffen es sich, mir ein frohes Fest zu wünschen.

Aber Tanja war in dieser Hinsicht gnadenlos. Und so klappte ich viermal im Jahr die Dachauszugstreppe auf, um auf dem Dachboden über Spinnweben, Staub und tote Wespen zu kriechen, auf der Suche nach dem passenden Equipment, mit dem sie das Haus schmücken wollte. Nicht nur im Fasching, zu Ostern und zu Halloween, sondern auch zu Weihnachten.

Also stieg ich an diesem ersten Advent – so wie auch an jedem anderen ersten Advent davor – auf den Dachboden, um die Schachteln mit den elektrischen Lichterketten und Fensterbildern für Tanja herunterzuholen. Die Kerzenständer mit den weihnachtlichen Motiven, die Holzfiguren, die wir im Garten aufstellten, die Windlichter, den Santa-Claus-Türkranz, das Christbaumkreuz, das bunte Geschenkpapier und den Weihnachtskalender mit den gehäkelten vierundzwanzig Taschen, den wir am Treppengeländer aufhängten und den Tanja stets mit Süßigkeiten befüllte. Ich hatte noch nie etwas davon gegessen. Sie übrigens auch nicht. Aber unsere Gäste fielen stets über die Leckereien her, wenn sie uns besuchten.

Und deshalb robbte ich auf allen vieren im trüben Licht der nackten Dachbodenglühbirne über den staubigen Holzboden, vorbei an einer alten ausrangierten fleckigen Matratze, an den Faschingsgirlanden, unserem Osterzeugs und dem Halloween-

Krimskrams, bis ich ganz hinten Tanjas Weihnachtsabteilung erreichte.

»Diesmal brauche ich die *silbernen* Weihnachtskugeln«, rief sie von unten herauf. »Hast du gehört? Die silbernen!«

»Ich bin ja nicht taub!«, rief ich zurück. »Aber die haben wir doch schon seit hundert Jahren nicht mehr verwendet.«

»Eben deshalb. Ich will den Baum diesmal in Silber schmücken.«

»Schaut das nicht langweilig aus?«

»Für dich schaut immer alles langweilig aus!«

Ich stöhnte auf. »Die sind ganz hinten in einer der letzten Kisten verrammelt.«

»Na, dann kletterst du eben ganz nach hinten.«

*Na, dann kletterst du eben ganz nach hinten,* äffte ich sie in Gedanken nach. »Jawohl, Sir!«

»Was?«, rief sie rauf.

»Nichts!«, murrte ich und kroch unter den Holzbalken in die Dachschräge, wo ich schließlich den ganzen Krempel fand. Und das bei gefühlten fünf Grad.

Bis auf die silbernen Kugeln hatte ich alles relativ rasch beisammen, sogar den Schlitten, der immer an der Decke unseres Wintergartens hing, den sie jedoch vergessen hatte, aufzuzählen. Aber um ausgerechnet die silbernen Kugeln zu finden, musste ich alle Schachteln öffnen, denn Tanja hatte natürlich keine davon beschriftet – und falls doch, dann hatte sie die Inhalte im Lauf der Jahre derart umsortiert, dass sich jede Beschriftung ad absurdum führte.

»Bist du bald so weit? Von oben kommt es ziemlich kalt herunter!«

»Ja-haaa!«, knurrte ich.

Mit klammen Fingern öffnete ich die Laschen der vorletzten Kiste, griff im trüben Licht hinein und stieß auf ein dunkelrotes

Fell. Zuerst dachte ich, dass ich ein großes Stofftier in Händen hielt, doch dann stellte ich fest, dass es eine Jacke war.

*Eine Jacke?*

Ich zog das Ding heraus und hielt – völlig verblüfft und atemlos – ein uraltes Weihnachtsmannkostüm in Händen. War das etwa …? Ich hielt das Ding ins Licht. Ja, es war das Kostüm meines Großvaters, mit dem er am Heiligen Abend stets Süßigkeiten unter den Kindern in unserem Ort verteilt hatte. Eine alte Tradition, die er sich als ehemaliger Leiter der Feriencamps nicht hatte nehmen lassen wollen. Seit er als Eisenbahner in Frührente gegangen war, hatte er jene Sommercamps und auch die Jungscharspiele im Ort organisiert.

Soweit ich mich erinnerte, hatte er dieses Kostüm zuletzt vor zehn Jahren getragen. Und zwar an jenem Abend, an dem meine Großmutter gestorben war. Ich konnte mich noch genau erinnern, dass in jenem Winter extrem viel Schnee gefallen war. Alles war weiß gewesen, ein halber Meter Schnee vor unserem Haus und dem Carport, der Weg nach Hernstein hinunter, zum Hauptplatz, war unpassierbar gewesen, und von unserem Balkon aus konnten wir das Schloss Hernstein kaum noch sehen, da es völlig von einer weißen Schicht überzogen gewesen war. Unvorstellbar heutzutage, wenn Anfang Dezember die Sonne so kräftig schien, dass man das Gefühl hatte, den Rasenmäher aus dem Schuppen holen zu müssen.

Und bei all dieser weißen Pracht war damals das absolut Schreckliche passiert, das sich niemand hatte vorstellen können. *Nichts Schönes ohne das Hässliche,* hatte mal jemand gesagt. Wie sehr es doch zutraf! Großmutters Tod war unsagbar schrecklich für mich gewesen. Meinen Großvater hatte das damals ebenfalls so traumatisiert, dass er dieses Kostüm seither nie mehr wieder getragen hatte. Ich hatte nie darüber nachgedacht, wohin er es geräumt hatte, aber offenbar verstaubte es seit zehn Jahren hier oben.

Ich fühlte den dicken Stoff, spürte die Staub- und Wollfussel und roch daran. Vielleicht bildete ich mir das nur ein, aber ich hatte den Eindruck, dass der Kittel immer noch nach Bratapfel, Zimt, Zuckerwatte und dem Rauch der Wunderkerzen duftete, der sich tief ins Gewebe gefressen hatte.

Bis auf den weißen Kragen und den weißen Bund war der gesamte Kittel rot. Aber jetzt, im Licht der mickrigen Dachbodenfunzel, merkte ich, dass die weißen Stellen dunkelrot besprenkelt waren. Wie Rost. Ich fuhr mit dem Finger darüber. Der Stoff war verklebt. Es sah aus … wie eingetrocknetes Blut.

Und plötzlich traf mich die verschüttete Erinnerung wie ein Hammerstoß. Meine Großmutter war am Heiligen Abend nicht nur bloß gestorben, so wie ich es seither schon tausendmal jedem erzählt hatte, der danach gefragt hatte – nein, sie war ermordet worden. Mehrmals hatte jemand brutal mit einem Messer auf sie eingestochen. Auf dem verschneiten Heimweg von einem Punschstand, an dem sie Getränke und Silvesterkracher verkauft hatte. Der Mörder – die Polizei hatte einen Landstreicher vermutet – war nie gefunden worden.

Siedend heiß lief es mir über den Rücken, als ich Großvaters Kittel in der Hand hielt. Jetzt erinnerte ich mich wieder, wie mein Großvater – völlig traumatisiert und geistig abwesend, fast schon mechanisch – an jenem Heiligen Abend auf den Dachboden geklettert war und ich gehört hatte, wie er in den hintersten Winkel gekrochen war, um dort irgendwo das Kostüm zu verstauen. Kurz darauf war der Anruf von der Polizei gekommen. Großmutter hatte zu diesem Zeitpunkt vermutlich schon seit mindestens einer Stunde im Schnee gelegen, wo sie verblutet war, während der Neuschnee sämtliche Fußspuren ihres Täters verwischt hatte.

Plötzlich wurde mir übel, und mein Magen stülpte sich um. Was zum Teufel hatte ich da gefunden? Im Moment war ich völlig durcheinander und konnte nicht mehr unterscheiden, was damals wirklich passiert war und was ich mir in meiner – möglicherweise falschen – Erinnerung zusammengereimt oder vielleicht sogar unbewusst verdrängt hatte.

*Konzentrier dich und denk in Ruhe darüber nach!*

Ja, stimmt, Großvater musste in der Zeit zwischen dem Mord und der Nachricht von der Polizei heimgekommen sein. Ich wusste, was das bedeutete. Wie paralysiert kletterte ich die Leiter hinunter.

»Schatz, wo sind die Sachen?«

Ich antwortete nicht darauf.

»Schatz, du bist plötzlich so blass. Was ist passiert? Hast du dir den Kopf gestoßen?«

»Ich habe oben das Weihnachtsmannkostüm gefunden, das mein Großvater früher getragen hat«, krächzte ich mit rauer Kehle.

»Und?«, fragte Tanja.

»Ich muss mit ihm reden …« Im gleichen Moment wurde mir klar, wie sinnlos dieser Wunsch war. Großvater lebte seit neun Jahren in einem Seniorenheim in Bad Vöslau, nur zwanzig Autominuten von uns entfernt – die letzten vier Jahre davon mit immer schlimmer werdendem Alzheimer. An guten Tagen erkannte er Tanja, an schlechten nicht einmal mich.

»Worüber willst du mit ihm reden?«, fragte sie.

»Er hat dieses Kostüm zuletzt an jenem Tag angehabt, als meine Großmutter gestorben ist.«

Sie sah mich verwirrt an.

»Blut klebt auf dem Stoff«, presste ich hervor. »*Er* muss meine Großmutter getötet haben. *Seine eigene Frau!* Kannst du dir das vorstellen? Es kann nur so gewesen sein.«

Sie trat an meine Seite, sah mich besorgt an und legte mir die Hand auf die Stirn. »Du irrst dich«, sagte sie sanft. »Dein Großvater war an jenem Tag im Krankenhaus. Er hatte eine Woche vor Weihnachten einen Schlaganfall.«

»Was?«, murmelte ich verwirrt. »Aber das kann nicht sein … Wir reden von den Weihnachten, an dem meine Großmutter gestorben ist. Das war vor genau zehn Jahren.«

»Ja, du bist an diesem Tag eingesprungen und hast den Weihnachtsmann im Ort gemacht.« Sie nahm die Hand von meiner Stirn.

»Was erzählst du da?«

»Kannst du dich nicht mehr daran erinnern?«, fragte sie immer noch mit vor Sorge gerunzelter Stirn. »Du hast den Weihnachtsmann gespielt, mit einem großen Sack voller Süßigkeiten, bist durch das Schneegestöber vom Hauptplatz heimgekommen und schnurstracks auf den Dachboden geklettert.«

»Bist du sicher?«

»Ja, du warst … sehr verwirrt. Du hast mich damals gefragt, wer Simon ist?«

»*Das* habe ich gefragt? Warum hätte ich das tun sollen?«

»Ich weiß es nicht, Schatz, und du wusstest es selbst nicht. Du hast sehr verwirrt geklungen.« Sie streichelte mir über die Schulter. »Gehst du jetzt bitte hinauf und holst meine Sachen herunter?«

»Deine Sachen … ja«, murmelte ich geistesabwesend.

Wie paralysiert setzte ich mich in Bewegung und stieg noch einmal mechanisch die Treppe hinauf und kroch an der Matratze und dem anderen Zeug vorbei nach hinten.

*Ich sollte dieses Kostüm an jenem Abend getragen haben?* Daran hätte ich mich doch erinnern müssen?

Kurz darauf hockte ich wieder vor den Schachteln und starrte auf die Jacke. Ich konnte mich nicht erinnern, sie jemals übergestreift zu haben. Es war immer Großvaters Kostüm gewesen. Wahrscheinlich passte es mir nicht einmal. Tanja musste mich auf den Arm genommen haben. Aber würde sie über so ein Thema wirklich Witze reißen?

Vielleicht würde die Erinnerung ja wiederkommen, wenn ich das Ding trug? Neugierig schüttelte ich den Staub aus dem Kittel, der in meiner Nase kitzelte. Danach schlüpfte ich, in der Enge der Dachbodenschräge, umständlich hinein. Langsam schloss ich vorne, Knopf um Knopf, den Wanst zu.

»Holst du jetzt bitte endlich die Sachen herunter?«, rief Tanja mittlerweile ungeduldig.

Ich gab keine Antwort. Langsam kroch ich über den Holzboden an der Matratze vorbei und hielt kurz inne. *Die Matratze! Wie seltsam?* Ich strich mit den Fingern über den Bezug und fühlte den Stoff. Dann krabbelte ich wie eine pelzige samtrote Spinne zur Dachbodenöffnung, durch die von unten das Licht heraufﬁel. Unten stand Tanja und starrte nach oben.

»Was soll das?«, rief sie.

Ich kletterte im Weihnachtsmannanzug hinunter und stellte mich vor sie hin.

Ungläubig starrte sie auf den Stoff und berührte die weißen Stellen mit den Fingern. Sie zuckte zurück. »Da ist ja wirklich alles voller Blut.«

Jetzt, im Licht des Ganges, sahen die eingetrockneten rostbraunen Flecken noch schlimmer aus.

War das wirklich das Blut meiner Großmutter? Mir wurde schlagartig übel, als ich sie vor meinem geistigen Auge im Schnee liegen sah, übersät mit Messerstichen und verzweifelt nach Luft schnappend.

Plötzlich machte es klick in meinem Kopf, als hätte jemand einen Schalter umgelegt, der die volle Erinnerung wie einen Stromschlag durch mein Gehirn jagte.

Seit ich mich erinnern konnte, meinem vierten oder fünften Lebensjahr, hatte mein Großvater dieses Kostüm stets am Vierundzwanzigsten getragen.

Und damit hatte er nicht nur den Kindern im Ort Süßigkeiten

spendiert, sondern auch mich auf den Dachboden gelockt. *Komm rauf! Der Weihnachtsmann ist hier oben. Auf der Matratze. Komm, setz dich neben mich!* Einen kleinen Jungen, den der Weihnachtsmann intim befummelt hatte.

*O Gott, nein!* Soeben kam die Erinnerung hoch, dass mich der Weihnachtsmann nicht nur am Heiligen Abend heraufgeholt hatte.

*Der Weihnachtsmann möchte auch unter dem Jahr überprüfen, ob du wirklich brav bist. Komm rauf!*

*Warum ich?*

*Der Weihnachtsmann braucht keine Frau, weißt du. Das sind schäbige und durchtriebene Wesen.*

Hätte ich geschrien oder jemandem etwas davon verraten, hätte mir der Weihnachtsmann die Kehle durchgeschnitten. Ich konnte mich noch genau an die kleine scharfe Klinge an meinem Hals erinnern.

Instinktiv griff ich jetzt in die Seitentasche der Jacke und spürte dort etwas Hartes … Kaltes … und Metallenes. Eine Seite war scharf. Ich packte das Ding am Griff.

»Simon, du machst mir Angst. Dein Blick! Hör auf damit. Warum schaust du mich so an?«

Ich hob den Kopf. »Wer ist Simon?«

»Bitte nicht schon wieder!« Die Augen der Frau vor mir weiteten sich ängstlich.

»Ich bin nicht Simon«, sagte ich und holte das Messer hervor. »Ich bin der Weihnachtsmann auf dem Dachboden.«

*Und der Weihnachtsmann braucht keine Frau!*

Marc Hofmann

# Der Engel-Trick

*Markgräflerland*

*Über den Autor:*

Marc Hofmann, Jahrgang 1972, ist Gymnasiallehrer für Deutsch und Englisch in Freiburg. Seit 2015 hat er sieben Romane veröffentlicht, die er auch regelmäßig live kombiniert mit Musik oder Kabarett vorstellt. Seit 2021 schreibt er die Krimireihe um den Lehrer Horvath, deren dritter Band im Januar 2023 erschienen ist. Sein neuester Roman »Der letzte Sommertag« ist aus demselben Jahr.

Ich weiß nicht, ob Sie das kennen, aber manchmal im Leben muss man Entscheidungen treffen, da weiß man nicht, was richtig und was falsch ist. Man weiß, was man eigentlich tun sollte, aber man weiß auch, dass das vielleicht nicht das Richtige ist. Manchmal gibt es nur Falsch und Falsch. Und dann das Richtige tun, das ist gar nicht so leicht.

Na ja, jedenfalls ging es dem Mick genau *so*. Es war letzte Weihnachten, als es passierte. In unserem Ort, der irgendwo zwischen Freiburg und Basel mitten in den Weinbergen liegt, passiert ja sonst nicht viel. Die Gegend heißt Markgräflerland und liegt in Baden. Die Sprache der Einheimischen nennt man Alemannisch. Leute, die nördlich von Hannover wohnen, meinen ja gerne mal, das ist alles Schwäbisch, die hören den Unterschied nicht. Aber kein Vorwurf, die sind halt arg weit weg. Da verwischen die Unterschiede. Wenn wir in den Sternenhimmel schauen, wissen wir ja auch nicht, welcher Stern näher dran ist oder größer oder so. So stell ich mir das vor.

Aber da war vielleicht was los, mein lieber Scholli.

Es war wegen der Leiche.

Ich fang also gleich mal mit der Leiche an, nicht dass jemand denkt, das dauert aber lang mit der Leiche, da passiert ja gar nichts in dieser Geschichte. Also, ja, die Leiche in den Weinbergen, meine ich. In den Reben, wie wir hier sagen. Die der Bernd von der Straßenwacht am Heiligabendmorgen fast mit seinem Unimog beim Wenden überfahren hätte.

Aber eins nach dem anderen.

Es begann alles mit dem Mick. Der heißt wirklich so, nicht Michael, Michi oder Mike, nein Mick. Sein Vater hat das damals durchgesetzt gegen alle Widerstände, weil er doch selbst Musiker war und so gerne ein Rockstar gewesen wäre, also eigentlich war er auch einer, nur kannte ihn keiner außerhalb unserer Gegend. Und natürlich, weil er mit Nachnamen Jäger heißt. Da hat er sich wahrscheinlich schon lange vorher überlegt, wenn ich mal einen Sohn hab, dann nenn ich den Mick. Dann kann ich den ja wohl unmöglich Hans-Peter oder Karl-Heinz nennen, sondern der muss dann Mick heißen. Mick Jäger, Sie verstehen. Und das Beste ist, der Mick ist ja dann wirklich der Rockstar geworden, der sein Vater immer sein wollte, zumindest für einen Moment in den 90ern. Der Mick war als Kind schon mordsmäßig musikalisch, hat in der Kirche immer die Weihnachtslieder am lautesten gesungen, dass alle grinsen mussten, selbst die ganz Gläubigen, weil das irgendwie so drollig war und man dem Mick nicht böse sein wollte. Er konnte ja auch wirklich schön singen. Überhaupt kann er sich Lieder und Texte merken wie kein Zweiter. Ein-, zweimal gehört, zack hängt es im Hirn für alle Zeiten.

Später, in den 90ern, da hatte der Mick diesen Riesenhit, Sie wissen schon, der mit den Sommernächten am Fluss und dem Geheimnis, von dem man aber nie erfährt, was es eigentlich ist, das kann sich jeder selbst überlegen, und diesem Na-na-na-Teil, den man dann den ganzen Tag nicht mehr aus dem Kopf bekommt. Der Mick hat die Musik und den Text geschrieben und bekommt jedes Jahr noch genug davon, dass er eigentlich davon leben kann. Das Lied läuft ja immer noch oft genug im Radio. Der Mick hat dann noch eine Weile weitergemacht mit der Musik, aber so ein großer Wurf ist ihm nie mehr gelungen, und irgendwann hat er keine Lust mehr gehabt, und dann hat er einfach aufgehört.

Wir haben ihm das nie gesagt, aber natürlich waren wir erst mal alle neidisch auf ihn. Keine feste Arbeit, keine Verpflichtungen und immer genug Geld. Er kann ja auch noch für fast umsonst bei seinen Eltern auf dem Hof wohnen.

Irgendwann hat der Mick dann als Landschaftsgärtner angefangen. Pflanzen und Natur und all das hat er immer geliebt, und er war auch immer gern draußen an der frischen Luft. Landschaftsgärtner ist ein etwas zu großes Wort, er macht halt den Leuten den Garten, vor allem älteren oder solchen, die die Fantasiepreise der professionellen Anbieter nicht zahlen können.

Und damit kommen wir nun endlich zu unserer Geschichte.

Es ist nämlich so, dass der Mick seit einigen Jahren für die Frau Kreuzberger den Garten macht. Anneliese Kreuzberger heißt die, von allen nur die Kreuzbergerin genannt, und lebt seit achtzig Jahren bei uns im Ort. Ist hier geboren und wird hier sterben. Vor zehn Jahren ist ihr Mann, der Herbert, Gott hab ihn selig, von uns gegangen, und seither lebt sie allein in dem viel zu großen Haus mit dem viel zu großen Garten. Ihre Kinder sind weiß Gott wo und kommen nur alle Jubeljahre mal zu Besuch, haben wohl Wichtigeres zu tun, Geschäfte oder was weiß ich.

Sie hat das noch eine Weile alleine versucht mit dem Garten und so, aber mit den vielen Büschen und den Riesenbäumen war das dann doch etwas viel für das alte Frauchen, aber Hilfe annehmen ist auch so eine Sache, das machen sie nicht so gerne, die sturen alten Leute. Liegt auch ein wenig an der Mentalität hier oder was weiß ich, vielleicht ist das woanders genauso.

Da kam der Mick gerade recht, den kannte sie von früher, der war mit ihrem Sohn Clemens befreundet gewesen, und der wollte auch nicht so viel Geld für die Arbeit. Nicht dass sie es nicht haben würde, aber sie war es ihren Lebtag gewohnt gewesen, alles, was irgendwie ging, selber zu machen. Außerdem hat sie noch den Krieg miterlebt und Hunger gelitten, und das machte etwas mit den Leuten, diese Sparsamkeit, diesen Hang zum Verzicht kriegen Sie nie mehr raus aus denen, ich sag's Ihnen.

Und jetzt kommen wir zum Punkt. Es ist also kurz vor Weihnachten, so zwei Tage vor Heiligabend rum, und der Mick kommt noch einmal bei der Kreuzbergerin vorbei, weil er doch noch den alten Pflaumenbaum umsägen wollte, weil der immer kümmerlicher und kränker aussah, in dem Jahr waren nur noch ein paar verschrumpelte Zwetschgen an seinen Ästen, und der Baum wurde langsam zur Gefahr für den Nachbarn, den Hans Schopferer oder den Schopferer Hans, wie man hier sagt. Also nicht für ihn selbst, aber für sein Haus, wenn er einmal umgefallen wäre, meine ich, der Baum, bei einem Sturm oder einfach so, vor Schwäche.

Die Kreuzbergerin wurde in den letzten Jahren auch immer mehr dement, sonst schon noch fit eigentlich, *rüstig*, wie man das nannte, aber der Kopf wollte nicht mehr so recht. Wusste manchmal nicht mehr die Namen von Leuten, aß abgelaufene Sachen aus dem Kühlschrank. Einmal hat der Mick zufällig beobachtet, wie sie Erdbeerjoghurt in die Sahnesoße gekratzt hat und da hat er dann lieber abgelehnt, als sie ihm davon angeboten hat. Sie selbst hat zwei Löffel gegessen, aber dann gemeint, sie hat doch keinen Hunger, und alles stehen lassen.

Jedenfalls, der Mick. Ist mit seiner Motorsäge am Sägen, eine gute alte Stihl, die sein Vater irgendwann in den 80ern gekauft hat, also schon recht alt, aber noch einwandfrei, die laufen ja ewig, die Dinger, wenn man sie gut pflegt, da fällt sein Blick ins Wohnzimmer der Anneliese, und da sieht er einen Mann da drin, zusammen mit der Anneliese.

Ein Fremder, denkt der Mick, er hat ihn noch nie gesehen, auf jeden Fall keiner aus dem Ort, das wüsste man.

Misstrauisch stellt er lieber mal die Säge ab, geht zum Haus und klopft ans Wohnzimmerfenster. Der Mann zuckt kurz, aber da kann man sich auch täuschen, weil das Glas so spiegelt, und die Kreuzbergerin kommt und macht das Fenster auf.

»Alles in Ordnung?«, fragt der Mick. Die Anneliese antwortet, aber er versteht kein Wort. Verdammte Rockmusik, denkt er erst, oder verdammte Motorsäge, jetzt hör ich gar nichts mehr, aber dann fällt ihm ein, dass er noch die gelben Ohrenschützer trägt, und nimmt sie ab.

»Alles in Ordnung?«, fragt er noch mal.

»Jaja«, sagt die Kreuzbergerin, »das ist nur mein Enkel. Aus … äh …«, und dann kriegt sie ihren leeren Blick wie immer, wenn ihr etwas nicht einfällt, sie aber weiß, dass sie das jetzt eigentlich wissen müsste.

»Berlin«, sagt der Mann, von dem sie sagt, er ist der Enkel, aber der Mick bleibt misstrauisch. Von einem Enkel hat er noch nie etwas gehört, wobei das nicht viel heißt, denn der Mick hat von vielen Dingen noch nichts gehört, und er kennt auch nicht die Lebensgeschichte von allen drei Kindern, auch der Kontakt zu seinem Kindheitsfreund und ihrem Sohn Clemens ist schon lange abgerissen. Der Typ ist deutlich jünger als Mick, vielleicht so zwanzig, sonst wirkt er irgendwie nichtssagend, und Mick denkt in dem Moment noch, hoffentlich muss ich den nie beschreiben, wegen Phantombild oder so, ich wüsste gar nicht, wie, so nichtssagend sieht der aus.

»So?«, sagt der Mick. »Wem gehörst du denn?«

Das ist vielleicht eine komische Frage, wenn man nicht aus Süddeutschland kommt, aber mit dieser Frage wächst hier jedes Kind auf, *Wem gehörst du?* ist die Frage nach der Herkunft, nach den Eltern. Da lernt man schon ganz früh, wie man darauf reagieren muss, da antwortet man dann immer mit dem Namen des Vaters, immer den Nachnamen zuerst, also beispielsweise dem Müller Karl, und dann erntet man oft ein wissendes Nicken kombiniert mit einem lang gezogenen *Ahh,* und dann kann man nur hoffen, dass der Müller Karl jemand ist, den die Leute respektieren, es kann aber auch sein, dass sie ihn für einen Tunichtgut halten, wissen kann man das nicht, die Reaktion ist immer die gleiche. Außer wenn ihnen der Name des Vaters nichts sagt, dann folgt unweigerlich die nächste Frage: *Und was macht der Vater?*, womit sich nach dessen Beruf erkundigt wird.

»Der Iris«, sagt der Mann, das ist eine von Annelieses Töchtern, und da denkt der Mick, das wird schon stimmen. Auch wenn irgendwo in seinem Hinterkopf eine Art Alarm angeht, leise, aber irgendwie doch hörbar.

»Und besuchst du mal die Oma?«, fragt der Mick weiter.

»Jaja, ist ja schon lange her.«

»Und die Iris, alles klar mit ihr? Was macht sie immer?«

»Jaja, alles klar so weit. Dies und das, du weißt ja.«

»Wie heißt du noch mal?«, fragt der Mick.

»Timo«, sagt der andere.

»Aha«, sagt der Mick, irgendwie unzufrieden, dass ihn das Gespräch überhaupt nicht weiterbringt in seinem Misstrauen, und das ist es auch, was er als Erstes denkt, als er den Typen dann zwei Tage später, am Heiligabend-Spätvormittag, wiedersieht. Da sieht er allerdings nicht mehr so frisch aus wie jetzt, sondern deutlich bleicher, außerdem hätte ihn der Bernd von der Straßenwacht ja fast mit dem Unimog überfahren, und da kommt gerade der Mick vorbei auf dem Weg zur Grünschnittstelle, wo er immer die Abkürzung durch die Reben nimmt, das spart gleich mal drei Kilometer, obwohl es ja eigentlich nicht erlaubt ist, nur für landwirtschaftlichen Verkehr halt.

Zusammen stehen sie also, der Mick und der Bernd, neben dem Unimog und starren auf den Toten im Gras, der liegt auf dem Rücken, deshalb sieht man erst nicht, dass der ein Riesenloch im Hinterkopf hat.

Das erfahren sie erst später, nachdem sie die Polizei gerufen haben. Nun, Polizei ist ein großes Wort für das, was sie da in der Kreisstadt haben, ein Posten mit zwei Polizisten, dem alten Dienststellenleiter, der an dem Tag aber krankgeschrieben ist, der hat es schon seit Jahren am Rücken, und jetzt kann er morgens nicht mal mehr seine Socken alleine anziehen. Und dann ist da noch die Marianne, von den älteren nur *Ma*ri mit langem a und kurzem i genannt, im Süddeutschen wird immer gern die erste Silbe betont, das heißt da auch *Ba*lkon oder *Mu*sik. Die Jüngeren, auch der Mick, der die *Ma*ri irgendwie gut findet, sprechen ihren Namen eher englisch aus, also *Mä*ri.

Und die ist dann auch ruckzuck da, hat aber gleich noch die Kripo in Freiburg verständigt, die haben eine Weile gebraucht, deswegen stehen sie so eine Viertelstunde zu dritt um den Toten, die Märi, der Mick und der Bernd.

Die Märi ist aus der Kreisstadt, aber sie ist dem Mick schon früher mal aufgefallen.

»Und, was machst du an Heiligabend?«, fragt er sie, und der Bernd grinst, weil er weiß, dass die Märi dem Mick gefällt.

»Weiß noch nicht, ist das erste Weihnachten ohne meine Mutter. Bleib wahrscheinlich in der WG, da sind auch einige nicht heimgefahren.« Die WG mit den ganzen Kiffern, in der sie wohnt, das ist auch so ein Thema, aber eher für eine andere Geschichte.

»Echt?«, sagt der Mick.

»Ist dieses Jahr gestorben.«

Der Mick und der Bernd starren auf den Toten.

»Beileid«, murmeln beide.

»Danke.«

Und schaut die Märi sich die Leiche doch einmal genauer an, und entdeckt das Loch im Kopf. Das darf man ja nicht, bevor die Spurensicherung auftaucht, das kennt man ja aus Krimis und so, aber sie ist auch ganz vorsichtig, zertrampelt nichts und trägt auch Handschuhe. Weil sonst hätte der Mick das ja gar nicht mitbekommen mit dem Loch, weil, als die Kripo kommt, fordern die natürlich erst einmal den Mick und den Bernd auf, da nicht so nah bei dem Toten rumzustehen, und dann werden der Mick und der Bernd nach allen Regeln der Kunst befragt. Der Kommissar ist nicht sehr freundlich, und vielleicht liegt es daran, dass der Mick ihm nicht sagt, was er nämlich schon weiß, nämlich, wer der Typ ist oder zumindest vorgab zu sein.

Jedenfalls, der Mick weiß zwei Tage vorher irgendwann auch nicht mehr, wie und was er den Enkel von der Kreuzbergerin noch fragen soll, und geht wieder raus und packt seine Sachen ein. Am nächsten Tag oder vielleicht am Weihnachtsmorgen wird er die Baumreste abholen und zum Grünschnitt fahren, die haben da nämlich auf.

Und als er so einpackt, da sieht er, wie die Kreuzbergerin mit Mantel und Mütze und ihrem Enkel das Haus verlässt. Zu Fuß laufen sie irgendwohin.

Später an dem Abend beschließt er, den Clemens mal anzurufen. Um ein paar Ecken bekommt er die Nummer, und dann ist der Clemens dran.

»Das ist ja ein Ding, der Mick«, sagt der.

»Jaja, der Mick und der Clemens«, und so weiter, Small Talk halt.

Und dann die entscheidende Frage: »Du sag mal, die Iris, hat die einen Sohn, der Timo heißt?«

»Nö, wieso?«, fragt der Clemens.

»Nur so, da war einer im Edeka, der hat der Iris so ähnlich gesehen, mit dem hab ich mich unterhalten, und dann hab ich vergessen, ihn zu fragen …«

»Aha.«

»Und, sag mal, Clemens, hat eure Oma also gar keinen Enkel oder Neffen oder so, der Timo heißt?«

»Nö, davon weiß ich nichts, aber sag mal, was soll denn das …?«

»Du, war nett, muss Schluss machen«, sagt der Mick, denn er weiß jetzt, was er wissen wollte.

Der Herr Enkel ist gar keiner. Die kleine Ratte zieht hier den Enkeltrick ab.

Der Mick also gleich los noch einmal zu Fuß zur Kreuzbergerin. Auf dem Weg fährt der Schopferer Hans mit seinem roten McCormick-Traktor an ihm vorbei, hinten dran den grünen Anhänger, und der Mick denkt noch, was fährt jetzt der da mit seinem Bulldog rum, denn so nennen sie hier Traktoren, *Bulldog*, auch wenn, wie der Mick weiß, *Bulldog* eigentlich ein bestimmter Typ der Firma Lanz war, aber es ist wie mit *Tempo* oder so, das sagt man ja auch als Allgemeinwort für alle Papiertaschentücher.

Ein paar Minuten später kommt er am Hof vom Schopferer Hans vorbei, der gerade von der Scheune über den Hof ins Haus läuft. Hier war er als Kind oft, der Mick, mit dem Schopferer Hans seinem Sohn, dem Jörg, er erinnert sich, wie sie in der Scheune oben von den Balken ins Heu gesprungen sind und Höhlen gebaut haben. Der Mick ruft den alten Hans, und der kommt schwerfällig durch den Hof zur Straße und schaut irgendwie düster drein, aber das tut er eigentlich immer, die viele harte Arbeit tagein, tagaus, oder was weiß ich.

Früher hatte der Schopferer einen recht großen Hof mit Schweinen und Kühen und Feldern und Ding, aber heute hat er keine Viecher mehr, und der Hof verfällt zusehends. Die Kinder wollen nichts von der Landwirtschaft wissen, die wollen einen Job, wo man nicht jeden Tag um fünf aufstehen muss, und mit Wochenende und Urlaub und allem Drum und Dran.

»Der Mick«, sagt der Schopferer Hans.

»Muss noch mal zur Kreuzbergerin«, sagt der Mick. »Was vergessen. Du sag mal, hast du irgendwie gesehen, wie die mit so einem jungen Mann nach Hause zurückgekommen ist? Ich hab nur beobachtet, dass die mit dem fort ist, und hab irgendwie so ein komisches Gefühl gehabt, hast du da was gesehen vielleicht? So zufällig?«

»Komisches Gefühl«, wiederholt der Hans.

»Na ja, du weißt schon, wie wenn man manchmal weiß, dass etwas nicht ganz koscher ist.«

»Koscher.«

»Na ja.«

Der Schopferer Hans hebt die Hände.

»Ich hab nix gesehen, wieso eigentlich ich, was soll das denn? Bist du jetzt so eine Art Privatdetektiv, oder was?«

Das wär eigentlich gar nicht so schlecht, denkt der Mick, das würde mir direkt noch Spaß machen.

»Na ja, weil du ja der Nachbar bist, wer soll denn sonst was sehen, wenn nicht der Nachbar? So *Fenster zum Hof*-mäßig, weißt du?«

»Was?«

»Vergiss es.«

»Und was überhaupt gesehen?«

»Ja, was weiß ich, das frag ich ja gerade dich.«

»Aha.«

»Ja.«

»Ich hab nix gesehen, wenn du das meinst. Ich bin zweiundachtzig, ich seh sowieso nicht mehr gut.«

Das wäre möglich, denkt der Mick, aber es muss nicht unbedingt stimmen. Er kennt das von seinem Vater, der sagt auch immer, er hört nicht mehr gut, aber der Mick glaubt, der hört nur noch, was er hören will, und wenn er nicht will, dann tut er so, als hört er es nicht. Man darf sie nicht unterschätzen, diese alten Leutchen, denkt der Mick.

Dem Mick wird das aber jetzt sowieso alles zu blöd, und er verabschiedet sich und klingelt bei der Kreuzbergerin. Die macht die Tür auf und wirkt seltsam unruhig.

»Ich noch mal, hab Werkzeug vergessen.«

»Ah ja«, sagt die und läuft einfach wieder ins Haus und reibt immer so die Hände aneinander, als würde sie sich eincremen.

»Alles in Ordnung?«, fragt er.

»Ja, ich weiß auch nicht«, sagt die und wirkt ganz durcheinander und wackelt so seltsam unruhig mit dem Kopf.

Sie gehen in die Küche.

»Wo ist denn der Enkel?«

»Wer?«

»Der Enkel. Timo. Der Sohn von Iris.«

Sie nickt und wird immer unruhiger. »Ich weiß auch nicht, ich bin jetzt ganz durcheinander. Der musste plötzlich ganz schnell weg, irgendwas Schlimmes ist passiert, und er musste schnell weg.«

»Aha.« Der Mick wird immer misstrauischer, da stimmt doch irgendetwas ganz und gar nicht, Herrgott noch mal.

»Irgendwas ist passiert. Seinem Freund.«

»Wo sind Sie denn mit ihm hingelaufen, vorhin?«, fragt er.

»Jaja«, sagt sie und nickt und reibt die Hände und läuft hin und her.

»Wohin?«

»Ins Dorf, zur Bank, also, wegen dem Geld.«

Der Enkeltrick, denkt Mick, jetzt gibt es keinen Zweifel mehr.

»Sie haben ihm also Geld gegeben? Für einen Freund oder so? Ein Freund in Not?«

»Jaja«, sagt sie und reibt und nickt. »Hach, ich bin ganz durcheinander. War das falsch? Manchmal liest man ja so Sachen in der Zeitung …"

»Wieviel Geld denn?«

Sie starrt zum Fenster hinaus. »Ach, es war nicht so viel, aber ich weiß gar nicht mehr genau. So hundert oder hundertfünfzig Euro. Oder mehr? Ach, ich bin ganz durcheinander.«

Es war mehr, denkt Mick. Viel mehr. Ein hübsches Weihnachtsgeschenk für den Herrn Enkel. *Es kommt ein Schiff, geladen,* Halleluja.

»Und dann musste er ganz schnell los, oder?«, fragt der Mick.

»Jaja, ganz schnell. Hatte es mordseilig auf einmal.«

Sie starrt und reibt und nickt.

Der Mick nickt auch. Alles klar, denkt er. *Stimmt freudig zum Jubel der Enkel mit ein.* Verdammte Weihnachtslieder.

All das könnte er dem unsympathischen Kripomann jetzt sagen hier in den flurbereinigten Weinbergen, aber er tut es nicht. Er weiß gar nicht, warum. Vielleicht weil der Typ ihm auf subtile Art zu verstehen gibt, dass er ihn für einen einfältigen Bauern hält, oder so unangenehm säuerlich riecht, er weiß es nicht.

Aber er weiß etwas anderes.

Nach der Befragung fährt er zur Grünschnittstelle und liefert seine Äste ab. Er hat einen Verdacht, und eigentlich würde er gern der Märi davon erzählen, dann könnte *sie* den Fall lösen und nicht dieser Kripotyp, und das könnte natürlich dabei helfen, dass die Märi und er sich öfter treffen könnten, und das würde dem Mick schon arg gefallen, wer weiß, wohin das führen könnte. Aber er wird das nicht tun. Er will erst Gewissheit haben, und dann wird er entscheiden, wie es weitergehen soll.

Er fährt also zurück ins Dorf und hält vor dem Hof vom Schopferer Hans. Er geht direkt durch zu den alten Ställen, sieht den antiken roten McCormick-Traktor, hinten dran immer noch der grüne Anhänger.

Der Mick geht in die alte Werkstatt und sieht sich um. Da hängen noch alle möglichen Sachen an den Wänden, die irgendwann einmal wichtig gewesen waren. Ein altes Ochsengeschirr, Heugabeln, Sensen, Sicheln, eine Werkbank mit Hämmern, Zangen und Ding.

Und dann betritt er den alten Schweinestall. Man riecht es noch, obwohl es schon viele Jahre her ist, seit hier die letzte Wutz dringestanden ist. Eine Tür führt nach draußen auf einen eingemauerten und betonierten Platz.

Hier wurde früher geschlachtet, der Mick war selbst einige

Male dabei gewesen. Das war was, mein lieber Herr Gesangsverein. Erst wurde das Schwein betäubt und dann mit dem Messer abgestochen. Hinterher gab es Schnaps für alle Beteiligten. *Ist das Schwein erst hakenrein, muss einer getrunken sein.* Einmal mussten sie einen neuen Metzger rufen, weil der erste zu viel Schnaps hatte und nicht mehr grade stehen konnte.

Unter einer Überdachung steht eine weitere Werkbank aus Holz mit Schubladen. Er zieht eine der Schubladen auf und holt einen Gegenstand heraus. Es ist ein etwa 30 Zentimeter längliches metallenes Rohr mit einer Art Hebel am hinteren Ende. Vorne befindet sich eine Öffnung. Daneben liegt eine Schachtel mit verschiedenfarbigen Metallkugeln. Viele sind nicht mehr übrig. Die Schrift auf der Schachtel sieht alt aus. *50 Patronen zum Betäuben von Schlachtvieh für Bolzenschussapparate* steht da und daneben eine Legende mit den Farberklärungen. Grün für Schweine und Kleinvieh. Gelb für Kühe und Pferde. Blau für schwere Ochsen. Und Rot für schwere Bullen.

Dem Loch im Kopf des Enkels nach zu urteilen würden die Kriminaltechniker wohl eine rote Kugel in seinem Hirn finden. Vielleicht ja bloß aus Versehen, vielleicht wollte der Hans den falschen Enkel nur mit einer grünen außer Gefecht setzen und hat in der Hektik danebengegriffen, wo er doch anscheinend nicht mehr gut sieht. So eine Bullenkugel ist natürlich zu viel für einen Menschenschädel, das hält der nicht aus. Man weiß es nicht, wie das zugegangen ist, und der Mick ist sich sicher, man würde es auch niemals erfahren.

Ein Geräusch lässt den Mick herumfahren. Da steht der Schopferer Hans mit einer Heugabel in der Hand.

Der Mick schaut ihn an, in der Hand immer noch den Schussapparat.

Der Schopferer Hans schaut auf den Mick und auf das Bolzenschussgerät.

Keiner sagt was.

»Ich hab alles beobachtet«, sagt der Hans nach einer Weile. »Wie der Kerl bei der Anneliese ins Haus ist, sie beschwätzt hat. Wie sie fort sind und eine halbe Stunde später wieder zurück. Und wie sie ihm Geld gegeben hat. Ein ganzes Bündel. Dann bin ich hin. Ich hab das Gerät mitgenommen.« Er zeigt auf den Apparat in Micks Hand. »Gib ihr das Geld wieder, hab ich gesagt. Er hat mich ausgelacht. Dann ist er auf mich los und schubst mich, dass ich umfall. Ich steh wieder auf, er dreht sich um und will abhauen, dann löst sich der Schuss. Zack, Loch im Kopf. Fällt um wie ein Baum. War keine Absicht. Pechsach.«

Der Mick nickt und stellt sich das alles vor.

»Und dann hast du den mit dem McCormick und dem Hänger in die Reben gebracht?«

»Mir ist nix Besseres eingefallen.«

Wenn der Bernd nicht zufällig da vorbeigekommen wär, denkt der Mick, wäre die Leiche da bis zum Frühjahr gelegen.

Mick nickt. Verdammte Hacke, was jetzt, denkt er.

»Und die Anneliese?«

Der Hans zuckt die Schultern. »Ja, was soll mit der sein? Hat ihr Geld wieder.« Er schweigt einen Moment, aber man sieht, er ist noch nicht fertig, es arbeitet in dem alten Schädel. »Ich verbring gern Zeit mit ihr, weißt du. Seit meine Berta nicht mehr ist, bin ich viel allein. Und sie ja auch. Ich will nicht, dass so ein Lump ihr was klaut. Na ja.«

Das rührt den Mick jetzt beinah schon wieder und in dem Moment weiß er, er wird der Märi gar nichts sagen. Das ist das, was ich am Anfang gemeint hab, mit dem richtig und falsch. Also auch moralisch. So wie wenn man eigentlich den Woody Allen gut findet, aber dann weiß man nicht mehr, ob man jetzt die Filme noch schauen darf, wegen den Vorwürfen und allem. Also, Sie wissen schon, was ich meine.

Das mit der Märi muss anders gehen. Es ist Weihnachten, verdammt. Wem ist geholfen, wenn er den Schopferer Hans jetzt bei der Polizei meldet?

Blöder Idiot, denkt der Mick und meint den toten Timo, der ganz anders hieß, nicht den Schopferer Hans, obwohl, den schon auch ein wenig. Konnte er seinen Enkeltrick nicht woanders abziehen? Ausgerechnet hier bei diesen sturen, dickköpfigen und zähen Alten. Selber schuld. Irgendwie.

Na ja, die Kripo wird vielleicht eins und eins zusammenzählen und auch ohne seine Hilfe auf einen Bauern kommen, der früher geschlachtet hat. Aber vielleicht finden sie ja keinen Beweis, und dieser sture Bock wird sich sicher nicht selbst verraten.

Der Mick nimmt die Schachtel mit den Kugeln aus der Schublade, geht am Hans vorbei, klopft ihm auf die Schulter.

Er erschrickt, als er über den Hof geht. Denn am Zaun steht die Kreuzbergerin. Sie starrt auf das Schussgerät in Micks Hand.

Der Mick geht zu ihr.

»Ist ganz schön schwer, das Ding«, sagt sie. »Früher durften wir Frauen ja nicht betäuben, nur das Blut schlagen. Immer mit der Schüssel hinter der Sau, wenn das Blut rausgespritzt kam. Aber heute ist das ja alles anders, gell.« Sie wirkt gar nicht mehr so dement und durcheinander, und ihre Hände sind auch ganz ruhig.

Der Mick schaut sie verblüfft an.

Es war gar nicht der Hans gewesen, wird ihm plötzlich klar. Heiliger Bimbam. Man darf sie nicht unterschätzen, diese Alten, denkt er. Die sind mit allen Wassern gewaschen.

»Hoch droben schwebt jubelnd der Enkeleinchor«, sagt die Kreuzbergerin und lächelt leicht, aber vielleicht irrt sich der Mick auch, es ist ja schon dämmrig.

Der Mick schüttelt ungläubig den Kopf. »Es ist, als ob Enkelein singen wieder von Frieden und Freud«, sagt er, und die Kreuzbergerin lacht jetzt, kein Witz.

Der Mick stellt sich vor, wie der Timo oder wie er hieß, den Schopferer Hans umschubst, sich davonmachen will und sie das Schussgerät aufhebt und ihm von hinten am Schädel aufsetzt und abdrückt. Wahnsinn eigentlich.

Er schaut auf die Uhr. Um 18 Uhr gibt es Kartoffelsalat mit Wienerle, das Heiligabendessen seit Menschengedenken in seinem Elternhaus. Aber vorher muss er noch den Apparat und die Kugeln loswerden. Er wird noch einen Abstecher zur Panzerplatte am Altrhein machen. Und er wird noch die Märi einladen. Die soll nicht mit diesen Kiffern Heiligabend verbringen müssen. Seine Eltern haben sicher nichts dagegen. Die Mutter liegt ihm sowieso immer in den Ohren, er soll sich doch jetzt mal eine Frau suchen.

Der Mick schaut die Kreuzbergerin an, und sie schaut zurück.

»Frohe Weinachten, Kreuzbergerin«, sagt er.

»Frohe Weihnachten, Mick.«

Er geht zum Auto und wirft die Schachtel mit den Kugeln und den Schussapparat auf den Beifahrersitz. Schade drum, das wäre eigentlich was für ein Museum. Andererseits, wer außer ihm interessiert sich denn noch für das alte Zeug? Diese Relikte von früher.

*Enkel auf den Feldern singen*, kommt ihm noch in den Sinn, als er kopfschüttelnd zum Auto geht.

Verdammte Weihnachtslieder.

# 5

Sonja Rüther

## Advent, Advent, der Nachbar brennt

*Leipzig*

*Über die Autorin:*

Sonja Rüther, 1975 in Hamburg geboren, schreibt am liebsten Spannung und Fantastik. Unter dem Pseudonym Poppy Lamour veröffentlicht sie zudem erotische Liebesromane. 2011 eröffnete sie den Ideenreich-Kreativhof in Reindorf, wo sie regelmäßig zusammen mit anderen Autorinnen und Autoren Workshops und Kurse für professionelles Schreiben anbietet.

## 23.12.2022, 20.00 Uhr

Niemand mochte die Sellmanns. Vor allem Jens konnte keiner leiden. Seit er mit seiner verhuschten Frau Erika in die Nachbarschaft gezogen war, schien er zu glauben, das gesamte Wohnhaus gehöre ihm, und jeder habe nach seinen Regeln zu leben. Eine Tatsache, die jede Eigentümerversammlung zu einem kleinen Kriegsschauplatz machte, weil das Paar ständig neue Auflagen bestimmte. Die Bewohner und deren Gäste sollten den Fahrstuhl benutzen, weil es ihn belästigte, wenn sie im Treppenhaus an seiner Tür vorbeigingen, allerdings nicht mehr nach 22 Uhr, der Lärm sei unzumutbar. Sein Antrag bei der Wartungsfirma, den Fahrstuhl zwischen 22 und 7 Uhr abzuschalten, wurde aus rechtlichen Gründen abgelehnt, was dieser Mann als eine tiefe Beleidigung empfand. Ebenso, dass er und seine Frau niemals eingeladen wurden, wenn andere eine Party feierten. Er sorgte für die Sperrung der freien Fläche unter der Treppe, damit dort keine Kinderwagen oder Fahrräder mehr abgestellt werden konnten. Die Mülltonnen befanden sich nun in einem abgeschlossenen Käfig, damit ja keine Unbefugten etwas hineinwarfen, obwohl sie sich im Innenhof befanden, und er hatte dafür gesorgt, dass die Kosten dafür auf alle Parteien umgelegt wurden.

Anfänglich dachten die anderen, er würde freundlicher werden, wenn sie ihm hier und da entgegenkamen und gute Miene zum bösen Spiel machten, aber dieser Mann machte weiter und weiter. Er klingelte sogar an der Tür, wenn Essen mit einer besonderen Geruchsbelästigung zubereitet wurde. Kohl stand ganz oben auf seiner Hassliste. Das Problem war, dass er nicht nur eine Wohnung in diesem Gebäude gekauft hatte, sondern vier. Auf jedem

Stockwerk eine, wobei er mit seiner Frau im ersten Stock lebte und die anderen als Ferienwohnungen für Gäste einrichtete. Nach seiner Aussage war eine besonders gehobene Klientel zu erwarten. Leute, die beispielsweise für die Leipziger Opernfestspiele oder die Buchmesse in die Stadt kamen. Für diese Gäste sollte alles schön sein. Es durften keine Schuhe vor den Türen stehen und keine Deko angebracht werden, nicht mal in der Weihnachtszeit. Wer überlegte, seine Wohnung zu verkaufen und wegzuziehen, wurde von den anderen bearbeitet, genau das nicht zu tun, weil Jens Sellmann nur darauf wartete, alle potenziellen Interessenten zu überbieten. Erika Sellmann putzte ständig irgendwas im Treppenhaus, rangierte die Blumenkübel vor dem Hauseingang um oder fegte den Durchgang zum Innenhof. Leistungen, die ebenfalls mit einer Pauschale berechnet wurden, die alle zahlten, weil sie ganz am Anfang in ihrem Einigungsbemühen zugestimmt hatten.

Nun standen die Feiertage vor der Tür, was nichts daran änderte, dass die anstehende Versammlung wie geplant stattfinden musste. Selbst am 23.12. Vier von fünf Parteien waren für eine Verschiebung gewesen, aber da die Sellmanns mit ihren vier Wohnungen dasselbe Stimmrecht hatten wie alle anderen zusammen, wurde die Verlegung des Termins abgelehnt. Da niemand seine Wohnung dafür zur Verfügung stellen wollte, trafen sie sich im Waschkeller, wo einzig für diesen Zweck Klappstühle gelagert wurden. Es gab keine Getränke oder Snacks, die Stimmung war angespannt, und Erika kam überraschenderweise allein, dafür mit dieser Wir-gegen-den-Rest-der-Welt-Aura.

Von den anderen Parteien war je eine Person anwesend. Immer jene, die entweder den Kürzeren gezogen hatte oder streitfähiger war. Das brachte ein ausgeglichenes Verhältnis in die Gegenseite: zwei Männer und zwei Frauen, zwischen 35 und 65 Jahren. Wobei Frau Kremer eine alleinstehende, alte Dame war, die niemanden mehr hatte, den sie vorschicken konnte.

Erika ging als Erstes zur laufenden Waschmaschine und schaltete sie ab. »Nach 20 Uhr darf nicht mehr gewaschen werden.«

»Aber unsere Tochter hat Magen-Darm, der Waschgang hätte nur noch zehn Minuten gedauert«, verteidigte sich Luise aus dem zweiten Stock. Ihr Mann hatte angedroht, Jens diesmal zu verprügeln, wenn er mit einer neuen Schikane um die Ecke käme. Dieses Risiko wollte sie nicht eingehen, selbst wenn dieser Mann es verdiente, aber wo blieb er eigentlich?

Anteilnahmslos ging Erika zu einem freien Stuhl und setzte sich. Der Verwalter, der diese Treffen moderieren und bei Bedarf nötige Arbeiten in Auftrag geben sollte, hatte nach der letzten Sitzung gekündigt, wodurch Jens wie selbstverständlich den Vorsitz übernommen hatte. Erika holte einen Block aus der Tasche und machte Notizen fürs Protokoll.

»Mein Mann ist verhindert, ich werde diese Versammlung leiten«, kündigte Erika an.

»Wer hat eigentlich bestimmt, dass ihr das macht?«, fragte Claus aus der Dachwohnung ungehalten.

»Wir sind die Mehrheitseigner, natürlich übernehmen wir, solange kein Verwalter da ist.« Wenn ihr Mann nicht dabei war, konnte sie richtig durchsetzungsfähig sein.

»Ach, und wer kümmert sich um einen neuen?«, bohrte Claus nach.

Schweigen kam auf.

Dann nickte Erika, als sei das Thema somit beendet. »Bevor wir über etwas anderes sprechen, würde mich interessieren, wer von euch ständig Räucherhütchen niederbrennt. Der Gestank zieht durchs ganze Treppenhaus.«

Die Anwesenden sahen einander an, als suchten sie einen Freiwilligen, der die passende Antwort aussprach.

»Das gehört zur Adventszeit dazu«, sagte Frau Kremer. »Sie wollen uns das jetzt nicht auch noch verbieten, oder?« Die gestandene alte Frau verschränkte die Arme vor der Brust. Da sie mit den Sellmanns auf einem Stockwerk lebte, hatte sie am meisten unter ihnen zu leiden. Ständig beschwerte sich Jens über den zu lauten Fernseher und all die Menschen, die regelmäßig zu Besuch kamen. Die Fußpflegerin, der Einkaufshelfer, ihre Freundinnen und das Mädchen, dem sie Nachhilfe in Deutsch gab.

»Natürlich können wir es verbieten, wenn es ins Treppenhaus zieht.« Erika notierte etwas. Alles, was bei diesen Versammlungen besprochen wurde, landete später in einem Protokoll zusammengefasst in jedem Briefkasten. Zusammen mit dem angepassten Regelkatalog, damit alle auf dem neuesten Stand waren und sich daran hielten. Anfänglich wurde das jeweils aktuelle Protokoll an die Pinnwand im Eingangsbereich geheftet, was jede Menge Papier gespart hatte, aber aus dieser Fläche war nun eine Infotafel für die Gäste geworden. Auf einer Karte der Innenstadt hatte Erika fein säuberlich Fäden von den Standorten zu Flyern am Rand gezogen. Wie zum Beispiel einem Faltblatt über den traditionsträchtigen Auerbachs Keller, Hinweise zur Thomaskirche oder zum Spielplan der Oper.

Die Stimmung war vorher schon schlecht gewesen, jetzt wurde sie miserabel. Luise, die wegen ihres kranken Kindes übermüdet und gestresst war, sah immer wieder verärgert zu der angehaltenen Waschmaschine. Claus schabte mit den Schuhen über den Boden, Frau Kremer und Frank begnügten sich damit, betreten auf ihre Finger zu gucken und die Zeit hier abzusitzen. Gegen die Sellmanns konnte man nicht gewinnen. Weder im Streit noch auf freundliche Weise. Es war, als lebte das Paar in einer eigenen Welt. Sie glaubten so sehr, im Recht zu sein, dass Argumente und Vernunft nicht bei ihnen fruchteten.

Erika las auf einem Zettel die Notizen durch, die ihr Mann wahrscheinlich für diese Zusammenkunft aufgeschrieben hatte. Es war schon seltsam, dass er nicht anwesend war. Seine Kontrollsucht machte vor seiner Frau nicht halt. Wenn sie gemeinsam in Erscheinung traten, war sie eher wie ein kleiner, blonder Terrier, der hinter ihm lauerte, bis sie jemandem in die Wade beißen konnte.

»Nächster Punkt«, kündigte Erika an. »Über Silvester sind alle Wohnungen vermietet. Wir haben den Gästen versprochen, das Feuerwerk um Mitternacht vom Dach aus betrachten zu dürfen. Dafür muss oben ein höheres Geländer angebracht werden, ich reiche den Kostenvoranschlag zu eurer Kenntnisnahme rum, die Kosten werden aus den Rücklagen bezahlt.«

»Wo, sagtest du, ist dein Mann gerade?«, unterbrach Luise sie. Dieser Punkt musste definitiv ausdiskutiert werden, aber mit Erika ergab das keinen Sinn. Wann immer etwas hitzig wurde, berief sie sich auf ihren Mann, der am Ende die Entscheidungen traf, selbst wenn er wie jetzt nicht anwesend war.

»Er wurde aufgehalten«, sagte sie ausweichend. »Sollte er es noch rechtzeitig schaffen, wird er nachkommen.«

Das war so typisch. Erst bestand er pedantisch auf diese Versammlung, jetzt war es vollkommen in Ordnung, dass er nicht dabei war. »Schön, dann sage ihm, dass wir keinen Cent für das neue Geländer bezahlen werden. Wir alle lehnen den Antrag ab.« In Luise braute sich so viel Wut zusammen, dass sie keine Scheu mehr hatte, Erika die Meinung zu sagen. Eigentlich hätte sie auch gleich ihren Mann schicken können, weil die Eskalation deutlich in der Luft lag.

»Das ist kein Antrag. Es muss gemacht werden, damit ist es entschieden.«

Frank sah vom Angebot auf. »Außerdem ist das viel zu teuer. Was, wenn als Nächstes was mit der Heizung oder dem Dach ist? Dann fehlt uns das Geld.«

»Und du meinst, das ist unser Problem? Dann müsst ihr eben einen Kredit aufnehmen.« Erika meinte, was sie sagte. In ihrer Welt spielten die Einwände anderer keine Rolle.

»Weiß das Finanzamt von eurem neuen Gastgewerbe?«, warf Luise ein, sah nur kurz auf das Angebot und reichte es an Claus weiter.

»Unsere Geschäfte sind nicht Gegenstand dieser Diskussion«, hielt Erika dagegen und reckte stolz das Kinn.

»Also sollen wir damit leben, dass hier ständig Fremde ein und aus gehen, wir dafür auch noch blechen müssen und am besten mucksmäuschenstill in unseren Wohnungen hocken? Das kann nicht euer Ernst sein.« Claus zerknüllte das Angebot und warf es Erika vor die Füße. »Mir reicht's, die Sitzung ist beendet. Ihr könnt euch das zusammen mit euren beschissenen Regeln in den Arsch schieben. Wie Luise schon gesagt hat: Dafür bezahlen wir nicht.«

Seelenruhig beugte sich Erika hinab und hob die Papierkugel auf, die sie dann fein säuberlich auf ihrem Notizblock wieder glatt strich. »O doch, ihr müsst und ihr werdet«, erwiderte sie und stand auf. »Wir haben letzte Woche das Gebäude gekauft. Uns gehören jetzt auch der Keller, das Treppenhaus, der Fahrstuhl und die Dachterrasse. Wir können hier machen, was wir wollen, und wenn euch das nicht passt, steht es euch frei, auszuziehen.«

Nach dieser Bombe verließ sie die Waschküche, und es wurde so still, dass sie ihre Schritte bis zum Treppenhaus hören konnten. So wie sie das sagte, stimmte es nicht, aber sie und ihr Mann würden das gnadenlos durchziehen, weil sie nicht auf Erlaubnis warteten. Sie schufen Tatsachen, die niemand mal eben abwenden konnte.

»Hat irgendwer davon gewusst?«, fragte Claus in die Runde. Alle verneinten. »Woher haben die so viel Geld?«

»Vielleicht haben die letzten Nachbarn ihnen ein Vermögen bezahlt, damit sie wegziehen?«, sagte Frau Kremer. »Ich würde es tun, wenn meine Rente nicht so klein wäre. Die Wohnung ist alles, was ich habe.«

Frank stand auf und durchschritt unruhig den Raum. »Wir müssen uns wehren«, sagte er wütend.

»Und wie?«, fragte Luise resigniert. »Willst du ab nächster Woche nur noch Kohl kochen, den Mülleimerkäfig offen lassen und das Treppenhaus vollstellen?« Inspiriert von ihren eigenen Worten, rückte sie auf die Stuhlkante vor. »Genau, das ist es. Wir sorgen dafür, dass die Gäste nur schlechte Bewertungen zu ihrem Aufenthalt schreiben.«

Aber Claus schüttelte den Kopf. »So ein Kleinkrieg bringt doch nichts. Sie sitzen am längeren Hebel.«

»Aber irgendwas müssen wir unternehmen, es wird ja nicht besser werden.« Frank sah zur Tür, als würde er am liebsten rausmarschieren und die Sache mit den Fäusten regeln wollen.

»Die Sellmanns müssen weg«, bestimmte Frau Kremer. »Ekel kann man nicht rausekeln, aber irgendwas muss uns einfallen, weil ich meinen Lebensabend sicher nicht in meiner Wohnung eingesperrt verbringen will.«

»Und wenn wir es noch mal freundlich versuchen?«, schlug Claus vor. »Irgendwie muss man mit denen doch reden können.«

Luise stand auf und schaltete die Waschmaschine wieder ein. Da das Programm komplett beendet wurde, musste sie nun eine Stunde warten, bis der Schnellwaschgang die Reste des Waschmittels aus den Stoffen gespült hatte. »Das Reden hat uns an diesen Punkt gebracht. Ich bin da ganz bei Frank, jetzt müssen wir handeln.« Sie drehte sich um und sah in die angespannten Gesichter. »Egal wie wir es angehen, mein Mann und ich sind dabei.«

»Na schön, aber dann brauche ich was zu trinken«, sagte Frank.

»Und ich hole ein paar Snacks«, ergänzte Frau Kremer.

**24.12.2022, 3.15 Uhr**

Es war kalt und regnerisch, als alle Bewohnerinnen und Bewohner des Hauses mit Schlafsachen bekleidet und in Decken gehüllt auf dem Gehweg standen und zusahen, wie die Feuerwehr den

Brand im ersten Stock löschte. Alle bis auf Jens Sellmann. Frau Kremer hatte den Rauch als Erste gerochen, die Feuerwehr gerufen und alle aus den Betten geklingelt. Vielleicht hatte sie nicht bei Sellmanns angefangen, aber immerhin hatte sie das Paar nicht ausgelassen.

»Wo ist ihr Mann?«, flüsterte Luise Frank zu. »Denkst du, er ist im Feuer umgekommen?«

Erika stand abseits, die Decke so um sich gewickelt, dass man ihre Tränen kaum sehen konnte, und redete aufgelöst mit der Polizei, wobei sie wiederholt in ihre Richtung zeigte.

»Ich würde ja gern sagen: Ich hoffe nicht. Aber das wäre so was von gelogen.« Womit Frank das aussprach, was alle dachten, mal mit mehr, mal mit weniger schlechtem Gewissen.

Bevor sie noch mehr sagen konnten, kam der Beamte auf sie zu. »Ich muss Sie alle bitten, für Ihre Aussagen mit aufs Revier zu kommen.« Hinter ihm wurde Jens' Körper in einem Leichensack auf einer Bahre aus dem Haus getragen, und Erika heulte auf. Und jeder, der das sah, fragte sich entsetzt, ob sie zu weit gegangen waren.

## 3.45 Uhr

Luise saß in dem Verhörraum und ging in Gedanken den letzten Abend durch. Ja, sie hatten sich heißgeredet, Jens die Pest an den Hals gewünscht und betont, was für ein besserer Ort die Welt ohne den Tyrannen wäre. Frank hatte einen Kasten Wein aus seinem Kellerraum geholt, Frau Kremer war nach kurzer Zeit mit Käsewürfeln, Crackern und Weintrauben zurückgekommen. Je mehr sie getrunken hatten, desto kreativer wurden ihre Aussagen, wie sie Jens Sellmann am liebsten um die Ecke bringen würden. Irgendwie war die Sache aus dem Ruder gelaufen, und es lag im Bereich des Möglichen, dass sie davon beflügelt ein paar

Dummheiten gemacht hatten. So was wie Käsewürfel in Sellmanns Parzelle werfen, damit sich die Ratten zwischen seinen Sachen einnisteten. Frank hatte in den dämlichen Blumenkübel vor der Haustür gepinkelt, und Luise hatte die Wäsche nochmals extra schleudern lassen. Sie hatten etwas Dampf abgelassen und waren sehr betrunken gewesen. Durch den Schreck, als das Haus brannte, war Luise wieder vollkommen nüchtern.

»Frau Lehmann?« Die Beamtin, die den Raum betrat und von einer Akte zu ihr sah, wirkte sehr streng. Ihr Gesicht war von Aknenarben gezeichnet, sie war groß und einschüchternd.

»Ja, das bin ich.«

»Ich sage es gleich freiheraus«, kündigte die Polizistin an und warf die Akte auf den Tisch. »Es wird wegen Brandstiftung ermittelt. Frau Sellmann hat ausgesagt, dass es am Vorabend mit den anderen Parteien im Haus zu einem Streit gekommen ist, und sie vermutet, dass einer von Ihnen das Feuer gelegt hat.«

»Moment.« Luise setzte sich gerade hin und rieb sich übers Gesicht. »Sie meinen, ich hätte davon gewusst und dann seelenruhig mit meiner kranken Tochter und meinem Mann direkt über dem Feuer schlafen können?« Dem kritischen Blick hielt sie stand. Die Vorwürfe waren leider nicht so abwegig, wie sie gern hätte, weil sie sich an den Ausgang des Abends nicht mehr erinnern konnte. »Wie ist der Brand denn entstanden?«

»Die Ermittlungen laufen noch. Ist Ihnen bewusst, dass Sie wegen Totschlags angeklagt werden könnten, wenn Sie daran beteiligt gewesen sind?«

Geschockt legte sie sich eine Hand auf den Mund. »Totschlag?«

»Ihr Nachbar Jens Sellmann konnte nur noch tot geborgen werden.«

Das schlechte Gewissen drückte ihr auf den Magen und verursachte Übelkeit. Im ersten Moment war sie erleichtert gewesen, im nächsten holte sie die Reue ein, weil man sich niemals über den Tod eines Menschen freuen sollte. Egal wie ekelhaft sein Auftreten war.

»Wie standen Sie zu Ihrem Nachbarn?«

Sie musste an Erika denken, die so sehr geweint hatte.

»Frau Lehmann?«

Luise zuckte zusammen. »Na ja, ich will ganz ehrlich sein: Jens hat uns allen das Leben schwer gemacht, aber deswegen brennt man ja nicht gleich seine Wohnung nieder.«

»Wirklich nicht? Frau Sellmann hat ausgesagt, dass er bis spät in die Nacht in seinem Arbeitszimmer gesessen hat, um Rechtswege zu recherchieren, da Sie und die anderen Parteien sich gegen das Paar Sellmann verbündet haben.« Sie schlug die Akte auf und las vor: »Ihren Worten nach gab es aussagekräftige Videobeweise. Einer von Ihnen hat in den Blumenkübel uriniert, Sie haben Käse in den Kellerbereich geworfen, der Sellmann gehört, und ein Saufgelage im Waschraum abgehalten.«

Das musste bedeuten, dass alles videoüberwacht wurde. Warum war ihnen das nicht aufgefallen?

»Sie, Frau Lehmann, sollen um ein Uhr nachts vor der Wohnungstür der Sellmanns Ihre Hose runtergezogen und ihnen den nackten Hintern zugedreht haben.«

Peinlich berührt neigte sie den Kopf. »Davon weiß ich nichts mehr.« Was der Wahrheit entsprach, weil ihre Erinnerung nach Verlassen des Kellers endete. »Dürfen die ohne Vorwarnung das Haus videoüberwachen?«

Die Polizistin zog sich den Stuhl ab und setzte sich Luise gegenüber hin. »Frau Sellmann sagte, das Sicherheitssystem sei von der Eigentümergemeinschaft genehmigt worden. Leider sind die Festplatten dem Feuer zum Opfer gefallen.«

Das war dreist gelogen, aber wer sollte das Gegenteil beweisen? »Wir haben Sicherheitsschließzylindern zugestimmt, das war teuer genug. Aber wir wollten sicher nicht überwacht werden.« Allein wenn sie daran dachte, was Sellmann alles gesehen haben könnte. Jeden Tag zeigte sie dem Aushang, den Jens zur Erinnerung an die Hausregeln aufgehängt hatte, einen Fuckfinger, wenn sie daran vorbeiging. Sie benutzte auch konsequent die Treppe und trampelte sich vor deren Wohnungstür den Schmutz aus den Schuhsolen. Natürlich nur, wenn ihre Tochter nicht dabei war, damit sie nichts davon nachahmte und Ärger bekam.

»Haben Sie nach dem Streit das Feuer gelegt oder nicht? Immerhin sollen Sie gesagt haben, Sie würden Ihre Tochter auf Kekse spucken lassen, damit sich … ich zitiere: *die Spinner die Magen-Darm-Grippe einfangen?*«

O ja, das klang nach etwas, das sie sagen würde, weil sie unsagbar wütend gewesen war.

»Wie soll ich das denn gemacht haben? Als wir aus dem Haus geflüchtet sind, sah die Wohnungstür wie immer aus. Der Rauch kam von innen. Es ist ja nicht so, dass man einfach reinspazieren und was anzünden kann.« Jetzt mischte sich auch noch Sarkasmus in ihre Stimme, das passierte ganz von allein und war nicht gerade hilfreich.

Es klopfte an der Tür, und ein Kollege sah in den Raum. »Kommst du mal?«

Die Beamtin nickte, nahm die Akte und ging.

## 3.56 Uhr

Frank fühlte sich elend, weil sein Mundwerk mal wieder schneller als sein Verstand war. Eigentlich hatte er dem Polizisten nur sagen wollen, dass er die Dinge lieber direkt klärte, statt feige einen Brand zu legen. Leider hatte er dieser Aussage ein Geständnis folgen lassen. Nämlich dass er im Treppenhaus auf Jens Sellmann gewartet hatte, der erst um 1.30 Uhr nach Hause gekommen war. Somit war er auch der Letzte, der ihn noch lebend gesehen hatte.

Erika soll bereits fest geschlafen haben, als er die Wohnung betreten hatte. Entsprechend musste Frank zugeben, Jens Schläge angedroht und ihn schwer beleidigt zu haben. Natürlich entschuldigte er es damit, betrunken gewesen zu sein, aber so wie der Polizist alles notiert hatte, fehlte nur noch, dass er seinen Namen rot einkringelte, weil er ihn für den Schuldigen hielt. Es half auch nicht, auf seine geprellte Wange hinzuweisen. Jens hatte sich seinen Zorn nicht lange angehört und ihn grob zur Seite gestoßen. Durch den mangelnden Gleichgewichtssinn war Frank gegen die Wand geknallt und erst wieder aufgewacht, als Frau Kremer alle aus dem Haus gescheucht hatte. Mit diesen Informationen hatte der Beamte das Zimmer verlassen, seitdem musste Frank wieder warten. Und ein leiser Zweifel ließ Frank sich fragen, ob er ihm doch bis in die Wohnung gefolgt war und er nur verdrängte, etwas Unaussprechliches getan zu haben. Immerhin hatte er einen Menschen noch nie so sehr gehasst wie Jens Sellmann.

**3.56 Uhr**

Im Nebenraum saß Claus. Mit ihm hatte noch niemand geredet. Seit er als einer von vier Hauptverdächtigen von den anderen isoliert wurde, legte er sich die Worte zurecht, die er sagen wollte. Er war immer der Streitschlichter gewesen. Derjenige, der es friedlich lösen und zum Guten wenden wollte. Das war keine Feigheit, er wollte einfach nur das Richtige tun, aber die Sellmanns waren gegen Freundlichkeit resistent. Weder entgegenkommende Gesprächsversuche bei einem Bier auf dem Balkon noch kleine Präsente machten Jens und Erika zugänglich.

Sie kauften, kamen und bestimmten.

Nach dem fünften oder sechsten Glas Wein – sie alle hatten viel zu schnell viel zu viel aus Frust in sich hineingeschüttet – war Claus es gewesen, der nochmals Öl ins Feuer gegossen hatte. Er, der friedfertige Claus, war wahrscheinlich der Brandbeschleuniger gewesen, der Jens das Leben gekostet hatte. Nur indem er den anderen eine Zukunft skizziert hatte, in der die neuen Hauseigentümer eine bunte Schikanepalette in den Händen hielten und der Gemeinschaft das Leben zur Hölle machen würden. *Sie werden uns ausbluten lassen mit ihren Umbauten und angeblich notwendigen Sanierungen.*

Er sah jetzt noch vor sich, wie Frau Kremer in sich zusammengesunken war. Sie lebte beinahe ihr gesamtes Leben in ihrer Wohnung. Immobilienhaie waren nach der Wende gekommen, das Haus hatte mehrfach die Besitzer gewechselt, irgendwann wurden die Wohnungen einzeln verkauft, und sie hatte all ihre Ersparnisse zusammengekratzt, um sich ihr Zuhause zu sichern. Schon ihretwegen wollte jeder von ihnen gegen die Sellmanns in den Krieg ziehen. Irgendwer war nach Claus' Rede zum Gegenanschlag übergegangen. Es musste einer von ihnen gewesen sein, weil sie den ganzen Abend über nichts anderes als die Ermordung von Jens Sellmann gesprochen hatten. Vielleicht hatte Claus nicht das Streichholz angezündet, aber er war schuld an dem Unglück.

### 4.39 Uhr

Jene, die am Vorabend nicht an der kleinen Revolte beteiligt gewesen waren, wurden nach ihren Aussagen weggeschickt, damit sie sich für die Nacht in Hotels einmieten konnten. Die Feuerwehr musste das Haus erst wieder freigeben. Und so verließen Frau Kremer, Luise, Frank und Claus die Polizeiwache am frühen Morgen allein. Niemand wurde verhaftet. Erst hatte man sie verhört, dann lange warten lassen, und plötzlich durften sie gehen. Irritiert und müde machten sie sich auf den Weg. Die anderen hatten Zimmer im Motel One bekommen, das nur wenige Meter entfernt war. Es war ein friedlicher Morgen, kaum eine

Menschenseele kreuzte ihren Weg, und Frau Kremer ließ sich dazu hinreißen, die kleine Gesellschaft mit Erzählungen über die Oper abzulenken, in der sie vierzig Jahre als Schreibkraft gearbeitet hatte. Als das Gebäude in Sicht kam, blieb sie sogar stehen. »Immer wenn mich jemand gefragt hat, wo ich wohne, sagte ich: Zwischen Grassi und Othello«, erzählte sie und lächelte zufrieden. »Ich war schon lange nicht mehr im Museum oder in der Oper, aber ich habe es immer geliebt, direkt im Zentrum der Kunst zu wohnen. Seid ihr schon mal im Gewandhaus gewesen?«

»Können wir jetzt nicht lieber über das Feuer reden?«, stellte Frank eine Gegenfrage. »Also, wer von euch hat es gelegt?«

Mit verschränkten Armen blieb er so vor ihnen stehen, dass keiner mal eben an ihm vorbeigehen konnte.

Frau Kremer winkte ab. »Ja, ich habe darüber nachgedacht, einen Haufen Räucherhütchen anzuzünden und durch den Türschlitz zu werfen, aber ich fürchte, bei allem, was wir ihm gestern noch so vollmundig antun wollten, ist und bleibt es ein Unfall. Das Einzige, mit dem unsere Gewissen leben müssen, ist wohl unsere Erleichterung, weil wir ihn los sind.« Sie sahen einander an, als wäre jeder überzeugt, dass sich ein Brandstifter unter ihnen befand.

»Denkt ihr, sie konnten die Videoaufzeichnungen doch noch retten?«, fragte Luise. »Das würde uns doch entlasten, oder?«

»Oder überführen«, sagte Claus. »Sollte jemand von uns gelogen haben.«

So oder so, das Zusammenleben unter einem Dach würde sich verändern. Der Tyrann war fort, aber es blieben Misstrauen und das Gefühl von Schuld zurück. Und Erika, die zwar harmloser als ihr Mann war, aber nicht besser.

## 5.30 Uhr

Erika war die Erste, die das Haus wieder betreten durfte. Ihre Wohnung war vom Feuer und den Löscharbeiten zerstört. Bei jedem Schritt durch den Flur erzeugten die Schuhe auf dem nassen Teppich schmatzende Geräusche, die Tapete wellte sich an manchen Stellen an der Wand, und der beißende Gestank war kaum auszuhalten.

Neben der Bürotür stand noch der Stuhl, den sie unter die Klinke geschoben hatte, bevor der Mülleimer durch Jens' Zigarette Feuer gefangen hatte. Eigentlich war er Nichtraucher gewesen, aber das wusste sonst niemand. Sie strich über das helle Holz und dankte dem Möbelstück für seinen guten Dienst. Wenn sie die Augen schloss und sich konzentrierte, konnte sie ihn noch schreien hören. Nicht lang, weil er in seinem betrunkenen Zustand den beißenden Rauch viel zu spät bemerkt hatte. Jetzt konnte er die oberste Wohnung nicht mehr an Jutta vermieten. Jutta, die arme Jutta, der er heldenhaft zur Seite stand, wenn das Leben sie überforderte. Die sich an seine starken Arme und sein Vermögen klammerte, sich ins gemachte Nest setzen und Erika vertreiben wollte. Die Frau, die *nur eine gute Freundin* war und ab und an seine Hilfe bei Handwerksarbeiten gebraucht hatte. Am Vorabend war er losgefahren, weil sie einen Notfall in der Küche gehabt hatte. Jens hatte Erika allein den missgünstigen, blutsaugenden Nachbarn ausgesetzt, weil *Jutta* heulend was von einer Überschwemmung gesagt hatte. Erika kannte solche *Überschwemmungen.* Den ganzen Abend hatte sie regelrecht vor sich gesehen, wie er Jutta im Bett tröstete und ihr versprach, ihr ein neues Zuhause zu schenken. Jede von den Mistmaden in diesem Haus hätte mit ihm verbrennen sollen. Erika hätte an der Balkontür verharrt und wäre aus dem ersten Stock in den Innenhof gesprungen, wenn sich das Feuer ausgebreitet hätte. Leider so unglücklich, dass sie *vor Schmerzen niemanden hätte warnen können.* Aber die alte Schachtel mit ihren Räucherhütchen und Kohlgerichten musste es ja riechen. *Hat mich als Letzte gewarnt, das hat ein Nachspiel.*

Sie sah zu den verkohlten Monitoren, die für die Übertragung der Überwachungskameras da gewesen waren. Hier hatte sie den ganzen Abend gesessen, denen in der Waschküche zugesehen, gehört, was sie ihr und Jens alles Schlechtes wünschten oder was sie ihnen antun wollten. Die nächsten Wochen wären sie handzahm, wenn Erika ihnen begegnete. Immerhin war sie jetzt eine Witwe. Eine sehr trauernde Witwe, die mit diesem Gebäude noch sehr viel vorhatte. Zufrieden ließ sie sich auf dem Stuhl nieder. *Ihr Idioten denkt, der Tyrann sei tot.* Ein breites Grinsen entspannte ihre Züge. *Ich habe noch nicht mal angefangen.*

Sie nahm den Schlüssel der obersten Ferienwohnung vom Brett. Die war so eingerichtet, wie sie es mochte, als wäre es schon immer ihr Plan gewesen, irgendwann als Königin über allen anderen zu thronen. *Mögen die Spiele beginnen.*

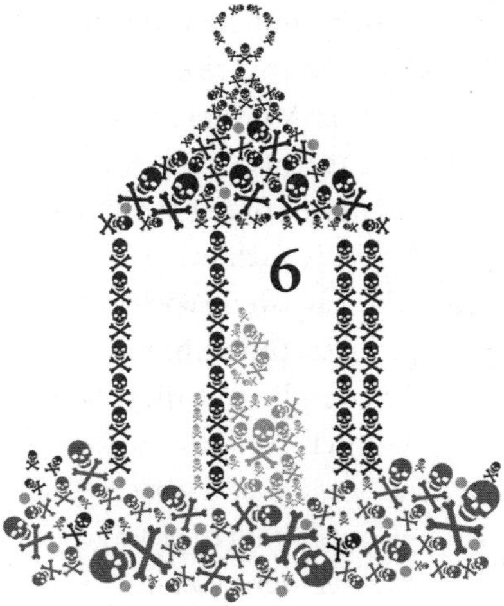


Markus Heitz

# Klub 24

*Homburg*

*Über den Autor:*

Markus Heitz: Schwarzträger und Alt-Grufti, ironisch-sarkastisch, manisch-kreativ und immer am nächsten Projekt. Hauptberuflicher Geschichtenerfinder, studierter Historiker und Germanist (was nichts bedeuten soll, wirklich), Ex-Journalist und -Rollenspieler, Gelegenheitssongtexter, Hörspielbastler und Jahrgang 1971. Schrieb mehr als 60 Bücher, pro Jahr kommen mindestens zwei neue Werke dazu. Internationale Übersetzungen findet man rund um den Globus, von Europa über die USA bis Asien und osteuropäische Länder. Alles in allem beträgt die Gesamtauflage über fünf Millionen, mehr als zwei Dutzend Bestseller standen oben auf der *Spiegel*-Liste. Seine Genres sind vorwiegend Fantastik, Horror und Space Fiction, sogar Kinderbücher und politische Kurzgeschichten kommen vor. Verrückt … Dafür ist er in Mathe und im Handwerken eine Niete. Man muss nicht alles können.

## 6. Dezember, Homburg, Saarland

»Sieht's schlimm aus?«, kam die Frauenstimme aus dem Funkgerät.

»Ein abgerissener Kopf am Gully. Und ein … nein, *zwei* abgetrennte Arme auf den Gleisen.« Armin besah den Tatort genauer und sprach dabei ins altertümliche Walkie-Talkie. »Ah, und da noch ein Hund an der Einmündung zum Park. Die Pfoten sind futsch.« Er beugte sich über die Überreste. »Keine Ahnung, wie sie das angestellt haben. Ich verstehe es nicht.«

»Angeblich haben sie *Verkehrsunfall beim Gassigehen* gespielt«, schepperte es aus dem Lautsprecher. »Torben zeigte sich sehr gründlich bei dem Szenario. Zum Aufräumen war keine Zeit, als ihn seine Mutter abgeholt hat.«

»Der kleine Scheißer. Erst das Puppenhaus und den Straßenspielteppich verwüsten und dann verpissen.« Armin grinste und sah über die demolierten Figürchen, welche die Kids übelst zugerichtet hatten. »Ich bin froh, dass sie keinen Ketchup fürs Blut aus dem Kühlschrank gemopst haben. Das hätte hässliche Flecken gemacht.« Der Mittvierziger erhob sich und ging aus dem Spielzimmer seiner Zwillingsmädchen, die im Raum nebenan schliefen. »Das nächste Mal lassen wir Torben zuerst aufräumen.«

Er ging die Treppe runter und legte das Walkie-Talkie auf die Anrichte, streckte den Kopf in die Küche, wo seine Frau Elvi die letzte Fuhre Kekse backte. Es roch himmlisch. Neben ihr stand ihr Funkgerät, mit dem sie sich absprachen, wenn sie im Haus unterwegs waren. Eine Marotte aus Kindertagen. »Ah, Spritzgebäck.«

»Deine Ladung ist ja von den Monstern längst weggefuttert.« Elvi sah über die Schulter, und die langen blonden Haare glitten seidig über den Rücken. »Hab eine ruhige Nachtschicht, Süßer.«

»Solange es keine Gassiunfälle gibt.« Armin warf ihr einen Luftkuss zu und fand, dass er die schönste Frau von allen erwischt hatte. Er ging zur Tür, zog den Anorak über und verließ das Haus.

Eisiger Wind fuhr in die Jacke und brachte ihn zum Frösteln. Noch eine halbe Stunde bis Dienstbeginn. Er ging die Strecke zur Polizeiinspektion in der Eisenbahnstraße. Immer. Es erdete ihn. Noch dazu bildete er sich ein, seine Verbindung zu den Straßen und Menschen persönlicher zu machen.

Armin stapfte über die geräumten Gehwege, vorbei an den geschlossenen Buden des Nikolausmarktes und überlegte, was auf seinem Tisch lag: zwei Wohnhauseinbrüche, ein Gastronomieüberfall, eine Spendenhochstaplerbande, mehrere Autoaufbrüche, vier Ladendiebstähle, einmal Unfallflucht. Standard. Auch zur Weihnachtszeit.

Seit zehn Jahren gehörte Armin ins Team des Homburger Kriminaldienstes, und er mochte seine Arbeit. Abwechslungsreich, immer was zu tun, eine an sich gute Aufklärungsquote und weniger von der Brutalität, die man aus Großstädten kannte. Ruhig und gediegen, höchstens einmal im Jahr durchbrochen von einem echten Aufreger.

Als Armin an der Inspektion ankam, stand eine brünette Frau von geschätzten 35 Jahren vor der Tür im hellen Lampenlicht und wartete sichtlich nervös, dass von innen elektrisch entriegelt wurde. Die Kamera über dem Eingang hatte sie noch nicht erfasst.

Die Kleidung war nicht billig, die Nobelhandtasche mindestens einen Tausender wert. An den Schuhen haftete viel Schmutz, am Mantelsaum ebenso; ein breitkrempiger mondäner Hut und schwarze Lederhandschuhe schützten sie vor Kälte, und ihre Brille war leicht orangefarben getönt.

»N'Owend«, grüßte er und zog seine Keykarte. Er aktivierte das elektronische Lesegerät am Eingang zur Inspektion und ging vor. »Kommen Sie rein. Sie müssen ja nicht in der Kälte warten.« Er tippte bei der Frau auf Weihnachtsdorfbesucherin und Geldbeuteldiebstahl. »Kollege Müller kümmert sich um Sie und Ihr Anliegen.«

»Danke.« Sie folgte ihm erleichtert in den Vorraum, wo sich eine große Panzerglasscheibe vor einem Tresen befand; dahinter wartete bereits ein Uniformierter, um die Aussage über eine Gegensprechanlage aufzunehmen. »Es geht um einen Mordversuch.«

Armin, der gerade nach links in den Bürotrakt der Inspektion abbiegen wollte, verharrte. »Bitte?«

»Mordversuch.« Sie öffnete den Mantelkragen und zeigte ihm eine aufgeschürfte rote Linie um ihren Hals. Das Blut war noch nicht getrocknet, glitzerte frisch; ein Bluterguss zog unter der Haut herauf. »An mir. Mit einem Seil.«

»Oha!« Armin fand sie bemerkenswert ruhig. Schock? »Brauchen Sie einen Arzt, Frau …?«

»Nein. Aber einen Polizisten, dem ich alles erzählen kann.« Die Fassade der Abgebrühtheit bröckelte, sie atmete rascher. »Und einen Tee. Ginge das?« Sie verlor an Farbe. »Es ist ein bisschen komplizierter.«

»Wo ist das passiert?« Er war sofort elektrisiert, ging im Kopf die üblichen Polizeiabläufe durch. »Erwischen wir die Person noch vor Ort, die versucht hat, Sie umzubringen?«

»Nein, ich denke nicht. Er ist … Profi.« Sie stützte sich an der Wand ab, wankte leicht. »Aber er wird es wieder versuchen.« Sie blickte auf die Uhr. »Es ist schon länger her. Andere Menschen sind eher in Gefahr.«

Armin nickte dem Kollegen zu, der sie genau beobachtete und zugehört hatte. »Ich übernehme das.« Am Ellbogen führte er der Frau aus dem Flur ins Besprechungszimmer. Das nüchterne Vernehmungszimmer wollte er ihr nicht zumuten. »Dann kommen Sie mit. Ich bin Kriminalhauptkommissar Kellermann. Erzählen Sie mir, was passiert ist, und wir schauen, was wir für Sie tun können. Und wie wir den Typen erwischen, der Ihnen das angetan hat.« Er zog den Anorak aus und warf ihn an den Haken neben der Tür. Gewohnheit, die etwas angeberisch wirkte.

Sie nickte und stellte die Designerhandtasche neben sich ab, warf den teuren Mantel rücklings über die Stuhllehne. »Mein Name ist Marie Meiser.« Sie setzte sich und faltete die bebenden Hände zusammen. »Ich bin einunddreißig Jahre alt, bin in Homburg zu Besuch und wohne in …«

Armin hob unterbrechend die Hand und ging zur Kaffeemaschine. »Welchen Tee, Frau Meiser?«

»Kräuter. Nichts, was mich aufregt.«

»Pfefferminz?«

»Geht auch.«

Armin ließ die Maschine fauchen und brodeln, sie spuckte heißes Wasser dampfend in die daruntergestellte Tasse. Mit dem gewünschten Teebeutel darin kehrte er an den Tisch zurück und stellte ihr das Gefäß hin, nahm ihr gegenüber Platz. »Ihren Ausweis, bitte.«

»Liegt mit meinem Geldbeutel im Hotelzimmer.«

»Okay. Die Formalitäten können wir später nachholen.« Er startete das Aufnahmegerät. »Erzählen Sie mir zuerst, wer versucht hat, Sie zu erdrosseln, Frau Meiser. Sie können jederzeit eine Pause machen.«

»Der Name des Mannes ist Bartl.« Sie zog die Handschuhe aus und legte die Hände um die Tasse. »Sein Username. Wie ich vorhin sagte: Es ist komplizierter.«

Armin sah auf die ringförmige Schürfwunde um ihren Hals. Die Linie war dick und stammte nicht von einer Schnur oder einer Saite. »Ich werde Ihre Verletzung dokumentieren, Frau Meiser.«

»Ein Hanfseil. Ziemlich grob. Bartl hat versucht, mich über einen Balken aufzuhängen, um es nach Selbstmord aussehen zu lassen.« Sie trank einen Schluck vom Tee.

»Wo?«

»In meinem Hotelzimmer. Oben, auf dem Schlossberg. Vorher musste ich einen Abschiedsbrief schreiben.« Sie stellte das Glas ab. »Bartl ist nicht sein richtiger Name.«

»Ein Username, das sagten Sie. In welchem Forum? Dann können unsere IT-Spezialisten nachforschen.« Armin sah die Spurensicherung vor seinem geistigen Auge bereits im Hotelzimmer auf die Suche gehen. Um diese Uhrzeit kam kein Housekeeping mehr, eventuelle Beweise würden weder verändert noch weggeputzt. Diese ganze Sache hatte Potenzial, in die Sammlung seltsamer Fälle zu gelangen. »Fangen wir vorne an. Wie …«

»Klub 24«, unterbrach sie ihn.

»Ich verstehe nicht?«

»Keine Erotik oder Disco. Das Forum, in dem Bartl, ich und die anderen sind.«

»Die *anderen?*«

»Ja. Wir sind mehr als tausend. Und alle mögliche Opfer von Bartl.« Meiser stieß die Luft aus und sammelte sich sichtlich. »Klub 24 geht auf eine Kinderidee von vor über dreißig Jahren zurück. Damals haben sich ein paar Jugendliche verschworen, ab dem ersten Dezember bis Heiligabend jeden Tag einen kleinen Schabernack, einen Scherz, ein harmloses Delikt zu begehen, um zu beweisen, dass der Weihnachtsmann und das Christkind *nicht* alles sehen und keine Liste über die echten Verfehlungen haben. Man darf dabei nicht erwischt werden.«

Armin hörte den Songtext von »Santa Claus is coming to town« in seinem Kopf: Liste machen, zweifach checken, rausfinden, wer gut und wer böse war. »Mh«, machte er. »Zum Beispiel?«

»Schwarzfahren, alte Zeitungen austragen, Klingelstreiche, Luft aus Autoreifen lassen, Süßigkeiten klauen. So was eben«, schilderte die Frau. »In diesen Zeiten Chatgags, Pranks und so was.«

»Und das Forum besteht, um die Taten zu dokumentieren?«, vermutete Armin.

»Richtig. Nur *dann* gilt es. Natürlich hat es auch was mit Vertrauen zu tun. Wir nehmen deshalb nur Neue auf Empfehlung und Einladung auf.«

»Und wer es nicht schafft?«

»Zahlt hundert Euro in die Kasse. Die Gesamtsumme geht danach an einen guten Zweck. Als Wiedergutmachung, wenn Sie so möchten.« Meiser atmete tief durch. »Man kann eine Verfehlung am Tag begehen oder mehrere an einem Tag, um verstrichene aufzuholen, aber niemals vorgreifend.«

»Aha. Und die 24er, die sämtliche Verfehlungen erfolgreich begangen haben?«

»Unter denen stimmen wir ab und krönen den Weihnachtsbengel oder die -bengelin.« Meiser betrachtete den aufsteigenden Dampf. »Es gibt Regeln: Niemand darf verletzt werden, nur Kleinigkeiten sind erlaubt, keiner darf ertappt werden. Aber Bartl entpuppte sich als Psycho. Ich weiß gar nicht, wer ihn ins Forum brachte.« Sie schauderte. »Er fing an, Tiere umzubringen und Kinder richtig übel zu erschrecken und ihre Entführungen vorzutäuschen. Da haben wir ihn rausgeworfen.«

Langsam ergab sich für Armin ein Bild. »Jetzt rächt er sich dafür.«

»Genau. Er spielt seine eigene Version von Klub 24.« Sie sah ihn direkt an. »24 Tote. Er tarnt sie alle als Unfall oder Selbstmord. Die Polizei wird seine Taten kaum bemerken.«

Armin fühlte ein Prickeln auf seiner Kopfhaut. Die Geschichte klang so abstrus, dass sie schlüssig sein konnte. »Das hat er gesagt?«

Meiser nickte. »Bartl meinte, dass sich jeden Tag in Deutschland um die zwei Dutzend Leute das Leben nehmen. In der Weihnachtszeit sogar mehr. Es würde nicht auffallen, wenn er seine Opfer daruntermischt.«

»Deswegen das Seil und der Abschiedsbrief für Sie.«

»Zur Tarnung, ja.« Sie senkte den Blick, durch die rötlich getönte Brille war es unmöglich, ihre Augenfarbe zu bestimmen. »Sie hätten mich aufgeknüpft gefunden und keine weiteren Fragen gestellt, Herr Kellermann.«

»Wie sind Sie ihm entkommen?«

»Er lauerte mir im Zimmer auf, hat mich den Brief schreiben lassen, danach mit dem Seil bewusstlos gedrosselt und einen Moment nicht aufgepasst, als er das Szenario im Zimmer vorbereitete. Ich kam zu mir und konnte entkommen.«

»Moment.« Er runzelte die Stirn. Nun kippte der Fall. »Sie haben keinen Hotelmitarbeiter um Hilfe gebeten, sondern sind vom Schlossberg bis in die Eisenbahnstraße gelaufen, um …«

»Nein. Das war vor«, sie sah auf die Uhr, »etwa zwei Stunden. Ich bin völlig durcheinander rausgerannt, habe mich im Wald versteckt, und als ich wieder klar denken konnte, habe ich mich zu Ihnen aufgemacht.« Meiser nahm noch einen Schluck. »Ich weiß, Sie glauben mir eher nicht.«

Armin sah auf den dreckigen Mantelsaum und die schmutzigen Schuhe. »Doch. Ich werde die Spurensicherung ins Hotel schicken. Bartl wird DNS hinterlassen haben.« Er räusperte sich. Die mögliche Dimension des Falls erschreckte ihn. Das hätte es in dieser Weise in Deutschland noch nie gegeben. Heute war der sechste Dezember, und sein Mordversuch war gescheitert. Das bedeutete: »Wollen Sie damit sagen, der Mann *hat* bereits fünf Menschen umgebracht?«

»Absolut!« Sie nickte überzeugt. »Fünf der vermeintlichen Selbstmorde in Deutschland sind sein Werk. Alles unerkannte Morde.«

»Und wenn er Sie heute nicht mehr erwischt …«

»Die Regeln besagen, dass er Taten nachholen kann.«

»Also könnte er bis zum 24. warten und neunzehn Morde an einem Tag begehen?«, fragte er ungläubig.

»Ja. Oder morgen zwei. Bartl traue ich es zu, auf volle 24 zu kommen. Er ist ein Psycho. Wir haben ihn nicht umsonst rausgeworfen.« Sie massierte nervös die Hände. »Ich nehme an, er wird sich die Mitglieder aus Klub 24 abgreifen.«

»Wer ist der Admin Ihres Forums?«

»Wir haben schon alle gewarnt. Aber wie viele das ernst nehmen, kann ich Ihnen nicht sagen.«

»Wie viele Mitglieder …?«

»Um die tausend. Überall in Deutschland verteilt, ein paar aus Europa. Die Idee kam gut an. Gerade auch wegen der Strafzahlung für einen guten Zweck.« Meiser nahm einen Zettel aus der Tasche. »Ich habe vorhin recherchiert. Das sind zwei Opfer von vermeintlichen Selbstmorden. Ich kannte sie. Zweiter Dezember und dritter Dezember, Frankfurt und München. Mitglieder von Klub 24. Sie könnten Ihren Kollegen einen Tipp geben, damit sie die Umstände der Tode genauer betrachten.«

Armin nickte und nahm den Zettel entgegen. »Sie können Bartl nur anhand einer Gegenüberstellung identifizieren und haben sonst nichts?«

»Nein, leider.« Sie lächelte gequält. »Bartl ist übrigens eine andere Bezeichnung für den Krampus. Habe ich zu spät begriffen. Ich schätze, dass der Akt der Bestrafung eine wichtige Rolle für ihn spielt.«

Armin wusste, dass dieser Fall zu groß für seine Polizeiinspektion und das LKA des Saarlandes war. Es klang nach BKA, mit viel Pech sogar nach Interpol, wenn der irre Bartl die Mitglieder des Klub 24 im Ausland jagte.

Aber zuerst wartete solide Polizeiarbeit auf ihn: Spurensicherung ins Hotelzimmer schicken, Aussage von Marie Meiser und ihre Personalien aufnehmen, Dokumentation ihrer Halsverletzungen und sicherheitshalber doch einen Arzt zu Rate ziehen wegen ihres Schocks. Danach die Kollegen in Hessen und Bayern kontaktieren und sie bitten, die beiden angezweifelten Selbsttötungen zu checken.

Sein Blick fiel auf den Kalender. Lustig, lustig, trallalala – heut war Nikolausabend da. Mit Krampus.

Blieben noch neunzehn Morde, die verhindert werden konnten.

Rasch legte Armin der Frau dar, was seine nächsten Schritte sein würden. »Ich würde Ihnen anbieten, dass Sie danach auf der Wache übernachten. Aber die Zellen sind nicht besonders angenehm.«

Meiser lachte schwach auf. »Mir wird heute nichts mehr geschehen, Herr Kellermann. Bartl ist längst auf und davon und auf dem Weg zu einem anderen Opfer. Er kann sich denken, dass ich zur Polizei bin. Das ist ein echter Kick für ihn.«

Armin stimmte ihr innerlich zu. Der Angriff war zwei Stunden her. Der Mann konnte innerhalb eines Radius von zweihundert Kilometern um Homburg sein, vielleicht sogar weiter, je nach Fluchtstrecke und Fahrzeugmodell. »Ich lasse Sie in die Uniklinik bringen. Zur Untersuchung. Und da sind Sie auch sicher.«

Die brünette Frau kniff die Lippen leicht zusammen. »Das werden lange Tage bis zum 24. Aber ich denke, dass mich Krampus von seiner Liste gestrichen hat. Dieses Jahr.«

»Wir schnappen ihn uns, Frau Meiser. Versprochen.« Damit verstieß Armin gegen das Polizeigebot, Zusagen zu geben, die sich kaum einhalten ließen; vor allem aus der Sicht eines Kriminalbeamten in einer Mittelstadt, der nichts mehr mit den Ermittlungen des BKA zu tun haben würde. Er stand auf. »Ich veranlasse die Untersuchung Ihres Zimmers, Frau Meiser. Danach nehmen wir Ihre Fingerabdrücke, wir gehen Ihre Aussagen nochmals durch, und danach lasse ich Sie von einer Streife in die Uniklinik fahren.«

»Zimmer dreiundzwanzig.« Sie nickte und trank ihren Tee aus.

Armin erhob sich aus dem Stuhl und verließ das Zimmer, um mit dem Leiter der Nachtschicht zu sprechen, ein paar Telefonate zu führen und mit einem gefüllten Keksteller zu Meiser zurückzukehren.

Aber die Frau war verschwunden.

Jetzt wurde es wirklich kompliziert.

***

Henriette eilte in Richtung Hauptbahnhof und lachte leise vor sich hin, stellte mit ihrem Smartphone die neuesten errungenen Punkte ins Onlineforum.

Natürlich gab es den Klub 24 nicht – nicht unter *dem* Namen.

Das war ihre erste Lüge gewesen; dass es auch keine tausend, sondern nur eine Handvoll Mitglieder war, rechnete sie dazu.

Die Vortäuschung einer Straftat aka Mordversuch: die zweite Lüge.

Ihr falscher Name alias Marie Meiser ergab die dritte Lüge.

Die falsche Halswunde, die sie mit viel speziellem Make-up auf die Haut gezaubert hatte, wurde zum vierten Betrug.

Sich darüber hinaus mit der Polizei anzulegen ergab tüchtig Ansehenspunkte im Klub und wäre entscheidend für den Sieg in diesem Jahr. Die Ermittlungen des armen Herrn Kellermann würden im Sande verlaufen. Aber sie war sich sicher, damit in die Polizeigeschichte des Saarlandes eingegangen zu sein.

Das Zimmer hatte Henriette zwar im Hotel auf dem Schlossberg online über eine Internetplattform und aus einem Internetcafé reserviert, sogar unter Marie Meiser, war jedoch nie dort aufgetaucht. Keine Kreditkartennummer oder sonstigen Angaben, womit das Zimmer ab 18 Uhr automatisch freigegeben wurde. Nummer fünf.

Damit hatte sie die letzten Tage wie geplant aufgeholt. Ein kleines Delikt fehlte ihr, um Tag sechs zu vervollständigen.

*Wobei, das kann ich auch morgen machen.* Henriette sah über die Schulter, ob ihr ein Polizist folgte. Doch niemand eilte ihr nach. *Heute ist schon anstrengend genug gewesen.*

Vielleicht ergab sich auf der Rückfahrt nach Stuttgart etwas, wo sie eigentlich lebte. Ein kleiner Ladendiebstahl in einer Tankstelle, Vorfahrt schneiden, nur was Leichtes und Schnelles nach dem Aufwand.

Manche Sachen in ihrer Erzählung waren nicht gelogen.

Der Klub, die Herausforderung, die Anfänge in Kindertagen, die Kasse für den guten Zweck, das hatte alles der Wahrheit entsprochen. Aber es führten keinerlei Spuren zu ihnen. Perücke, Brille, der Hut mit dem ausladenden Rand hatten ihr Gesicht für die Kameras in der Polizeiinspektion so gut wie unkenntlich gemacht. Das Teeglas hatte sie mit einem Desinfektionstüchlein abgewischt. Nicht einen Fingerabdruck oder DNS gönnte sie dem Kriminaler.

Henriette schwenkte auf die Brücke ein, die Autos, Radfahrer und Fußgänger mehrspurig auf getrennten Bahnen nach Erbach führte. Dort hatte sie auf einem Einkaufsparkplatz ihren Smart abgestellt.

Die Fünfunddreißigjährige sah sich mit dieser Aktion bereits als Gewinnerin des laufenden Jahres. Diese Aktion befeuerte die Konkurrenz, das wusste sie, um sie zu übertrumpfen, aber den Punkt »Polizei gefoppt« schlug so schnell nichts. Das Lächeln wurde breiter, ihre Siegesgewissheit nahm zu. *Endlich!*

Plötzlich erklang ein lautes Hupen auf der viel befahrenen Straße, und ein Scheinwerferpaar schwenkte unvermittelt auf sie ein.

Das Doppellicht machte einen grotesken Schwenk aufwärts und blendete Henriette. Ein heftiger Schlag traf sie.

Dann wurde es schwarz.

***

Armin hielt sich mit beiden Händen am Brückengeländer fest, atmete tief ein und aus. Ihm war beschissen schlecht. »Ihr Name ist Marie Meiser«, sagte er zur besorgten Spurensicherin, die im weißen Overall neben ihm stand. Sie befürchtete, dass er in Ohnmacht fiel. Aber den Gefallen wollte er ihr nicht tun.

»Also können wir ihren Kopf eintüten?«, fragte sie. »Fotografiert haben wir ihn schon. Der liegt mir zu nahe am Gully. Wenn es stärker regnet, kann uns der Süff wertvolle Lackspuren abwaschen.«

Armin unterdrückte das Aufstoßen, es roch säuerlich in seinem Mund. »Ja, können Sie. Danke.« Seine Blicke richteten sich auf den Rest der Leiche, die im Gleisbett einige Meter unter ihm lag.

Marie Meiser war, den Augenzeugen nach, von einem schweren SUV bewusst von der Brücke gerammt worden. Beim Aufprall gegen das Geländer wurde der Kopf der Frau abgerissen, er landete neben dem Abwasserrost auf der Straße.

Der enthauptete Körper war durch die Luft geflogen und auf den Bahngleisen gelandet, die unter der Brücke durchführten – und von einem Regionalexpress erfasst worden. Die Unterarme waren der Toten von den Stahlrädern wie von einem Trennschleifer glatt abgetrennt worden.

Armin erinnerte sich an *Unfall beim Gassigehen* im heimischen Kinderspielzimmer. Torben schien beinahe prophetische Kräfte zu haben.

»Ach, ist ein Hund gefunden worden?«, rief er zur Spurensicherin.

»Nein. Kein Hund«, gab die Beamtin in ihrem Schutzanzug zurück. »Nur ein Kopf und, na ja, die anderen Teile des Opfers.«

Armin schluckte die aufsteigende Kotze herab.

Nach dem Verschwinden von Marie Meiser hatte er mit seinen Nachforschungen begonnen und war auf einige Ungereimtheiten gestoßen: kein Klub 24, jedenfalls nicht auf die Schnelle, ein nicht bezogenes Zimmer, sorgsam abgewischte Spuren an ihrem Teeglas.

Der Name Marie Meiser wiederum tauchte tausendfach in Deutschland auf, es gab keinerlei Anhaltspunkte. Die Kameras lieferten keine verwertbaren Bilder, und die Fotos der gefundenen Meisers im Netz glichen der Toten nicht mal ansatzweise.

Alles hatte für Armin nach einem üblen, sehr aufwendigen Streich ausgesehen, um den Versuch eines Kapitalverbrechens vorzutäuschen. Vielleicht fürs Internet, vielleicht für irgendeine kranke Wette oder doch so etwas wie Klub 24.

Gerade hatte er überlegt, eine Phantomzeichnung der Unbekannten anfertigen zu lassen, als ihn die Streife über die Tote auf der Brücke informierte. Und unter der Brücke.

Die eindeutigen Schilderungen der geschockten Augenzeugen änderten die Sachlage. Übereinstimmend sprachen sie von einem schwarzen SUV mit einem Münchner Kennzeichen. Damit war die Nähe zur süddeutschen Krampus-Sage gegeben. Das gezielte Anfahren und der Versuch, es nach Unfall mit Fahrerflucht aussehen zu lassen, passten perfekt zur Masche des ominösen Bartl.

*Oder ein dummer Zufall, der sich in Meisers wirre Geschichte perfekt einfügt.* Armin richtete den Blick auf den Trupp der Spurensicherung zu seinen Füßen, die unter einem Zelt und im Scheinwerferlicht den zerstückelten Leichnam auf den Gleisen untersuchten.

Die Handtasche war verschwunden, es gab keinerlei ID-Möglichkeiten außer dem Zahnabdruck der Toten. Es würde dauern, bis herausgefunden war, um wen es sich wirklich bei der Brünetten handelte. Mit viel Pech führte der Dentalabgleich auch nicht weiter.

Armin zog das Smartphone heraus. Immer noch der sechste Dezember. Achtzehn Morde in der Pipeline, die Bartl begehen konnte.

Er fand den Gedanken erschreckend, auch wenn er widersinnig, realitätsfremd und ausgedacht erschien.

Andererseits wurde in Frankreich im vergangenen Jahr ein 88-Jähriger mit einer Granate aus dem Ersten Weltkrieg im Rektum, die er sich selbst reingeschoben hatte, in die Notaufnahme eingeliefert: Evakuierung der angrenzenden Krankenhausbereiche, Umleitung der Patienten, ein Sprengkommando rückte an, und ein Behandlungszelt war vor dem Krankenhaus aufgebaut worden.

Das hätte Armin ebenso wenig geglaubt – und doch war es geschehen. Und gut ausgegangen, für alle.

Wenn das Unwahrscheinlichste als Letztes übrig bleibt, nachdem alles andere ausgeschlossen war, konnte es nur die Wahrheit sein. So oder so ähnlich begründete Sherlock Holmes seine Schlussfolgerungen immer.

Armin fällte die Entscheidung: Er würde der Unbekannten und dem eventuellen Bartl nachstöbern. Dazu brauchte er weder LKA noch BKA. Sein persönlicher Ehrgeiz, nachdem ihn die Frau verarscht hatte. Oder auch nicht, was erschreckend wäre.

Irgendwie, als er in sich lauschte, fand er die grundsätzliche Idee hinter dem Klub 24 gar nicht schlecht.

Und witzig.

Armin würde es im Freundeskreis vorschlagen. Aber selbstverständlich nur kleine Sachen. Mit Polizisten im Boot war eine solche Challenge noch lustiger.

Andrea Bonetto

# Letzte Abfahrt

*Arosa*

*Über den Autor:*

Andrea Bonetto ist ein Pseudonym. Der Autor lebt in der nördlichsten Stadt Italiens und hat die Küste zwischen Sestri Levante und La Spezia erstmals Ende des letzten Jahrhunderts entdeckt, als er sich während einer ausgedehnten Motorradtour auf den verwinkelten Sträßchen verirrte. Landschaft, Kultur, gutes Essen und gute Freundschaften ziehen ihn seither immer wieder nach Ligurien zurück. Mit »Abschied auf Italienisch« ist im März 2023 der erste Roman in seiner Reihe mit Commissario Vito Grassi erschienen.

Bewachter Parkplatz. Rechtfertigte ein gelangweilter Dorfjugendlicher mit Kopfhörern, der blicklos Bargeld einstrich und kleine Zettel verteilte, diese Bezeichnung? Der Mann in der dunkelblauen Jacke musste grinsen. Seine Bestellung lautete auf einen bestimmten deutschen Sportwagen, nicht älter als Baujahr 2018, Volllederausstattung. Selbstverständlich in dieser Preisklasse. Der Parkplatz an der Talstation der Seilbahn war für den Mann wie ein riesiger Gebrauchtwagenmarkt. In Schweizer Skigebieten gab es viel Geld und deshalb alles. Auch den bestellten Wagen. Und günstigerweise stand der Wagen auch noch in einer Reihe, die von dem Wächterhäuschen nicht einsehbar war. Seinen mitgebrachten Laptop stellte er auf das Wagendach, während er routiniert den schmalen, langen Eisenhaken zwischen Fensterdichtung und Blech schob und mit einem Ruck die Tür öffnete. Sofort ging die Alarmanlage los. Der Mann setzte sich auf den Beifahrersitz, öffnete eine Klappe im Fußraum, schloss den Laptop an, drückte ein paar Tasten, und es herrschte wieder Ruhe. Ein kurzer Rundblick verriet ihm, dass seine Aktion keine Aufmerksamkeit erregt hatte. Den Wagen zu starten war kein Problem. Er nahm den Waldweg, der an der hintersten Ecke des Parkplatzes neben dem Altglascontainer in das Tal führte. Die Müllabfuhr hatte gespurt, und der Vierradantrieb hatte keine Schwierigkeiten mit dem Neuschnee. Wenige Minuten später hatte er die Hauptstraße erreicht und war auf dem Weg zum vereinbarten Treffpunkt.

»Mir ist kalt.«

Der Wind trieb den Schnee in Böen um das kleine Lifthäuschen, neben dem zwei einsame Skifahrer standen. Ihre grell neonfarbenen Funktionsjacken waren die einzigen Farbtupfer in einer düsteren, verwischten Winterwelt. Den ganzen Tag über schneite es aus gelblichen Wolken, die so tief hingen, dass von den bedrückenden Dreitausendern um sie herum nichts zu sehen gewesen war.

»Na, das ist ja mal was Neues.« Der Mann suchte zwischen Handschuh und Ärmel seiner Jacke nach der Vintage-Armbanduhr. Es war kurz vor halb fünf. »Nur noch einmal hoch und rüber zum Tschuggen. Danach treffen wir uns mit Hannes und Ruth um halb sechs an der Mittelstation. Da kannst du dich dann aufwärmen. Na los, Tina!«

Er drehte sich um und tappte steif über die Kunstrasenmatte in Richtung Drehkreuz.

»Außerdem tun mir die Beine weh.«

»O nein, nicht schon wieder.« Der Mann blieb stehen, stützte sich mit einem tiefen Seufzen auf die Skistöcke und drehte ihr nur den Kopf zu. Seine Augen waren hinter der dunklen, fast das ganze Gesicht bedeckenden Brille nicht zu erkennen. »Bitte verschone mich, Tina. Dir ist kalt, deine Füße tun weh, du hast Kopfschmerzen oder deine Regel. Irgendwas ist immer. Könnten wir bitte nur dieses eine Mal, nur diese paar Weihnachtstage mit Freunden, deine Leiden vergessen und zusammen ein bisschen Spaß haben?«

»Aber es geht hier doch nur um deinen Spaß, Harold, denn mich fragst du nicht. Wir sind seit heute Morgen bei dem Sauwetter unterwegs, und du hast mich über jede schwarze Piste geschickt, die du finden konntest, obwohl du weißt, dass ich das auf den Tod nicht ausstehen kann. Genauso wenig wie deine genervten Blicke, wenn du auf mich warten musst.«

»Ich bin nur vorgefahren, weil du dich in dem Skigebiet nicht auskennst. Aber wenn du lieber auf eigene Faust losziehen willst? Bitte sehr, ich habe nichts dagegen. Warum bist du überhaupt gekommen? Anscheinend hast du doch gar keine Lust, die Feiertage mit meinen Freunden zu verbringen.«

»Deine Freunde, ganz genau.«

»Die auch deine Freunde sein könnten, wenn du dich nur ein bisschen öffnen würdest und für ein bisschen Spaß zu haben wärst.«

»Ich verderbe niemandem den Spaß.«

»Aber für Karaoke bist du dir zu fein.«

»Weil es albern ist.«

»Dann ist es eben albern, aber man macht was gemeinsam.«

»›Gemeinsam‹, klar. Solange du bestimmst, wo's langgeht.«

»Du lieber Himmel, nicht schon wieder diese Tour.«

»Dir ist doch egal, ob es mir gefällt.«

»Und wie soll ich wissen, ob dir was gefällt, wenn du dich über alles beschwerst?«

»Ich will jedenfalls zurück ins Chalet.«

Harold stieß sich von den Stöcken ab und sah sie direkt an. »Wir haben mit den beiden verabredet, dass wir sie in der Mittelstation treffen. Ich will nicht, dass alle schon mies drauf sind, kaum bist du da. Also tu mir bitte nur dieses eine Mal den Gefallen und reiß dich zusammen, okay?«

»So da!« Der Bärtige mit der orangefarbenen Winterjacke trat in die Tür des Lifthäuschens. »Gönnt Sie jetz nomol uä oder nöd? Do isch d'letschdi Obfohrt. I wett auch amol hei.«

»Moment noch!«, rief Harold.

»Bitte, ich kann nicht mehr.« Tinas Stimme klang plötzlich versöhnlich, fast flehentlich. »Könnten wir nicht zusammen ins Chalet zurück und es uns da ein bisschen gemütlich machen? Nur wir zwei? Ich massier dir auch …«

»Ach, Scheiße, Tina! Mach doch, was du willst.«

Harold drehte Tina den Rücken zu, beugte sich vor, legte seine Karte auf den Sensor am Drehkreuz, schwang die Stöcke hinüber und glitt auf die Liftspur. Der bärtige Mann trat aus dem Häuschen ins Schneetreiben und pflückte vom Himmel einen Bügel, den er Harold energisch unter den Hintern schob. Der wurde weggezogen und war schon nach wenigen Metern im Schneegestöber beinahe unsichtbar.

Tina stand nur da und sah ihn verschwinden. Für immer, schoss es ihr durch den Kopf? Sie hatte ihr eigenes Auto unten auf dem Seilbahnparkplatz und die Schlüssel in der Tasche. Am liebsten hätte sie sich jetzt in ihren Sportwagen gesetzt und wäre einfach nach Hause gefahren. Harold würde sie wahrscheinlich noch nicht einmal vermissen, wenn sie nicht zurück ins Chalet käme. Wäre sie wirklich bereit, nicht nur Weihnachten, sondern auch ihre noch junge Beziehung mit Harold aufs Spiel zu setzen? Sie hatten in letzter Zeit einfach schon zu viele Auseinandersetzungen dieser Art gehabt, und vielleicht passten sie wirklich nicht zusammen. Als sie schließlich doch mit ihrer behandschuhten Hand nach dem Skipass fingerte und das Drehkreuz durchschritt, tat sie es nicht, um ihre Beziehung zu retten. Sie ärgerte nur der Gedanke, dass Harold oben in der Mittelstation Hannes und Ruth seine Version der vorangegangenen Szene exklusiv vorsetzen könnte.

Trotz der Handschuhe waren ihre Hände so klamm, dass sie den ersten Bügel wieder loslassen musste, nachdem der sie bereits ein paar Meter den Berg hochgezogen hatte. Sie rutschte langsam rückwärts bis zum Anfang der Liftspur. Warum half ihr der bärtige Schweizer nicht? Sie sah sich um, konnte aber durch das vereiste kleine Fenster des Lifthäuschens niemanden erkennen. Wahrscheinlich hatte der Mann gar nicht mitbekommen, dass sie nun doch auch noch mal hochfuhr. Peinlich genug, dachte sie, dass er den Streit mitgehört haben könnte.

Ihre Hand schoss nach oben, als ein Bügel heranschwebte. Diesmal bekam sie ihn fest zu fassen, klemmte sich die eine Bügelhälfte unter den Hintern und wurde davongezogen. Um ein Haar hätte sie ihre Stöcke verloren.

Dies musste der einzig verbliebene Schlepplift im ganzen Skigebiet sein. Den ganzen Tag hatte sie sich zwischen den Fahrten auf hochmodernen Sesselliften hinter Plexiglas erholen können. Ihre neue Skischuhe drückten, darum war es für Tina ein Segen gewesen, sich setzen und sie öffnen zu können. Oben angekommen, hatte sie dann immer alles wieder schließen und sortieren, die Handschuhe anziehen, über den Ärmeln schließen, die Hände durch die Schlaufen schieben müssen. Während der ganzen Prozedur hatte Harold so getan, als würde er geduldig warten, war dabei aber immer weiter langsam den Hang seitlich abgerutscht, sich hin und wieder ungeduldig nach ihr umdrehend. Und kaum hatte sie sich zögerlich in Bewegung gesetzt, mit ängstlichem Blick eine möglichst buckelfreie Route über die Piste suchend, hatte Harold alle gespielte Rücksichtnahme fahren lassen und war selbstvergessen losgewedelt. An der nächsten Kuppe hatte sich das erniedrigende Spiel wiederholt. Manchmal bekam sie einen flüchtigen Kuss auf die Nasenspitze, wenn sie es unfallfrei bis zu ihm geschafft hatte. »Ist das nicht herrlich?«, rief er aus, dann war seine Pause vorbei, und er ließ es wieder laufen. Bis sie sich die Handschuhe ausgezogen, die Nase geputzt und die Handschuhe wieder angezogen hatte, stand er schon wieder auf der nächste Kuppe.

Sie hasste das.

Genauso, wie alleine Schlepplift zu fahren. Wenn kein Gegengewicht den Bügel gerade hielt, hatte sie ständig das Gefühl, abzurutschen. Immer wieder musste sie gewagte Ausfallschritte machen, um die Balance nicht zu verlieren. Dabei kam der Außenski aus der Liftspur in den weichen Tiefschnee, der ihn bremste und sie noch mehr in die Gefahr brachte, das Gleichgewicht zu verlieren.

Um sie herum war die Welt inzwischen vollkommen grau geworden. Schnee peitschte ihr gegen Kinn und Stirn. Wie eine Mönchsprozession glitten lautlos rechts und links die Schemen von verschneiten Tannen an ihr vorüber. Dahinter, überlegte sie, musste die schwarze Piste verlaufen, auf der sie Harold heute mindestens drei Mal ängstlich nachgefahren war. Nein, dazwischen lag ja noch der Arvengarten, oder? Sie war sich nicht mehr sicher. Und mit einem Mal wurde ihr auch klar, dass sie auch nicht mehr genau wusste, wie sie zur Mittelstation hinüberwechseln musste. Der Tschuggenlift war links, aber zuvor musste sie doch noch einen anderen Lift nehmen, der weiter talwärts begann. Sie durfte nicht zu weit ins Tal fahren, sonst würde sie zum Tschuggen mühsam aufsteigen müssen. Und wenn der dann nicht mehr lief? Sie musste einen Anflug von Panik unterdrücken.

Warum war hier sonst kein Mensch? Harold konnte doch nicht der einzige Skiverrückte sein, der selbst bei so einem Sauwetter den Liftbetrieb bis zur letzten Minute auskostete. Sie sah sich vorsichtig um, aber sie war allein in der eisigen Waschküche.

In diesem Augenblick fand sie sogar etwas Trost in dem Gedanken, dass Harold höchstens ein halbes Dutzend Bügel vor ihr sein konnte. Dass er noch vor wenigen Minuten jenen Baum passiert haben musste, an dem sie gerade lautlos vorbeiglitt. Harold würde bestimmt oben warten. Sie starrte blind in den Schnee und überlegte, nach ihm zu rufen. Aber er würde sie sowieso nicht hören können. Und außerdem hatte sie ihren Stolz.

Als in einer Senke der Zug des Bügels nachließ, weil Tina auf ihren Skiern für Sekunden schneller als der Lift war, nahm sie den Bügel zwischen die Beine und hatte so das Gleichgewichtsproblem gelöst. Sofort fühlte sie sich sicherer und schöpfte neuen Mut. Erst einmal oben sein, dann wollte sie weitersehen.

Hinter der kleinen Senke stieg die Liftspur so steil an, dass das Zugseil des Bügels fast parallel zum Boden verlief. Der Bügel rutschte Tina in die Kniekehlen, und sie musste sich an die Stange klammern, um nicht nach hinten zu fallen. Aus den Augenwinkeln nahm sie plötzlich zur Linken eine Bewegung wahr. Eine dunkle

Gestalt kam schnell auf sie zu. Zutiefst erschrocken wollte Tina ihre Ski nach links lenken, aber der rechte schien am Boden zu kleben, und der linke rutschte über die Mittelrille der Liftspur auf den rechten. Der Bügel in den Kniekehlen riss sie unbarmherzig weiter, drehte sie aus der Achse, sie fiel, stürzte ungelenk und schmerzhaft auf die Seite, noch einmal zerrte der Bügel an der Wade, bevor er sich endgültig losriss und sich das Surren des sich aufwickelnden Seils in der Dunkelheit verlor.

Für Sekunden stand das Reh starr vor Tina, schaute sie vollkommen ausdruckslos an, dann verschwand es mit wenigen lautlosen Sätzen im Schneetreiben.

Tina saß mit dem Rücken zum Tal, das Körpergewicht auf den schmerzhaft nach hinten gedrehten Armen. Das Herz schlug ihr bis zum Hals. Sofort versuchte sie hektisch aufzustehen, fiel aber immer wieder nach hinten, hockte halb auf den Skienden und begann langsam rückwärtszurutschen. Es gelang ihr nicht, sich mit den Händen abzustützen oder sich so zu drehen, dass die Kanten der Skier sie hätten bremsen können. Wie auf Schienen ging es in der Spur rückwärts. Sie warf sich mit aller Kraft nach rechts. Das linke Skiende grub sich in den Neuschnee, sie wurde halb herumgeschleudert, spürte einen reißenden Schmerz in der Leiste und blieb, das rechte Bein in der Luft und den Kopf gen Tal, endlich reglos liegen.

Ein paar Minuten rührte sie sich nicht und konnte ihr Unglück kaum fassen. Trotz der Kälte war sie nass geschwitzt. Sie riss sich die Skibrille vom Gesicht und öffnete die Reißverschlüsse ihrer Jacke und Skiunterwäsche. Wenn sie sich aus ihrer Lage befreien wollte, musste sie die Ski loswerden, dachte sie, zumindest den, der im Schnee steckte. Mit angezogenen Beinen vollführte sie eine Rumpfbeuge, die sie alle Kraft kostete, schaffte es aber schließlich, die Bindung mit der Hand zu erreichen. So fest sie konnte, schlug sie ein paar Mal auf das Fersenteil der Bindung, bis sie aufsprang.

Tina machte eine Rolle rückwärts, rammte den rechten Skischuh in den Schnee und kam so durch den Schwung irgendwie zum Stehen. Durch die Hanglage war ihr linkes Bein mit dem verbliebenen Ski stark angewinkelt, das rechte hingegen gestreckt. Sie atmete durch.

Einen Stock hatte sie noch am Handgelenk, der andere war weg. Nicht so wichtig, dachte sie. Aber den zweiten Ski musste sie wieder unter die Füße bekommen. Er steckte ein paar Meter über ihr im Schnee. Langsam – Schritt mit dem linken Ski, rechtes Bein nachziehen, Stand suchen, vier Mal durchatmen, Schritt mit dem linken Ski – stakste Tina den Hang hinauf. Als ihr verlorener Ski in Griffweite war, trat sie mit dem rechten Stiefel eine Rinne quer zum Hang. Dann zog sie den Ski aus dem Schnee, legte ihn in die Rille, dabei immer darauf bedacht, das Gleichgewicht nicht zu verlieren, schob den Skischuh in die vordere Bindung, legte das Gewicht auf die rechte Ferse und trat kurz und entschlossen zu. Ein kleiner Sieg.

Aber wie sollte sie jetzt nach oben kommen? Das Bügelseil lief an dieser Stelle tief über den Boden. Vielleicht würde es ihr gelingen, mit dem Skistock einen herunterzuziehen. Weit konnte es bis nach oben nicht mehr sein. Sie schaute am surrenden Seil entlang den Hang hinunter und erblickte einen sich nähernden Bügel. Gerade als Tina die Hand mit dem Stock ausstreckte, blieb der Lift mit einem Mal stehen. »Oh, bitte nicht!«, entfuhr es ihr. »Bitte, bitte nicht!« Dabei war ihr sofort klar, was passiert sein musste. »Letzte Abfahrt«, hatte der bärtige Liftbedienstete in seiner schweizerischen Mundart gesagt, bevor er Harold in den Lift geholfen hatte. Dass Tina auch noch eingestiegen war, hatte der Mann wahrscheinlich gar nicht mitgekriegt. Er musste danach seinem Kollegen den letzten männlichen Fahrgast nach oben gemeldet haben, und als der angekommen war, hatte man einfach Feierabend gemacht.

Jetzt hatte sie ein Riesenproblem. Hoch kam sie nicht mehr. Aber auch die Vorstellung, der schmalen steilen Liftspur folgend abwärtszufahren, machte ihr Angst. Würde sie nicht auf eine Piste stoßen, wenn sie die Liftspur verließ und dem Hang folgte? Wie weit mochte sie entfernt sein? Sie musste diese Piste erreichen, und zwar schnell, dachte sie. Nach der letzten Abfahrt gab es immer noch eine Pistenkontrolle. Man würde sie finden und ins Tal bringen, in Sicherheit, in die Wärme, ins Licht. Die Panik in ihr wuchs. Und mit ihr die Wut auf sich selbst und auf Harold, der sie erst in diese Situation gebracht hatte. Der saß sicher schon bei Bratwurst, Rösti und Bier in der Mittelstation und zog vor Ruth und Hannes über sie her. »Mit der kann man einfach keinen Spaß haben«, würde er sagen. In diesem Augenblick hasste sie Harold. Und sich noch mehr. Dafür, dass sie sich nach dem langen, geschäftlich erfolgreichen Singledasein in einen Idioten verliebt hatte, dem sie auch noch die Miete zahlte, seit der seinem Ex-Chef »mal ordentlich die Meinung gesagt hatte, was in seinem Laden alles scheiße läuft«. Wie viel Mühe sie sich mit diesem aufgeblasenen Gefühlskrüppel gegeben hatte. Natürlich hatte er sich von seinem alten Buddy Hannes zum Weihnachtsskiurlaub einladen lassen. Und natürlich war er mit ihm und dessen schicker Freundin Ruth vorausgefahren. Sie könne ja nachkommen, wenn sie es schaffe, »sich von ihrem Schreibtisch loszureißen«. Er allein war schuld, dass sie sich in dieser beschissenen Lage befand.

Mit einem Mal war sie sich sicher, dass die Piste gleich hinter der Baumreihe sein musste, die die Liftspur flankierte. Das war ja hier schließlich ein voll erschlossenes modernes Skigebiet und kein Naturreservat. Sie musste durch diese Bäume durch, dann war sie gerettet. Sie würde im Chalet ihre Tasche schnappen, in ihren mühsam erarbeiteten Sportwagen steigen, nach Hause fahren und den Dauerauftrag für seine Miete beenden. Nur noch durch diese Bäume …

Bei diesem letzten Gedanken hatte sie sich schon in Bewegung gesetzt, leicht abschüssig ging es über die Liftspur. Sie staunte darüber, wie schnell sie Tempo aufnahm, das sie nicht kontrollieren konnte. Dann hatte sie den Rand der Spur erreicht und erkannte überrascht, das zwischen ihr und den ersten Bäumen ein steiler Abhang war, und weil sie im Tiefschnee ihre Ski nicht kontrollieren konnte, fuhr sie stur geradeaus, schoss mit hilflos rudernden Armen den Abhang hinunter auf die hohen Baumschemen zu, glitt zwischen zwei Büschen hindurch, wurde an einem unsichtbaren Buckel ausgehebelt, drehte sich um die eigene Achse und schlug mit voller Wucht gegen einen Baum.

Als sie das Bewusstsein wiedererlangte, konnte sie nichts sehen. Erst als sie langsam den Kopf hob, brach die Schneeschicht auf ihrem Gesicht. Es war stockdunkel. Sie öffnete den Mund und schmeckte zarte Schneeflocken auf der Zunge, die auf ihrem tauben Gesicht nicht zu spüren waren. Schräg über ihr schien am Himmel ein helles Licht zu schweben. Kein Stern, ging es ihr durch den Kopf. Vielleicht die Mittelstation. Alles an ihr war kalt, nur die Beine und Füße waren warm. Nein, dachte sie müde, nicht warm, nur ohne Gefühl. So wie der Rücken und der Bauch. Tina bewegte sich nicht, weil sie wusste, dass es nutzlos war. Sie lag nur da und starrte auf das schwebende Licht, bis sie eingeschlafen war.

»Meinst du nicht, nach zwei Tagen könntest du sie mal anrufen?«, sagte Ruth.

»Wozu?«, sagte Harold.

Sie saßen zu dritt im Chalet und spielten ein blödes Kartenspiel, auf das Harold keine Lust gehabt hatte, weil er nicht immer gewann. Wegen des schlechten Wetters war der Liftbetrieb seit Tagen eingestellt.

»Es ist vorbei. Wir haben sowieso nicht zusammengepasst. Ihr kennt sie ja noch nicht so lange, aber Tina ist einfach zu langweilig für mich. Ich habe meine Eltern angerufen, im Notfall erledigen die das mit der Miete für mich, bis ich diese neue Stelle habe. Die wären ja blöd, mich nicht zu nehmen. Also, was soll's?«

»Und was ist mit ihrer Tasche, die sie hiergelassen hat?«, fragte Hannes.

»Nach der Nummer, die sie mit mir abgezogen hat, kann sie ja wohl kaum erwarten, dass ich ihr auch noch ihr Zeug hinterhertrage, oder?«

»Machst du dir denn gar keine Sorgen?«

Harold schüttelte den Kopf. »Ihr Wagen steht nicht mehr auf dem Parkplatz. Sie hat immer ein Paar Businessschuhe und Klamotten im Wagen für alle Fälle, wie sie sagt. Das war dann jetzt wohl so ein Fall, schätze ich. Und jetzt hört endlich auf, über Tina zu reden. Ich hab schließlich Urlaub. Du kommst raus, Ruth. Bringst du mir noch ein Bier, Hannes?«

Anfang Mai musste auch der letzte Bügellift einem modernen 6er-Sessellift weichen. Ein Hubschrauberpilot, der die Pfeiler für die neue Bahn zur Baustelle transportierte, hatte die Leiche aus der Luft entdeckt. Ihr Zustand war nicht so gut, wie man es nach Monaten unter Schnee hätte vermuten können. Tina Hall konnte anhand der Papiere, die sie bei sich trug, identifiziert werden. Der tragische Fall machte kurz Schlagzeilen. Ihr letzter Lebensabschnittspartner Harold sagte einer Boulevardzeitung, dass die Gewissheit ihres Todes nach Monaten der ängstlichen Unruhe zwar schmerzliche Erinnerungen an schöne Stunden wieder heraufbeschwören würde, er nun aber einen neuen Lebensabschnitt beginnen könne. Auch Tina hätte nicht gewollt, dass er zu lange trauert.

Er erwähnte nicht, dass die Bank die Mietzahlungen erst nach der Todesnachricht endgültig eingestellt hatte.

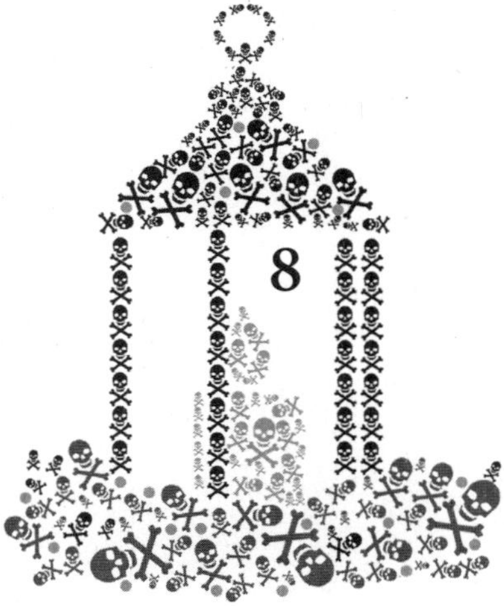


Ben Tomasson

# Alte Liebe

*Kiel*

*Über den Autor:*

Ben Tomasson, Jahrgang 1969, ist Germanist, Pädagoge und promovierter Diplom-Psychologe. Ehe er sich ganz dem Schreiben gewidmet hat, war er einige Jahre in der Bildungsforschung tätig. Tomassons Leidenschaften sind die Geschichten, die das Leben schreibt, die vielschichtigen Innenwelten der Menschen, Motorradfahren und Reisen zu jenen Orten, an denen Sonne und Meer sich treffen. Tomasson ist verheiratet und lebt in Kiel. Im Frühjahr 2021 startete im Droemer Taschenbuch seine Reihe um einen Göteborger Kommissar, deren dritter Band »Forsberg und der Teufel von Björlanda« im September 2023 erschien. Gemeinsam mit Daniel Holbe schreibt Tomasson die Sabine-Kaufmann-Krimis.

Das Klingeln des Telefons durchbrach die Stille in dem schlichten Büro. Es war erst kurz nach drei, aber draußen dämmerte es bereits. Thore griff nach dem Hörer. »Drittes Polizeirevier Kiel, Peters am Apparat. Wie kann ich Ihnen helfen?«

Nils, der ihm gerade einen Kaffee einschenken wollte, hielt inne. Thore stellte den Apparat laut.

»Waldemar Winter«, erklang eine brüchige Stimme am anderen Ende. »Man hat mich bestohlen. Das Geld für das Boot ist weg.«

»Wo wurde das Geld gestohlen?«

»Aus meiner Wohnung.«

»Hm.« Thore hatte bereits ein Formular auf seinem Rechner geöffnet und tippte die Meldung ein. »Wo sind Sie jetzt?«

»Zu Hause.« Winter nannte die Adresse.

»Ich schicke Ihnen zwei Kollegen, die Ihre Anzeige aufnehmen.« Thore legte auf und schaute zu Nils. »Sorry. Den gemütlichen Weihnachtskaffee müssen wir verschieben.«

»Kein Problem.« Nils stellte die Kanne zurück auf den Tisch. Er war ohnehin nicht in Stimmung. Das lag sicher an der wenig festlichen Dekoration in der Dienststelle, die aus einem halb vertrockneten Weihnachtsstern und einem Plastiktannenbaum auf der Fensterbank bestand. Vor allem aber daran, dass Annalena ihm gestern gesagt hatte, dass sie Weihnachten mit einem anderen feiern würde.

Er schnappte sich seine Jacke und öffnete die Tür zum Flur. »Mia! Einsatz!«

Aus dem Raum gegenüber trat eine Frau mit blonden Haaren, die keck unter der schräg sitzenden Dienstmütze hervorsahen. Die Jacke hatte sie bereits angezogen.

»Was gibt es denn?«

»Einbruchdiebstahl am Westring«, erklärte Nils und setzte die Mütze auf. Gemeinsam gingen sie die Treppe hinunter.

Fünf Minuten später parkten sie den Streifenwagen vor einem vierstöckigen Mehrfamilienhaus. Schlichter Nachkriegsbau aus rotem Backstein, in den Fenstern blinkende Weihnachtslichter in bunten Farben. Im dritten Stock erklomm ein Plastikweihnachtsmann die Fassade.

»Da haben wir ja den Einbrecher.« Mia schmunzelte.

Nils studierte die Klingelschilder und drückte auf einen der Knöpfe. Es dauerte eine Weile, bis es in der Gegensprechanlage knackte.

»Ja?« Die brüchige Stimme vom Telefon.

»Die Polizei«, sagte Nils. »Lassen Sie uns rein?«

Der Summer ertönte, und sie stiegen die abgelaufenen Treppenstufen in den zweiten Stock hinauf. In der Wohnungstür stand ein älterer Herr, Mitte bis Ende siebzig, mit Flanellhemd, Cordhose, Wollweste und Filzpantoffeln. Graue Haare, graue Augen, grauer Bart, registrierte Nils.

»Herr Winter? Wir sind vom dritten Polizeirevier.«

»Kommen Sie rein.« Winter dirigierte sie ins Wohnzimmer, das von einem deckenhohen Weihnachtsbaum mit glänzenden Kugeln und Lichtern dominiert wurde. Darunter lagen etliche Kartons, in festliches Papier eingeschlagen und mit bunten Schleifen versehen. Auf dem Tisch befand sich ein Adventskranz mit dicken, heruntergebrannten Kerzen, daneben ein Teller mit Keksen. Dazu gab es überall Putten und Engel. Sie standen und saßen in den Schrankfächern, im Bücherregal und auf den Fensterbänken. Einer schwebte sogar von der Decke.

»Meine Frau liebt Engel«, erklärte Winter, und erst jetzt entdeckte Nils die kleine, zarte Frau, die im Sessel in der Ecke saß. Sie trug ein zartrosa Top und um die Schultern ein passendes Tuch. In den knochigen Fingern hielt sie ein Paar Stricknadeln, mit denen sie an einem langen, blau-gelb gemusterten Schal arbeitete. Ein offener Geschenkkarton stand bereit, um den fertigen Schal aufzunehmen.

»Sie feiern Weihnachten mit Ihren Enkelkindern?«, erkundigte sich Nils.

»Nein.« Winter schüttelte den Kopf. »Wir haben leider keine Kinder.«

Nils schaute fragend auf die bunten Geschenke unter dem Baum.

»Das ist für eine Sammlung. Hilfe für die Ukraine. Meine Frau hat Handschuhe, Schals und Mützen gestrickt, und jetzt haben wir alles eingepackt. Die Leute von der Organisation kommen später und holen die Pakete ab. Wir haben sie nur unter den Baum gelegt, weil es so hübsch aussieht.«

Nils war gerührt. Es war offensichtlich, dass das Ehepaar selbst nicht viel besaß. Die Möbel waren alt, die Polster verschlissen, der Teppich war abgetreten. Die Wohnung war sauber und ordentlich, aber äußerst bescheiden.

Er öffnete sein Notizbuch. »Wie war das mit dem Geld, das Ihnen fehlt? Für das Boot, sagten Sie?«

Waldemar Winter nickte. »Wir haben ein kleines Motorboot im Sporthafen liegen, die *Alte Liebe.*« Er warf seiner Frau einen zärtlichen Blick zu. »Als wir es im Herbst an Land geholt haben, haben wir gesehen, dass die Außenhaut beschädigt ist. Eigentlich fehlt uns das Geld für die Reparatur, aber wir haben gespart.« Er strich sich durch die etwas zu langen Haare. »Seltener zum Friseur, ein paar günstigere Produkte beim Einkauf, und meine Frau hat auf einen neuen Wintermantel verzichtet. Das Geld haben wir in einem Karton gesammelt. Am Heiligabend wollten wir es zählen, deshalb habe ich den Karton heute Morgen auf den Tisch gestellt. Wegen der Vorfreude, wissen Sie? Bis Heiligabend sind es ja nur noch zwei Tage. Heute Mittag war der Karton noch da. Und jetzt ist er weg.« Winter schluckte, und Nils sah, wie seine Augen feucht wurden. »Nun müssen wir das Boot wohl verkaufen. Dabei ist es Liselottes einzige Freude.« Wieder der Blick zu seiner Frau. »Mit dem Laufen geht es nicht mehr so gut, und mit vielem anderen auch nicht.«

Liselotte seufzte leise. »So ist das eben, wenn man alt wird.« Sie schaute die Beamten nicht an, sondern strickte weiter an ihrem Schal.

»Wie sah der Karton aus?«, erkundigte sich Nils.

»Ein alter Schuhkarton. Grau.« Winter deutete die Größe mit den Händen an und nannte den Namen der Firma. »Der war in Grün aufgedruckt.«

Mia hatte ebenfalls ihr Notizbuch hervorgeholt. »Welche Summe befand sich ungefähr darin?«

Winter dachte nach. »Schwer zu sagen. Ich hole jeden Montag Geld von der Bank. Was am Ende der Woche übrig war, habe ich in den Karton gelegt. Mal dreißig, mal fünfzig, manchmal auch hundert Euro. Plus die zweihundert für den Mantel.«

Nils überschlug rasch im Kopf. Von September bis jetzt waren es drei Monate. Bei etwa fünfzig Euro pro Woche waren das sechs- bis siebenhundert, mit dem Geld für den Wintermantel acht- bis neunhundert Euro. Nicht genug vermutlich für die geplante Reparatur, aber bis zum Frühjahr war ja auch noch Zeit. Wenn nun aber der Grundstock verschwunden war, würde sich das kaum wieder aufholen lassen.

»Das Geld war also heute Mittag noch da, und als Sie bei der Polizei angerufen haben, war es weg?«

»Richtig. Ich wollte gerade den Kaffeetisch decken, als ich es bemerkt habe. Das war um fünfzehn Uhr.«

»Also ist das Geld zwischen zwölf und drei verschwunden?«

»Mittagessen ist bei uns um halb zwölf. Da kommt jemand vom Essensdienst.«

»War der Karton noch da, als der Lieferant gegangen ist?«

Waldemar Winter hob unglücklich die Hände. »Ich weiß es nicht. Heute Mittag war so ein Trubel. Die Plastikverpackung von meinem Essen hatte ein Loch. Die Soße ist mir auf die Hose getropft. Ich musste den Fleck auswaschen und mich umziehen. Dann kam schon die Frau vom Pflegedienst, und kurz darauf jemand vom Hausmeisterservice. Wegen des Rauchmelders im Schlafzimmer. Die Batterie war leer, und es hat die ganze Zeit gepiept. Wir haben die Tür zugemacht, aber es war trotzdem laut. Als die Leute endlich alle weg waren, haben wir gegessen und anschließend unseren Mittagsschlaf gemacht. Danach hat sich Liselotte mit ihrem Strickzeug in den Sessel gesetzt, damit der Schal noch fertig wird, und ich habe Kaffee gekocht.«

Winter atmete tief durch, und Nils und Mia taten es ihm gleich.

»Es waren also drei Personen zur fraglichen Zeit in der Wohnung«, fasste Mia zusammen. »Der Essenslieferant, die Frau vom Pflegedienst und der Hausmeister.«

»Richtig.« Winter ließ sich in den zweiten Sessel sinken.

»Haben Sie irgendetwas Verdächtiges beobachtet?«

»Nein.«

»Und Sie?« Mia schaute zu seiner Frau.

Liselotte zählte die Maschen ihres Schals. »Ich hatte zu tun.«

Mia wandte sich wieder an Waldemar Winter. »Können Sie mir die Namen der drei Personen geben?«

»Natürlich.« Winter diktierte, und Mia und Nils schrieben mit.

»Wir sprechen mit den dreien. Vielleicht finden wir heraus, wer das Geld genommen hat.«

Die Augen des alten Mannes blickten traurig. »Das wäre schön.«

Sie verabschiedeten sich und liefen die Treppe hinunter. Nils fühlte sich, als hätte er einen schweren Rucksack auf den Schultern. Mia seufzte. »Und das ausgerechnet zu Weihnachten. Von wegen Fest der Liebe.«

Der Hausmeisterservice war nicht weit entfernt. Mike Jahnke, ein junger Mann mit kurz rasiertem Haar im schmutzigen blauen Overall, saß in seinem Büro, einen Schraubendreher in der Hand.

»Winter?« Der Hausmeister besah sich die Teile einer offenbar defekten Überwachungskamera, die vor ihm auf dem Tisch lagen. »Ja. Da war die Batterie vom Rauchmelder leer. Ist ja die reinste Folter, wenn so ein Ding piept und die alten Leute es nicht schaffen, die Batterie herauszunehmen. Keine Ahnung, warum der Typ vom Essensservice oder die Tante vom Pflegedienst das nicht gemacht haben, die waren ja vor mir da. Aber die haben natürlich auch keine Zeit.«

Nils beschrieb den Karton, der auf dem Wohnzimmertisch gestanden hatte.

»Puh.« Mike fuhr sich über die kurz geschorenen Haare. »Keine Ahnung, ehrlich. Ich war ja nur kurz in der guten Stube, um zu sagen, dass ich fertig bin. Da waren die anderen jedenfalls noch da. Mit dem Essen gab es irgendein Problem, und die Frau wollte ihre Tabletten nicht nehmen. Ich habe zugesehen, dass ich Land gewinne. Das ist beklemmend, wenn man sich vorstellt, dass man auch mal so endet. Dass man nichts mehr selbst kann, meine ich.«

Mia sah sich in dem kleinen Büro um. »Als Hausmeister verdient man nicht besonders viel, oder?«

Mike zuckte mit den Schultern. »Ist nur vorübergehend, während des Studiums. Elektrotechnik. Wenn ich meinen Abschluss habe, fange ich in der Industrie an, da bekommt man gutes Geld.«

»Okay.« Nils steckte sein Notizbuch ein, und sie verabschiedeten sich.

»Der war's nicht«, sagte Mia, als sie wieder im Wagen saßen. »Viel zu riskant, sich den Karton zu schnappen, wenn so viele Leute im Raum sind.«

Nils war sich da nicht so sicher. Oft nutzten Diebe gerade die unübersichtlichen Situationen. Wenn alle mit etwas anderem beschäftigt waren, konnte man leicht unbemerkt zugreifen. Aber er selbst hatte Mike Jahnke auch glaubwürdig gefunden.

»Lass uns schauen, was die anderen sagen.«

Sie fuhren zurück ins Zentrum. Nils warf einen Blick auf die bunten Buden des Weihnachtsmarkts. Fast meinte er, durch die geschlossenen Wagenfenster den Duft von Weihnachtspunsch und Poffertjes zu erschnuppern. Eigentlich hätte er mit Annalena über den Markt schlendern wollen, doch Annalena war ja nun Geschichte. Aber vielleicht würde man zumindest mit den Kollegen vom dritten Revier noch auf einen Glühwein herkommen. Der Weg war ja nicht weit.

Der Fahrer vom Essensdienst stoppte gerade vor der Zentrale, als Nils und Mia dort eintrafen. Ein großer Mann mit Bluejeans und einer kurzen weißen Jacke, die von etlichen Flecken geziert wurde.

»Herr Oliver Mertens?«, sprach Mia ihn an.

Mertens zuckte zusammen. Seine Augen huschten von links nach rechts, als suche er nach einer Fluchtmöglichkeit. Nils legte vorsorglich die Hand an die Dienstwaffe. Mertens hob die Hände.

»Ich habe keine Ahnung, was Sie von mir wollen.«

»Wir wüssten gern, ob Sie bei den Winters etwas eingesteckt haben, das Ihnen nicht gehört.«

»Winter?« Mertens' Miene verfinsterte sich. Zugleich meinte Nils, Erleichterung zu erkennen. Was Oliver Mertens zu verbergen hatte, war offenbar etwas anderes. »Sie meinen die beiden, die mich heute Mittag ewig aufgehalten haben, weil der Mann das Essen verschüttet hat?«

»Herr Winter sagte, die Verpackung sei beschädigt gewesen.«

»Weil er mit dem Messer ins Plastik geschnitten hat. Eigentlich gehört das Essen auf einen Teller, aber die wollen den Abwasch sparen. Dafür durfte ich die Bescherung dann aufwischen.«

»Ist Ihnen dabei ein grauer Schuhkarton auf dem Wohnzimmertisch aufgefallen?«

Mertens kniff die Augen zusammen. »Nee. War da was Wertvolles drin?«

»Wie man es nimmt«, sagte Mia. »Sind Sie mit Ihrem Verdienst als Essenslieferant zufrieden?«

Mertens schnaubte. »Wollen Sie mich auf den Arm nehmen?«

»Sie wären also nicht abgeneigt, Ihr Gehalt ein wenig aufzubessern?«

»Ich stehle nicht.« Mertens verschränkte die Arme vor der Brust.

Nils hätte gewettet, dass er log. Allerdings bediente er sich vermutlich eher an offen herumliegenden Brieftaschen oder dergleichen. Einen Karton aus dem Wohnzimmer zu stibitzen war auffällig.

»Sie waren noch in der Wohnung, als der Hausmeister gegangen ist?«

»Der Typ, der die Batterie im Rauchmelder ausgetauscht hat? Ja. Der war zum Glück schnell. Das Gepiepe war ja nicht auszuhalten.«

»War er auch im Wohnzimmer? Hat er etwas mitgenommen?«

Mertens dachte nach, allerdings, wie Nils argwöhnte, eher darüber, ob er den jungen Mann in Verdacht bringen sollte.

»Nee«, erklärte er dann. »Der war nur kurz in der Küche und hat gesagt, dass er fertig ist. Dann war er auch schon weg.«

»Und die Frau vom Pflegedienst?«

»Die war noch da, als ich gegangen bin. Dauert ja immer ewig mit der Frau Winter. Die fängt jedes Mal an zu diskutieren, statt einfach ihre Tabletten zu nehmen, weil sie früher selbst Krankenschwester war.«

Nils und Mia klappten ihre Notizbücher zu. Die Frau hatte also nach den anderen die Wohnung verlassen. Bedeutete das, dass sie den Karton genommen hatte?

Der Pflegedienst hatte seinen Sitz direkt an der Förde, in einer alten Villa mit Blick auf die Ostsee, die heute aufgewühlt und grau unter einem dicht bewölkten Himmel lag. Bei schönem Wetter konnte man von hier aus über das blaue Wasser bis zum Ehrenmal in Laboe sehen.

Die Besitzerin des Pflegedienstes, eine hagere Mittfünfzigerin im strengen Geschäftskostüm, reagierte pikiert.

»Meine Angestellten stehlen nicht. Ich stelle nur Personen mit untadeligem Ruf ein. Und Leonie ist die Zuverlässigkeit in Person.«

»Wir würden trotzdem gern mit ihr sprechen«, beharrte Mia. Die Dame wies auf einen zitronengelben Fiat 500, der soeben vorfuhr.

»Bitte. Da kommt sie. Aber halten Sie sie nicht zu lange auf. Meine Mitarbeiter haben einen engen Zeitplan.«

Und vermutlich ein Gehalt, das in keinem Verhältnis zu der edlen Residenz stand, in der sich das Büro der Besitzerin befand, dachte Nils.

Eine junge Frau mit fröhlichem Gesicht und zerzausten blonden Haaren stieg aus dem Wagen, bekleidet mit weißer Hose und Jacke.

»Hallo. Ist irgendetwas passiert?«

Nils schilderte ihr das Problem. Leonie legte die Stirn in Falten. »Nein. Tut mir leid«, sagte sie. »Ich habe keinen Karton bemerkt.«

»Sie haben die Wohnung als Letzte verlassen? Nach dem Hausmeister und dem Essenslieferanten?«, erkundigte sich Mia.

»Ja. Das stimmt.« Leonie blickte betrübt. »Aber Sie glauben doch nicht, dass ich Waldemar und Liselotte bestohlen habe? Das könnte ich gar nicht. Die beiden sind so lieb.«

Nils glaubte ihr, aber eine polizeiliche Untersuchung war ja keine Gefühlssache, jedenfalls nicht ausschließlich.

»Irgendjemand muss den Karton genommen haben«, sagte er.

In Leonies Augen blitzte etwas auf. »Wer weiß? Vielleicht hat Frau Winter ihn auch versteckt.«

»Wozu? Als Weihnachtsüberraschung für ihren Mann?«

»Nein.« Leonie lachte traurig. »Frau Winter hat Alzheimer. Demenzkranke verstecken oft Dinge, insbesondere Geld.«

Nils war irritiert. »Ich dachte, sie diskutiert mit Ihnen über die Tabletten, die sie nicht nehmen will? Weil sie früher selbst Krankenschwester war?«

»Das stimmt. Das sind alte Erinnerungen, die gut im Gedächtnis verankert sind. Sie hat ja auch wache Phasen. Aber zwischendurch geht so einiges durcheinander, und oft weiß sie gar nicht, was sie tut.«

Nils tauschte einen Blick mit Mia. »Also suchen wir den Karton in der Wohnung der Winters.«

Eine halbe Stunde später standen sie wieder vor der Tür. Waldemar Winter reagierte zuerst erfreut, dann, als sie ihr Anliegen geschildert hatten, entsetzt.

»Ach, herrje! Dass ich daran nicht gedacht habe! Da habe ich womöglich Ihre Zeit verschwendet, dabei hätte ich einfach nur nachsehen müssen.«

»Kein Problem«, tröstete ihn Mia. »Wir erledigen das für Sie.«

Nils und Mia teilten sich auf und durchsuchten die gesamte Wohnung. Sie war nicht groß, zwei Zimmer, Küche, Bad und eine kleine Abstellkammer. Nils und Mia gingen systematisch vor. Sie öffneten alle Schränke und Schubladen, schauten unters Bett und zwischen die Wäsche, unter die Sessel und das Sofa im Wohnzimmer. Je länger sie suchten, desto mehr schwand Nils' Hoffnung.

»Verlässt Ihre Frau manchmal die Wohnung?«, erkundigte er sich schließlich bei Waldemar Winter. Vielleicht befand sich das Versteck ja im Keller oder auf dem Dachboden.

»Nein.« Winter schüttelte den Kopf. »Die Wohnungstür ist immer abgeschlossen. Den Schlüssel trage ich bei mir.« Er klopfte auf seine Westentasche. »Liselotte ist schon ein paar Mal draußen herumgelaufen und hat sich nicht mehr zurechtgefunden. Das ist zu gefährlich. Wir gehen nur noch zusammen hinaus.«

Was bedeutete, dass Liselotte das Geld nicht aus der Wohnung geschafft haben konnte.

Mia ließ den Blick noch einmal durchs Wohnzimmer schweifen. »Hier ist der Karton nicht.«

Nils rieb sich das Kinn. Also musste doch einer der drei Verdächtigen das Geld genommen haben. Aber wer? Mike, der Hausmeister? Oliver, der zwielichtige Essenslieferant? Oder Leonie, die nette Altenpflegerin?

Er wandte sich an Waldemar Winter. »Verzeihen Sie bitte, dass wir hier alles auf den Kopf gestellt haben. Wir werden den Fall an die Kollegen von der Kriminalpolizei weiterleiten. Vielleicht können die etwas ausrichten.«

Winter seufzte tief. »Die Wahrscheinlichkeit ist nicht besonders groß, oder?«

Nils hätte dem Mann gern etwas anderes gesagt, aber er wollte nicht lügen. »Nein.«

Winter nickte. »Danke. Ich weiß Ihre Offenheit zu schätzen.«

Nils schaute zu der Frau im Sessel, die an ihrem Schal strickte. War es die Verzweiflung, oder war es tatsächlich einen Versuch wert? Er hockte sich vor sie und lächelte.

»Frau Winter? Haben Sie vielleicht gesehen, wer heute Mittag den Karton mit dem Geld vom Tisch genommen hat?«

Liselotte Winter hob den Blick und sah ihn an. Ihre Augen wirkten wach und klar.

»Selbstverständlich, junger Mann«, sagte sie. »Das war der Essenslieferant.«

Waldemar Winter krauste die Stirn. »Bist du sicher, Liebling?«

Seine Frau hob das Kinn. »Ich weiß, was ich gesehen habe.«

Nils und Mia tauschten einen Blick. Oliver Mertens war ihnen gleich suspekt gewesen. Vielleicht knickte er ja ein, wenn man ihn mit der Aussage von Liselotte Winter konfrontierte?

Sie saßen gerade wieder im Streifenwagen, als das Funkgerät knisterte. Es war Thore aus der Zentrale.

»Vor dem Bahnhof randalieren ein paar Betrunkene. Die Kollegen könnten Verstärkung gebrauchen.«

»Wir müssen noch einen Verdächtigen befragen.« Nils schilderte rasch die Situation.

Thore knurrte. »Ihr seid nicht die Kriminalpolizei.«

»Nein. Aber vielleicht können wir die Angelegenheit auf dem kleinen Dienstweg aus der Welt schaffen.«

»Also gut. Dann fordere ich für den Bahnhof eine andere Streife an.«

Mia seufzte erleichtert.

Sie trafen Oliver Mertens in der Teeküche des Lieferdienstes an. Erneut wirkte er eindeutig schuldbewusst.

»Was wollen Sie denn noch?«, fragte er angriffslustig. »Ich habe Ihnen schon alles gesagt.«

Nils erwiderte seinen Blick ruhig. »Ein Zeuge hat beobachtet, wie Sie den Karton mit dem Geld an sich genommen haben.«

Oliver Mertens grinste. »Wer denn? Die demente Alte, oder was?« Er verschränkte die Arme vor der Brust.

Nils seufzte leise. Mertens würde nicht gestehen, und die Aussage einer demenzkranken Frau würde von jedem Verteidiger abgeschmettert werden. Es nützte nichts, sie mussten den Fall an die Kripo abgeben.

»Lass uns zum Bahnhof fahren«, schlug Mia vor, doch als sie dort ankamen, hatten die Kollegen die Handgreiflichkeiten bereits geschlichtet.

»Was hältst du von Kaffee und Kuchen im *Blauen Engel?*«, fragte Mia und wies zu dem Lokal auf der gegenüberliegenden Straßenseite, direkt an der Förde.

Sie setzten sich an einen der Tische am Fenster und schauten eine Weile schweigend über das Wasser.

»Was machst du eigentlich an Weihnachten?«, fragte Mia.

»Keine Ahnung. Meine Freundin hat sich gerade von mir getrennt«, erklärte Nils. »Vielleicht lasse ich mich einfach für den Dienst eintragen.«

»Ich feiere mit Freunden auf deren Boot«, sagte Mia. »Wenn du Lust hast, komm doch mit.«

Nils lächelte. Er mochte Mia, und der Heiligabend mit ihr könnte nett werden. Aber war er dafür schon bereit? Auf keinen Fall wollte er den anderen die Stimmung verderben.

»Ich denke darüber nach«, versprach er und fühlte sich ein wenig leichter, als sie zu ihrem Wagen zurückgingen. Das fehlende Geld der Winters lag ihm allerdings immer noch im Magen.

Auf der Straße vor dem Bahnhof fuhr ein blau und gelb angemalter Kleintransporter vorbei. *Hilfsgüter* stand quer über die Seitenwand geschrieben.

»Ich finde das toll«, sagte Mia. »Dass diese beiden alten Leute spenden, obwohl sie selbst kaum etwas haben.«

»Ja. Ich auch.« Nils dachte an die hübsch eingewickelten Geschenke unter dem Baum. Im nächsten Moment blieb er so abrupt stehen, dass Mia beinahe in ihn hineingelaufen wäre. »Verdammt.«

»Was denn?«

»Ich glaube, ich weiß, wo das Geld ist.« Er rannte zum Streifenwagen, warf sich hinein und fuhr mit durchdrehenden Reifen los, kaum dass Mia auf ihrem Platz saß. Am liebsten hätte er Blaulicht und Sirene eingeschaltet, aber das wäre dann doch unverhältnismäßig.

Als er das Gebäude am Westring erreichte, stoppte auf der gegenüberliegenden Seite gerade ein ähnlicher Wagen für Hilfsgüter wie jener, den sie am Bahnhof gesehen hatten.

»Schnell.« Nils klingelte bei Winters Sturm und hetzte die Treppe hinauf, kaum dass der Summer ertönt war.

Waldemar Winter öffnete die Wohnungstür. »Ach, Sie sind das«, sagte er überrascht. Ich dachte, es wären die Leute, die die Geschenke für die Ukraine abholen wollen.«

»Die sind auf dem Weg hierher. Aber ich würde vorher gern etwas prüfen.«

»Bitte.«

Nils stürmte ins Wohnzimmer und blieb vor dem Tannenbaum stehen. »Der Schuhkarton war ungefähr so groß?« Er deutete die Maße mit den Händen an.

»Ja, das kommt hin«, sagte Winter.

Nils nahm die Geschenke in Augenschein und erspähte eines, das die passende Größe hatte. Rasch nahm er es und stellte es auf den Tisch.

Als er begann, die Schleife zu öffnen, keuchte Liselotte Winter auf. »Das dürfen Sie nicht. Das ist doch für die armen Menschen in der Ukraine.«

»Ich will nur sehen, ob sich vielleicht etwas darin befindet, das Sie lieber behalten möchten.«

Nils löste die Schleife, zog vorsichtig das Klebeband ab und wickelte das Geschenkpapier ab. Zum Vorschein kam ein grauer Schuhkarton mit grünem Aufdruck.

Dieses Mal war es Waldemar Winter, der aufkeuchte. »Ach, du liebe Güte.«

Nils hob den Deckel vom Karton und lächelte.

Im Inneren lag ein Haufen Geldscheine, Fünfer, Zehner, Zwanziger und ein paar Fünfziger.

Winter ging zu seiner Frau und küsste sie. »Ich hätte es wissen müssen. Du bist einfach zu gut für diese Welt.«

Mia und Nils verabschiedeten sich und gingen durch das Treppenhaus nach unten.

»Das sind die Momente, in denen ich unseren Beruf liebe«, sagte Nils. »Wenn man wirklich ein Freund und Helfer sein kann.«

»Ja, ich auch.« Mia lächelte. »Wie ist das nun? Kommst du mit aufs Boot an Heiligabend?«

Nils erwiderte ihr Lächeln. »Mache ich.«

Jetzt konnte es wirklich Weihnachten werden.

Nina Bilinszki

# Tödliche Weihnachtsfeier

*Bad Nauheim*

*Über die Autorin:*

Nina Bilinszki lebt und schreibt in der Wetterau. Ihre bisher erschienenen Romane sind in der Romance zu Hause. Mit *Tödliche Weihnachtsfeier* freut sie sich darauf, endlich einen fiktiven Mord begehen zu dürfen. Wenn sie sich nicht in ihren Geschichten austobt, arbeitet sie im Außendienst für einen europäischen Chemikalienhersteller – auch ihr chemisches Wissen konnte sie bei *Tödliche Weihnachtsfeier* zum ersten Mal anwenden. Wenn Nina alles Arbeiten zu viel wird, verschanzt sie sich mit einem guten Buch auf der Couch oder jagt ihren Labrador-Rüden Jack über die Felder.

# Szene 1

»Wo warst du? Wir haben schon nach dir gesucht.« Anja greift nach Kiras Jackenärmel und zieht sie zur Seite, wo sie mit Stefan und Nettie zusammensteht.

»Ich war draußen. Rauchen.« Demonstrativ hält Kira ihre E-Zigarette in die Höhe, ehe sie sie in ihrer Handtasche verschwinden lässt. Dann knöpft sie ihre Jacke auf. Im Gegensatz zu den frostigen Temperaturen draußen ist es hier drinnen brütend heiß, und Kira beginnt bereits nach wenigen Sekunden zu schwitzen. »Was gibt es denn so Dringendes?«

»Das Wichteln geht gleich los, das willst du nicht verpassen.«

Nur mit Mühe kann sich Kira davon abhalten, die Augen zu verdrehen. Schrottwichteln fand sie schon während der Schule albern, aber es ist aus einem ihr unbegreiflichen Grund eine beliebte Tradition in der Firma, in der sie seit Anfang des Jahres neben dem Studium arbeitet. Ihr erschließt sich der Reiz daran einfach nicht. Menschen suchen in ihren überfüllten Wohnungen nach Dingen, die sie scheußlich finden, um sie anderen zu geben, die damit vermutlich genauso wenig anfangen können. Aber kaum kündigte ihr Chef die Firmenweihnachtsfeier inklusive des Wichtelns an, waren alle Feuer und Flamme.

Kira lässt ihren Blick durch den Saal wandern. Die Location wurde wirklich gut gewählt. Das *Amadeus* in Bad Nauheim liegt in einem großen Anwesen und enthält neben dem Restaurant, das sie für diese Veranstaltung gemietet haben, ein Hotel, ein Spa, ein Kongresscenter und ein Theater. Verwinkelte Gänge führen von einem Bereich zum anderen, in denen sich Kira auf dem Weg zur Toilette schon zweimal verlaufen hat. Aber die ganze

Aufmachung gefällt ihr. Es hat etwas von einem alten Schloss, mit schweren, exklusiven Vorhängen, Besteck, das zumindest vergoldet ist, und teuer aussehenden Gemälden an der Wand.

Sie wendet sich Anja zu. »Wie läuft das mit dem Wichteln jetzt genau ab?«

Aber Anja kommt nicht dazu, ihr zu antworten, weil ein Schrei durch das Lokal gellt. Einer, bei dem sich Kira die Nackenhaare aufstellen, weil er nur zum Teil menschlich klingt. Mit einem Mal erlöscht die Musik, und das aufgeregte Schnattern der Leute um sie herum dringt an ihr Ohr. Erst kann sie nicht verstehen, was gesagt wird. Fragend sieht Kira Anja an, die auch nur mit den Schultern zuckt. Doch dann dringt ein Satz klar und deutlich an Kiras Ohr:

»Da ist eine Leiche auf dem Klo.«

## Szene 2

Eisiger Wind pfeift ihnen um die Ohren, sobald sie das Auto verlassen. Die Temperaturen sind in den letzten Tagen konstant gefallen, bis sie sich knapp unterhalb des Gefrierpunkts eingependelt haben. Für morgen ist sogar Schnee angekündigt, und Kommissarin Lina Landau hofft, dass es endlich mal wieder weiße Weihnachten geben wird. Sie kann sich nicht daran erinnern, wann das zuletzt vorgekommen ist.

»Die Hyänen sind schon wieder da.« Ihr Kollege Walter Hauptmann nickt zu zwei dunkel gekleideten Gestalten, die vor dem Eingang zum *Amadeus* herumlungern. Trotz der Mützen und dicken Schals, die die Hälfte ihrer Gesichter verdecken, erkennt Lina sie als Reporter der lokalen Tageszeitung.

»Wie schaffen die es jedes Mal, vor uns da zu sein?«

»Weniger Bürokratie«, grummelt Walter.

Lina lacht, auch wenn sie sicher ist, dass er es nicht als Scherz gemeint hat. Eigentlich ist es auch eher traurig, wie recht er damit hat. Aber hätte sie ihren Humor in diesem Job nicht behalten, hätte sie ihn längst aufgegeben.

Sobald sie sich den Türen zum *Amadeus* nähern, feuern die Reporter ihre Fragen auf sie ab. »Um wen handelt es sich bei der Leiche?« »Wie ist er gestorben?« »Können Sie schon etwas zum Hergang sagen?«

Sie schieben sich an ihnen vorbei, ohne einen Mucks von sich zu geben. Sobald sich die Schiebetüren hinter ihnen schließen, verstummen die Stimmen von draußen. In der Lobby des Hotels ist es mollig warm, und umgehend kommt eine Mitarbeiterin auf sie zugelaufen.

»Ich bringe sie hin«, sagt sie knapp. Sie führt sie eine Treppe hinab, und dann durch ein Gewirr von Gängen. *Der perfekte Tatort für einen Mord,* schießt es Lina durch den Kopf, dabei wissen sie noch gar nicht, was vorgefallen ist.

»Ist hier alles miteinander verbunden?«, will Lina wissen. Die Schilder, an denen sie gerade vorbeikommen, zeigen neben dem Restaurant auch die Richtung zum Spa, dem Kongresscenter und Theater an.

»Ist es. Hier ist das Theater.« Sie deutet auf eine mit dunkelrotem Samt bezogene Doppeltür. »Die Vorstellung müsste in zwanzig Minuten vorbei sein.«

Lina wirft Walter einen Blick zu. Er denkt dasselbe wie sie. Wenn es sich hier nicht um einen natürlichen Tod handelt, wäre es eine Katastrophe, diesen Fall aufzuklären. Sie passieren eine Bar, die zum Theater gehört und abgesehen vom Kellner dahinter momentan leer ist. Danach geht es durch einen schmalen Gang, an dessen nächster Biegung die Mitarbeiterin stehen bleibt.

»Hier links ist das Restaurant.« Sie deutet zu einem mit Stuck verzierten Kasten. Die kleinen Fenster sind weihnachtlich geschmückt, und dadurch kann Lina erkennen, dass im Inneren sämtliche Lichter hell brennen und es ziemlich voll ist. Vermutlich war die Stimmung dort bis vor Kurzem ausgelassen, doch jetzt sitzen die Leute mit gesenkten Köpfen da und starren in ihre Gläser. »Hier rechts ist die Männertoilette, wo …« Sie bricht ab, als fehlen ihr die Worte.

»Wo die Leiche gefunden wurde?«, hilft Walter ihr auf die Sprünge.

»Genau.«

In dem Moment schwingt die Tür zur Toilette auf, und eine hochgewachsene Frau mit krausen, schwarzen Haaren, einem weißen Kittel und Latexhandschuhen, die sie sich gerade von den Händen streift, kommt heraus.

»Hallo, Joelle«, begrüßt Lina die Rechtsmedizinerin. »Was hast du herausgefunden?«

Sie verstaut die Handschuhe in ihrer Kitteltasche und stemmt die Fäuste in die Hüften. »Der Tote ist Edgar Weinberg, zweiundfünfzig Jahre alt. Sieht auf den ersten Blick wie ein natürlicher Tod aus. Keine Spuren von Gewalteinwirkung, ich konnte auch keine Hautpartikel unter seinen Fingernägeln finden. Aber an seinem Hals befindet sich eine kleine Einstichstelle. Das könnte ein Indiz sein, aber dafür müssen wir den toxikologischen Report abwarten.«

Lina kneift sich in die Nasenwurzel und unterdrückt ein Seufzen. Ihr Blick schweift zu dem voll besetzten Restaurant, und ihre Gedanken wandern weiter, durch die verwinkelten Gänge des *Amadeus* zu den verschiedenen Räumlichkeiten. Sie wendet sich der Mitarbeiterin zu. »Die Toiletten hier sind nur für das Restaurant, oder kann sie jeder benutzen?«

»Sie sind für das Restaurant und das Theater, aber grundsätzlich kann hier jeder hin.«

*Großartig*, denkt Lina. Im schlimmsten Fall haben sie ein ganzes

Anwesen voll potenziell Verdächtiger. Genau das, was sie eine Woche vor Weihnachten gebrauchen kann.

Walter legt beruhigend eine Hand auf ihre Schulter. Er ist schon zu lange dabei, um sich von irgendetwas aus der Ruhe bringen zu lassen. »Packen wir es an, nutzt ja alles nichts.« Dann wendet er sich der Mitarbeiterin zu. »Wir bräuchten eine Auflistung der Personen, die sich heute im *Amadeus* befinden. Wäre das möglich?«

Panik tritt in ihre Augen. »Von … allen?«, stammelt sie.

Mitleid breitet sich in Lina aus. Das war sicher nicht, wie sie sich ihre Schicht kurz vor Weihnachten vorgestellt hat. »Leider ja. Wenn sich der Tod als nicht natürlich herausstellt, müssen wir genau wissen, wer sich alles im Gebäude befunden hat.«

Sie nickt und schluckt. »Okay, ich kümmere mich darum.«

Eine Viertelstunde später haben sie zwei Tische im Restaurant frei geräumt, um die Mitarbeitenden befragen zu können. Bei der Firma handelt es sich um ein IT-Unternehmen mit knapp fünfzig Mitarbeitenden, von denen die meisten bei der Weihnachtsfeier anwesend sind. Vor Lina sitzt Dietmar Heinrich, der Geschäftsführer.

»Wie lange hat Herr Weinberg bereits für Sie gearbeitet?«

»Fast zehn Jahre. Er hat im Accounting begonnen und in den letzten Jahren die IT-Abteilung geleitet. War immer zuverlässig, es wird nicht leicht, ihn zu ersetzen.«

»Wissen Sie, ob Herr Weinberg irgendwelche Vorerkrankungen hatte, die zu seinem plötzlichen Tod geführt haben können?«

Entschuldigend verzieht Herr Heinrich den Mund. »Nicht dass ich wüsste. Er hat selten gefehlt, aber das muss ja nicht unbedingt etwas heißen.«

Lina nickt und notiert es sich in ihrem Notizbuch. »Und sonst war er beliebt bei den Mitarbeitenden?«

Jetzt lacht Herr Heinrich. »Ist man als Vorgesetzter je wirklich beliebt? Edgar wusste sich durchzusetzen und die Abteilung nach meinen Wünschen zu führen. Mir kamen nie Beschwerden zu Ohren.«

»Okay, vielen Dank, das war es auch schon.«

Herr Heinrich nickt Lina knapp zu, dann erhebt er sich und geht langsam in Richtung Bar.

Als Nächstes kommt eine junge Frau zu Lina. Sie schätzt sie auf Anfang zwanzig, mit mausbraunen Haaren, die ihr sanft um die Schultern fallen. Sie trägt Jeans und ein weites, schwarzes Oberteil. Unauffällig, als würde sie keine Blicke auf sich ziehen wollen.

»Kommissarin Landau«, stellt Lina sich vor und deutet auf den Platz ihr gegenüber.

»Kira Winter.« Sie setzt sich und schlägt die Beine übereinander.

»Wie lange arbeiten Sie schon für Herrn Heinrich?«

»Erst seit Anfang Januar. Ich studiere Chemie an der Uni Frankfurt und arbeite hier nur nebenbei, um mir mein Portemonnaie etwas aufzubessern.«

Das erklärt, warum sie deutlich jünger als der Rest aussieht. Lina notiert »Aushilfskraft« neben Kiras Namen. »Also kannten Sie den Verstorbenen nicht gut?«

»Nein, und …« Kira bricht ab und presst die Lippen aufeinander. Ihr Blick senkt sich, und sie zupft an einem Fransen an ihrer Jeans herum.

»Und was?«, hakt Lina nach.

Sie zuckt mit den schmalen Schultern. »Na ja, ich wurde vor ihm gewarnt, daher habe ich meinen Kontakt mit ihm auf das Nötigste beschränkt.«

Lina rutscht auf ihrem Stuhl nach vorne und setzt sich aufrechter hin. »Gewarnt? In welcher Hinsicht?«

Kiras ganzer Körper spannt sich an, und für einen Moment befürchtet Lina, dass sie nicht antworten könnte, doch dann seufzt sie und sackt ein wenig nach vorne. »Mir wurde gesagt, dass Herr Weinberg sehr jähzornig sei, dass er eigene Fehler gern anderen in die Schuhe schiebt, dafür aber Ideen von anderen klaut und sie als seine eigenen ausgibt. Daher habe ich mich im Hintergrund gehalten und meine Arbeit von anderen prüfen lassen, ehe ich sie eingereicht habe. Ansonsten habe ich mich möglichst wenig mit ihm abgegeben.« Sie zuckt mit den Schultern. »Wir haben jetzt auch nicht unbedingt viel gemeinsam.«

Lina nickt. »Wo waren Sie, als Herr Weinberg gefunden wurde?«

»Ich bin gerade vom Rauchen wieder reingekommen und stand mit Anja und Stefan zusammen. Wir haben auf das Wichteln gewartet.«

»Ob Herr Weinberg irgendwelche gesundheitlichen Leiden hatte, wissen Sie nicht?« Es war ein Schuss ins Blaue, das war Lina klar.

»Nee, tut mir leid.«

»Ist schon okay, Sie sind entlassen.« Lina reibt über ihre Augen. Sie spürt nahende Kopfschmerzen in ihren Schläfen pochen.

Als Nächstes setzt sich ein Mann mit hellen Haaren ihr gegenüber, der schon alkoholisiert wirkt und eine Bierfahne mit sich bringt. »Mein Name ist Stefan Hausmann«, sagt er, ohne dass Lina ihn dazu auffordern muss.

Sie notiert den Namen in ihrem Notizbuch. »In welchem Verhältnis standen Sie zu Herrn Weinberg?«

»Er war mein direkter Vorgesetzter …« Herr Hausmann bricht ab, und seine Kiefer mahlen, so angespannt ist er. Ein Seufzen, dann: »Und er hat den Job bekommen, der eigentlich für mich bestimmt war.«

Interessiert horcht Lina auf. »Wie meinen Sie das?«

Seine Miene verfinstert sich. »Vor vier Jahren ist Weinbergs Vorgänger in den Ruhestand gegangen. Ich habe fünf Jahre unter ihm gearbeitet, ihn vertreten, wenn er krank oder im Urlaub war. Ich habe die Qualifikationen, und es wäre der nächste logische Karriereschritt für mich gewesen. Unser Geschäftsführer hat mir beim Mitarbeitergespräch zugesichert, dass ich den Job bekomme. Aber dann …« Ein wenig hilflos hebt er die Schultern, eine Mischung aus Zorn und Schmerz huscht über sein Gesicht. »Doch dann wurde plötzlich Weinberg als Nachfolger präsentiert, und niemand weiß, warum. Er hat vorher nicht mal in der IT-Abteilung gearbeitet.« Der letzte Satz kommt gepresst heraus, und Lina kann die Verärgerung darin hören.

»Das muss sie schwer getroffen haben.« Genug, um deswegen einen Mord zu begehen? *Reiß dich zusammen,* mahnt sich Lina selbst an, *du weißt noch nicht mal, ob hier überhaupt ein Verbrechen vorliegt.*

»Ja, allerdings«, stimmt Stefan Hausmann zu. »Ich hab noch versucht, mit dem Geschäftsführer zu reden, aber er wollte plötzlich nichts mehr davon wissen, dass er je mit mir über die Stelle gesprochen hat. Ich habe auch versucht, mich mit Weinberg als Vorgesetztem zu arrangieren, aber wir kamen wirklich so überhaupt nicht miteinander klar. Er wusste natürlich, dass ich seinen Job wollte, und hat mich regelmäßig spüren lassen, dass ich nicht an ihm vorbeikomme.« Er verschränkt die Arme, den Blick direkt auf Lina gerichtet. »Und ich will nicht für die nächsten Jahre diese internen Machtkämpfe austragen, also habe ich mich nach etwas Neuem umgesehen und fange im Februar einen Job in einer anderen Firma an.« Zum ersten Mal zuckt so etwas wie ein Lächeln um seine Mundwinkel.

Lina notiert sich »unwahrscheinlich« hinter seinen Namen, dann schaut sie auf und lächelt. »Vielen Dank für Ihre Zeit.«

»Jederzeit«, sagt er und steht auf.

Lina trinkt einen Schluck des Wassers, das vor ihr steht, während sie eine kleine, schmale Frau auf sich zukommen sieht.

Sie hat lockige, dunkle Haare, die von einigen grauen Strähnen durchzogen sind. Etwas Nervöses haftet an ihr, wie sie ihre Finger vor sich wringt und zweimal über ihre Schulter sieht, als fühle sie sich verfolgt oder beobachtet. Zögerlich setzt sie sich und rutscht auf dem Stuhl möglichst weit nach vorne. »Hallo.« Es klingt verhalten, fast wie eine Frage.

»Ich bin Kommissarin Lina Landau, mein Kollege und ich untersuchen den Tod von Herrn Weinberg.«

»Mein Name ist Helena Arnstedt, und ich war bis vor einem Jahr die Assistentin von Herrn Weinberg. War es Mord?«

Lina kann ihre Überraschung über diese direkte Frage kaum verbergen. »Wie kommen Sie darauf?«

Frau Arnstedt senkt den Blick und verkrampft ihre Hände noch etwas fester in ihrem Schoß. »Weil ein Großteil der Anwesenden ein Motiv hätte.« Sie nimmt einen tiefen Atemzug, und während sie ihn wieder freigibt, sagt sie: »Einschließlich mir.«

Lina betrachtet die in sich gesunkene Frau vor sich genauer. Sie sieht so schmal und gebrechlich aus, dass Lina sich kaum vorstellen kann, dass sie zu so einem Schritt in der Lage wäre. Trotzdem ist es interessant, was sie verraten hat. »Können Sie das erläutern?«

»Natürlich.« Sie drückt den Rücken durch, ihr Blick legt sich auf Lina, dann beginnt sie zu erzählen: »Wie gesagt habe ich eine Zeit lang als Herrn Weinbergs Assistentin gearbeitet, und es waren die schlimmsten anderthalb Jahre meines Lebens. Ich weiß, dass man nicht schlecht über Verstorbene reden soll, aber ich kann es leider nicht anders beschreiben. Ich arbeite seit mittlerweile über zwanzig Jahren in der Firma, unter ständig wechselnden Vorgesetzten, und habe nie Probleme gehabt, außer mit Herrn Weinberg.«

Sie scheint sich regelrecht in Rage zu reden. »Was hat er denn gemacht?«, will Lina wissen.

»Er war überhaupt nicht qualifiziert für den Job, niemand hat verstanden, warum er ihn überhaupt bekommen hat. Er hat uns Aufgaben gegeben, die unmöglich zu erledigen waren, und nicht auf uns gehört, wenn wir ihn auf Fehler aufmerksam gemacht haben. Wenn es dann aber – wie wir zuvor kommuniziert haben – zu falschen Ergebnissen gekommen ist, hat er die Schuld allein uns gegeben. Gleichzeitig hat er gute Vorschläge seiner Mitarbeiter abgeblockt, nur um sie zwei Tage später als seine eigenen auszugeben.«

Mit Daumen und Zeigefinger reibt sie über ihre Augen und seufzt leise. »Aber … das alles wäre noch erträglich gewesen.« Plötzlich wird ihre Stimme zittrig, und sie scheint noch etwas mehr in sich zusammenzusinken.

»Was ist sonst noch passiert?«, hakt Lina behutsam nach, als Frau Arnstedt keine Anstalten macht, weiterzusprechen.

»Er war … aufdringlich. Hat sich zu dicht neben mich gestellt, sodass er mich unweigerlich berühren muss. Hat mir *rein zufällig* an den Po gefasst, wenn er an mir vorbeigelaufen ist. Natürlich immer nur dann, wenn sonst niemand in der Nähe war, der es sehen konnte.«

»Haben Sie das mal gemeldet?«

Ein leises Schnauben dringt über ihre Lippen. »Habe ich, aber er hat vor dem Geschäftsführer alles abgestritten. Somit stand Aussage gegen Aussage, zumindest wurde es damals so an mich kommuniziert. Wenn Sie mich fragen, wurde mir nicht geglaubt, denn ich wurde in eine andere Abteilung versetzt, wo ich weniger verdiene. Aber wenigstens bin ich jetzt wieder in einem vernünftigen Arbeitsumfeld, ich will mich darüber also nicht beschweren.«

Lina nickt, auch wenn sie Frau Arnstedt die Gleichgültigkeit nicht ganz abnimmt. Dafür ist ihre Stimme eine Spur zu ruhig und glatt, und ihre Hände im Gegenzug noch zu verkrampft in ihrem Schoß. Sie sitzt noch immer ganz vorne auf dem Stuhl, als wäre sie kurz davor, jeden Moment aufzuspringen.

»Und immerhin erging es mir nicht wie Frau Fuhrmann«, schiebt Frau Arnstedt hinterher.

Lina horcht auf und lässt ihren Blick durch das Restaurant gleiten, über die vielen Mitarbeitenden, die an unterschiedlichen Tischen zusammensitzen. »Wer ist Frau Fuhrmann?«

»Sie arbeitet schon seit über einem Jahr nicht mehr bei uns, aber sie hat Herr Weinberg wirklich auf dem Kieker gehabt. Ich würde es schon als Mobbing bezeichnen, was er mit ihr abgezogen hat.«

Lina bedankt sich bei Frau Arnstedt und entlässt sie. Wenn Frau Fuhrmann seit über einem Jahr nicht mehr in der Firma arbeitet und heute auch gar nicht anwesend ist, kommt sie als Verdächtige nicht infrage. Lina kann sich vorstellen, was Herr Weinberg ihr alles angetan haben könnte. Dass er kein netter Mensch oder ein guter Vorgesetzter war, ist für sie mehr als deutlich.

Eine Stunde später verlassen Lina und Walter das *Amadeus* wieder. Kaum treten sie durch die Schiebetüren nach draußen, zündet sich Walter eine Zigarette an und nimmt einen tiefen Zug. »Was denkst du?«, fragt er seine Kollegin, und eine Rauchwolke wabert aus seinem Mund.

»Wir müssen den toxikologischen Report abwarten, aber fast alle, mit denen ich gesprochen habe, hätten ein Motiv.« Es frustriert Lina, zumal sie den meisten nicht zutraut, einen Mord zu begehen. Hätten sie so bereitwillig von Weinbergs Taten berichtet, wenn sie wüssten, sie würden sich damit selbst belasten?

»War bei mir genauso. Herr Weinberg scheint kein netter Mensch gewesen zu sein.« Walter zieht erneut an seiner Kippe.

»Das ist aber kein Grund, ihn umzubringen.« Besondern zwei Geschichten waren ihr im Gedächtnis geblieben. Die von Helena

Arnstedt und Stefan Hausmann – auch wenn Letzterer bereits einen neuen Job hat. Könnte sein Hass trotzdem tief genug liegen, dass er ihn zu dieser Tat verleitet hat?

»Natürlich nicht, aber wir wissen noch nicht, ob ein Verbrechen vorliegt. Lass uns nicht vorschnell urteilen.«

»Du hast recht.« Lina kneift sich in die Nasenwurzel, ihre Finger bereits taub von der Kälte, dabei stehen sie erst wenige Minuten hier draußen. »Rauch schneller.«

Walter hält die Fluppe in die Höhe. »Das hilft mir beim Nachdenken.«

»Hm.« Lina schiebt die Hände in ihre Manteltaschen und zieht die Schultern gegen die Kälte hoch. »Und zu welchem Ergebnis bist du gekommen?«

»Dass der toxikologische Report uns mitteilen wird, dass irgendein Gift im Spiel ist.«

Lina kann nicht anders, als leise zu lachen. »Hast du mir nicht gerade noch gesagt, ich soll nicht vorschnell urteilen?«

Ein kurzes Grinsen taucht in Walters bärtigem Gesicht auf. »Ich urteile nicht, ich bereite mich darauf vor.« Knapp zuckt er mit den Schultern. »Ist einfach nur ein Gefühl, dass hier irgendwas nicht mit rechten Dingen zugeht.«

Lina kann ihm nur zustimmen, denn dasselbe Gefühl beschleicht sie ebenfalls. Irgendwas ist an dieser Sache faul, auch wenn sie es noch nicht genau benennen kann.

Walter drückt seine Zigarette aus und schmeißt den Stummel in einen Aschenbecher. »Lass uns ins Revier und dann nach Hause fahren.«

Das klingt wie Musik in Linas Ohren.

## Szene 3

Es ist vier Uhr nachts, als eine schmale Gestalt aus dem Schatten der Bäume heraustritt und über den nur spärlich erleuchteten Parkplatz des *Amadeus* huscht. Es ist absolut still in Bad Nauheim, und im *Amadeus* sind sämtliche Lichter außer denen in der Hotellobby gelöscht. Selbst der Wind hat sich gelegt, als würde die Welt kurz die Luft anhalten, um zu schauen, was die Person vorhat.

Kira Winter tritt an ein graues Auto und sieht sich nach allen Seiten um, aber natürlich ist sie völlig allein auf dem Parkplatz. Die Weihnachtsfeier war in dem Moment vorbei, als die Polizei sich verabschiedet hat. Nach dem Vorfall hatte niemand mehr Lust, zu feiern. Nicht einmal das Schrottwichteln wurde mehr erwähnt, wofür Kira dankbar ist. Sie hat sich mit Anja ein Taxi nach Hause geteilt, obwohl sie gar keinen Alkohol getrunken hat. Aber sie wollte den Anschein wahren.

Jetzt sieht sie sich ein weiteres Mal um, zieht den Autoschlüssel aus der Jackentasche und entriegelt den Wagen. Das Piepsen des Mechanismus klingt unnatürlich laut in der Stille der Nacht, aber davon abgesehen ist weiterhin kein Geräusch zu hören.

Kira steigt in den Wagen. Bevor sie den Motor anlässt, greift sie suchend in das Seitenfach der Tür. Gut, die Spritze ist noch da, und zu Hause steht schon alles bereit, um dieses Beweisstück zu zerstören. Königswasser für die Kanüle und Flusssäure für den Kolben. Beide Chemikalien hat sie bei Praktikas im Sommer an der Uni abgezweigt. Immer in so geringen Mengen, dass es niemandem aufgefallen war, und schon so lange her, dass man keine Rückschlüsse mehr ziehen kann.

Die Andeutung eines grimmigen Lächelns huscht über ihr Gesicht, als sie den Motor startet und langsam aus der Parklücke fährt. Anderthalb Jahre hat Kira diese Tat geplant. Anfangs dachte sie nicht, dass sie dazu fähig sei, den Plan tatsächlich durchzuziehen, doch dann ist es ihr erstaunlich leicht von der Hand gegangen.

Aber sie hat es nicht für sich getan, das muss sie sich immer wieder ins Gedächtnis rufen. Sie hat es für ihre Mama getan, die jahrelang unter Edgar Weinberg gearbeitet hat, von ihm schikaniert und belästigt wurde. Weinberg hat nicht nur jeden Fehler – und war er noch so klein – von ihr dokumentiert und sie vor dem versammelten Team dafür zurechtgewiesen, er hat ihr auch nachgestellt. Vor der Toilette, im Kopierraum und vor allem in der dunklen Tiefgarage, die unter der Firma lag. Weinberg hat Kiras Mama gesagt, dass sie sich *erkenntlich* zeigen muss, wenn sie eine bessere Behandlung von ihm möchte, dass er auch *nett* sein kann, wenn sie ihm dafür *andere Dinge* zugesteht.

Kira weiß nicht genau, was diese *anderen Dinge* beinhalten, was Weinberg spezifisch damit gemeint hat, denn das hat ihre Mama nie ausgeführt. Aber sie hat eine gute Vorstellung davon – eine noch bessere, nachdem sie ein Jahr in der Firma gearbeitet und mitbekommen hat, wie er mit anderen Mitarbeiterinnen umging. Für Kira war es gar nicht so wichtig, was genau er ihr angetan hat, sondern vielmehr, was er dadurch mit ihr angestellt hat. Innerhalb von einem Jahr hat sich ihre Mama von einer fröhlichen, offenen Frau in jemanden verwandelt, den Kira kaum wiedererkannt hat. Sie wurde still, in sich geschlossen, hat eine Angststörung entwickelt und kaum noch das Haus verlassen. Kira kam es vor, als würde sie vor ihren Augen von einer bunt blühenden Blume zu etwas verwelken, das Ähnlichkeit mit einem verdörrten Ast hat. Von der Mama, die sie großgezogen hat, war kaum noch etwas zu erkennen, und Kira hat sie regelrecht angefleht, Weinberg an seinen Vorgesetzten oder gleich den Geschäftsführer zu melden.

Doch ihre Mama hat sich nie getraut, und heute, nachdem Kira selbst ein Jahr in der Firma gearbeitet hat, versteht sie auch, warum. Weinberg ist schlau in seinem Tun. Er mag zwar zu jeder Zeit unfreundlich sein und seine Mitarbeitenden von oben herab behandeln, aber die wahren Verbrechen begeht er dann, wenn niemand in der Nähe ist und es keine Zeugen gibt. Auch Kira hat es nur mitbekommen, nachdem sie den Kopierraum mit einer Wanze ausgestattet hat, die sie über eine App an ihrem Handy steuern konnte.

Statt Weinberg also zu melden, hat ihre Mama den Job gekündigt. Doch damit fing der Ärger eigentlich erst richtig an, denn dann begann das Stalking. Das Telefon klingelte zu jeder Tages- und Nachtzeit, und wenn man abhob, war nur sehr lautes, fast schon angestrengtes Atmen zu hören. Kurz danach begannen auch die *Geschenke*. Kleine, unmarkierte Pakete, die vor ihrer Tür abgelegt wurden und so nette Dinge enthielten wie eine tote Ratte. Natürlich konnten sie nie beweisen, dass es sich bei dem Absender um Weinberg handelte, weshalb die Polizei auch nie etwas unternommen hat. Aber Kiras Mama war sich dessen absolut sicher, zog sich noch weiter in sich zurück, ging immer weniger vor die Tür und traute sich irgendwann nicht einmal mehr zum Einkaufen, bis …

Wirsch wischt sich Kira eine Träne aus dem Augenwinkel, während sie an den Tag zurückdenkt, an dem sie aus der Uni nach Hause kam und ihre Mama leblos im Bett auffand. Auf dem Nachttisch entdeckte sie eine leere Packung Schlaftabletten und eine nur noch halb volle Flasche Wodka, und Kira wusste, was Sache war, bevor sie ihre Mama überhaupt erreichte.

Den Abschiedsbrief fand Kira erst einen Tag später. Darin entschuldigte ihre Mama sich, es nicht länger ertragen und für sich keinen anderen Ausweg gesehen zu haben. Kira ging damit zur Polizei, in der Hoffnung, dass sie es als Beweis für das Mobbing und Stalking sehen könnten, dem ihre Mama ausgesetzt war, doch das Einzige, was sie damit machten, war, die Akte ihrer

Mutter mit »Selbstmord« zu schließen. Kira hätte es wissen müssen. Immerhin haben sie ihre Mutter schon nicht ernst genommen, als sie das Stalking bei der Polizei gemeldet hat.

Danach hat sie die Dinge in die eigene Hand genommen. Kira bewarb sich bei der Firma als studentische Aushilfskraft und wurde fast umgehend eingestellt. Gleichzeitig sah sie sich nach Giften um, die leicht zu bekommen waren. Schließlich fiel ihre Wahl auf Aconitin aus dem Blauen Fingerhut. Die Pflanzen konnte sie in ihrer Wohnung großziehen, und dank ihres Chemiestudiums war es ihr ein Leichtes, das Gift daraus zu extrahieren.

Dann musste sie nur noch auf die perfekte Gelegenheit warten und alles Weitere vorbereiten. Die Weihnachtsfeier im *Amadeus* ist für sie so etwas wie eine glückliche Fügung gewesen. Sie hat die Location im Vorfeld ausgespäht, indem sie sich Karten für ein Theaterstück dort geholt hat. Das Anwesen mit den vielen verwinkelten Gängen war der perfekte Ort für das, was sie vorhatte. Sie hat sich in einem Toilettenstall versteckt, bis Weinberg allein hereinkam. Erst als er bereits am Waschbecken stand und sich die Hände wusch, kam Kira aus ihrem Versteck. Obwohl er sich überrascht zu ihr umdrehte, schaffte sie es, ihm die Spritze in den Hals zu rammen und die tödliche Dosis zu injizieren. Danach war sie aus dem kleinen Fenster nach draußen geklettert und durch den kleinen Park bis zu ihrem Auto gegangen, wo sie die Spritze versteckt hatte.

Jetzt greift Kira erneut ins Seitenfach, um sich zu vergewissern, dass die Spritze noch da ist, während sie den Wagen durch die dunklen Straßen Friedbergs lenkt. Außer ihr ist kaum jemand unterwegs, aber das kommt ihr nur zugute. Zu Hause wird sie nur noch das letzte Beweisstück vernichten, die Überreste entsorgen, und dann verschwinden. Zum Morgengrauen wird sie bereits in Frankreich sein, dort ihr Auto hinterlassen und mit dem Zug weiter nach Spanien reisen. Natürlich wird man bei der Obduktion von Weinbergs Leiche feststellen, dass er an dem Gift Aconitin gestorben ist, aber bis dahin wird Kira längst über alle Berge sein.

Sie ist zuversichtlich, dass man sie nie finden wird.

Denn Kira Winter ist nicht ihr richtiger Name.

Eleanor Bardilac

# Und uns das Paradies

*Wien*

*Über die Autorin:*

Eleanor Bardilac wurde 1994 in Wien geboren, wo sie nach wie vor zusammen mit ihrer Herzensdame lebt und arbeitet. Zwei abgeschlossene Bachelorstudien in Deutscher Philologie und Vergleichender Literaturwissenschaft verstärkten ihre Liebe zur Literatur in all ihren Facetten nur noch mehr. 2021 erschien ihr Fantasy-Debütroman »Knochenblumen welken nicht« bei Droemer Knaur, der 2022 den Seraph-Phantastikpreis in der Kategorie »Bestes Debüt« erhielt. Als nie erreichbares Ziel hat sie sich den vollständigen Abbau ihres Stapels ungelesener Bücher gesetzt. Sie prokrastiniert bei dieser Aufgabe seit Jahren erfolgreich damit, viel zu viele Sprachen zu lernen und ihren persönlichen FBI-Agenten mit verdächtigen Suchanfragen im Internet bei der Stange zu halten.

*Content Notes:* Krieg (erwähnt und Folgen), Antisemitismus (unterschwellig), Gewalt (bedrohlich), Schnitt (oberflächlich), Blut (wenig), Rauchen, Alkohol, Beschimpfungen, Schmerz (chronisch), Antislawismus (unterschwellig)

Sie trafen sich in der internationalen Zone. Während Theo seinen ersten Kaffee im Café *Hawelka* trank, das genau wie er auf wundersame Weise überlebt hatte, wechselten draußen die französischen Wachposten die britischen ab. Man hatte ihn nicht dazu aufgefordert, den Mantel abzulegen. Dass er Hut und Handschuhe ausgezogen hatte, schien zu genügen, die restlichen Bemühungen um Anstand erstickte Theo mit einem bösen Blick im Keim. Zwischen den ganzen mittellosen Schreibenden und leise diskutierenden Intellektuellen fiel er ohnehin nicht besonders auf. Draußen senkte sich Schnee auf die Straßen Wiens. Die Kälte schien nicht aus seinen Knochen weichen zu wollen.

Er war bei seinem zweiten Kaffee – die Rechnung ging nicht auf ihn, und das hier war echter Bohnenkaffee –, als Inspektor Herzog zur Tür hereinkam. Brille, Bart, grau meliertes Haar. Sein Lächeln war so freundlich und gleichzeitig nichtssagend, dass man ihn eher in der Politik als bei der Polizei vermutet hätte. Die einzigen Gründe, warum Theo ihm zuhörte, waren der Bohnenkaffee und die alte Bekanntschaft aus den Tagen der Schutzbund-Zerschlagung 1934 vor sechzehn langen Jahren. Er hatte ihn nie gefragt, was er während des Kriegs getan hatte, aber manchmal hielt ihn die Frage nachts wach. Im Lager war Herzog nicht gewesen. Das wusste er.

Theo hatte den zweiten Kaffee fast ausgetrunken, als Herzog endlich mit der Sprache herausrückte, auch wenn er es auf gewohnt vorsichtige Weise tat.

»Die Russen wollen, dass wir jemanden für sie finden«, sagte er und tupfte sich mit einem Stofftuch die Stirn ab. »Bissl eine heikle G'schicht. Scheinbar ist einer von ihren Leuten in der Tür seiner Wohnung niedergestochen worden. Hat überlebt, aber schwer verletzt, und jetzt wollen sie, dass die verantwortliche Person zur Rechenschaft gezogen wird.« Er machte eine Pause. »Es gibt den Verdacht, dass die gesuchte Person vielleicht vom Geheimdienst und auf der Suche nach Informationen war, auch wenn ich persönlich das für eher unwahrscheinlich halte.«

Theo hob eine Augenbraue. »Und was hab ich damit zu tun? Braucht die Polizei für so einen Job wirklich die Hilfe eines Detektivs?«

Herzogs Blick glitt durch das *Hawelka*, dann senkte er die Stimme. »Es gab Leute, die den Vorfall beobachtet haben. Wir haben eine ziemlich gute Beschreibung und ich eine ganz persönliche Vermutung. Wenn sie stimmt …« Er tupfte sich erneut die Stirn ab. »Die Alliierten haben uns in der Hand. Wenn wir den Mensch zuerst finden, müss' ma ihn den Russen übergeben. Das wär mir sehr unangenehm.«

Und natürlich wäre es angenehmer, wenn ein Privatdetektiv sich die Hände statt ihm schmutzig machte. Theo nickte langsam und beobachtete Herzog einen Moment, dann fragte er: »Was wissen Sie über diese Person?«

Herzog schob ihm schweigend einen braunen Umschlag hinüber, den Theo nach kurzem Zögern öffnete.

Danach wusste er, warum Herzog wollte, dass er nach dem Mann suchte.

Herzog schuldete ihm sein Leben. Theo schuldete ihm alles. Sie beide hatten wie die restlichen Hinterbliebenen gedacht, dass Paul Czerny schon vor Jahren irgendwo an der Ostfront gefallen war. In dem Umschlag waren nicht mehr als zwei Bezeugendenaussagen und eine Fahndungszeichnung, die ein Gesicht zeigte, das Theo sofort erkannte, auch wenn die Zeichnung nicht perfekt war und Jahre vergangen waren, seit er dieses Gesicht das letzte Mal gesehen hatte. Die drei Muttermale unter seinem Auge – seinem verbliebenen Auge – waren unverkennbar. Sein Paul. Sein sanfter Paul mit dem Herzen voller Worte und dem Kopf immer in einem Buch, wenn er nicht in den Wolken steckte. Sein sanfter Paul, der immer clever und energisch gewesen war und der durchaus das Zeug hatte zu einem gewieften Spitzel. Nichts war Theo weniger egal als das. Er starrte auf das Foto vor sich und wusste, dass er Paul finden würde, egal was er irgendwem getan oder nicht getan hatte.

»Der Czerny ist einer von den Guten«, sagte Herzog, was sich mit seiner Empfindung deckte, und trotzdem wollte Theo ihm am liebsten eine schmieren, weil er nicht das Recht hatte, jemanden als gut oder böse zu bezeichnen, schon gar nicht, wenn er für die Exekutive arbeitete – nach allem, was die Exekutive getan hatte. »Ich möchte ihn ungern den Russen überlassen. Schauen Sie, dass Sie ihn noch vor Weihnachten heimbringen.«

Theo zog die Lefzen zu einem zahngefüllten Lächeln hoch. Weihnachten ging ihm am Arsch vorbei.

*

Der Schnee kam Theo fast horizontal entgegen, als er in die französische Zone schlüpfte. Die Kälte biss ihm in die Wangen, bis sie taub wurden. Noch exakt vierzehn Tage bis zum sogenannten Heiligen Abend, und die ganze Stadt litt unter dem strengen Winter, der die gerade erst einigermaßen stabilisierte Versorgungslage wieder kippen ließ. Die Grenzwachen wurden durch den Schnee nachlässig und verkrochen sich in ihre Mäntel, ihre Hotels, ihren Bau. Tiere waren eben auch nur Menschen. Irgendwo da draußen war Paul in einer Stadt, die nicht mehr wiederzuerkennen war – wenn der Schnee ihn nicht schon längst begraben hatte. Ihn heimbringen. Wohin denn?

Theo hatte gerade erst die dreißig überschritten, aber sein Körper war schon alt. Verbraucht. Als er sich die Treppen zu seiner Wohnung hinaufzog, biss er bereits die Zähne gegen den Schmerz zusammen; die Kälte war in seine zerstörten Gelenke gekrochen und hatte sich dort nachtmahrgleich festgesetzt. Theo war Leid gewohnt, aber er war kein Katholik, deswegen suhlte er sich nicht darin und akzeptierte es auch nicht still, sondern fluchte lauthals darüber, dass es im ganzen Flur widerhallte.

Mathilda stand bereits im Flur, als er die Tür öffnete, eine Zigarette zwischen den Lippen. Mit vor der Brust verschränkten Armen sah sie zu, wie er mit den Stiefeln kämpfte, dann erbarmte sie sich und nahm ihm den Mantel ab.

»Ich hab dir ein Bad eingelassen«, sagte sie. »Sag mir jetzt nix wegen der Kosten, sondern geh einfach. Geheizt hab ich auch, also ist eh schon alles wurscht. Und sei leise, die Kleine schläft schon. Was hast du da?«

»Dein Mann lebt«, sagte Theo und drückte ihr den Umschlag in die Hand, dann ging er ins Badezimmer und zog die Tür hinter sich zu.

Die Wärme half tatsächlich. Als er wieder herauskam, fand er Mathilda in ihrem abgewetzten Fauteuil vor dem Fenster: die Knie an die Brust gezogen, ein Glas von Theos Schnaps neben sich, den geöffneten Umschlag vor sich. Das Foto darin lag unter dem Hochzeitsfoto, das sie zu dritt zeigte: 1935, sie alle blutjung. Mathilda im weißen Kleid, Paul im Anzug, Theo als Trauzeuge mit strahlenden Augen. Eine Einheit in schweren Zeiten.

Mathildas Augen waren gerötet, der Mund eine schmale, harte Linie. Mit einem Anflug schlechten Gewissens legte Theo ihr flüchtig die Hand auf den Kopf, nahm ihr die frisch angezündete Zigarette aus dem Mund und klemmte sie sich selbst zwischen die Zähne, bevor er zehn der elf Kerzenstümpfe auf dem Fensterbrett anzündete. Kein Gebet, kein Leuchter, keine Familie. Er war dennoch am Leben, und dennoch brannten die Lichter. Vielleicht genug, um ein Leuchtfeuer zu sein für die Gespenster, die den Weg nach Hause nicht fanden.

»Ich bring ihn dir zurück«, sagte er und ließ sich in den anderen Fauteuil ihr gegenüber fallen, um die schmerzenden Hände gegen den Kachelofen zu pressen.

»Uns, Theo«, korrigierte Mathilda und nahm einen kräftigen Schluck Schnaps. »Das ist mein Mann und dein Lebensmensch. Muss kein Widerspruch sein, die Art von Menschen waren wir doch nie.« Sie sah ihn an. »Lass mich helfen.«

»Du gehst mir sicher nicht über die Grenzen. Wenn was passiert und sie uns beide erwischen, steht die Kleine ganz allein da.«

Mathilda rieb sich über das Gesicht. »Ich kann auch anders helfen.«

Er musterte sie einen Moment. »Du hast dir durchgelesen, wer ihn sucht und warum?« Ein Nicken. »Gut. Dann kannst du dir ja denken, dass deine künstlerischen Fähigkeiten eh gefragt sein werden, um ihn nachhaltig vor den Russen verschwinden zu lassen.«

»Einverstanden«, sagte Mathilda. »Wann gehst du los?«

*

Er ignorierte das Stechen in seinen geschwollenen Gelenken und ging noch am selben Abend los. Nacht und Schnee boten Schutz, den Tag und Sonne verwehrten. Theos Schritte waren zügig, aber ohne Eile: die Schritte von jemandem, der scheinbar nichts zu verbergen hatte. Sie führten ihn hinunter in die Kanalisation.

An einem unbenutzten Stromkasten wechselte er die Kleidung und steckte ein, was sonst noch darin lag: Klappmesser, Kontraband. Mit einem Ohr horchte er dabei auf die Tunnel, durch die andere Grenzüberschreitende huschten und ihn ganz im Sinne der ungeschriebenen Gesetze hier unten ebenso ignorierten wie er sie. Theo kannte sich aus auf den Dachböden und in den halb versteckten Durchgängen und dem Kanallabyrinth Wiens. Er hatte jahrelang unfreiwillig gelernt, wie und wo man am besten in dieser Stadt verschwand, und jetzt nutzte er seine Kenntnisse überwiegend dafür, Leute wieder auftauchen zu lassen. Überraschend war es nicht, dass es genug Arbeit für einen Detektiv in einer Stadt gab, in der viele am eigenen Leib erlebt hatten, dass man den Staatskräften nicht trauen konnte. Im Untergrund war es so kalt, dass die Atemwolken vor dem Gesicht zu gefrieren schienen. Einen Moment lang stand er nur da: fremde Kleider am Leib, ungerauchte Zigarette in der Hand. Er ließ diese Kälte auf sich wirken, bis sie alles durchdrang. In seinen Gelenken pochte der Schmerz, der sich unter den Temperaturen zusammenzog; ein wütendes Tier, das nach seinen eigenen Waden schnappte. Theo zog den Hut tiefer ins Gesicht und zündete die Zigarette an, dann machte er sich auf den Weg.

Ratten huschten um seine Beine. Er verbarg die klammen Finger in den Manteltaschen und ging, die Zigarette in den Mundwinkel geklemmt, zielstrebig durch die Tunnel, in denen seine Schritte hallten. Direkt über ihm lag die internationale Zone. Er ging weiter, bis er sich unter dem siebten Bezirk – französisches Gebiet – befand, dann begann er zu klettern. Der Kanaldeckel war frostig und wollte sich kaum bewegen. Theo wartete, lauschte, hob den Deckel an, als über ihm das Rattern erklang, mit dem er gerechnet hatte, und sprang hinaus, als links und rechts zwei Straßenbahnen zum Stehen kamen. Deckel an die richtige Stelle zurück, ein Herzschlag, zwei, er zog die Mütze tiefer ins Gesicht und mischte sich zwischen die Leute, die aus der Straßenbahn stiegen, während seine Gedanken zur Suche zurückglitten. Die Adresse, wo Paul Czerny den Genossen attackiert hatte, war ihm wohlbekannt: das Haus, in dem sie während der Studienzeit gemeinsam gewohnt hatten. Kein Wunder, dachte er und ließ sich scheinbar ziellos vom Strom treiben, bis er ungesehen von Soldaten in der nächsten Seitenstraße verschwinden konnte. Kein Wunder, dass Paul ausgezuckt war, als er bei einem Zufluchtsort geklingelt und jemand anderes geöffnet hatte. Ein Schicksal, wie es sich tausendfach, millionenfach in dieser Stadt abspielte. Seltsam nur, dass er nicht bei der Wohnung geläutet hatte, die er und Mathilda nach der Hochzeit bezogen hatten – jene, die Theo erst vor einer Stunde verlassen hatte. Das alles aber waren Überlegungen für später. Jetzt musste er den Mann finden, der alles wusste und nur wenig sagte.

Er hatte Glück und erwischte Andreas Berger, als der gerade aus seinem Trödelladen trat und Anstalten machte, den metallenen Rollladen herunterzuziehen. Theo duckte sich zwischen dem nass glänzenden Licht der Straßenlaternen hindurch und hielt ihm das Messer an die unrasierte Kehle, bevor der Mann auch nur einen Pieps von sich geben konnte.

»Servas, Gschissener«, murmelte er ihm ins Ohr und spürte Andis Puls unter der Klinge zittern. »Lang nicht mehr gesehen. Komm, lass mich rein.«

»Hoffmann, du Oarschloch«, brachte Andreas heraus, ohne sich vom Fleck zu rühren. »Du lebst ja noch.«

»Tut mir leid, bist mich noch immer nicht los, dabei hast dich so bemüht«, sagte Theo trocken. »Und jetzt lass mich rein, ich hab ein Geschäft für dich.«

Andreas erlaubte sich ein winziges Schlucken. »Und wenn ich Nein sag?«

Theo lachte leise, fast zärtlich, und drückte die Klinge tiefer gegen sein Fleisch – genug für einen Schnitt, aus dem eine einzelne Perle Blut quoll. »Na gern – komm, du feige Sau. Ich wart nur drauf, unsere Rechnung zu begleichen. Kannst es dir aussuchen: Abstich oder Alkohol?«

»Jessas, is ja guat«, sagte Andi und hob die Hände. »Lass mich los, ich mach auf.«

Sobald sie in dem schummrigen Laden waren, der als Umschlagsort von Informationen aller Art diente, verlor Theo keine

Zeit mehr und knallte das Päckchen, das er aus dem Stromkasten gezogen hatte, auf den zerkratzten Ladentisch. Die Gier leuchtete in Andis Augen auf, als er es auswickelte und das Etikett der Flasche sah, die zum Vorschein kam.

»Single Malt, vierzig Jahre alt, Eichenfassreife«, sagte Theo und beobachtete sein Gesicht. »Danach kannst du dir sogar hier alle zehn Finger abschlecken, Schwarzmarkt am Karlsplatz hin oder her. Kannst ihn haben, wenn du mir dafür ein bissl was verrätst.«

Andreas bewies, dass er feig, aber mit gutem Instinkt gesegnet war und zögerte. »Wen suchst du?«

Zur Antwort zog Theo das Foto von Paul heraus und hielt es ihm hin.

»Scheiße, Hoffmann, den suchen's doch schon«, sagte Andi sofort mit einem Kopfschütteln. »Der ist so gut wie tot. Ich will mit den Sowjets nix zu tun haben.«

Theo klappte das Messer auf und hob eine Augenbraue. »Magst du auch so gut wie tot sein?«

»Oarschloch«, sagte Andreas und seufzte, dann zog er die Flasche zu sich. »Na gut. Du hast Glück – zufällig hab ich den Vorfall höchstpersönlich mitgekriegt und weiß, wer ihn aufgesammelt hat.«

»Namen«, sagte Theo und ging erst, als er alles aus Andreas herausgequetscht hatte, was er brauchte.

Das Schicksal meinte es endlich wieder gut mit ihm. Oder vielleicht war es einfach Pauls niemals versiegendes Glück. So oder so wusste Theo, wohin er musste.

Keine fünf Minuten nach dem Verlassen des Trödelladens war er sicher, dass er verfolgt wurde. Der Wind peitschte eisig gegen seine Wangen. Theo schlug den Mantelkragen in die Höhe, um sich gegen den Schnee zu schützen. Er ließ sich nichts anmerken, wurde nicht schneller, beobachtete nur aus dem Augenwinkel den Schatten, der ihm an den Fersen klebte. Flüchtig zuckten seine

Gedanken zu Herzog. Ob er …? Schwer zu sagen und vielleicht auch nicht von Relevanz. Egal ob ihm sein Verfolger von irgendjemandem auf den Hals gehetzt worden war: Theo drängte sich in ein voll besetztes Lokal und sprang am anderen Ende wieder heraus, um im Bärenmühldurchgang zu verschwinden. Das Messer rutschte von seiner Hosentasche in seinen Mantelärmel, wo seine Finger sich um den Griff schlossen. Nur für den Fall.

Rein ins Geschehen des Karlsplatzes. Sein Atem war ruhig. Die Tram glänzte in der nächtlichen Beleuchtung, der rote Anstrich der Straßenbahn unverkennbar. Die Schritte hinter ihm wurden schneller. Theo biss die Zähne zusammen, behielt die sich öffnenden Türen im Auge und drängte dann den Schmerz gewaltsam aus seinem Bewusstsein, als er unvermittelt lossprintete. In der Schule war immer nur Paul noch schneller im Laufen gewesen als er. Er hörte zu atmen auf, machte einen Hechtsprung und landete mit einem Satz in der Straßenbahn.

»No servas!«, sagte eine ältere Dame missbilligend, als er sich keuchend auf den Sitz neben sie fallen ließ.

Hinter ihm schlossen sich die Türen. Theo beschloss, ausnahmsweise friedlich zu sein, und sagte nichts, als die Tram ruckelnd anfuhr. Das Gesicht seines Verfolgers war ein verwischter Klecks vor ungewaschenen Winterscheiben. Er kannte es nicht.

*

Dorothea öffnete ihm die Tür mit einer blutigen Lippe.

»Schau nicht so«, sagte sie, bevor er den Mund öffnen konnte. Auch aus ihr hatte der Krieg alle Farben gewaschen, aber das hinderte sie nicht daran, genauso spöttisch zu lächeln wie zu ihrer Studienzeit.

»Wo ist er?«, fragte Theo ohne viel Federlesen.

Dorotheas Gesicht schien einzufallen, als sie zu lächeln aufhörte. Sie seufzte, rieb sich die Wange und schüttelte den Kopf.

»Hast du eigentlich eine Ahnung, was für ein verdammtes Glück der Paul hatte, dass ich in der Nähe war?«, fragte sie und nahm die Zigarette an, die Theo ihr anbot, um sie mit bemerkenswert zitternden Fingern anzuzünden. »Unruhig wie ein Tier war er. Hat gar nicht begriffen, wie tief er in der Scheiße sitzt oder warum da plötzlich fremde Leute in eurer alten Wohnung wohnen. Ich weiß bis jetzt nicht, ob er mich erkannt hat – Theo –, der war wie ein Tier, der Paul, ein angeschossenes Tier. Ich hab versucht, ihn dazu zu kriegen, einfach bei mir zu bleiben, aber er wollt unbedingt raus. Hat sich nicht aufhalten lassen. Als ich ihn festhalten wollt, hat er mich mit der Hand erwischt.« Sie betastete ihre Lippe, Zigarette in der freien Hand, und schüttelte wieder den Kopf. »Er hat's nicht so gemeint. Ich bin nicht bös.«

»Hat er gesagt, wo er hinwill?«, fragte Theo angespannt. Da war ein Beben in ihm, dem er nicht nachgab. Fokus. Ruhe.

Dorothea lächelte humorlos. »Er hat halluziniert. Fantasiert. Der Paul ist nicht mehr richtig im Kopf, den hat der Krieg zerstört, ich hab das bei meinem Bruder auch gesehen …«

»Herst, Dorli, was hat er gesagt?«, entfuhr es Theo grober als beabsichtigt. Er bemühte sich, seine Stimme ruhig zu halten. »Entschuldige.«

»Macht nix. Ich weiß, wie nahe ihr euch wart.« Dorothea seufzte. »Zum Paradies wollt er. ›Weihnukka muss ich im Paradies sein‹, hat er gesagt. Keine Ahnung, was das heißen soll – Theo …«

Aber Theo war schon losgerannt. Seine Schritte hallten dumpf im heruntergekommenen Stiegenhaus wider, aber er hörte es nicht. Er hörte gar nichts außer dem Rauschen seines eigenen Blutes im Ohr.

Das Paradies. Vor ihm stiegen Bilder aus besseren Zeiten auf, Paul und er und Mathilda im Schweizerhaus, umgeben von den funkelnden Lichtern des Praters. Jeder zwanzigste Dezember war hier begonnen worden und hatte hier auch geendet, völlig egal wie weit Weihnachten und Chanukka in den entsprechenden Jahren auseinandergelegen hatten. Dass heute erst der zehnte war, entging einem von der Kriegsgefangenschaft Heimgekehrten schon einmal. *Dem Verlangen ein blühender Garten, und uns das Paradies,* hatte Paul gesagt, mit einem Lachen wie einem Sommersturm und im Herzen immer ein bisschen Christ. *Wir machen uns das Paradies nur einfach selbst.*

Paul hatte keine Ahnung, dass das Schweizerhaus seit 1945 in Trümmern lag und im Moment nur aus einem alten Riesenradwaggon und einer Holzhütte bestand, heruntergebrochen bis auf die Knochen wie alles andere in dieser verdammten Stadt auch. Paul hatte keine Ahnung von den Besatzungsgrenzen in Wien. Paul hatte keine Ahnung, dass das besagte heruntergebrochene Schweizerhaus mitten in der russischen Zone lag. Paul hatte keine Ahnung, dass die Russen nur darauf warteten, den zarten, misstrauischen Frieden in Wien in tausend Stücke zu reißen. (Nicht dass die Amis oder die Franzosen oder die Engländer so viel besser waren. Regime war Regime war Regime, und sie alle hatten viel zu spät eingegriffen und wollten jetzt vor allem den Kadaver ausweiden.)

Paul war kein Spitzel. Er war ein Tier, das sich aus der Lebendfalle befreit hatte und verzweifelt den Weg zurück zum Bau suchte. Das war alles.

Zum zweiten (dritten? Vierten?) Mal in dieser Nacht sprang Theo über Grenzen. Schnell, wisperte sein Herz, und er überwand die Grenze zwischen der französischen Zone und der internationalen im Schatten eines Postenwechsels. Schnell, hämmerte sein Herz, und er duckte sich in die Kanalisation, rannte bei Eiseskälte und einem Minimum an Licht durch die Tunnel, bis er glaubte, seine Beine kollabieren zu spüren. Er ignorierte den pulsierenden Schmerz in seinen Gelenken. Der Atem verließ ihn in schneeweißen, dichten Wolken. *Ein angeschossenes Tier,* hatte Dorothea gesagt. Angeschossene Tiere dachten nicht klar. Angeschossene Tiere erinnerten sich nicht an die tausend Fluchtwege, die sie in den Zeiten der Arbeiterbewegungen gelernt hatten. Angeschossene Tiere hinterließen immer eine Blutspur.

*Ihn nehmt ihr mir nicht,* dachte Theo mit brennenden Augen und brennender Nase. *Ich bringe ihn heim.*

Heim. Wohin denn? Er dachte an die Lichterreihe in einem Doppelglasfenster und wusste die Antwort.

Die Kanalisation spuckte ihn mitten im grünen – jetzt schneebedeckten – Prater aus. Nach den Tunneln wirkte die Nachtluft fast warm. Theo kämpfte Angst und Schmerz nieder und ließ sich von nichts als brennender Wut vorwärtstragen. Die Trümmer und Kastanienbäume boten ihm Schutz. Wo Menschen ihn nie geschützt hatten, tat es nun die Stadt selbst, indem sie ihre vernarbten Finger über ihn krümmte.

Und dann: ausgebranntes Land und ein einziger Riesenradwaggon.

Und dann: die Patrouille, die um die Ecke bog.

Und dann: ein angeschossenes Tier, das heimgekommen war, ohne zu Hause zu sein, und das fassungslos aus dem Gebüsch auf den beleuchteten Weg taumelte, ein Schrei halb auf seinen Lippen.

Und dann: Theo, mehr Zähne und Krallen als Mensch, der den Heimgekehrten am schweren, zerschlissenen Armeemantel packte und mit sich zurück in die Schatten zerrte. Auf den Boden drückte. Hielt, anhielt, festhielt.

Im zersplitterten Schein der Straßenbeleuchtung passierte die Patrouille die beiden Figuren im Gebüsch, ohne etwas von ihrer Existenz zu ahnen.

Im zersplitterten Schein der Straßenbeleuchtung sah Paul Czernys schönes, zerstörtes Gesicht zu ihm empor und wurde plötzlich ruhig, ganz ruhig.

»Theo«, sagte er leise, die Stimme kaum mehr als ein Wispern. »Mein Theo. Gottesgeschenk.« Er begann zu weinen wie ein Kind und krümmte sich zusammen. »Ich weiß nicht mehr, wo ich bin. Wer ich bin. Was ist mit uns passiert, Theo? Was ist passiert?«

Theo drückte die Stirn gegen den kalten Winterboden und rang nach Atem. Seine geschlossenen Augen blieben trocken, aber etwas in seiner Brust löste sich und sang. Paul weinte. Paul war am Leben und konnte weinen. Theo war am Leben und konnte ihn weinen sehen.

Sie waren am Leben und konnten nach Hause gehen, also taten sie genau das.

*

Im Fenster flackerten zehn Kerzen und Mathildas schattenumrissene Form: ein Freudenfeuer, ein Leuchtfeuer für die Heimgekehrten.

*

Sie trafen sich in der internationalen Zone. Während Inspektor Michael Herzog seinen ersten Kaffee trank, fegte Hoffmann ins Café *Hawelka* hinein und brachte Schnee und Eis mit sich.

Er warf einen Umschlag vor Herzog und dachte nicht einmal daran, sich zu setzen. Herzog beobachtete ihn einen Moment lang über den Rand seiner Brille, dann zog er den Umschlag heran und öffnete ihn. Fotos, unscharf genug, um nichts so wirklich zu sehen, aber scharf genug, um einen Mann zu erahnen, der auf die Beschreibung des Gesuchten passte. Ein Autopsiebericht aus dem AKH, unterfertigt von einer Person, von der er noch nie gehört hatte, aber mit all den nötigen Insignien, um auch sowjetische Platzhirsche mit zu viel Ego zufriedenzustellen. Mathilda Czerny war immer bemerkenswert gut in dieser Art von Arbeit gewesen.

»Ist vor zwei Tagen am Karlsplatz abgestochen worden«, sagte Hoffmann, ohne die Miene zu verziehen. »Der Täter dürft weggerannt sein, hat die Geldbörse mitgehen lassen. Die Leiche ist schon im Unbekanntengrab am Zentralfriedhof verscharrt worden. Blöd.«

»Blöd«, stimmte Herzog milde zu und steckte die Unterlagen ein, bevor er Hoffmanns Bezahlung in einem weiteren Umschlag über den Tisch schob. »Na ja, das wird die Obrigkeit wohl zufriedenstellen. Ausgraben werden's ihn schon nicht. Gute Arbeit, Hoffmann. Ich hoffe, nächstes Mal hab ich einen erfreulicheren Fall für Sie.«

Hoffmann zuckte mit den Achseln und steckte den Umschlag ein, nachdem er kurz durchgeblättert hatte. Misstrauischer kleiner Bastard, dachte Herzog wohlwollend.

»Bleiben Sie noch auf einen Kaffee«, bot er an.

Hoffmann schnaubte. »Danke, ich verbring so wenig Zeit mit der Polizei wie möglich. Außerdem wartet man auf mich.«

»Dann will ich Sie nicht länger aufhalten«, sagte Herzog mit leisem Amüsement. Sie schüttelten sich die Hände, dann verschwand Hoffmann so schnell, wie er gekommen war. Herzog beobachtete, wie er die Tür des *Hawelka* schloss und einen Moment lang stehen blieb.

Im Schnee auf der anderen Straßenseite stand eine groß gewachsene Gestalt mit Augenklappe. Hoffmann erspähte sie und lief mit weiten Schritten auf sie zu, angezogen wie von einem Magneten.

Herzog senkte den Blick und breitete lächelnd die Zeitung aus. Seltsam, was die Zeit um Weihnachten mit einem machte. Manchmal ließ sie einen sogar Tote sehen.

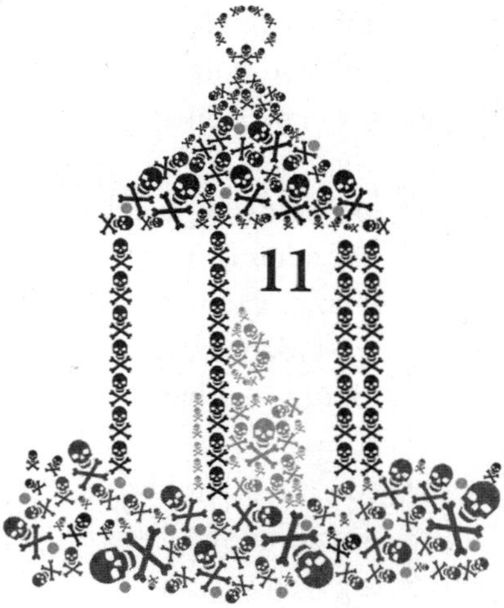


Jessica Kremser

# Dann steht das Christkind vor der Tür

*Chiemsee*

*Über die Autorin:*

Jessica Kremser wurde in Traunstein geboren und wuchs am Chiemsee auf. Sie studierte in Florenz, Birmingham (UK) und München, wo sie heute lebt und als Redakteurin und Autorin arbeitet. In ihrer »Frau Maier«-Reihe (Pendragon Verlag) sind bislang fünf Bände erschienen, und bei HarperCollins veröffentlicht sie unter dem Pseudonym Laura Fiore eine Krimireihe, die in der Toskana spielt. Bei Fischer/Sauerländer hat sie bereits zwei Kinderbücher veröffentlicht.

*Advent, Advent, ein Lichtlein brennt.*
*Erst eins ...*

Weihnachten! Wo man auch ging, wohin man auch schaute: Weihnachten und kein Entrinnen. Frau Maier seufzte, als sie die Lebkuchenherzen aus der Einkaufstasche nahm und auf den Küchentisch legte. Sie hatte sie nur gekauft, weil der Seppi aus dem Kauzinger Supermarkt sie ihr so begeistert angepriesen hatte. »Ohne die ist nicht *wirklich* Weihnachten, Frau Maier«, hatte er gesagt.

Sie seufzte noch einmal und schaute aus dem Fenster über ihren kleinen Garten hinweg zum Chiemsee. *Wirklich Weihnachten.* Wann war eigentlich für sie *wirklich Weihnachten?*

Er beobachtete sie ganz genau. Seit ein paar Tagen schon. Sie war die Einzige, die ihr Zuhause nicht weihnachtlich geschmückt hatte. Kein leuchtender Stern im Fenster, kein blinkender Baum vor dem Haus. Noch nicht einmal einer dieser Kränze aus bunten Kugeln an der Tür, die so gut wie alle anderen in den verschiedensten Farbkombinationen aufgehängt hatten.

Am späteren Abend, wenn es stockdunkel war und auch der letzte Hundebesitzer erleichtert in der Wärme seines Zuhauses verschwunden war, dann begann seine Zeit. Dann konnte er in Ruhe all die Menschen beobachten, die ihre Vorhänge nicht ganz geschlossen hatten. Es waren erstaunlich viele, und er wunderte sich darüber.

Aber die Leute wussten eben nicht, dass es da draußen *die anderen* gab. Menschen wie ihn. Raubtiere, die sich nachts auf die Suche nach Beute machten. Nach einem Weihnachtsgeschenk.

Als Frau Maier das Gartentürchen hinter sich schloss, zögerte sie für einen Moment. Diese Fußspuren im aufgeweichten Boden, direkt an ihrem Zaun – waren die heute Morgen schon da gewesen, als sie zum Einkaufen aufgebrochen war? Sie überlegte kurz und beschloss dann, nicht länger darüber nachzudenken. Frau Maier war zwar dem 70. Geburtstag näher als dem 60., aber sie war alles andere als senil. Ihre Sinne und ihr Verstand funktionierten besser als bei so manchen 30-Jährigen. Ach was: besser als bei den meisten 30-Jährigen! Der einzige Vorwurf, den man ihr vielleicht machen konnte, war, dass sie mitunter ein wenig viel … *interpretierte*. Spuren im Matsch, Autos, die an ungewöhnlichen Orten geparkt waren, belauschte Gesprächsfetzen von Spaziergängern am See: All das konnte in Frau Maiers Kopf spontan sehr interessante Muster bilden. Aber, überlegte sie jetzt, als sie die wenigen Meter zum Ufer des Sees zurücklegte, sie interpretierte nur das, was auch wirklich da war. Sie bildete sich nichts ein, sie erfand nie etwas dazu. Und bislang hatte sie mit ihrem Riecher für Ungereimtheiten ja auch immer richtiggelegen. Ihrem Riecher für Ungereimtheiten – und für Gefahr.

Apropos Gefahr. Frau Maier schaute auf den See, der heute in einem kühlen Grau schimmerte und über dem der dunkle Himmel sich türmte und Schnee versprach. Setzte nicht genau in diesem Moment das Kribbeln in ihrem Nacken ein, das Gefahr verhieß? War da nicht ein leises Rascheln zu hören, irgendwo hinter dem dichten Schilf?

Nein.

Sie atmete die kalte, frische Luft ein und betrachtete die mit Schnee bezuckerten Berge.

Doch!

Jetzt war sie sicher: Hinter ihr – das waren eindeutig Schritte.

Sie fuhr herum.

Im Supermarkt verhielt sie sich zögerlich. Alle anderen füllten ihre Einkaufswagen, als gäbe es kein Morgen; türmten Knödelteig, Glühweingewürz, Dominosteine und Rotkohl auf wie moderne Kunstwerke. Nur sie nicht. Ratlos oder vielleicht auch lustlos stand sie vor dem Regal mit den Lebkuchen und bewegte sich fast eine Minute lang nicht. Entweder sie mochte Weihnachten wirklich nicht, überlegte er, oder sie war generell ein zögerlicher, antriebsloser Typ Mensch. In diesem Fall würde sie sich als Geschenk besonders gut eignen.

»Haben Sie mich jetzt erschreckt«, entfuhr es Frau Maier, als sie sich umdrehte und die junge Frau sah, die fast lautlos die Böschung heruntergekommen war. Die Frau wurde ein wenig rot und beeilte sich, eine Entschuldigung zu murmeln, doch Frau Maier nahm ihr die Verlegenheit mit einem strahlenden Lächeln: »Das ist doch nicht Ihre Schuld! Ich war einfach so versunken in den Anblick vom See, da habe ich Sie zu spät gehört.«

Ein einzelner Sonnenstrahl brach durch eine düstere Schneewolke und zauberte wie mit einem Glitzerstift ein paar Lichtreflexe auf das Wasser. »Jetzt wohne ich hier schon seit so vielen Jahrzehnten und kann mich immer noch nicht an diesem Anblick sattsehen«, ergänzte Frau Maier.

»Ich wohne erst seit Kurzem hier«, erwiderte die junge Frau und ihre Stimme war leise, zaghaft. »Aber dann kann ich mich ja schon darauf freuen, dass mir die Aussicht nie langweilig werden wird.« Sie lächelte vorsichtig, und doch erhellte das Lächeln ihr ganzes Gesicht. Wie alt mochte sie sein? Um die 30 vielleicht, vermutete Frau Maier. Jetzt holte sie Luft und sagte ein wenig hastig – so als hätte sie Bedenken, sie könnte es sich noch einmal anders überlegen: »Ich heiße Miriam. Freut mich, Sie kennenzulernen.«

Frau Maier lächelte. »Ich bin die Frau Maier, und ich wohne direkt da oben.« Sie deutete hinter sich die Böschung hoch.

»Oh, in dem süßen Hexenhäuschen?«, rief Miriam begeistert und wurde sofort rot. »Damit meine ich natürlich nicht, dass Sie eine Hexe … also ich meine …« Sie geriet ins Stocken, und Frau Maier musste lachen.

»Wissen Sie was? Ich mag Hexen. Also mir gefällt diese Beschreibung meines Häuschens.«

Die beiden lächelten sich an und beobachteten dann in einträchtiger Stille, wie die Wolken düsterer wurden, wie sie sich zusammenballten, immer dichter – bis dann langsam und sanft dicke Schneeflocken vom Himmel fielen.

*… dann zwei …*

Frau Maier hielt ihren Daumen unter fließendes, kaltes Wasser und fluchte leise. Die Streichhölzer heutzutage taugten wirklich gar nichts mehr! Kaum hatte man eines angezündet, da war es auch schon wieder abgebrannt. Nicht einmal zwei Kerzen hatte sie mit einem Hölzchen anzünden können, ohne sich den Finger zu verbrennen. Etwas verdrießlich betrachtete sie den Kranz mit den beiden brennenden Kerzen. Elfriede, ihre Freundin, hatte ihn am ersten Advent vorbeigebracht. Es war ihr unbegreiflich, dass Frau Maier die Weihnachtszeit nicht zelebrierte. Das passte ganz und gar nicht in ihre persönliche Ordnung des Universums. »Das geht doch nicht!«, hatte Elfriede mehrmals und mit Nachdruck gesagt und unter Frau Maiers Protest den Kranz, eine Dose mit Plätzchen und eine Lichterkette auf dem Küchentisch abgeladen. Die Kette lag immer noch unberührt da, genau wie die Dose mit den Plätzchen. Doch immerhin die Kerzen zündete Frau Maier an – wenn auch widerwillig.

Er hatte sich zurückziehen müssen. Er hatte seinen Bus zwar in stets wechselnden Wohnsiedlungen geparkt und war fast immer noch vor dem Morgengrauen einige Straßen weitergefahren, um keine Aufmerksamkeit zu erregen. Doch in so einem Kaff war es schwierig, unterzutauchen. Eine neugierige Anwohnerin hatte ihn angesprochen, und tags darauf hatte in aller Herrgottsfrühe ein alter Klugscheißer an die Scheibe geklopft und gerufen, dass wildes Campen in Deutschland immer noch verboten sei.

Verdammte Spießbürger.

Es war besser, ein paar Tage woanders zu verbringen.

Doch er würde zurückkehren. Zurück zu ihr. Er wollte ihr nahe sein, ohne dass sie es ahnte. Bis zum Schluss. Dann würde sie es natürlich nicht mehr nur ahnen. Sie würde wissen, dass er da war, dass er immer da gewesen war. Mit schmerzlicher Gewissheit.

*… dann drei …*

Sie wollte schnell an den Regalen mit Lebkuchen, Weihnachtsschokolade, Pralinen in goldenen Schachteln, Stollen und Spekulatius vorbeigehen und hätte beinahe mit dem Einkaufswagen eine Person gerammt, die dort verweilte und die Ware anstarrte. »Entschuldigung, das war knapp«, entfuhr es Frau Maier, bevor sie die Person erkannte. »Miriam«, sagte sie dann und lächelte. »Erinnern Sie sich an mich?«

»Natürlich!« Die junge Frau nickte. »Frau Maier aus dem Hexenhaus.« Ihre Mundwinkel wanderten nach oben, und wieder beobachtete Frau Maier fasziniert, wie das Lächeln ihr ansonsten so ernstes Gesicht erstrahlen ließ. Sie deutete auf das Regal. »Können Sie sich nicht entscheiden? Es ist auch wirklich der Wahnsinn, was es an Weihnachten alles gibt.«

Miriam hob kurz die Schultern. »Ich weiß gar nicht, ob ich dieses Jahr überhaupt feiern soll.« Sie zögerte.

Frau Maier schaute sie nur aufmerksam an. Schüchterne Menschen erzählten eher etwas, wenn man sie nicht drängte.

»Ich habe bisher jedes Weihnachten mit meiner Mutter verbracht, aber sie ist letztes Jahr gestorben«, fuhr Miriam schließlich fort und Tränen stiegen ihr in die Augen. Sie räusperte sich und sprach schnell weiter: »Und da ich ansonsten im Moment niemanden habe … Mann oder Kinder … verstehen Sie das?« Sie hob erneut die Schultern und ließ sie wieder fallen.

Frau Maier nickte. »Sie glauben gar nicht, wie gut ich das verstehe. Und wissen Sie was? Weihnachten wird überbewertet.« Sie hakte sich energisch bei Miriam unter. »Und jetzt gehen wir weiter. Andere Regale haben auch schöne Ware!«

Als sie vom Einkaufen nach Hause kam, verharrte Frau Maier für einen Moment am Gartentor und ließ prüfend ihren Blick über den Boden, dann zum Zaun, über den Garten und zu ihrem kleinen Haus schweifen.

Ganz still stand es da, wie immer. Mit dem roten Ziegeldach, den grünen Fensterläden und der Veranda aus Holz sah es friedlich aus. Friedlich und zufrieden. Die Katze kam mit erhobenem Schwanz durch den Garten auf sie zugelaufen und murrte ein wenig. Frau Maier bückte sich und streichelte das schwarze Köpfchen.

»Hat es dir zu lange gedauert?« Die Katze maunzte vorwurfsvoll. »Ich war spontan noch auf einen Kaffee bei einer neuen Bekannten, weißt du.« Die Katze setzte sich hin, legte den Kopf schief und verengte ihre grünen Augen zu schmalen Schlitzen. »Ja, ich treffe mich nicht mit vielen Menschen, du hast ja recht. Aber das war eine Ausnahme.«

Frau Maier überlegte kurz und nickte bekräftigend. Es war eine Ausnahme, denn Miriam tat ihr leid. Und sie mochte sie. Also hatte sie die Einladung ja schlecht ausschlagen können. Noch einmal warf sie einen prüfenden Blick auf den Gehweg. Es hatte vor einer halben Stunde angefangen zu schneien, sodass man Spuren gut würde erkennen können. Nein, keine Fußabdrücke mehr. Keine Zigarettenkippen. Kein offenes Gartentor. Alles unauffällig, so wie schon die ganze letzte Woche.

Trotzdem.

Sie ging langsam auf ihr Haus zu. Der Schnee knirschte leise unter ihren Füßen, das Schilf rauschte unten am See im Wind.

Trotzdem.

Sie wurde das Gefühl nicht los, dass sich irgendwo da draußen irgendetwas zusammenbraute.

Im Haus trat sie den Schnee von den Stiefeln, zog sich die Mütze vom Kopf und schüttelte den Schal aus. »Blöde Weihnachtszeit«, schimpfte sie leise. »Macht mich ganz verrückt.«

Es war Zeit geworden, zurückzukehren. Höchste Zeit. Er hielt den Atem an und genoss die Aufregung, die Vorfreude, das Kribbeln in seinem ganzen Körper.

Sie war alleine, wie immer. Sie war durch den Schnee gestapft und hatte sich mit Mütze und Schal vermummt. Doch sein geübtes Auge erkannte sie sofort. Wenn er einmal ein Geschenk ins Auge gefasst hatte, gab es für sie kein Entrinnen mehr.

*… dann vier …*

Mitten in der Nacht auf den 24. Dezember wurde Frau Maier mit einem Schlag hellwach. Ihr Herz pochte unangenehm heftig, und ihr Nachthemd war nass geschwitzt. Offenbar hatte sie einen Albtraum gehabt, aber sie konnte sich an nichts erinnern. Sie versuchte, ruhig zu atmen, während ihre Augen sich an die Dunkelheit gewöhnten. Wobei … Frau Maiers Blick wanderte zum Fenster und sie richtete sich auf. Es war gar nicht vollkommen dunkel. Ihr war so, als hätte sie etwas schwach aufleuchten sehen, draußen im Garten. Vielleicht eine Taschenlampe?

Sie zwang sich, aufzustehen und ans Fenster zu gehen. Leise, ganz leise. So als könnte man die Geräusche, die sie hier oben in ihrem Schlafzimmer machte, auch unten im Garten hören. Sie spähte hinaus und ärgerte sich darüber, dass ein Angstgefühl in ihr aufstieg, das ihr fast den Atem raubte.

Nein, es war kein Licht dort unten zu sehen. Keine Taschenlampe und auch sonst nichts. Frau Maier bemühte sich, ruhig zu atmen. Sie lauschte angestrengt in die Stille der Nacht und suchte mit den Augen den Garten ab. Sie konnte nichts erkennen, denn hier draußen, direkt am See, gab es keine Straßenlaternen. Keine Lichter aus Nachbarhäusern durchdrangen die Winternacht, denn es gab keine Nachbarhäuser. »Stille Nacht«, murmelte Frau Maier und lehnte die Stirn an die kalte Fensterscheibe.

Was war nur los mit ihr? Sie war es doch gewohnt, hier draußen alleine zu sein, und sie hatte längst gelernt, sich nicht bei jedem Geräusch zu fürchten. Nach einer Weile legte sie sich wieder ins Bett und zog die Decke bis zum Kinn. Sie lag hellwach und mit weit geöffneten Augen da, bis endlich der Morgen graute.

Morgen war es so weit. *Erst eins, dann zwei, dann drei, dann vier – dann steht das Christkind vor der Tür.* Es musste ja nicht das Christkind sein, so wie man es sich im klassischen Sinne vorstellte.

Die Dunkelheit hatte sich über das Dorf gelegt, und der See war tiefschwarz, unbewegt, geräuschlos. Es hatte wieder zu schneien begonnen, und der Schnee knirschte sanft unter seinen Füßen. Sein Atem stieg in kleinen Wolken in die Nachtluft. Vor ihrem Haus blieb er stehen. Er griff in seine Tasche und spürte die kalte Klinge. Seine Vorfreude wuchs. Morgen war endlich Weihnachten!

Sobald es hell war, ging Frau Maier in die Küche und machte sich einen starken Kaffee. Kaffee war immer ihr Lebenselixier, aber nach einer Nacht wie der vergangenen brauchte sie ihn erst recht.

Entgegen ihrer sonstigen Gewohnheit schaltete Frau Maier das alte Küchenradio an. Eigentlich mochte sie weder Gequatsche noch Musik am Morgen – aber heute konnte sie die Stille in ihrem kleinen Haus nur schlecht aushalten. »Heute ist der vierte Advent, UND es ist dazu auch noch Heiliger Abend«, jubelte ein Moderator, und er klang dabei, als würde er ein Weltwunder verkünden. »Und es hat frisch geschneit! Es gibt endlich weiße Weihnachten, Leute …« Seine Stimme überschlug sich fast vor Begeisterung, und Frau Maier drehte ihm den Saft ab.

»Unerträglich«, knurrte sie und trat ans Fenster. Tatsächlich lag der Garten unter einer blütenweißen, unberührten Schneedecke da. Dahinter blinzelte ihr das eisblaue Wasser des Sees freundlich zu. Sie seufzte. Selbst wenn heute Nacht wirklich jemand in ihrem Garten gewesen wäre, die Spuren dieser Person wären längst vom Schnee weggezaubert.

Als Frau Maier drei Tassen Kaffee später zu ihrer Lieblingsstelle am See ging, um die klare Winterluft einzuatmen und die trüben Gedanken der Nacht zu vertreiben, erschrak sie. Dort stand schon jemand, ganz still und reglos. Im nächsten Moment erkannte sie Miriam. Gerade wollte sie schon freudig nach ihr rufen, als sie erstarrte. Ein paar Meter hinter Miriam stand noch jemand, verborgen im Gestrüpp der Böschung, aber aus Frau Maiers Perspektive gut zu erkennen. Frau Maier bewegte sich nicht und schaute zu dem Mann hinüber, der seinen Blick keine Sekunde von Miriam abwandte. Hatte er sie, Frau Maier, gar nicht bemerkt? Der Blick des Fremden verursachte ein unangenehmes Kribbeln in Frau Maiers Nacken, und ihr Mund wurde trocken. Wieso stand er da und beobachtete Miriam, wieso sah er dabei wie erstarrt aus, wieso …

Frau Maier räusperte sich. Sie würde ihn jetzt zur Rede stellen. Ihr Blick wanderte zu Miriam, die weiterhin ganz in Gedanken versunken den See betrachtete. Doch als Frau Maier nur zwei, drei Sekunden später wieder zur Böschung blickte, war der Mann nicht mehr da. Sie suchte mit den Augen das Gestrüpp ab, ging rasch zum Kiesweg zurück und blickte auf und ab – nichts.

Langsam stieg Frau Maier die Böschung bis zum Wasser herab und begrüßte Miriam. Während die beiden sich unterhielten, versuchte sie, ihre zitternden Beine und ihren nass geschwitzten Nacken zu ignorieren. Das eisblaue Wasser und die verschneiten Berge beruhigten Frau Maier, doch als sie sich wenig später oben am Gartentor von Miriam verabschiedet hatte und ihr noch ein paar Minuten nachschaute, da glaubte sie plötzlich, am Ende des Gehweges einen dunklen Schatten zu erkennen, der dort reglos verharrte.

*Oh, du fröhliche!*

Das Radio lief wieder, und die vier roten Kerzen auf dem Adventskranz brannten. Frau Maiers Daumen brannte ebenfalls, weil sie wider besseres Wissen versucht hatte, alle vier Kerzen mit nur einem einzigen Streichholz anzuzünden. Doch das war nicht ihr größtes Problem.

Ihr größtes Problem war, dass sie den Mann am See nicht vergessen konnte. Besser gesagt: seinen Blick.

Die Kerzen warfen flackernde Schatten an die Küchenwand. *Schatten.* Welcher Schatten hatte da am Rand des Weges gekauert? Oder hatte sie sich den ausnahmsweise wirklich nur eingebildet?

Frau Maier stand auf und pustete die Kerzen aus, dann würgte sie das Weihnachtslied genau bei »Freeeeeuuuue, freue dich« ab und zog sich ihren Mantel an.

Nein. Sie hatte sich gar nichts eingebildet. Der Mann war da gewesen und auch der Schatten.

Der Kindergottesdienst mit dem Krippenspiel war zu Ende. Die Kirchenglocken beschallten das ganze Dorf und verliehen ihm eine ganz besonders festliche Stimmung. Die Menschen traten unter fröhlich zugerufenen Weihnachtswünschen und aufgeregtem Kindergelächter den Heimweg an, und bald waren die Straßen leer. Er hörte den Klang eines hellen Glöckchens, das in einem der Häuser die Bescherung ankündigte. Hinter allen Fenstern funkelten Kerzen und Lichterketten.

Selten waren so wenige Leute draußen unterwegs wie am 24. Dezember zwischen fünf Uhr nachmittags und zehn Uhr abends, das zeigte seine Erfahrung. Ab zehn fuhren dann viele junge Leute nach dem erfolgreich absolvierten Familienfest noch zu Freunden oder in einen Club.

Langsam lenkte er seine Schritte in Richtung ihres Hauses. Heute Vormittag hatte sie sich mit einer anderen Frau unterhalten, an dieser einsamen Stelle am See, an der er sie schon öfter beobachtet hatte. Für einen kurzen Moment hatte er befürchtet, sie könnte am Abend nicht alleine sein, aber kurze Zeit später war sie zu ihrem Häuschen ohne Weihnachtsschmuck zurückgekehrt.

Alleine.

Der Weg erschien Frau Maier unendlich weit. Sie schnaufte schwer und spürte den stechenden Schmerz in ihrem rechten Knie, der ihr schon eine ganze Weile zu schaffen machte. Die Straßen waren leer und still. Mit jedem Schritt, den sie zurücklegte, stieg das Gefühl der Dringlichkeit, das sie anspornte, schneller zu gehen, Schritt für Schritt, und die Schmerzen einfach zu ignorieren. Es blieb kaum noch Zeit.

Wichtig war, Orte zu wählen, zu denen er keinerlei Verbindung hatte. Orte, an denen er weder privat noch beruflich jemals gewesen war. Orte, an die er hinterher nie mehr zurückkehren würde. Wo genau sein Geschenk wohnte, ob es zum Beispiel direkte Nachbarn gab oder nicht, das spielte keine große Rolle, denn er handelte schnell und geräuschlos. Nur hinterher musste er sofort weg. Weit, weit weg, und niemals zurückkehren, auch wenn er noch so große Sehnsucht danach hatte. Dreimal war es ihm schon gelungen: in einer Kleinstadt in Norddeutschland, in einem Dorf in Österreich. Und einmal war er stundenlang gefahren, bis nach Frankreich. Unterschiedliche Länder waren gut, dann fielen die Parallelen im Tatverlauf bei der Polizei nicht sofort auf, oder sogar niemals.

In einem einzigen Fenster ihres Häuschens brannte Licht, und er betrat leise den Garten, um sie in Ruhe zu betrachten. Sie saß auf dem Sofa und starrte auf den Fernseher, der ausgeschaltet war. Unschlüssig verharrte sie so – wie es ihre Art war. Ihre Art, die er in den letzten Wochen kennen- und lieben gelernt hatte. Die braunen Haare trug sie offen, und sie hatte einen Jogginganzug an, aber das spielte für ihn keine Rolle. Aussehen spielte für ihn keine Rolle. Die inneren Werte zählten. Die inneren Werte, die er nach außen kehren würde. Er holte das Messer aus der Tasche und schloss die Augen. Endlich Bescherung.

Die letzten Minuten waren die Hölle gewesen, die Schmerzen wurden mit jedem Schritt stärker. Als Frau Maier endlich angekommen war, tastete sie nach ihrem Handy in der Manteltasche. Sie nahm es selten mit, denn es gab niemanden, mit dem sie telefonieren musste. Oder wollte. Aber heute hatte sie es mitgenommen, weil sie wusste, dass sie es brauchen würde und dass …

Sie blieb wie angewurzelt stehen.

Im Garten stand ein Mann. Der Mann, der heute am See im Gebüsch gelauert hatte. Und sein Blick … Frau Maier wurde kurz schwindelig, und sie musste sich stark zusammenreißen, um dem Zittern in ihren Beinen nicht nachzugeben. Im nächsten Moment sah sie das Messer in seiner Hand aufblitzen.

Schnell entfernte sie sich einige Meter und versuchte, dabei keinerlei Geräusche zu machen. Mit zitternden Fingern wählte sie den Notruf.

Er fuhr herum. Irgendwo hörte er eine leise Stimme, ein Wispern. Er horchte genauer hin. Flüsterte da etwa jemand den Namen der Straße, in der er sich befand? Er wurde wütend. Er hatte sich der Euphorie seiner Vorfreude schon völlig hingegeben, und jetzt das? Jemand kam und störte?!

Er griff das Messer fester und durchquerte mit schnellen Schritten den Garten und die Einfahrt. Beinahe wäre er mit der rundlichen, alten Frau zusammengestoßen, die er heute schon am See beobachtet hatte.

Sie hatte die Polizei verständigt, aber jetzt musste sie zurück zu Miriam. Jede Sekunde zählte, sie wusste es. Als sie die Einfahrt vom Hof erreicht hatte, stieß sie mit ihm zusammen. Erschrocken wich sie einige Schritte zurück. Sein Gesicht war kalkweiß, die Augen dunkel, fast schwarz. Er sah so wütend aus, dass sein Gesicht fratzenhaft wirkte, und sie musste den Blick abwenden. Er hob das Messer, doch in diesem Augenblick ging die Haustür auf, und Miriam rief erschrocken: »Was ist denn hier los? Frau Maier, sind Sie das?«

Langsam drehte er sich um. Da stand sie, hell erleuchtet im Glanz der Laterne, die über der Haustür hing. Wie ein Engel. Langsam ging er auf sie zu. Er konnte nicht anders. Es musste jetzt schnell gehen, aber das war ihm egal. Mit der dicken Alten würde er im Anschluss auch noch locker fertigwerden.

Das Geschenk starrte das Messer in seiner Hand an und bewegte sich nicht. Sie müsste nur einen Schritt zurück machen und die Tür verriegeln. Sie tat es nicht. Sie könnte so laut schreien, dass es jemand hören musste. Sie tat es nicht.

Genau wie er es von ihr erwartet hatte.

Frau Maiers Blick flog zur Schneeschaufel, die am Zaun lehnte. Sie griff danach und lief hinter dem Mann her. Sie holte aus und wollte seine Kniekehlen treffen, aber sie war einfach zu schwach. Zu alt und zu schwach. Die Schneeschaufel berührte ihn nur leicht, und er blieb nicht einmal stehen.

Er hatte sein Geschenk schon fast erreicht, doch dann, aus dem Nichts, war da ein lautes Bellen. Ganz nah schon, direkt hinter ihm. Er drehte sich um, und im gleichen Augenblick kam bereits ein schwarzes Bündel auf ihn zugeflogen und riss ihn ohne Mühe zu Boden. Er schaute in ein Maul mit vielen Zähnen, und ganz langsam tropfte ein dicker Sabberfaden in sein Gesicht.

Der Hund war wie von Zauberhand plötzlich einfach da. Er stürzte sich auf den Fremden, der das Messer fallen ließ. Sofort schob Frau Maier es mit der Fußspitze weg, sodass er nicht mehr danach greifen konnte. Der Mann starrte auf die Lefzen mit den gefletschten Zähnen, während der Besitzer des Hundes bereits das Handy am Ohr hatte. »Die Polizei wurde schon verständigt, sie ist gleich da«, informierte er Frau Maier kurze Zeit später.

Miriam stand zitternd und schneeweiß immer noch wie angewurzelt an der gleichen Stelle. Frau Maier trat zu ihr und legte den Arm um sie. Der Mann auf dem Boden versuchte, sich zu bewegen, doch der Hund ließ ihm keine Chance. »Ich gehe gerne mit ihm spazieren, wenn wenig Leute unterwegs sind. Er ist ein wenig übereifrig, er war mal ein Polizeihund. Manche Menschen haben einfach Angst vor Jago«, sagte das Herrchen und zuckte mit den Achseln.

»Was Sie nicht sagen«, erwiderte Frau Maier.

Blaulichter kamen und gingen, Sirenen erklangen und verhallten. Besorgte Blicke und Fragen, viele Fragen. Doch irgendwann waren Frau Maier und Miriam alleine. Etwas ratlos saßen sie auf dem Sofa und schauten sich schweigend an.

»Mögen Sie Nachtspaziergänge?«, fragte Frau Maier schließlich.

»Sehr gerne«, nickte Miriam.

Frau Maier stand auf. »Dann ziehen Sie sich warm an. Wir gehen zu mir.«

Und während sich die beiden Frauen die Mützen aufsetzten und sich in ihre Schals wickelten, sagte Frau Maier: »Ich habe heute Räucherfisch geholt. Und Kartoffeln. Mein Kartoffelsalat ist ziemlich gut.« Nach kurzem Überlegen fügte sie hinzu: »Und ich habe sogar eine Lichterkette. Original verpackt. Und ein Sofa, das sich als Gästebett eignet.«

Ein besonders schönes Lächeln erhellte Miriams Gesicht. »Na dann«, sagte sie. »Frohe Weihnachten!«

Su Turhan

# Die 1-Cent-Münze

*München*

*Über den Autor:*

Su Turhan wurde 1966 in Istanbul geboren, wuchs als Kind türkischer Gastarbeiter in Niederbayern auf und studierte an der LMU München Germanistik. Er ist als Hörspiel- und Drehbuchautor und Schriftsteller tätig. In der »Kommissar Pascha«-Reihe sind bislang sieben Bände erschienen; mit »Der Schnitzer« und »Die Siedlung« widmet er sich dem Thrillergenre und mit »Frau Habersak und die Sache mit den leuchtenden Dämonen« und »FC Bayern Team Campus« dem jüngeren Publikum. Su Turhan lebt mit Familie in München. Aktuelles unter: https://www.facebook.com/su.turhan/

Suats Geschichte muss sein. Da führt meines Erachtens zur Weihnachtszeit kein Weg vorbei. Nicht dass er ein außergewöhnlicher Zeitgenosse gewesen wäre, aber dennoch – mit Verlaub – möchte ich von ihm und seinem letzten Weihnachtsfest erzählen.

Suat also. Mit dem wollen wir beginnen. Beim ersten Eindruck geht von ihm weder ein Zauber noch etwas Ungewöhnliches aus, was in Worte zu fassen wert wäre. Möge Suat mir diese Einschätzung verzeihen. Und die folgende ebenso: Auf den Punkt gebracht, war Suat zeit seines Lebens die Ausgeburt der Unscheinbarkeit.

Als junger Mann hatte er am Fließband Stoßstangen montiert. Im Blaumann war er genauso wenig aufgefallen wie später als Gabelstaplerfahrer, wenn er Paletten aus Hochregalen hievte. Suat erweckte den Eindruck einer vergessenen 1-Cent-Münze in der Hosentasche, die auf ihre Bestimmung wartete. Im fortgeschrittenen Alter ergatterte er die Stelle des Hausmeisters in seinem Wohnblock. Er arbeitete umsichtig und hatte ein Auge auf Nöte und Sorgen der Mitbewohner. Suat kann das, Suat macht das, dachten die Mieter.

Im Münchner Schlachthofviertel hatte er eine Wohnung bekommen, ohne Provision für einen Makler zu zahlen. Das war Suat wichtig. Geld auszugeben fiel ihm schwer. Schließlich war er vor Jahrzehnten in das Land gekommen, um Geld zu sparen. Bevor ein falscher Eindruck entsteht: Suat war kein Geizhals, beileibe, das war er nicht. Dennoch achtete er auf jeden Cent, auf jede Münze im Geldbeutel und in der Hosentasche. Nun, ich gestehe, ganz der Wahrheit entspricht die Feststellung nicht. Was seine Familie betraf, spielte für Suat Geld kaum eine Rolle. Suat gefiel es, dass er den Familienunterhalt bestreiten konnte. Zwar verdiente seine Ehefrau mit Näharbeiten dazu, doch sein Verdienst als Hausmeister reichte für seine Liebsten und sich aus.

Suat wohnte in der Zenettistraße unweit der St.-Andreas-Kirche. Platz hatten er und seine Frau genug, selbst als ihre Tochter zur Welt kam. Als ihr Kind nach dem Schulabschluss auszog, sahen die Eltern sich nicht genötigt, ihr Zimmer anders zu nutzen. Erst als seine Frau nicht mehr bei ihm war, wurden Suat die drei Zimmer zu groß.

»Geh in die Welt, Kind, und tu Gutes«, hatte er damals dem Nachwuchs auf den Weg mitgegeben.

Seine Frau hatte sich nach dem Abschied mit dem Kopftuch die Tränen aus den Augen gewischt und sich in die Küche verzogen. Suat hatte seinen grauen Arbeitskittel übergezogen und war nach draußen gegangen. Das Spaziergehen im Viertel wurde ihm von da an zur Angewohnheit. Meistens dachte er dabei an seine Tochter, deren wohlklingenden Namen er nach dem Begräbnis seiner Frau aus dem Gedächtnis verbannt hatte. Denn sie war zwar seinem väterlichen Rat gefolgt, war in die Welt gegangen, tat aber nichts Gutes. Das Böse, hatte sich Suat zurechtgelegt, hatte sich in der Fremde seiner Tochter bemächtigt. Dass er sie nicht davor geschützt hatte, machte ihn zu einem gebrochenen Mann. Das Herz des Vaters war voller Sorgen, und die Seele platzte vor Sehnsucht nach dem geliebten Kind, das er seit Jahren schmerzlich vermisste.

Mir scheint die Gelegenheit günstig, Suats Tochter Zeynep in die Geschichte zu holen. Ein geografisches Argument kommt mir dabei gelegen: Zeynep hielt sich zu dieser Weihnachtszeit in ihrem alten Viertel auf. Damit kein falscher Eindruck entsteht: Die räumliche Nähe zu ihrem Vater hat nichts Schicksalhaftes. Aber nein, ganz und gar nicht. Der Grund liegt in nichts Überirdischem oder Übernatürlichem, der Grund ist einfach. Vor Monaten war Zeynep in Helsinki aus dem Gefängnis ausgebrochen und hat sich bis in die Nähe der Wohnung durchgeschlagen, in der sie geboren und aufgewachsen war. Auf der beschwerlichen Flucht verlor sie das wenige, was sie beim Ausbruch bei sich getragen hatte. Nicht einmal ein vergessener Cent in der Hosentasche war ihr geblieben.

Zeynep war also in Suats Nähe, in der Toilette der U-Bahn-Station Poccistraße. Müde und erschöpft stand sie vor dem Spiegel und blickte in ihr Gesicht, das mit Punkten, Strichen und Tropfen übersät war. Wenn Zeynep lachte, ergab die Musterung eine ungestüme, kindliche Kritzelei. Weinte sie, wie jetzt, schrie dem Betrachter eine Wasserfresse entgegen, wie die Fratze einer Brunnenfigur, aus deren Mündern Fontänen speien.

In Kindertagen lachte Zeynep viel und gerne. Das glücklichste Lachen zeigte sie, wenn ihr Vater von der Nachtschicht nach Hause kam und sie schlafend aus dem Bett holte. Sobald sie von seiner Wärme und Herzensgüte in seinen Armen erwachte und ihn anlächelte, legte Suat sie zurück ins Bettchen. Zu der Zeit war Zeyneps Gesicht nicht übersät mit Tattoos. Sie kamen später, viele Jahre später, nachdem sie die Welt bereist, sich in Finnland verliebt und niedergelassen hatte. Dem Schicksal gefiel es, ihr die zwei Frauen, denen sie sich am nächsten fühlte, zu entreißen. An ein und demselben Tag verstarb ihre Mutter in München und ihre große Liebe in Helsinki. Zeynep zertrümmerte mit bloßen Händen Ober- und Unterkiefer des Autofahrers, der ihre Freundin im Vollrausch totgefahren hatte, und wanderte dafür ins Gefängnis. In der Haft machte sie ihren Verlust und ihre Trauer für immer und jeden sichtbar. Die Insassin, mit der sie die Zelle teilte, stach Punkte, Striche und Tropfen mit Sicherheitsnadel und Füllertinte in ihr Gesicht. Zur Trauerfeier ihrer Mutter schickte sie ihrem Vater ein Foto, ohne zu erwähnen, dass sie eingesperrt war und keine Erlaubnis bekommen hatte, nach München zu kommen.

Das Foto zeigte sie weinend mit den blutenden, frisch gestochenen Tattoos im Gesicht.

Nach einem erschrockenen Blick hatte Suat die Aufnahme zerrissen und in den Müll geworfen. Seit dem Tag sprach er nicht einmal in Gedanken den Namen seiner Tochter aus und legte die Briefe aus Helsinki, die ihn über die Jahre erreichten, ungeöffnet in eine Schublade.

Zeynep befand sich nach wie vor alleine in der öffentlichen Toilette und wusch die Hände unter dem kalten Wasser. In den letzten Wochen hatte sie auf der Straße gelebt. Sie hatte gebettelt und sich aus Containern ernährt. Sie kannte ihren Körper, sie wusste, was gleich geschehen würde, als sie etwas Metallisches schmeckte. Der Husten packte sie. Sie spie. Speichel und Blutstropfen sprenkelten auf das Spülbecken. »Bis Heiligabend, bis morgen, lass mich Vater sehen, mehr verlange ich nicht, danach kannst du sterben, bitte«, beschwor sie ihren Körper und klopfte sich mit der Faust auf die Brust.

Zeyneps Worte hallten von den gekachelten Wänden wider. Kurz darauf gaben die Beine nach. Sie schlug mit dem Kopf gegen den Spültisch und stürzte nieder.

Keine Sorge, der Brustkorb hob und senkte sich in dem menschenleeren Raum. Zeynep lebte, so viel steht fest. In dem elenden Zustand dachte sie nicht an ihren nahenden Tod, sie dachte an die Weihnachtsabende mit Familie und Freunden, an die geschmückte Tanne, die Weinflaschen, die ihr Vater als Hausmeister von Mietern bekam, obwohl er sein Leben lang keinen Alkohol getrunken hatte. Sie erinnerte sich, wie sie ihrer Mutter mit der bayerisch-türkischen Weihnachtsgans half, und wie sie Geschenke auspackte und ein um das andere Mal überrascht wurde, womit ihre Eltern sie an Heiligabend bedachten.

Wollen wir ein wenig in der Zeit vorspringen. Denn Zeynep

wird im kommenden Augenblick nicht mehr alleine in der Toilette der U-Bahn-Station sein. Mit Langlaufskiern auf den Schultern betrat eine leidlich alte Frau in Skianzug den Raum. Sie hatte es eilig, stellte die Skier ab und ging zu den Kabinen. Dabei übersah sie das Wesen mit Stiefeln, Jeans und Jacke auf dem Boden und strauchelte über Zeyneps Beine. Statt der hilfsbedürftigen Frau beizustehen, wie es Christenpflicht gewesen wäre, starrte sie auf das tätowierte Gesicht und fragte: »Bist du der Teufel?«

Was für ein Unfug! Was für eine Anmaßung! Würde der Teufel am Vorabend der Feierlichkeit zu Christi Geburt sich die Mühe machen, einer Langläuferin, die von einem Tagesausflug zurückkam, zu erscheinen? Natürlich nicht!

Ach, hätte Zeynep nur den Mund aufgemacht und die Verwechslung aufgeklärt! Doch das tat sie nicht. Während die verwirrte Frau ein Kreuz schlug, wischte Zeynep den Handrücken über das Kinn und lehrte ihr damit das Fürchten.

»Gott steh mir bei«, murmelte diese und suchte das Weite.

»Warten Sie!«, brachte Zeynep den Mund nun doch auf. »Haben Sie einen Euro? Fünfzig Cent vielleicht?«

Als die zu Tode erschrockene Frau die Tür hinter sich zuknallte, segelte ihre Skimütze zu Boden. Zeyneps Kopfbedeckung war ihr die Nacht zuvor unter einer Isarbrücke im Schlaf gestohlen worden. Ohne schlechtes Gewissen griff sie nach der Mütze und setzte sie auf, ehe sie sich dem Spültisch zuwandte. Im Spiegel sah sie Blut, das aus ihrer Nase tropfte. Verschmierte Bahnen bedeckten Punkte, Striche und Tropfen, Wangen und Kinn waren wie mit Pinselstrichen bemalt. Kein Wunder, ging ihr durch den Kopf, dass die Frau sie für den Teufel hielt. Sie nahm sich vor, am Hauptbahnhof eine Duschkabine für Reisende aufzusuchen und, falls möglich, die Nacht in der Notunterkunft zu verbringen. Ehrbare Gründe. Nach all den Jahren wollte sie sauber und ausgeruht ihrem Vater gegenübertreten.

Zeynep machte sich auf den Weg, blieb aber vor der Tür stehen. Was sie aufhielt? Was wohl! Die Stimme der Frau, die sie für den Teufel hielt, drang zu ihr. Kreischend und hysterisch schrie sie: »Ich brauche die Skier! Die ist bestimmt noch auf dem Klo, alleine gehe ich da nicht nochmal hinein.«

Zeynep war auf ihrer Flucht an Menschen geraten, die von ihrem tätowierten Gesicht auf ihren Charakter schlossen und ihr damit unrecht taten. Um Ärger zu vermeiden, versteckte sie sich hinter der Eingangstür und verhielt sich still. Wie sie vermutete, war die Langläuferin nicht alleine. Eine Polizistin und ein Polizist öffneten die Tür und sahen sich um.

»Sind meine Skier da?«, fragte die Frau die Beamten.

»Sie warten draußen«, befahl die Ordnungshüterin. »Ich hole sie.«

»Und der Teufel? Ist sie weg?«

»Da ist niemand, aber wir sollten die Kabinen checken«, meinte der Polizeibeamte.

»Los, schau nach.«

»Wenn's wirklich der Teufel ist, bitte unbedingt von der Schusswaffe Gebrauch machen, Kollegin.«

»Mach endlich!«

»Hilf mit, geht schneller.«

Die zwei Uniformierten traten in den Raum und bemerkten nicht, wie Zeynep hinter ihnen hinausschlich. Die Langläuferin vor der Tür erschrak abermals und wollte aufschreien. Doch Zeynep kam ihr zuvor. Sie hielt ihr mit der kalten Hand den Mund zu und flüsterte: »Schrei, und ich hol dich heute Nacht und fahr mit dir in die Hölle.«

Zeynep rannte davon und war ein gutes Stück weit gekommen, als die Frau doch noch aufschrie. »Hier ist sie! Da läuft sie mit meiner Skimütze!«

Die Polizisten stürmten der Flüchtigen hinterher. Als Zeynep den Bahnsteig erreichte, fuhr gerade ein Zug ein. An dieser Stelle von schicksalhafter Fügung zu reden ist angebracht. Denn dank der aussteigenden Fahrgäste verloren die Verfolger die Flüchtende aus den Augen. Zeynep kannte jeden Winkel der Bahnstation aus ihrer Kindheit. Problemlos gelangte sie nach draußen auf die Lindwurmstraße. Von dort folgte sie alten Gewohnheiten und bog wie bei ihrem Heimweg von der Schule in die Zenettistraße ein.

Überlassen wir Zeynep dem nächtlichen Schneetreiben und den Gefühlen, die sie ereilten, als sie von Weitem den Eingang des Hauses sah, in dem ihr Vater wohnte. Lieber möchte ich die Aufmerksamkeit auf die Zeit lenken, in der die Geschehnisse ihren Lauf nahmen.

Wie jedes Jahr seit Zeyneps Geburt hat Suat den Weihnachtsbaum im Wohnzimmer aufgestellt und geschmückt. Dazu verwendete er kleine türkische Fahnen und silbernes Lametta mit goldenen Akzenten dazwischen. Auf einen Weihnachtsstern verzichtete er, um der religiösen Komponente die Strahlkraft zu nehmen. Früher hatte er nach dem Schmücken mehr schlecht als recht seiner Frau mit der Gans geholfen, die sie auf seinen eindringlichen Wunsch zuzubereiten gelernt hatte. Seit er alleine lebte, bedachten ihn Nachbarn über die Feiertage mit Köstlichkeiten, die er dankbar annahm. Nach ebenso einer Mahlzeit brach er zu einem seiner nächtlichen Spaziergänge auf.

Die Kirchturmuhr schlug zweiundzwanzig Uhr, als er unten auf der Straße ankam. Einen Winter mit so viel Schnee wie heuer hatte die Stadt lange nicht mehr erlebt. Unter dem Arbeitskittel trug er zwei von seiner Frau gestrickte Pullover und lange Unterhosen. Suat trotzte den Schneeböen und schritt los. Der Weg führte ihn an dekorierten Schaufenstern von Metzgereien und anderen Läden vorbei. Erwähnt sei, dass er nicht stehen blieb, um das weihnachtliche Ambiente auf sich wirken zu lassen. Das wäre

Suat nicht in den Sinn gekommen, er war stets auf seinen Gang konzentriert. Er bewegte sich wie ein stolzes Pferd mit ausladenden Schritten, die er im Geiste mitzählte. Suat deswegen für einen Spinner zu halten wäre ungerecht wie der Vergleich mit der 1-Cent-Münze. Doch, das bitte sei mir erlaubt, möchte ich seinen verklärten Gesichtsausdruck hervorheben. In seinem Blick lag etwas Abgerücktes, Starres, dass einem angst und bange werden konnte. Menschen, die den Zähler in Arbeitskittel nicht kannten, machten Platz, wenn er sich ihnen auf dem Bürgersteig näherte.

Zum Verständnis der Geschehnisse, die in ihrer Summe die eingangs versprochene Begebenheit ergeben, habe ich etwas nachzureichen. Mit dieser Unterbrechung ziele ich auf den angestammten Mesner der katholischen Kirche ab. Den alten Italiener, in gebotener Kürze eingeschoben, hatte die Grippe niedergerafft. Wäre er nicht krank im Bett gelegen, hätte Suats Geschichte nie und nimmer das Licht einer bedruckten Buchseite erblickt. Neben dem Mesner spielt der Pfarrer eine Rolle für den Fortgang. Er hatte Hausmeister Suat trotz unpassender Konfession um Hilfe gebeten. Ohne Federlesens war Suat für den Kirchendiener eingesprungen und hatte Krippenspiel und Weihnachtsmesse vorbereitet.

Niemand kann und darf nach der nachgereichten Erklärung verwundert sein, dass Suat auf dem Rückweg bei einer mittleren fünfstelligen Schrittzahl an der St.-Andreas-Kirche zum Stehen kam. Er fühlte sich verantwortlich, angesichts des schwachen Lichts, das durch die Kirchenfenster schien. Die Kirche hatte er nach getaner Arbeit eigenhändig abgesperrt. Oder doch nicht? Beim Anblick der Holztür, die einen Spaltbreit offen stand, war er sich nicht mehr sicher. Er näherte sich dem Eingang des Gotteshauses und lugte hinein.

Das Kirchenschiff lag nahezu im Dunklen. Die mächtige Weihnachtskerze hatte er gelöscht, erinnerte er sich. Sie brannte nicht.

Stattdessen spendeten dünne Wachskerzen neben dem Opferstock schummriges Licht. Suat entdeckte eine Gestalt, die sich am Holzkasten mit den Spenden der Kirchengänger zu schaffen machte.

»Allah, Allah«, flüsterte er ungläubig zu sich. »Welch ein Frevel, Gott zu bestehlen.«

Ohne Suat ein weiteres Mal zu nahe treten zu wollen, fühle ich mich verpflichtet, die Aussage richtigzustellen. Die Gestalt an dem Opferstock bestahl nicht Gott, der meines Wissens ohne Zahlungsmittel auskommt, sondern die Kirche. Wie dem auch sei, das Detail spielt im Grunde keine Rolle. Entscheidend ist, dass es sich bei der Gestalt, die Suat beobachtete, selbstredend um seine Tochter handelte. Zeynep hatte nämlich die Tür des Gotteshauses unverschlossen vorgefunden und war hineingegangen, um die Polizisten abzuhängen, die ihr dicht auf den Fersen gewesen waren.

Nun stand also Suat an der Tür und überlegte, ob er eingreifen sollte oder nicht. Er verspürte ein Unbehagen angesichts der unheimlichen Stille und des gespenstisch flackernden Kerzenscheins, der den Kopf des Diebes beschien, nicht aber den restlichen Körper. Suat schluckte, ihm schien, wie soll ich das nur treffend formulieren? Kurzum, er bildete sich allen Ernstes ein, einem rumpflosen Geist zu begegnen.

Trotz des beklemmenden Gefühls trat er in die Kirche, schloss leise hinter sich ab und schritt auf die Gestalt zu. Beim Näherkommen war er nicht mehr sicher, ob er einen Dieb auf frischer Tat erwischt hatte. Der Opferstock interessierte die Gestalt offenbar nicht. Sie zündete eine weitere Kerze an und wärmte die Hände über den Flammen. Zu seinem Erstaunen spürte er keine Angst und wollte eingedenk der Weihnachtszeit mit Wohlwollen und Sanftmut dem frierenden Kirchenbesucher begegnen.

»Handschuhe wären jetzt nicht schlecht, gell?«, fragte er ruhig.

Die Gestalt erstarrte und zog, ohne sich umzudrehen, die Mütze über das Gesicht. Suat verfolgte verwundert, wie die Person in eine Sitzreihe huschte und sich duckte. Kurz darauf hustete die Gestalt. Derart stark und laut, dass Suat fürchtete, die Mauern der Kirche könnten einstürzen. Natürlich war die Sorge unangebracht, dennoch spricht der fürsorgliche Gedanke für den Ersatz des erkrankten Mesners. Der grippegeschädigte Italiener hätte längst mit dem kircheneigenen Handy die Polizei geholt. Das vermag ich mit Gewissheit sagen.

Der eine oder andere könnte an dieser Stelle einwenden, Suat hätte bei dem Hustenanfall Verdacht schöpfen müssen. Doch die Tochter kam dem Vater nicht in den Sinn. Wie auch? Er wähnte sie in Finnland, besessen von dem Bösen, wie er von der Fotografie wusste, die sie geschickt hatte, statt zur Beerdigung ihrer Mutter zu kommen.

Was zum Verständnis der Situation Hilfreiches könnte ich über Zeynep sagen, die ihrem Vater in der dunklen Kirche begegnete? Sie wunderte sich natürlich darüber, was er in der Kirche verloren hatte, sein Platz war in der Moschee, die er seit sie denken konnte freitags aufsuchte. Und die Freundlichkeit in der Stimme überraschte sie. Warum kein harscher Ton? Schließlich hatte er jemanden beim Stehlen erwischt. Wobei ich Zeynep diesbezüglich in Schutz nehmen möchte. Suats Tochter hatte in ihrer Not versucht, an Münzen für eine Dusche am Hauptbahnhof zu kommen. Das allerdings vergebens.

Inzwischen war Suat klar geworden, keinem Langfinger in Form eines rumpflosen Geistes begegnet zu sein. Er ging zur Sitzreihe, in der er den Kirchenbesucher vermutete. Im selben Augenblick schoss die Gestalt an ihm vorbei und eilte zum Ausgang.

»Da ist abgeschlossen«, rief er hinterher und näherte sich der Person, die mit dem Rücken zu ihm an der Tür verharrte. »Warte, ich lass dich hinaus.«

Suat gähnte und suchte nach dem Schlüssel in den Taschen. »Mit der Sturmhaube siehst du aus wie ein Profi-Einbrecher! Stell dir vor, ich wäre die Polizei«, plapperte er und suchte weiter. Zu seiner Verwunderung kam aus den Untiefen nebst dem Kirchenschlüssel eine 1-Cent-Münze zum Vorschein. Er freute sich über den Fund und blickte zur Fremden.

Bis auf Augen und Mund bedeckte die Sturmhaube der Langläuferin Zeyneps Gesicht. Kein Tattoo war zu sehen. Selbst wenn Suat gewusst hätte, wer vor ihm stand, hätte er sein eigen Fleisch und Blut nicht erkennen können.

»Warum sagst du denn nichts?«, fragte er. »Ich hol die Polizei schon nicht. Außerdem hat der Italiener den Opferstock doppelt und dreifach gesichert. Hast es probiert, oder?«

Zeynep schüttelte den Kopf.

»An deiner Stelle würde ich auch nichts zugeben«, lachte Suat. »Runter mit der Mütze, hast ja nichts angestellt.«

Zeynep schüttelte wieder den Kopf und deutete zum Schloss.

»Dann eben nicht«, erwiderte Suat beleidigt. »Frohe Weihnachten! Jetzt raus mit dir!«

Er steckte den Schlüssel in das Schloss und öffnete. Ein Windstoß trieb Schnee in die Kirche, und als Zeynep hinaustreten wollte, kamen die Polizeibeamten die Straße herbeigelaufen. Hastig trat sie in die Kirche zurück.

»Herr Mesner!«, schrie der Polizist. »Haben Sie eine Frau gesehen? Jung, Tattoos im Gesicht, könnte eine Sturmhaube tragen.«

Hätte Zeynep nur sehen können, wie Suats Gesicht erstarrte und in diesem Augenblick des Erkennens und Verstehens die Begebenheit eintrat. Der alte Suat, der in seiner Tochter das Böse gesehen hatte, hörte auf zu existieren. Er verstarb – ohne zu sterben.

Mit dem Tod erlöste Suat sein Herz von den Qualen. Was, fragte er sich, hat sich an Zeynep geändert, die er schlafend nach der Schicht aus dem Bett geholt hat? Allein die Frage genügte, seine

Seele zu erleichtern. Die Schwere der Gedanken, die er sich jahrelang gemacht hatte, flog mit den Schneeflocken davon und löste sich in der Nacht in nichts auf.

Nach wie vor warteten die Polizeibeamten vor der Kirche auf eine Antwort.

Suat tat das, was Väter, wenn sie lieben, tun. Er sagte: »Eine mit Tattoos habe ich aus der Kirche rausgeschmissen, sie ist auf die Lindwurm, zum Goetheplatz.«

Die Polizistin nickte zum Dank und gab die Information über Funk weiter. »Abmarsch, die erwischen wir, Kollege.«

Suat hingegen blieb wie angewurzelt stehen. Er wartete, bis die Beamten außer Sichtweite waren. Dann schloss er hinter sich ab und kehrte in die Kirche zurück. Mit einem Mal spürte er furchtbare Angst, dass er doch einem Geist begegnet war. Zeynep war nirgends zu sehen.

Ach, Suat! Was für eine unnötige Sorge. Zeynep ist aus dem Gefängnis ausgebrochen, hat halb Europa durchquert, um dich zu treffen, warum sollte sie jetzt weg sein!

Und einem Weihnachtswunder gleich entdeckte er den Geist, der keiner war. Zeynep saß mit der Sturmhaube über dem Kopf in der vordersten Sitzreihe. Durch die Augenschlitze verfolgte sie, wie ihr Vater im Arbeitskittel zum Opferstock schritt.

Dort warf er die 1-Cent-Münze aus der Hosentasche in den Opferstock und für Zeyneps Kerzen weitere Münzen aus dem Geldbeutel. Dann entflammte er eine neue Kerze und stellte sie zu den anderen.

Zeynep trat zu ihm. Sie nahm die Haube ab und wischte die Tränen aus den Augen. Und Suat? Ich meine nicht den alten Suat, der von uns gegangen war. Ich meine den neuen Suat, der sich überwand, im Schein der flackernden Wachskerzen Punkte, Striche und Tropfen auf Zeyneps Haut zu betrachten. Er schluckte unsicher. In den Tattoos war nichts, was böse war. Er sah das

Gesicht seiner Tochter und ein wenig das seiner verstorbenen Frau. Und Zeynep spürte, wie ihr Vater sie schlafend aus dem Bettchen hob, und lächelte ihn an.

Die zwei umarmten sich, bis Zeynep husten musste.

»Du bist krank, mein Kind.«

»Nur erkältet, *baba*.«

Unvermittelt unterbrach ein Hämmern an der Kirchentür das Wiedersehen von Vater und Tochter. Die Polizisten waren zurückgekehrt.

»Herr Mesner! Aufmachen! Wir haben gesehen, wie Sie in die Kirche sind!«

»Hinter dem Krippenspiel ist ein anderer Ausgang«, flüsterte Suat Zeynep zu und drückte ihr den Wohnungsschlüssel in die Hand. »Geh, warte zu Hause auf mich.«

»Aufmachen!«, schrie der Beamte weiter. »Jetzt machen's endlich auf!«

Suat ließ sich Zeit. Er ignorierte die aufgeregten Stimmen und schloss erst auf, als er sicher war, dass Zeynep den Ausgang gefunden hatte.

»Na endlich!«, sagte die Beamtin erleichtert. »Auf der Lindwurm war niemand, sind Sie sicher, dass sie dort hingelaufen ist?«

»Was hat sie denn ausgefressen?«, fragte er.

»Über Funk kam gerade rein, dass sie mit internationalem Haftbefehl gesucht wird, ist aus dem Gefängnis in Helsinki ausgebrochen und hat's bis hierher geschafft. Sie hat früher in dem Viertel gewohnt, als Mesner kennen Sie sie vielleicht.«

»Doch nicht die Tochter vom türkischen Hausmeister Suat?«

»Könnte sein, hat einen türkischen Namen, aber genau wissen wir das nicht.«

»An die erinnere ich mich, eine ganz Intelligente war das, nie und nimmer bricht die aus und geht heim zum Papa, nein, so dumm ist sie nicht.«

»Jedenfalls wissen Sie jetzt Bescheid. Aufpassen, die ist gefährlich.«

Suat wartete erneut ab, bis die Polizisten im Schneegestöber außer Sichtweite waren. Dann schloss er die Kirche ab, ging nach Hause und läutete an der Wohnung.

Zeynep öffnete die Tür.

»Du brauchst Hustensaft und eine heiße Dusche«, sagte er und holte die ungeöffneten Briefe aus der Schublade.

»Du hast sie nicht gelesen?«, wunderte sich Zeynep.

»Nein, mein Kind«, erwiderte er. »Magst du sie mir vorlesen? Aber vorher ruhst du dich aus.«

»Was ist mit der Polizei?«

»Morgen ist Heiligabend, mach dir keine Sorgen, Zeynep.«

Eingedenk der vielen Jahre, die Vater und Tochter sich nicht gesehen haben, erlaube ich mir, die zwei an dieser Stelle in Ruhe zu lassen und an das Ende der Geschehnisse zu springen. Nach den Feiertagen hatte sich Zeynep erholt und stellte sich der Polizei. Suat folgte seiner Tochter nach Helsinki. Ganz in der Nähe des Gefängnisses fand er ohne Makler eine bescheidene Bleibe und besuchte seine Tochter, sooft es ihm erlaubt war. Diese Geschichte, mit Verlaub, musste sein.

Regine Kölpin

# El Gordo in den Dünen

*Juist*

*Über die Autorin:*

Regine Kölpin, geb. 1964 in Oberhausen (Nordrhein-Westfalen). Die Autorin lebt seit ihrer Kindheit in Friesland an der Nordsee. Regine Kölpin schreibt für namhafte Verlage (auch unter Franka Michels und mit Gitta Edelmann unter Felicitas Kind) Romane und Kurztexte. Ihre Bücher waren mehrere Wochen auf der *Spiegel*-Bestsellerliste. Regine Kölpin hat zahlreiche Auszeichnungen erhalten, unter anderem den Bronzenen Homer 2020 (mit Gitta Edelmann), den Titel Starke Frau Frieslands 2011, das Stipendium Tatort Töwerland 2010 u.v.m. Mit ihrem Mann Frank Kölpin lebt sie in einem kleinen idyllischen Dorf an der Küste. Dort konzipieren sie gemeinsam Musik- und Bühnenprojekte und genießen ihr Großfamiliendasein mit fünf erwachsenen Kindern und mehreren Enkeln oder lassen sich auf ihren Reisen mit dem Wohnmobil zu Neuem inspirieren.
Mehr Infos unter: www.regine-koelpin.de

Es geht nichts über eine echte Männerfreundschaft. So ist das auch bei Georg, Martin und mir. Wir sind schon über ein halbes Jahrhundert die dicksten Freunde. Inzwischen trifft das sogar wortwörtlich zu, denn unsere einstigen Waschbrettbäuche haben sich schon länger für eine andere, eher die fassförmige Rundung entschieden.

»Wollen wir nicht mal eine richtige Männertour machen? So wie früher?«, fragte Georg, als wir mit unseren Frauen Melli, Tine und Rabea bei einem Bier zusammensaßen.

»Wenn ihr so etwas plant, dann machen wir das auch«, erklärte Tine sofort. Sie war Georgs Frau und ein echter Drachen. Ich akzeptierte sie nur, weil sie zu meinem Freund gehörte. Unter anderen Umständen hätte ich mit ihr kein einziges Wort gewechselt. Sie war einfach unerträglich. Blondes langes Haar, bunt lackierte Fingernägel und feuerrot geschminkte Lippen. Tine quetschte sich stets in viel zu enge Kleidung und sah immer aus wie eine Raupe, die ihren Kokon noch nicht abgeworfen hatte. Melli und Rabea widersprachen ihr selten bis gar nicht und nickten auch jetzt zustimmend. »Das wäre wirklich mal schön, nur wir drei«, sagte meine Frau.

Überrascht schaute ich Melli an, denn dass sie diesen Traum hegte, war mir neu. Rabea schwieg und warf einen unsicheren Blick zu Martin, der sicherlich alles andere als begeistert sein würde. Aber er wagte wohl nicht, zu widersprechen.

»Dann begeben sich die Frauen in der ersten Adventwoche für ein paar Tage auf ihren Trip, danach fahren wir. So können wir Kerle dem Vorweihnachtsklimbim wunderbar entfliehen. Soll ich die Orga übernehmen?« Georg schaute sich Beifall heischend um.

Je länger ich über diesen Vorschlag nachdachte, desto besser fand ich es. Mal ein paar Tage ohne Melli wären vor allem kurz vor Weihnachten sehr erholsam.

»Wir treffen uns Ende November bei uns«, schlug Tine mit ihrer gewohnt herrischen Stimme vor. »Bis dahin stehen die Ziele fest, und wir verkünden sie erst dann. Georg und ich machen das schon.«

Natürlich gab es keine Widerworte.

Am Samstag vor dem ersten Advent war das Treffen geplant. Es gab Bratwurst und Glühwein, beides wurde im Wintergarten von Georg und Tine wie bei einem kleinen Weihnachtsmarkt zelebriert. Es war adventlich geschmückt. Und das nicht nur ein bisschen.

Tine eskalierte dabei immer sehr, sodass wir vom Weihnachtslichterzauber förmlich erschlagen wurden. Überall blinkte und funkelte es, ging man am hüfthohen Weihnachtsmann vorbei, stieß der ein dumpfes »Hohoho« aus.

Die anderen fanden das sehr witzig. Ich nicht. Zudem wollte ich mich keineswegs über gelungene Weihnachtsdeko unterhalten.

Nach drei Bratwürsten und dem einen oder anderen Glühwein war auch ich entspannter. Dennoch wollte ich endlich wissen, wohin unsere Männerreise gehen sollte.

»Und – was habt ihr für Ziele auserkoren?«, fragte ich ungeduldig.

Über Tines Gesicht glitt ein Strahlen. »Ich dachte schon, es fragt keiner mehr.« Sie lehnte sich auf ihrem Stuhl zurück und verschränkte die Hände hinter dem Kopf. »Für uns Frauen habe ich etwas Schönes ausgesucht, für die Männer hat Georg mit meiner Beratung ein passendes Ziel gefunden. Wir reisen wie abgesprochen der Reihe nach, erst wir Damen, dann die Herren.« Tine ging ins Wohnzimmer und kam mit zwei DIN-A4-Umschlägen zurück. »Tada! Erst wir!«

Ich wurde schon da etwas misstrauisch, denn in Tines Gesicht blitzte so etwas wie Genugtuung auf, als sie den Falz öffnete und die Reiseunterlagen herausnahm.

»Nun sag schon, wohin es euch verschlagen wird!«, verlangte ich mürrisch, weil mir das Gehabe auf die Nerven fiel.

Tine grinste, bevor sie sagte: »Wir Frauen fliegen nach Palma auf den Ballermann.«

»Das ist ja eine tolle Idee«, meinte Rabea.

Und Melli warf sofort mit hochroten Wangen ein: »Es gibt in Spanien wundervolle Krippen, die können wir uns dann ansehen.«

Ich verschluckte mich fast. Klar – auf den Ballermann zum Krippengucken! Für wie blöd hielten uns unsere Frauen? Ich hoffte nur, dass Georg mit einem ähnlich attraktiven Ziel wie Malle aufwarten konnte. Sonst sah es düster aus.

»Es geht für uns Mädels wie abgesprochen schon Montag los«, erklärte Tine und reckte das Kinn. Widerspruch war somit zwecklos.

Durch die darauffolgende Stille dudelte »Jingle Bells«.

Martin schenkte sich einen weiteren Glühwein ein.

»Gut – und wohin fahren wir? Raus mit der Sprache, Georg!« Ich hatte das Herumgeeiere satt und wollte endlich die Karten auf dem Tisch wissen. Wenn die Frauen auf den Ballermann durften, dann war für uns Männer bestimmt ebenfalls der große Wurf drin.

Wir schauten erwartungsvoll zu Georg, der allerdings ein wenig rot anlief. »Also Tine meinte, wir könnten ja was Sinnvolles machen«, begann er vorsichtig, und ein Blick zu Martin sagte mir, dass auch ihm Übles schwante.

»Was willst du uns sagen?«, fragte ich.

»Wir fahren auch auf eine Insel«, begann er.

Sofort schöpfte ich Hoffnung. Immerhin waren wir Kerle die Macher des Weihnachtsfestes, besorgten Jahr für Jahr die Tannen vom Förster und fällten sie eigenhändig.

»Welche?«, kam mir Martin mit seiner Frage zuvor.

Ich dachte an Kuba oder die Seychellen. Ibiza wäre ebenfalls eine Option. Da feierten die Aussteiger, hatte ich gehört.

Aber Georg machte mit seiner Antwort sämtliche Träume zunichte. »Juist«, sagte er. »Wir fahren nach Juist. Da können wir schön am Strand wandern. Und in den Dünen.«

»Wie bitte?« Mir fiel vor Schreck die sprichwörtliche Kinnlade herunter. »Juist? Wandern? Im Dezember?«

Das konnte doch nur ein Scherz sein.

»Ja, Tine dachte, dass uns die Abgeschiedenheit der Insel guttun würde, und wenn wir das mit dem Nützlichen verbinden, wäre doch allen geholfen. Vor Weihnachten ein bisschen Bewegung an der frischen Luft tut der Figur gut, meinte Tine. Wir aus dem Pott wissen die wunderbare Nordseeluft immer zu schätzen.« Er machte eine Pause, die wir aber nicht mit Gegenargumenten füllen konnten, da uns die Spucke weggeblieben war.

»Wir fahren am 21.12. los und kommen am 24.12. zurück, dann sind wir zur Bescherung und dem Festschmaus zu Hause. Die Tannenbäume besorgen wir vorher und stellen sie auch auf, damit es unsere Frauen leichter haben.«

Mir blieben sämtliche Worte im Hals stecken. Unsere Frauen machten Party auf Malle, und wir sollten uns an der Natur einer gottverlassenen Insel erfreuen? Uns bewegen und drei Tage lang abspecken? Das musste man sich echt mal auf der Zunge zergehen lassen!

Es kam am Ende, wie Tine und Georg es geplant hatten. Unsere Frauen waren drei Tage lang durchgängig betrunken. Ab und zu bekamen wir neckische Fotos, auf denen sie Sangria schlürften oder mit halb nackten Männern auf der Tanzfläche herumhüpften. Immerhin sahen wir einmal auch eine Weihnachtsgirlande – und sogar eine Krippe mit dem Jesuskind.

Dann nahte unsere Abreise nach Juist.

Wir hatten eine Weile darüber diskutiert, ob es sinnvoll wäre, den Inselflieger zu nehmen – dafür war ich, weil ich leider nicht seefest bin –, aber unsere drei Frauen waren sich darüber einig, dass dies zu kostspielig wäre, schließlich hatten sie auf dem Ballermann doch erheblich mehr ausgegeben als geplant.

»Die 90 Minuten Überfahrt schaffst du!« Tine schlug mir freundschaftlich auf die Schulter.

»Es gibt doch jetzt den Inselexpress«, wagte ich noch einzuwenden, aber auch da biss ich auf Granit.

Mit wackelnden Knien betrat ich die *Frisia*. Dass ich mich fürchtete, würde ich natürlich nie zugeben. Aber meine Beziehung zu Georg hatte einen gehörigen Knacks bekommen. Martin nahm alles erstaunlich gelassen, so richtig stand er weder auf meiner noch auf Georgs Seite.

Natürlich wehte eine steife Brise, die das Schiff gehörig zum Schaukeln brachte. Während sich Martin und Georg ein Bier zu Gemüte führten, kämpfte ich oben bei eisiger Kälte mit meiner Übelkeit. Ich schwor Georg Rache! Er hätte sich gegen diesen blöden Vorschlag von Tine doch durchsetzen können! Aber nein, er war und blieb ein Weichei.

Kaum waren wir auf der Insel angekommen, mussten wir eine Pferdekutsche besteigen, die uns nach Loog brachte, wo wir in einer kleinen Pension inmitten der Dünenlandschaft untergekommen waren. Für uns hatte es folglich nicht einmal bis zu einem Hotel gereicht, sondern sogar nur für einen gemeinsamen Schlafraum. Das Ganze dann auch noch, wie man so schön sagte: janz weit draußen.

Was sollten wir nur die Zeit über tun? Die nächste adäquate

Kneipe, ich hatte mich schon informiert, war die *Spelunke,* und die lag mitten im Ort.

»Tine meinte, wir könnten uns auch Fahrräder leihen und damit die Insel umrunden«, schlug Georg vor. »Zum *Otto-Leege-Pfad* und den Goldfischteichen radeln oder zur *Domäne Bill* …«

Martin biss sich auf die Lippen, ich schluckte. »Du weißt schon, dass unsere Frauen drei lange Tage volle Kanne Party gemacht haben?«, entfuhr es mir dann doch.

Georg nickte. »Sie hatten viel Spaß, aber den werden wir auch haben.«

»Und wo? Hier in der Pension?«

»Wir können ja gleich erst einmal losgehen und uns umsehen.« Georg lächelte uns aufmunternd an.

Martin schwieg noch immer, aber sein Kiefer malmte, was zeigte, wie aufgebracht er wirklich war.

»Gut, dann gehen wir eben raus«, willigte ich ein.

Uns schlug feuchtkalte Luft entgegen. Die Fenster von Loog waren liebevoll geschmückt, aber mir war weiß Gott nicht nach Weihnachten. Wie denn auch? Da freuten wir uns auf diese Männertour, weil wir mal so richtig einen draufmachen wollten, während zu Hause die Wohnungen in ein furchtbares Weihnachtszauberdesaster getaucht wurden – und unser Highlight war ein Spaziergang bei Schietwetter in den Dünen. Gut, der Blick über die aufgepeitschte Nordsee hatte was, und auch dem bei Ebbe freigelegten Wattenmeer konnte ich durchaus etwas abgewinnen.

»Morgen radeln wir zum Hammersee«, schlug Georg vor. Er trug eine Pudelmütze mit Bommel, die bei jedem Schritt albern auf und ab hüpfte.

»Was gibt es da zu sehen?«, fragte Martin.

»Es ist ein See, der bei einem Inseldurchbruch wegen einer Sturmflut entstanden ist«, dozierte Georg. »Dort können wir viele Vogelarten erleben.«

»Hm«, grunzte ich. Es wurde immer bizarrer. »Wir können doch mit den Fahrrädern in den Ort fahren, dort was essen und uns anschließend in der *Spelunke* volllaufen lassen. Den nächsten Tag verschlafen wir bis zum Abend, wo wir es wiederholen. Danach ist es überstanden und die Zeit sinnvoll genutzt.«

Das war zwar Ballermann light, aber besoffen würde ich die Tristesse sicher ertragen. Jetzt begann es auch noch zu regnen.

»Kein Weihnachtswetter«, kommentierte Georg. »Wir haben auch die Möglichkeit, zur *Domäne Bill* zu wandern. Da gibt es Rosinenstuten. So richtig dick.« Er leckte sich die Lippen.

»Gute Idee, hast du noch mehr davon auf Lager?«, knurrte Martin. »Verdammt, Georg! Was soll dieser ganze Mist? Wir wollten saufen und einen draufmachen, und du kommst uns mit dieser Insel. Die ist schön, ja. Aber doch nicht unsere Kragenweite! Das mag im Sommer alles anders sein, wenn viele Menschen hier sind. Wenn sämtliche Kneipen und Strandcafés geöffnet haben. Aber jetzt ist echt tote Hose. Es gibt nicht einmal einen Weihnachtsmarkt! Wir müssen zusehen, dass wir die Zeit herumbekommen. Nur ganz sicher nicht mit deinen dämlichen Wanderungen oder Fahrradtouren!«

Georg blieb stehen und schluckte. »Ich wollte mich gerade jetzt nicht mit Tine anlegen. Warum, das ist meine Sache«, sagte er. »Aber wir werden sicher Spaß haben. Kommt, dann marschieren wir in den Ort und mieten uns Räder. Die Idee mit der *Spelunke* ist nicht so schlecht. Also: Let's go!«

Völlig durchnässt erreichten wir den Fahrradhändler und wollten uns dann in der nächstbesten Kneipe bei einem Bier entspannen. Die *Spelunke* öffnete leider erst um 17 Uhr, aber ein Italiener lud zum Verweilen ein.

Nach zwei Pizzen, drei Ramazzotti auf Eis und zwei Flaschen Chianti waren wir ganz gut drauf. Juist war zum Glück klein, und schon kurz darauf stürmten wir die Kellerkneipe, aus der uns gleich der Zigarettenqualm entgegenschlug. Wie cool war das denn? Endlich einfach schmöken, ohne von Melli reglementiert zu werden!

Ich kaufte mir sofort eine Schachtel West, wenn nicht Ballermann, dann bitte Juist mit Qualm und Alkohol. Was freute ich mich auf den Kater am nächsten Morgen. Wann hatte man das mal im uneingeschränkten Genuss? Und dann noch in der Vorweihnachtszeit!

Aber was zum Teufel war schon wieder mit Georg los? Dieser Langweiler hatte sich bereits beim Italiener mit dem Alkohol arg zurückgehalten, und auch jetzt trank er Cola! Ohne Schuss.

Ich hieb ihm scherzhaft die Faust in die Seite, denn seitdem wir in der *Spelunke* saßen, war meine Laune auf der Skala von eins bis zehn immerhin auf der sieben angekommen.

»Was ist los mit dir? Bist du nicht gut drauf?«

»Ich muss morgen ab neun Uhr fit sein«, erklärte Georg. Ihm zitterten leicht die Hände.

»Hä?« Ich nahm einen kräftigen Schluck von meinem Bier. »Warum denn das?«

»Nix.«

Martin bestellte einen Bommerlunder, ich schloss mich ihm an und orderte noch ein Bier.

»Ich fahre jetzt zurück«, sagte Georg, als er die Cola geleert hatte. Warum wirkte er denn so nervös?

»Ich glaube, wir sollten auch fahren. Mir ist nicht so gut.« Martin hatte ordentlich getankt und roch wie eine ganze Schnapsfabrik. Allein hatte ich keine Lust, zu bleiben, also schloss ich mich den beiden an.

Als wir vor die Tür der *Spelunke* traten, war es stockdunkel, und es goss inzwischen in Strömen. Die spärliche Weihnachtsbeleuchtung im Ort war bereits erloschen.

Gut, dass hier keine Autos fahren, schoss es mir durch den

Kopf, als wir in großen Schlangenlinien in Richtung Loog radelten.

Ich hatte schon jetzt einen dicken Kopf und fühlte mich wie mit Anfang zwanzig. Das war Freiheit. Gleich ganz entspannt eine vorweihnachtliche Bier- und Schnapsbegegnung mit der Kloschüssel, und das alles ohne blöde Kommentare. Morgen ganz gepflegt den Rausch auskurieren, den alten Tabakgeruch in der Kleidung inhalieren und sich auf den nächsten Abend freuen.

Die Nacht war wie erwartet hart, nur mit dem Ausschlafen wurde es nichts. Georg schälte sich in aller Herrgottsfrühe um halb neun aus seinem Bett. Dabei stieß er gegen den Tisch, und unsere mitgebrachten Bierdosen knallten scheppernd auf den Boden. Dass Martin nicht davon erwachte, grenzte an ein Wunder.

»Wohin willst du denn?«, fragte ich. »Lass uns weiterpennen!«

»Das geht nicht«, antwortete Georg. Er hielt sich den Zeigefinger vor den Mund. »Ich wollte es ja für mich behalten, aber jetzt, wo du auch wach bist … Gleich ist die El-Gordo-Ziehung.

»Was soll das sein?«

»Die spanische Weihnachtslotterie«, gab mein Freund mit verschwörerischer Stimme Auskunft. »Daran beteiligen sich Millionen von Menschen!« Er atmete tief durch. »Tine hat etliche Lose heimlich auf Malle gekauft. Ich habe sie in ihrem Schrank in der Schmuckbox gefunden. Egal was sie vorhat, es sollte wohl ohne mich stattfinden. Das kann ich nicht auf mir sitzen lassen.«

»Du hast sie ihr geklaut?«

Georg nickte leicht verschämt. »Wenn es klappt, bin ich frei. Ich will abhauen. Deshalb habe ich mich, ohne zu diskutieren, auf den Trip nach Juist eingelassen. Sie darf keinen Verdacht schöpfen, dass ich so gut wie weg bin. Und jetzt habe ich als i-Tüpfelchen auch noch die Lose, die mir den Weg um so vieles mehr erleichtern können.«

Es dauerte, ehe die Info vollends in meinem noch immer benebelten Hirn ankam. Jetzt, wo ich Zusammenhänge erfassen musste, fand ich den dicken Schädel nur halb so cool. »Wohin willst du denn?«

»Nach Peñíscola in Spanien.«

Ich verschluckte mich fast. »Was für eine Cola?«

»Peñíscola. Das ist eine Stadt am Mittelmeer. Liegt noch an Tarragona vorbei. Ich werde mir da ein Appartement kaufen. Wenn ich gleich gewinne.«

Ich lachte verächtlich auf. »Du weißt schon, wie gering die Wahrscheinlichkeit ist, dass ausgerechnet *du* den großen Wurf machst?«, wandte ich ein. Die Zukunft auf ein Glücksspiel zu setzen, an dem Millionen von Menschen teilnahmen, erschien mir doch arg gewagt. »Und dann noch in einer Stadt mit einem, entschuldige bitte, sehr schrägen Namen.«

»Da haben die eine Staffel von *Game of Thrones* gedreht«, erwiderte Georg. »Du weißt, wie sehr ich diese Serie mag.« Er zückte sein Handy. »Das spricht man auch anders aus. Horch!« Er spulte eine weibliche Stimme ab, die mir mit weicher Stimme »Penjisscolla« ins Ohr flüsterte.

Georg griff in seine Laptoptasche und beförderte einen Packen bunter Scheine hervor. »Das sind die Lose von El Gordo. Die Lotterie wird gleich ab neun Uhr gelost.« Er deutete zum PC.

Ich schüttelte den Kopf. Es war vollkommen unwahrscheinlich, dass Georg Hagemann aus Wanne-Eickel auch nur einen Blumentopf gewann.

Nach kurzer Zeit war er online, und wir konnten die Verlosung verfolgen. Wider Erwarten packte es mich, und je länger ich schaute, desto stärker juckte es mir in den Fingern. Warum hatte ich keine solchen Lose? Auf Teufel komm raus brauchte ich die Dinger. Wenn ich gewann, konnte *ich* gen Süden in die Wärme abhauen, nicht Georg, der uns den Männerurlaub vollkommen versaut hatte. Malle forever, El Gordo sei Dank. Ich fand sogar die Idee attraktiv, Melli in Wanne-Eickel zu lassen. Sie hatte ohnehin eine Sonnenallergie.

»Wird das nicht toll gemacht?«, fragte Georg gerade. »Da singen sogar Kinder!«

Das war mir herzlich gleichgültig. Wenn die Penunze stimmte, brauchte ich keinen Chor, dann sang ich selbst.

»Willst du Martin und mir nicht wenigstens ein Los abgeben?«, fragte ich. »So aus alter Verbundenheit? Weil wir schon deinetwegen auf dieser Ostfriesischen Insel festhängen?«

Georg schaute mich konsterniert an und schüttelte den Kopf. »Finanzielle Unabhängigkeit erleichtert vieles. Ich muss weg von Tine, das verstehst du sicher.«

Das tat ich zwar, aber dennoch war es Georgs Schuld, dass ich in den Dünen meinen dicken Schädel auskurieren musste, und nicht bei Partymusik auf dem Ballermann.

Georg nagte an der Unterlippe. »Mal sehen, vielleicht gibt es für dich und Martin einen winzigen Bonus. Mehr geht eben nicht.« Er zuckte bedauernd mit den Achseln. Was hatte ich anderes erwartet?

Ich trat kurz vor die Tür, weil mein Kopf zu platzen drohte und sich das Ramazzotti-Korn-Bier-Gemisch noch immer unangenehm bemerkbar machte. Es würde helfen, ein wenig herumzuspazieren. Immerhin hatte der Regen aufgehört, und die Sonne lugte hinter den Wolken hervor. Aus einem der Nachbarhäuser klang »Morgen kommt der Weihnachtsmann«, mit der Blockflöte gespielt. Eigentlich war die Insel schön – und so friedlich. Eine Möwe flog keckernd über meinen Kopf hinweg, auf dem Weg rumpelte ein Pferdefuhrwerk in Richtung Dorf.

Nein, Georg würde El Gordo nicht gewinnen. Er würde sich von seiner Tine auf dem offiziellen Weg trennen und hätte gewiss ein finanzielles Desaster auszubaden, weil sie versuchen würde, ihn hoffnungslos über den Tisch zu ziehen. Die dicke Schlammschlacht war sicher.

Plötzlich ertönte ein Schrei.

Ich stürzte in den Aufenthaltsraum. Georg hielt seine Lose in der Hand. Dabei war er kreidebleich – und brach vor meinen Füßen zusammen. »Gewonnen«, hauchte er. »Eine Million habe ich gewonnen.« Dann verdrehte er die Augen.

Ich stupste ihn an, aber Georg blieb reglos vor mir liegen. Ich tastete den Puls, er war nicht mehr zu fühlen. Erst überlegte ich, Georg zu reanimieren. Schließlich war er mein Freund. Aber dann rasten die letzten Wochen an mir vorbei, und durch meinen angeschlagenen Schädel tönte nur noch ein Wort: Verrat.

Hier half nur rationelles Handeln. Ich konnte für einen Ausgleich sorgen.

Folglich nahm ich erst einmal diese wunderschönen bunten Lose mit der merkwürdigen Schrift an mich. Sie sollten bloß nicht in falsche Hände kommen. In Tines zum Beispiel. Danach fuhr ich den Computer runter und verstaute ihn in Georgs Laptoptasche. Wie ich an das Geld kam, konnte ich später klären, jetzt musste ich erst einmal aus dem Aufenthaltsraum verschwinden.

Mit der Tasche unterm Arm huschte ich zurück in den Schlafraum, wo Martin noch immer selig schlummerte und dabei einen ganzen Wald zersägte. Es stank penetrant nach Qualm und Alkohol, aber das durfte mich jetzt nicht stören.

Die Lose verstaute ich in meinem Koffer, und dann legte ich mich wieder ins Bett. Ein wenig tat mir Georg schon leid, vor allem weil er so kurz vor Weihnachten sterben musste. Aber immerhin hatte er einen letzten glücklichen Augenblick gehabt, der bestimmt verwässert worden wäre, wenn ich Hilfe geholt hätte. Eine Reanimation ist ja bestimmt unangenehm, und wer wusste schon, ob Tine ihn in Peñíscola nicht doch aufgespürt hätte. Nein, ich hatte richtig entschieden.

Jetzt konnte er frei und in Frieden ohne seine Tine ruhen. Meine Zukunft als reicher, alleinstehender Mann war gesetzt. Dank El Gordo! Das alles auf der Nordseeinsel Juist, wer hätte das gedacht! Es war ja fast noch besser als Malle!

Matthias Löwe

# Alle Jahre wieder oder Die Weihnachtsgans

*Herford*

*Über den Autor:*

Matthias Löwe wurde in Löhne (Westfalen) geboren. Er studierte Mathematik und Physik in Bielefeld, wo er mit Unterbrechungen von 1984 bis 1998 lebte. Nach fünf Jahren in Berlin, Eindhoven und Nijmegen ist er seit 2003 Professor für Mathematische Stochastik an der Westfälischen Wilhelms-Universität Münster. Seine sechs humoristischen Krimis um den Privatermittler Bröker sind im Pendragon-Verlag erschienen. Daneben publizierte er Kurzgeschichten und Lyrik in Anthologien sowie den Krimi »Tod eines Weintrinkers« (zusammen mit Bettina Walden) bei Topp + Möller.

*Du willst Ernas Geschichte erzählen? Wirklich? Was hast du denn Neues zu berichten? Damals, vor ein paar Jahren, war Ernas Geschichte doch in aller Munde. Viele kennen sie oder haben zumindest schon von ihr gehört.*

Aber ich will sie anders erzählen, mit all den düsteren Details, die nicht jeder kennt. Ich will nichts verschweigen von dem, was ich berichtet bekommen habe. Von einer Freundin. Und einiges auch von Erna selbst. Ich glaube, dann wirst du sehen, dass das Geschehene einer furchtbaren Logik folgte, und auch, dass Erna nicht so schrecklich war, wie viele denken.

*Und was machst du mit den Passagen, von denen du nichts gehört hast, von denen niemand etwas weiß?*

Dort werde ich die Geschichte erzählen, wie sie mir am wahrscheinlichsten erscheint, so wie ich mir vorstelle, dass sie sich zugetragen hat. Ich kannte Erna, und vielleicht weiß ich auch, wie sie dachte.

*Willst du denn auch mit jenem Tag in der Adventszeit beginnen? Jenem Tag, als Erna das viele Geld in der Weihnachtslotterie gewann?*

Nein. Ich denke, wir müssen weiter zurückgehen, tiefer in der Vergangenheit graben, um alles zu verstehen. Die Weihnachtslotterie war nur der Auslöser. Aber alles fing früher an, lange vor dem Lotteriegewinn. Beginnen wir doch am Tag von Ernas Hochzeit. Die scheint mir die Ursache für vieles, was sich in den Jahren danach zugetragen hat. Zugegeben, wenn man nur die Fakten betrachtet, war Ernas Ehe unspektakulär. Sie heiratete Dieter Piepenkötter vor mehr als vierzig Jahren. Und mit dem Tag ihrer Hochzeit zog sie aus der Herforder Innenstadt zu ihm, auf Dieters Hof in Herford Schwarzenmoor. Auch wenn Herford keine Großstadt ist, so war es doch ein großer Schritt für sie, die Stadt zu verlassen. Zuvor hatte sie ja in der Augustastraße gewohnt.

*War es nicht in der Herderstraße?*

Kann auch sein, dass es die Herderstraße war. Jedenfalls war es unweit von dem Ort, wo sie später das Kunstmuseum, die Marta, gebaut haben. Sehr zentral. Auch die kleine Buchhandlung am Gehrenberg, in der sie damals gearbeitet hat, war kaum zehn Minuten zu Fuß entfernt. Nach ihrer Hochzeit war dann alles anders. Ich weiß nicht, ob du schon einmal in Schwarzenmoor gewesen bist.

*Ich glaube schon. Da gibt es vor allem viel Landschaft, oder?*

Ja, so kann man es beschreiben. Es ist ziemlich einsam. Vor allem wenn man in einem alten Hof wohnt, wie Erna und Dieter damals. Dieter hatte den Hof von seinen Eltern geerbt, und wie du sicher weißt, hat er ihn in den ersten Jahren seiner Ehe mit Erna auch noch bewirtschaftet.

*Aber hat er ihn nicht Anfang der Neunzigerjahre aufgegeben, weil er nicht mehr rentabel war, und stattdessen begonnen, als Packer in dieser Küchenmöbelfirma zu arbeiten?*

Genau. Das ist ihm nicht leichtgefallen, denn es war schon ein beruflicher Abstieg. Außerdem war Dieter mit ganzer Seele Bauer.

Aber es musste sein. Damals dachten viele, die sie kannten, dass auch Erna wieder anfinge, in ihrem eigentlichen Beruf zu arbeiten. Aber es ging den Buchhandlungen schon zu der Zeit nicht so gut, und so war es nicht einfach, wieder als Buchhändlerin zu beginnen. Außerdem brauchte Dieter für seinen Weg zur Arbeit das Auto, sodass sie mit dem Bus hätte fahren müssen. Das dauerte schon damals, als die Busse noch regelmäßiger fuhren, mehr als eine Stunde. Also blieb sie weiterhin in ihrem Haus in Schwarzenmoor.

*War sie dort nicht sehr allein? Hat sie Dieter nicht versucht, zu überreden, in die Stadt zu ziehen? Hat sie sich nicht wenigstens beschwert?*

Das wäre nicht so einfach gewesen: So ein alter Hof ist nicht leicht zu verkaufen oder zu verpachten. Erna war auch nicht der Typ, der sich beschwert. Sie hatte Dieter geheiratet, und sie war bereit, das, was sich aus dieser Hochzeit ergab, zu ertragen. In Schwarzenmoor zu leben gehörte eben dazu. Nur über eine Sache hat sie immer geklagt.

*Dass sie nicht mehr als Buchhändlerin arbeiten konnte?*

Nein. Auch das hat sie bestimmt bedauert, aber sie hat es hingenommen. Nein, das Einzige, was ihr immer wieder sauer aufstieß, war die alljährliche Feier des Heiligen Abends.

*Weihnachten? Was war denn so schrecklich an ihrem Weihnachtsfest?*

Das musst du wissen. Wenn du nie davon gehört hast, wie sehr Erna den alljährlichen Weihnachtsabend verabscheut hat, verstehst du ihre Geschichte nicht. Lass es mich dir erzählen: Dieter hatte doch seine Freunde. Gerd, Werner und Klaus.

*Richtig, das weiß ich. Den dreien gehörten die Nachbarhöfe, oder?*

Ganz genau. Sie waren Bauern wie Dieter. Ihre Gehöfte waren gerade so weit entfernt, dass sie hinter dem nächsten Hügel lagen. Sie waren kräftige Männer mit rosigen, pausbäckigen Gesichtern. Du kennst ja den Menschenschlag hier. Und wie so viele Bauern hatten sie Schwierigkeiten, eine Partnerin zu finden. Nicht viele Frauen können sich vorstellen, den Rest ihres Lebens als Bäuerin zu verbringen. Daher waren sie Junggesellen, alle drei. Das änderte sich auch nicht, als auch sie einer nach dem anderen ihre Höfe aufgeben mussten.

Die meiste Zeit des Jahres waren sie darüber auch nicht unglücklich, wie man hört. Sie richteten sich ihr Leben ohne Ehefrauen ein, arbeiteten viel, bewirtschafteten ihre großen Gärten und trafen sich gelegentlich zu dritt oder zu viert mit Dieter. Dann spielten sie Skat oder Doppelkopf oder guckten zusammen Sport. Sie alle liebten Fußball. Wann immer eine Welt- oder Europameisterschaft war, haben die vier zusammengehockt. Wenn du mich fragst, hat Dieter damals auch wie ein halber Junggeselle gelebt. Wenn er sich mit seinen Jungs traf, wie er die anderen drei nannte, spielte Erna keine Rolle. Die nahm sich dann immer ein Buch, saß in ihrem Lieblingssessel und las.

*Und was hat das mit Weihnachten zu tun?*

Weihnachten war alles anders. Dann merkten Werner, Gerd und Klaus, dass sie selbst keine Familie hatten, aber keiner von ihnen wollte alleine feiern. Also trafen sie sich zunächst zu dritt. Jedoch war weder Werner noch Gerd oder Klaus ein großer Koch, und keiner von ihnen hatte ein dekoratives Händchen. Doch Weihnachten fehlte selbst ihnen ein bisschen Gemütlichkeit. So war es nur natürlich, dass Dieter, dem seine Freunde leidtaten, sie irgendwann für den Heiligabend zu sich nach Hause einlud. Das muss im dritten oder vierten Jahr nach seiner Hochzeit gewesen sein.

*Und Erna hatte nichts dagegen?*

Ich glaube, Dieter hat Erna gar nicht gefragt. Er hielt es wohl für selbstverständlich, dass er seine Freunde einladen durfte – auch zu Weihnachten. Wahrscheinlich war er auch stolz darauf, als einziger seiner Freunde eine Frau abbekommen zu haben, und Erna hat das gemerkt. Darüber hinaus wusste sie auch, wie man ein Haus zu Weihnachten festlich schmückt, und sie war zudem eine hervorragende Köchin.

*Hatte sie nicht dieses echt ostwestfälische Weihnachtsrezept?*

Das stimmt. Sie hat jedes Jahr eine Weihnachtsgans gemacht. Aber statt Knödel oder Kartoffeln hat sie dazu Pickert und Grünkohl serviert. Doch auch wenn alles hervorragend schmeckte: Ausgerechnet auf Ernas Kochkünste zu Weihnachten war Dieter nicht stolz.

*Aber Erna hat ihr Rezept doch an so viele ihrer Nachbarn weitergegeben.*

Das stimmt. Trotzdem war Dieter nicht glücklich damit. Du weißt doch, dass er Schweine gezüchtet hat, als er den Hof noch bewirtschaftet hat.

»Wenn ich schon das ganze Jahr über im Stall stehe, dann will ich zu Weihnachten auch einen Braten haben«, hat er lamentiert.

»Einen Schweinebraten, von unseren eigenen Schweinen. Da weiß ich, was ich für Fleisch habe, und es passt viel besser zu uns als eine Gans. Eine Gans hat doch jeder. Deinen Pickert kannst du ja trotzdem machen«, machte er ihr ein Angebot.

Doch auch wenn ihm Erna in so vielem entgegengekommen ist, bezüglich der Gans ließ sie sich nicht erweichen.

»Für mich gehört zum Weihnachtsfest ein Gänsebraten«, hat sie erwidert. »Und wenn dir das nicht passt, kannst du dir ja mit deinen Freunden einen Schweinebraten machen.«

Da keiner der vier Männer sich zutraute, selbst einen Braten auf den Tisch zu bringen, war die Diskussion damit beendet. Jedes Jahr wieder hat Erna ihren Gänsebraten mit Pickert serviert. Und jedes Jahr hat Dieter sich beschwert, auch wenn ihm mehr und mehr die Argumente ausgingen, nachdem er den Hof aufgegeben hatte.

*Du willst aber nicht sagen, dass es bei dem Drama vor drei Jahren um einen Gänsebraten ging?*

Oberflächlich ging es sicher auch um die Gans. Aber da war mehr: Erna hat mir einmal erzählt, dass so ein Heiligabendessen umso hässlicher für sie wurde, je länger es dauerte. Dieter wollte an diesem Abend für seine Freunde auftischen. Da Erna das übernehmen musste, hat er für die Getränke gesorgt. Erna hätte zu so einem Fest gerne ein Gläschen Wein getrunken, aber Dieter hat auf Pils bestanden. »Pils ist westfälisch, Pils passt zu uns«, hat er ähnlich argumentiert wie bei dem Schweinebraten.

Da Erna nicht noch eine Front aufmachen wollte, hat sie bezüglich der Getränke klein beigegeben und mit den anderen Bier getrunken. Später am Abend hat Dieter meist noch eine Flasche Korn aufgemacht. Den guten Lagerkorn, von dem er immer zwei, drei Fläschchen im Schrank hatte und den es nur zu besonderen

Festen gab. Oft haben die anderen auch noch eine oder zwei Flaschen mitgebracht.

*Klingt nach einem feuchtfröhlichen Abend.*

Feucht waren die Weihnachtsabende bei Piepenkötters sicherlich. Fröhlich aber waren sie nur für Dieter und seine Jungs.

*Wieso war es denn nicht auch für Erna fröhlich?*

Das lag am Alkohol. Je mehr Dieter und seine Freunde getrunken hatten, desto mehr schien es ihn zu wurmen, dass er sich nie mit seinem Wunsch nach einem Schweinebraten durchsetzen konnte. Vielleicht war das nur sein westfälischer Sturkopf, vielleicht wollte er auch vor den anderen als derjenige dastehen, der die Hosen anhatte. Jedenfalls begann er spätestens nach einem halben Dutzend Pils und dem zweiten Lagerkorn gegen seine Frau zu sticheln.

»Na, bist du zufrieden damit, dass du deinen Willen mal wieder durchsetzen konntest?«, fragte er dann. »An Weihnachten muss für dich immer alles genauso sein, wie es bei deinen Eltern war, oder?«

Dabei war Dieter selbst alles andere als ein progressiver Geist. Erna hat meist nicht geantwortet. Sie wollte wenigstens ein bisschen von dem Weihnachtsfrieden bewahren, und außerdem wusste sie, dass jede Widerrede Dieter nur noch mehr provozierte.

*Jetzt verstehe ich, warum der Heiligabend für sie kein schönes Fest war.*

Das war es bestimmt nicht. Das Schlimmste war, dass Werner, Klaus und Gerd sich irgendwann von Dieters Streitlust anstacheln ließen. Obwohl sie nur Gäste bei den Piepenkötters waren und selbst unfähig, ein Festessen zuzubereiten, begannen auch sie über Ernas Weihnachtsgans herzuziehen. »So sind sie, die Weiber«, sagte Klaus dann oft. »Wenn sie sich was in den Kopf gesetzt haben, kannst du es ihnen unmöglich ausreden.«

»Ich weiß zwar nicht, wieso du dich mit den Weibern auskennst«, erwiderte Werner stets, der immerhin einmal verlobt gewesen war, mit verwaschener Stimme, »aber wo du recht hast, hast du recht.«

Betrunken, wie sie waren, versuchten sich die Freunde gegenseitig in Schmähungen dessen, was sie eine Stunde zuvor genossen hatten, zu überbieten. Meist war es Dieter vorbehalten, den finalen Stoß zu setzen. Mit vor Alkohol geröteten Wangen und schwerer Zunge wiederholte er dann den Satz, der seine Freunde schon bei ihrem ersten gemeinsamen Weihnachtsessen zum Wiehern gebracht hatte: »Vielleicht wollte Erna einfach am Heiligabend nicht die einzige Gans sein!«

In jedem Jahr verließ Erna nach diesem Satz den Raum und ließ Dieter mit seinen Freunden allein. Sie zog sich in das Zimmer zurück, das ursprünglich einmal als Kinderzimmer geplant war und das Dieter und sie irgendwann zum Gästezimmer umfunktioniert hatten, obwohl sie im Laufe der Jahre beinahe ebenso wenig Übernachtungsgäste hatten wie Kinder.

An den beiden Weihnachtstagen herrschte dicke Luft im Hause Piepenkötter. Erna wartete auf eine Entschuldigung Dieters, der aber war zu stolz, um eine solche hervorzubringen, und außerdem konnte er sich aufgrund des Alkohols sowieso nur vage an die Ereignisse an Heiligabend erinnern. Er wartete, bis die Zeit Ernas Verbitterung heilte, was meist zwischen Silvester und den Heiligen Drei Königen der Fall war. Die Zeit, in der auch die Tannenbäume das Haus verließen. Erna war einfach nicht nachtragend genug, um ihren Zorn länger köcheln zu lassen. Für Dieter war dann alles wieder in bester Ordnung, Erna aber fürchtete sich insgeheim vor dem nächsten Weihnachtsfest.

*Und was hat sich vor drei Jahren geändert?*

Das hast du selbst schon gesagt. Vor drei Jahren gewann Erna in der großen Weihnachtslotterie. Seit ihrer Zeit als Buchhändlerin kaufte sich Erna jedes Jahr ein Los. Ich habe sie oft deshalb geneckt. »Erna, bei diesen Lotterien gewinnt man doch sowieso nie etwas, das ist doch rausgeschmissenes Geld«, habe ich gesagt.

»Doch, doch, ich gewinne auf jeden Fall«, hat sie mir stets in der ihr eigenen Beharrlichkeit geantwortet. »Und sei es nur, dass ich mir ein paar Wochen lang Hoffnung auf ein anderes Leben machen kann.«

Ich habe diesen Satz nie sonderlich ernst genommen, aber nachdem alles geschehen war, habe ich mich an ihn erinnert. Schon damals muss sie von einem besseren Leben geträumt haben.

*Weißt du, wie viel Erna damals gewonnen hat?*

Einen genauen Betrag habe ich nie gehört, aber alle sagen, dass es eine beträchtliche Summe war, genug, um ein paar Jahre, ja vielleicht den Rest des Lebens damit auskommen zu können. Du weißt doch: Erna war sehr sparsam und außerdem nicht mehr die Jüngste, Dieter stand nur ein paar Monate vor seiner Rente, und sie selbst war ungefähr im gleichen Alter.

*Und Dieter hatte nicht sofort seine eigenen Pläne mit dem Geld?*

Dieter wusste gar nicht, dass Erna in dieser Lotterie spielte, vielleicht wusste er noch nicht einmal, dass es diese Weihnachtslotterie gibt. Daher bekam er auch nicht mit, dass seine Frau gewonnen hatte.

*Aber wieso hat er es denn nicht auf seinem Konto bemerkt? So reich wird er doch nicht gewesen sein.*

Natürlich wäre ihm ein solcher Betrag in seiner Bilanz aufgefallen. Aber das Geld ist nie auf seinem Konto angekommen. Erna hatte nämlich noch aus der Zeit, in der sie als Buchhändlerin arbeitete, ein eigenes Sparbuch. Sie hat sich den Gewinn darauf auszahlen lassen – und, wie man hört, wenig später in bar abgehoben. Das muss so Ende November oder Anfang Dezember gewesen sein, kurz nach dem ersten Advent.

*Aber wie ist es von diesem Lottogewinn bis zu den Ereignissen am Heiligabend weitergegangen?*

Von da an kann ich bei vielem nur spekulieren. Ich habe seit jenem Gewinn nicht mehr mit Erna gesprochen, und die Version ihrer Geschichte, die ich dir jetzt erzähle, habe ich aus den Splittern dessen zusammengesetzt, was mir Freunde über diese Tage berichtet haben. Wenn du mich fragst, dann hat Erna sich an dem Tag, als sie in der Lotterie gewann, geschworen, dass ihr Leben von nun an anders werden sollte. Und alles sollte damit beginnen, dass sie in diesem Jahr einen anderen Heiligabend verbringen würde.

*Und denkst du, dass sie schon eine Idee hatte, was sie tun wollte?*

Das weiß ich nicht. Vielleicht hatte sich über all die Jahre schon ein genauer Plan in ihr geformt, was sie tun würde, wenn sie einmal aus der Tretmühle ihrer Ehe und vor allem des Heiligabends ausbrechen könnte. Ich glaube aber, dass sie nur wusste, dass sie etwas ändern wollte. Wie sie das konkret machen wollte und welche drastischen Konsequenzen ihr Handeln hatte, hat sie wohl erst allmählich nach ihrem Lotteriegewinn herausgefunden.

*Aber von Ende November bis Weihnachten war nicht viel Zeit, um einen Plan zu entwickeln.*

Da stimme ich dir zu. Erna konnte sich sehr rasch entscheiden, und so wird alles sehr schnell gegangen sein. Schon kurz nach dem Nikolaustag muss Erna genauer gewusst haben, was sie machen wollte.

*Wie kommst du darauf?*

Ich habe mit dem Apotheker gesprochen. Du weißt schon: dem Apotheker von der Löwen-Apotheke in der Fußgängerzone, die so ins Gerede kam, nach dem, was am Heiligabend geschehen ist.

*Weil der Apotheker Erna angeblich Gift verkauft hat?*

Nicht nur angeblich. Er hat ihr tatsächlich Gift verkauft.

*Wie konnte er ihr denn Gift verkaufen? Und welches Gift?*

Zyankali.

*Und das kann man einfach so in einer Apotheke kaufen?*

Das kann man. Aber ganz einfach ist es wohl nicht. Man muss schon wissen, wie man es anstellt. Es schien dem Apotheker der

Löwen-Apotheke auch sehr unangenehm zu sein, dass er derjenige war, der Erna das Gift besorgt hat.

*Aber wieso hat er es dann getan?*

Soweit ich es verstanden habe, dürfen Apotheken solche Gifte abgeben, wenn sich die Käuferin ausweisen kann und den Verwendungszweck glaubhaft angeben kann. Ausweisen musste sich Erna noch nicht einmal. Sie kannte den alten Pillendreher seit mehr als vierzig Jahren. Die Buchhandlung, in der sie gearbeitet hat, und die Apotheke liegen ja nicht sehr weit voneinander entfernt, und schon damals hat sie wohl in der Löwen-Apotheke ihre Medikamente besorgt.

*Und zu welchem Zweck hat sie angegeben, Zyankali zu brauchen? Ich stelle mir vor, dass jeder Pharmazeut bei so einer Bestellung hellhörig wird.*

Ja, das glaube ich auch. Ich weiß auch nicht, woher Erna das wusste, aber man kann Zyankali auch benutzen, um Gold und Silber zu reinigen. Sie hat dem Apotheker erzählt, sie habe auf dem Dachboden eine alte Schachtel wiedergefunden, in der sich der Schmuck und wertvolles Besteck und silberne Kerzenleuchter von Dieters Mutter befänden. Sie wolle ihren Mann zu Weihnachten überraschen und zu Heiligabend den Tisch mit diesem Besteck decken und eine Brosche von Dieters Mutter anlegen. Die Geschichte hat glaubhaft geklungen. Dass sie Dieter überraschen wollte, stimmte ja auch. Jedenfalls hat der Apotheker ihr zwei Gramm Zyankali verkauft.

*Das klingt nicht nach besonders viel.*

Genau das habe ich auch gesagt, aber der Apotheker hat nur bitter gelacht. Mit so einer Dosis kann man leicht eine halbe Fußballmannschaft umbringen, hat er gesagt.

*Und wie ist es nun genau abgelaufen?*

Da kann ich nur raten, ich war ja nicht dabei. Aber ich stelle mir vor, dass es folgendermaßen gewesen sein könnte: Dieter liebte Christstollen, und anders als bei der Weihnachtsgans mochte er auch Ernas Rezept. Das hatte all die guten Zutaten, die auch für meinen Geschmack in einen Stollen gehören: Rosinen, Orangeat, Zitronat, Zimt, Kardamom, aber auch gemahlene Mandeln und einen Schluck Mandellikör. Das weiß ich, weil mir Erna selbst einmal dieses Rezept diktiert hat. Einfach köstlich.

*Das kann ich mir vorstellen. Aber was hat das mit dem Zyankali zu tun?*

Erna konnte Dieter das Zyankali ja nicht einfach in den Eintopf rühren. Zyankali hat einen starken Eigengeschmack, wie ich gelesen habe. Es schmeckt nach Bittermandel. Da wäre Dieter wahrscheinlich skeptisch geworden. Aber wenn der Stollen aus seinem Lieblingsrezept nach Mandeln schmeckte, war das nicht weiter verdächtig. Schließlich waren da nicht nur Mandeln drin, sondern auch ein gehöriger Schuss Mandellikör.

*Und den Stollen hat Erna Dieter serviert?*

So halte ich es für plausibel. Wahrscheinlich hat sie wie in jedem Jahr mehrere Stollen gebacken, schon allein damit es nicht auffiel. Meist gab es bei Erna den ganzen Dezember über Stollen – und ich denke, in diesem Jahr hat sie in einen von den fertigen Stollen das Zyankali injiziert. Vermutlich derjenige, den sie als letzten serviert hat. So konnte sich Dieter daran gewöhnen, jeden Tag ein oder zwei Stückchen von seinem geliebten Gebäck zu bekommen. Vielleicht wollte Erna auch, dass ihr Mann noch eine Henkersmahlzeit erhielt.

*Und was ist dann deiner Meinung nach am Heiligabend geschehen?*

Ich stelle mir vor, dass nach und nach Dieters Freunde eintrudelten. Wahrscheinlich kam Klaus als Erster, ich denke, es war so zehn Minuten vor vier. Er war immer überpünktlich. Erna begrüßte ihn und nahm ihm den Mantel ab. Er schlüpfte von sich aus aus seinen Schuhen, denn wie im Bilderbuch hatte es just an diesem Nachmittag begonnen zu schneien. Dann geleitete Erna ihn ins Wohnzimmer. Dort hatte sie wie in jedem Jahr den Esstisch festlich gedeckt. In der Ecke des Raumes stand ein Weihnachtsbaum, der mit seiner silbernen Spitze bis an die Decke ragte. Die Kerzen brannten. Klaus folgte ihr auf Socken, zog eine Flasche Lagerkorn hervor, stellte sie auf den Tisch und setzte sich auf den Platz, an dem er in jedem Jahr saß. Er sah sich fragend nach dem Hausherrn um.

»Dieter kommt bestimmt gleich. Er ist nur noch schnell etwas besorgen«, klärte ihn Erna auf.

Die gleiche Erklärung gab sie zehn Minuten später Gerd. Gerd kam fast immer als Zweiter, wenn sich die Freunde trafen.

»Dieter ist noch eben los, um eine Besorgung zu machen. Vielleicht will er euch in diesem Jahr ein Weihnachtsgeschenk machen«, schmückte Erna ihre Geschichte weiter aus.

»Er soll bloß keine Umstände machen«, gab Gerd zurück. Er war peinlich berührt, weil er in all den Jahren nie an ein Weihnachtsgeschenk gedacht hatte. »Wir haben jedenfalls nur den Korn dabei. – Ah, ich sehe, Klaus hat ihn schon bereitgestellt.«

Dann warteten alle auf Werner. Gerd und Klaus warteten zudem auf Dieter. Werner kam wie immer eine Viertelstunde zu spät.

»Setz dich zu uns, Dieter kauft noch ein Geschenk für uns«, begrüßte ihn Klaus, bevor der Hinzugekommene ihm gegenüber Platz nahm.

»Das ist nur eine Vermutung«, erklärte Erna. »Vielleicht will er ja auch mir ein Weihnachtsgeschenk machen.«

»Das hat er ja noch nie gemacht«, polterte Werner. »Meinst du, er ist dir so dankbar, dass es auch in diesem Jahr wieder eine Weihnachtsgans gibt?«

Die drei Männer lachten lauthals. Die Bemerkung schien ihnen eine passende Eröffnung, um wie in jedem Jahr über Ernas Lieblingsgeflügel herzuziehen.

Aber anders als in all den Jahren zuvor lächelte auch Erna. Ein wenig verschmitzt, stelle ich mir vor. Sie konnte ja auf eine Art lächeln, bei der nur wenige erkannten, dass sie sich gerade amüsierte. »Vielleicht will mir ja Dieter auch dafür danken, dass es in diesem Jahr keine Gans gibt«, schmunzelte sie.

»Sag nicht, du hast dieses Mal Pute gemacht.« Auch Klaus' Kommentar wurde von dem dreistimmigen Lachen von Dieters Freunden begleitet. »Dann könnte man den Spruch mit der dummen Gans ja in ›dumme Pute‹ ummünzen.«

Erna wusste nicht, ob die Männer schon vor ihrem Eintreffen ein paar Bier oder einen Korn getrunken hatten, aber es schien ihr, als hätten sich Dieters Freunde in den Vorjahren erst viel später am Abend derartige Frechheiten herausgenommen. Nun, heute machten ihr die derben Späße der Männer nichts aus, heute würde sie ihren eigenen Spaß haben. Sie stellte jedem ihrer Gäste ein Glas Pils auf den Tisch und verschwand mit den Worten »Trinkt doch schon mal einen Schluck, ich muss mich noch eben ums Essen kümmern« in der Küche.

Den Gästen schien die Abwesenheit ihres Freundes wenig auszumachen. Ich stelle mir vor, dass Erna schon kurze Zeit später wieder lautes Lachen aus dem Wohnzimmer hörte. Trotzdem würde sie erklären müssen, wo Dieter blieb. Sie schnappte sich ihr Telefon, hielt es sich ans Ohr und ging, ein Gespräch vorschützend, zurück zu den Männern.

»Dieter war am Apparat«, sagte sie, nachdem sie angeblich das Gespräch beendet hatte. »Er hatte einen kleinen Unfall. Bei dem Schnee ist ihm jemand hinten auf den Wagen gefahren. Nun muss er auf das Eintreffen der Polizei warten. Er sagt, wir sollen schon mal anfangen.«

»Ohne ihn?«, erwiderte Klaus verblüfft.

»Soll nicht einer von uns zu ihm fahren?«, bot Gerd an.

»Ich glaube nicht, dass wir ihm groß helfen können, er muss nur warten«, erfand Erna ihre Geschichte munter weiter. »Viel scheint auch nicht passiert zu sein. Er hat gesagt, er kommt dazu, sobald die Sache mit der Polizei geklärt ist. Aber damit er nicht alleine essen muss, warte ich einfach mit dem Essen auf ihn.«

»Dann können wir auch warten«, antwortete Klaus. Ohne es zu wissen, hätte er damit Ernas Plan beinahe zerstört.

»Nein, nein, esst ihr lieber schon mal«, reagierte die schnell. »Sonst wird der Braten nur trocken. Ich werde mit dem Essen warten, damit Dieter nachher Gesellschaft hat.«

»Das wollen wir dem Vogel nicht antun«, entgegnete Werner gut gelaunt. »Vielleicht ist es Dieter auch ganz recht, dass er nichts von der Gans essen muss.«

»Wie gesagt: In diesem Jahr gibt es keine Gans«, lächelte Erna. »In diesem Jahr gibt es einen Braten, wie ihn sich Dieter wünscht. Ein echtes Stück Schwein.«

»Wirklich? Hat sich Dieter endlich durchgesetzt?«, staunte Gerd.

»Er hat mir immer wieder damit in den Ohren gelegen«, erklärte

Erna. »Er wollte Schwein, weil es so gut ist und am besten zu euch passt. Für euch ist ihm das Beste eben gerade gut genug.«

Mit diesen Worten verschwand sie in Richtung Küche. Kurz darauf brachte sie von dort einen Teller mit Pickert und anschließend zwei Schüsseln, eine mit Grünkohl und eine mit etlichen Scheiben Braten, die sie großzügig mit einer braunen Soße übergossen hatte.

»Langt zu, ich habe für Dieter und mich noch ein Stück zurückgelegt«, forderte sie die drei Freunde auf.

Die ließen sich das nicht zweimal sagen. Sie schenkten sich Bier nach, und wenig später konnte man hören, wie sie genüsslich kauten.

Wahrscheinlich hatte sich Erna derweil in die Küche zurückgezogen und gesagt, sie müsse noch den Nachtisch vorbereiten. Das Letzte, was sie von ihren Gästen vernahm, war ein Lob für den Braten. »So ein Schwein ist doch etwas völlig anderes als so eine dumme Gans«, sagte Werner mit vollem Mund.

Dass Erna verdächtig lange in der Küche blieb, dass auch ihr Freund Dieter nicht nach Hause kam, bemerkten Klaus, Gerd und Werner erst, als der Biervorrat zur Neige gegangen war und sie auch die Flasche mit dem Lagerkorn schon zur Hälfte geleert hatten. Vergeblich hielten sie nach ihrer Gastgeberin Ausschau. Sie war nicht in der Küche, und sie war auch nicht im Keller. Schließlich verließen sie das Haus der Piepenkötters. Im Schnee sahen sie frische Reifenspuren, die aus der Garage hinausführten.

*Heißt das, Erna hatte sich mit dem Auto aus dem Staub gemacht?*

Genau das. In diesem Moment dämmerte Klaus, Gerd und Werner wohl, dass irgendetwas an dem Abend anders gelaufen war, als sie bislang gedacht hatten.

*Haben sie die Polizei gerufen?*

Sie wollten nichts überstürzen und sind zunächst in ihre Häuser zurückgekehrt. Als aber am Weihnachtsmorgen noch immer weder Erna noch Dieter aufgetaucht waren, blieb ihnen nichts anderes übrig, als die Polizei hinzuzuziehen.

*Aber die haben Erna auch nicht gefunden.*

Erna nicht. Nur ihr Auto. Das stand in einer Seitenstraße unweit des Herforder Bahnhofs.

*Und Dieter?*

Dieter, ja Dieter, den haben sie gefunden. Oder zumindest Teile von ihm. Eins schwamm noch in einem Topf in der Küche, inmitten von brauner Soße. Der Rest lag fein portioniert im Keller in der Tiefkühltruhe. Und Klaus, Gerd und Werner sind seit diesem Weihnachtsfest Vegetarier.

Lea Adam

# Die Henkerin

*Hamburg*

*Über die Autorin:*

Lea Adam ist das Pseudonym der Autorinnen Regina Denk und Lisa Bitzer. Zwischen der schwedischen Küste und dem Münchner Umland haben sie unabhängig voneinander zahlreiche Buchprojekte veröffentlicht. Als Thrillerduo beschreiten sie neue Wege, denn sie wollen zeigen, dass Frauen in der Spannungsliteratur viel mehr als nur das Opfer sein können.

Sie erinnern mich an meinen Mann.«

Heinz hob den Kopf und blickte die Frau auf der anderen Seite des Tisches unwillig an. Was sollte *das* denn? Warum quatschte die ihn an und ließ ihn nicht in Ruhe essen? Seine letzte warme Mahlzeit war mindestens zehn Tage her, vielleicht länger. Auf der Straße wusste man: Wenn man sich an richtiges Essen nicht mehr erinnern konnte, war das Schlimmste geschafft. Dann war die Sehnsucht nach gebratenem Fleisch, dampfenden, heißen Klößen und einem vollen Magen immer seltener zu spüren.

Die letzten Tage waren kalt gewesen, kälter als üblich um diese Jahreszeit in Hamburg, wo das Wetter aus reiner Tücke all den feisten Wohlstandsmenschen, die sich weiße Weihnachten wünschten, normalerweise einen Strich durch die Rechnung machte und eher frühlingshaft wurde. Aber nicht in diesem Jahr. Der beißende Frost hatte sich durch Kartons und Zeitungen, alte Decken und zerschlissene Winterjacken gefressen und die Obdachlosen scharenweise in die Wohnheime getrieben. Schwächlinge!, dachte Heinz, während sein Blick über den schwarz-braun glänzenden Pelzmantel der Frau gegenüber wanderte, die ihn mit sanftem Lächeln und durchdringendem Blick aus kastanienbraunen Augen musterte.

Wie alt sie wohl war? Fünfundvierzig? Fünfzig? Schwer zu sagen. Die Haut in ihrem Gesicht wirkte straff und glatt gebügelt. Ihr Haar war dunkelbraun, keine silberne Strähne war darin zu sehen – vermutlich gefärbt. Bestimmt war sie älter, als sie aussah. Immerhin konnte sie sich den lieben langen Tag mit ihrer eleganten Optik beschäftigen, denn ganz sicher war sie in ihrem Leben keine Minute lang einer ehrlichen Arbeit nachgegangen.

Heinz kniff die Augen zusammen. Was wollte so eine feine

Dame, eine Tussi aus der besseren Gesellschaft, ausgerechnet von ihm? Warum hatte sie sich an seinen Tisch gesetzt? Warum ließ sie ihn nicht einfach in Ruhe futtern? Gab ihr das einen Kick? Sich am Weihnachtsabend unter die Penner zu mischen und die wohltätige Retterin zu spielen?

Er schluckte den Bissen hinunter und knurrte: »Ich erinnere Sie an Ihren Mann? Haben Sie den etwa auch in einer Notunterkunft für Obdachlose aufgegabelt?«

Die Frau sagte nichts, lächelte einfach weiter. Sie schien sich weder an seinem unverschämten Kommentar noch an seinem heruntergekommenen Erscheinen, seiner Schnapsfahne oder seinen nicht zu verleugnenden Körperausdünstungen zu stören. Andererseits, der Gestank, den die Fischauktionshalle beim Weihnachtsessen für Bedürftige verströmte, hatte nicht nur mit ihm zu tun. Die wenigsten hier hatten die Möglichkeit, sich an Heiligabend herauszuputzen. Nicht mal frische Kleidung oder wenigstens eine Dusche war für die meisten von ihnen greifbar. Und seit die verdammte Stadtverwaltung wieder mehr mit Touristen aus aller Welt beschäftigt war als mit dem eigenen Elend vor der sprichwörtlichen Haustür, war die Situation noch schlimmer geworden.

Heinz grollte. Es grenzte an ein Wunder, dass man immer noch an diesem Abend festhielt. Aber vermutlich wollte man den Prominenten und Reichen ihren Gutmensch-Moment an diesem besonderen Tag nicht absprechen. Sein Gegenüber der lebende Beweis für die verlogene Wohltätigkeit dieser Stadt.

»Scheißbonzen«, murmelte Heinz in seinen soßenverschmierten Bart und wischte sich mit dem Ärmel über den Mund, bevor er gierig ein weiteres Stück Kloß auf die Gabel spießte.

»Was haben Sie gesagt?«, wollte die Dame wissen und lehnte sich tatsächlich über den Tisch in seine Richtung. In ihren Augen blitzte es.

Heinz hielt im Kauen inne. Vor nicht allzu langer Zeit war die

Frau eine atemberaubende Schönheit gewesen, das erkannte man auf den ersten Blick. Selbst jenseits des schweren Schmucks, der teuren Kleidung und des erlesenen Dufts war offensichtlich, dass sie von der Natur bevorzugt worden war. Es gehörte nicht viel Fantasie dazu, sich ihr Leben vorzustellen. Vermutlich war sie eine schwerreiche Industriellengattin oder Reederei-Erbin mit einer protzigen Villa irgendwo in Rotherbaum oder an der Außenalster. Die erwachsenen Kinder lebten mit eigenen Familien längst im Ausland, der Gatte weilte bei seiner Geliebten in wärmeren Gefilden, und für das Gewissen hatte sich die einsame Königin vorgenommen, etwas Gutes zu tun. Vielleicht hatte sie das Abendessen für die rund fünfhundert Obdachlosen springen lassen. Oder sie hatte ihre Freundinnen vom Rotary Club um eine milde Spende gebeten. Möglicherweise gehörte ihr auch eine Stiftung, die ihren Namen trug. Und das alles nur, um die eigenen Schuldgefühle zu beruhigen und sich beim nächsten Damenkränzchen damit brüsten zu können. Und um davon abzulenken, dass sie Weihnachten allein in einem viel zu großen Haus verbringen musste. Dass er, Heinz, der Henker, wie man ihn auf der Straße nannte, sie in irgendeiner Weise an ihren Mann erinnerte, das bezweifelte er allerdings sehr.

»Sie reden nicht so gern«, bemerkte sie, lächelte ihn weiter an, mit diesen perfekt nachgemalten Lippen, die immer noch jugendlich gepolstert wirkten. Dabei nickte sie verständnisvoll und verschränkte die langen, schlanken Finger, die mit Diamanten und Gold bestückt waren, beinahe verlegen ineinander. »Wie heißen Sie denn, wenn ich fragen darf?«

Normalerweise hätte Heinz sie an dieser Stelle mit sehr deutlichen Worten aufgefordert, ihn verdammt noch mal sein einziges warmes Essen in diesem Monat fressen zu lassen, bevor er sich vergaß und dafür sorgte, dass sie das Schicksal der Zobel teilte, die für ihren elenden Pelzmantel verreckt waren. Aber erstens waren das sehr viele Worte, und er war hungrig. Zweitens war es noch länger her als die letzte warme Mahlzeit, dass ihn eine schöne Frau angesprochen hatte. Und drittens, na ja, es war schließlich Weihnachten.

»Heinz«, brummte er also, nachdem er den Bissen heruntergeschluckt hatte. »Ich heiße Heinz.«

Die Dame lächelte, nein, sie strahlte, und wirkte dabei fast zwanzig Jahre jünger. Überrascht spürte Heinz, wie es ihm plötzlich warm in der Brust wurde und sein Herz etwas schneller schlug. Bevor ihn sein Mund mit einem freundlichen Lächeln verraten konnte, stopfte er ein großes Stück fettige Gänsekeule hinein.

»Heinz, es freut mich sehr, Ihre Bekanntschaft zu machen. Ich heiße Elisabeth.«

Zu seinem großen Erstaunen streckte sie ihm tatsächlich die Hand entgegen. Sprachlos starrte er auf die perfekt manikürten Nägel und die glänzenden Klunker an den Fingern. Nur ein einziges dieser Schmuckstücke würde für ihn den Start in ein neues Leben bedeuten … weg von der Straße. In einer kleinen Wohnung, von ihm aus sogar mit Nachtspeicherheizung und zugigen Fenstern. Alles besser als der alte Karton, mit dem er sich Nacht für Nacht mühevoll den eisigen Wind vom Hals zu halten versuchte.

Heinz schüttelte den Gedanken ab. Er konnte spüren, wie die Ungerechtigkeit der Wohlstandsverteilung das alte Monster in ihm weckte. Heute Abend, hier und jetzt, wollte er ihm nicht das Kommando überlassen. Aufwachen in einer Polizeizelle am ersten Weihnachtsfeiertag, darauf hatte er nun wahrlich keine Lust.

Heinz legte stattdessen die Gabel weg und wischte mit der Hand über das fleckige Hosenbein auf seinem Oberschenkel. Seine dunklen, verdreckten Finger legten sich um die warme, weiche Hand der Fremden. Ihr kastanienfarbener Blick ruhte immer noch auf ihm. Tief in seinem Inneren begann sich etwas anderes zu regen, nicht das Monster. Eine Wärme stieg in ihm auf, die nichts mit der Gänsekeule oder dem Jägermeister zu tun hatte, den er sich vor dem Essen gegönnt hatte.

Erschrocken zog er die Hand zurück und hustete. Gerade als er erneut nach seiner Gabel griff, erklang im hinteren Teil der Halle ein Scheppern. Heinz wandte sich um, erkannte Schnorrer und Rudi, zwei Männer in den Fünfzigern, die sich an der Essensausgabe lautstark darüber beschwerten, dass sie keinen Nachschlag bekamen. Obwohl die Schlange der Wartenden so lange war, dass einige sogar draußen in der bitteren Kälte warten mussten.

Schnorrer, ein ehemaliger Bänker, der nach einem richtig miesen Deal mit irgendwelchen Aktien und einer für ihn katastrophal verlaufenen Scheidung auf der Straße gelandet war, hob die Faust und drohte dem Typen hinter dem Tresen. Das war einer dieser beschissenen Sozialarbeiter, irgend so ein Söhnchen dritter Generation, dessen Großeltern in den Sechzigerjahren das Geld gemacht hatten, das es ihm heute erlaubte, einen schlecht bezahlten Helferberuf auszuüben, nur um sich gut zu fühlen.

Es widerte Heinz an.

»Scheißbonzen, habe ich gesagt«, blaffte er so laut, dass nicht nur seine Tischnachbarin es hörte. Sollte sie doch von ihm denken, was sie wollte. Er mochte sie nicht, die Gönner, Wohltäter und gnädigen Damen. Die waren ihm alle ein Graus. Er hatte lange genug das Maul gehalten, hatte nichts gesagt, all die Jahre, als sie kamen, die Straßenarbeiter, die Kirchenleute, die Bemitleider, vor allem die jungen. Seine Firma im Hamburger Hafen war vor fünfzehn Jahren von einem internationalen Großkonzern aufgekauft worden, kurz darauf händigte man ihm die Kündigung aus. Er heuerte bei einer Zeitarbeitsfirma an, die ihn für die Hälfte des Geldes an seinen alten Laden vermittelte, immer nur mit Dreimonatsverträgen, und wehe, wenn er mal einen Tag krank war. Bis die Bandscheiben nicht mehr mitmachten und Heinz nicht mehr auf dem Gabelstapler sitzen konnte. Da war es dann vorbei gewesen. Erst Arbeitslosengeld, dann Hartz IV, das hatte gerade noch ausgereicht, um die Sauferei zu bezahlen, und irgendwann hatte er mehr Geld fürs Trinken ausgegeben, als er gucken konnte, und das schäbige Einzimmerappartement war futsch. Seitdem lebte er auf der Straße. Rausgedrängt, aussortiert, vergessen. An manchen Tagen waren die einzigen beiden Dinge, die ihn von innen warm hielten, der Schnaps und sein unbändiger Hass auf diejenigen, die ihn in das Schlamassel reingeritten hatten. Das nannte man freie Wirtschaft, Sozialstaat, Gerechtigkeit.

Er spuckte auf den Boden. »Abschaum, alles ekelhafter Abschaum hier.«

In Elisabeths Augen blitzte es erneut. Sie stand nicht etwa brüskiert auf, sondern griff über den Tisch nach seinem Arm.

»Ich verstehe Sie«, flüsterte sie. »Es muss schrecklich sein für einen Mann wie Sie, hier zu sitzen, als hätten Sie niemals etwas geleistet. Sie sind ein Macher, ein Entscheider, ein Anführer, das kann ich sehen. Wie mein Mann. Ich kann Ihre Wut sehr gut nachvollziehen.« Mitfühlend drückten ihre Finger seinen Arm.

Überrascht blickte Heinz sie an. Hatte er richtig gehört? *Sie* konnte ihn verstehen?

Elisabeth senkte die Stimme noch mehr und beugte sich weiter nach vorn. »Mein Mann, Gott hab ihn selig, hat auch seine eigenen Gesetze gemacht, hat immer selbst entschieden, was richtig und was falsch ist. Keine Kompromisse, keine Gnade, kein Mitleid. Jeder ist sich selbst der Nächste. Das hab auch ich irgendwann von ihm gelernt. Wenn es auch etwas gedauert hat. Heute lebe ich nur noch nach meinen eigenen Regeln.«

Obwohl er immer noch hungrig war, legte Heinz Messer und Gabel zur Seite. Ein Gefühl tief in ihm drin erwachte. Es breitete sich in seiner Magengegend aus und ließ ihn für einen Moment frösteln. Es war das Gefühl, nicht mehr allein zu sein. Jemanden gefunden zu haben, der sah, was er sah. Der verstand. Die Jahre auf der Straße waren nicht nur hart und entbehrungsreich gewesen, sondern vor allem verdammt einsam.

»Mein Leben, meine Regeln«, wiederholte er leise ihre Worte, ohne den Blick von Elisabeths Gesicht abzuwenden. Er lachte humorlos auf. »Und das hier hat es mir gebracht.«

»Sie erinnern mich wirklich sehr an meinen Mann.« Nachdenklich drehte sie an einem der Ringe und strich sich eine Haarsträhne hinters Ohr. Sie hielt kurz inne, schüttelte den Kopf und sagte dann: »Sicher halten Sie mich für verrückt. Aber ich würde Ihnen gern helfen.«

Heinz lachte trocken und humorlos auf. »Mir ist nicht zu helfen. Sparen Sie sich die Mühe.«

Elisabeth lächelte einnehmend. »Da bin ich mir nicht so sicher.« Sie musterte ihn. »Sie brauchen doch nur ein wenig Starthilfe. Eine kleine Wohnung, ein paar frische Kleider. Einen Job. Ich finde …« Sie zögerte. »Ich finde, Leute wie wir«, sie betonte das »wir« besonders, »müssen zusammenhalten. Ich habe Geld. Und ich möchte Sie unterstützen.« Etwas leiser fügte sie hinzu: »Sie gehören doch nicht hierher. An einen Ort wie diesen, unter Menschen wie diese. Ich spüre doch, was für eine Kraft, was für eine Energie immer noch in Ihnen steckt. Geben Sie sich nicht so einfach auf!«

Heinz blinzelte. Das war doch wohl ein Scherz. Er war kein gläubiger Mensch, deswegen hielt er es für ausgeschlossen, dass ihm ein Engel erschienen war. Außerdem, wenn etwas zu gut klang, um wahr zu sein, war es das in der Regel auch. Das hatte Heinz früh und schmerzhaft im Leben gelernt, das hatte ihm die Straße immer wieder bewiesen. Das hier, das war viel zu gut, um wahr zu sein. Vielleicht war er gar nicht hier? Vielleicht lag er in Wahrheit irgendwo draußen am Kanal und hatte einen Fiebertraum oder war längst erfroren? Alles in ihm riet ihm dazu, Elisabeths Angebot dankend abzulehnen, den Abend hier zu beenden und dann zurück in die Hauseinfahrt zu gehen, wo er seine Habseligkeiten und eine schimmelige Matratze aufbewahrte, die er vom Sperrmüll mitgenommen hatte. Vielleicht würde er noch ein paar alte Bekannte treffen, vielleicht konnte man von einem Passanten auf dem Weg zur Bescherung noch etwas Wein oder sogar Hochprozentiges abschwatzen.

Als hätte sie seine Gedanken gelesen, fuhr Elisabeth fort: »Wie dumm von mir, bitte entschuldigen Sie. Das muss in Ihren Ohren völlig verrückt klingen. Sie kennen mich ja gar nicht. Richtig?«

Heinz konnte die Berührung ihrer warmen Finger noch auf seinem Arm spüren, ihre braunen Augen bohrten sich in seine Seele, als würden sie alles darin erkennen, alles darin verstehen. Das warme Gefühl kehrte zurück in seine Brust. Er hatte nicht geglaubt, es in diesem Leben noch einmal zu spüren. Das Monster schlug die Augen auf, es brummte erwartungsvoll, Heinz wusste, was es von ihm wollte. Er schüttelte den Kopf, nur um sofort zu nicken.

»Ja, nein, ähm, ich meine, Sie … Sie sind sehr großzügig. Aber ich kann nicht … ich denke …« Er verstummte.

Wieder sah sie ihn eindringlich an. »Glauben Sie an Wunder, Heinz? An Weihnachtswunder?«

Sein Mund wurde staubtrocken. Er machte eine Kopfbewegung zwischen Nicken und Schütteln. Wie gern würde er an Wunder glauben. Mehr als an alles andere.

»Ich will dasselbe wie Sie«, flüsterte Elisabeth leise. Sie lächelte vielsagend. »Lassen Sie mich Ihr Weihnachtsengel sein.«

Noch einen Moment zögerte Heinz, doch das Monster war vollends erwacht und rüttelte an den Gitterstäben von Heinz' Brustkorb. Er wusste, es gab kein Zurück mehr. Nicht für ihn und nicht für die arme Frau, die sein Engel sein wollte.

Aus ihrer großen Ledertasche zog sie einen silbrig glänzenden Flachmann. Sie schraubte die Kappe ab und goss eine ordentliche Portion klare Flüssigkeit in sein leeres Bierglas. »Ich möchte mit Ihnen anstoßen. Auf Ihr neues Leben.«

Der verlockende Duft von Korn stieg in seine Nase, und plötzlich waren alle Bedenken verflogen, das freudig brüllende Biest in seiner Brust übernahm das Kommando und griff nach dem Alkohol. Es war Weihnachten, und ihm war ein Engel erschienen, alles, was nun folgte, war sein Geschenk an sich selbst.

»Trinken wir«, forderte sie ihn auf. »Auf uns und auf dieses himmlische Fest, das uns zusammengebracht hat.«

Sie setzte den Flachmann an die Lippen, und auch Heinz ließ sich nicht zweimal bitten. Mit einem gierigen Schluck leerte er das Glas und genoss die Feuerwelle, die durch seinen Hals in den Magen fuhr. Er strahlte seine Gönnerin an, die ihm verstohlen zuzwinkerte, als hätten sie beide ein Geheimnis. Grinsend leerte sie den Rest des Flachmanns in sein Glas.

»Schnell, bevor man uns erwischt«, flüsterte sie und nickte ihm auffordernd zu.

Das zweite Glas schmeckte sogar noch besser als das erste. Wo auch immer Elisabeth ihn hinbringen würde, dort gab es davon sicherlich noch mehr. Vielleicht auch ein heißes Bad, und vermutlich hatte der verstorbene Mann mehr als genug Kleidung hinterlassen. Wenn das alles hier vorbei war, würde er mitnehmen, was er tragen konnte. Er würde in seine alte Firma marschieren und den verdammten Wichsern die Ärsche aufreißen, so viel war klar.

»Wollen wir?« Er griff nach seiner Jacke. Nicht, dass es sich sein Weihnachtsengel plötzlich noch mal anders überlegte.

Elisabeth nickte, erhob sich und hing die Tasche über die Schulter. Gemeinsam verließen sie den Saal. Ob es der Schnaps oder die Frau an seiner Seite war, Heinz wusste es nicht, doch mit erhobenem Haupt und breitem Kreuz stolzierte er durch die Reihen der verlorenen Seelen und fühlte sich wie der König der Welt.

Draußen schlug ihnen der kalte Winterwind ins Gesicht, doch Elisabeths Limousine parkte direkt vor dem Eingang. Beheizte Ledersitze vertrieben jede Restkälte aus seinen Knochen. Mit vollem Magen und angenehmer Alkoholschwere in den Gliedern genoss er das Schaukeln des Wagens und das Geplapper seiner Fahrerin, die ihn quer durch Hamburg chauffierte.

»Mein Fahrer hat heute frei, es ist ja Heiligabend«, erklärte sie gerade und entschuldigte sich im selben Moment für die ruckelige Fahrt. Es war offensichtlich, dass sie nicht häufig hinter dem Steuer saß.

Heinz wollte etwas erwidern, aber seine Zunge war plötzlich sehr schwer. Er grunzte nur beruhigend, während draußen die Lichter der Stadt an ihm vorbeirauschten. Müde schloss er die Augen.

Er konnte nicht sagen, wie viel Zeit vergangen war, als ihn jemand an der Schulter rüttelte. Er wollte nicht aufwachen. Im Traum saß er hinter einem großen Schreibtisch, er war der Vorarbeiter. In seinem Büro standen drei Untergebene, und er hielt ihnen eine Standpauke, die sich gewaschen hatte. Dann händigte er ihnen die Kündigungsschreiben aus und warf sie vom Gelände.

»Heinz! Heinz, wach auf, wir sind da.«

Er zwang sich, die Augen zu öffnen, und blickte in Elisabeths Gesicht. Warum nur war er so unfassbar müde? Er stützte sich schwer auf sie, während sie ihm aus dem Auto half. So zerbrechlich sie wirkte, so beharrlich hielt sie seinem Gewicht stand. Den Arm um ihre Schultern gelegt, stolperte er neben ihr eine lange, breite Steintreppe nach oben. Nur verschwommen konnte er die Umrisse einer imposanten Villa und eines umliegenden Gartens erkennen. Wo war er? Sicherlich, wie vermutet, in einer Hamburger Luxusgegend. Beim nächsten Schritt gab sein Knie unter ihm nach. Er stolperte vorwärts. Elisabeth fing ihn auf, während sie mit der Hand einen Schlüssel aus der Manteltasche beförderte.

»Gleich haben wir es geschafft«, stöhnte sie unter seinem Gewicht. »Dann kannst du dich hinlegen und ausschlafen.«

Heinz hob den Kopf, er blinzelte. Hinlegen und ausschlafen, das war nicht sein Plan von diesem Abend gewesen, ganz und gar nicht. Das Monster knurrte, reiß dich zusammen. Müde hob er den Kopf. Sein Blick wanderte durch den imposanten Eingangsbereich, aber alles drehte sich vor seinen Augen – Ölgemälde, Vorhänge, dunkle Teppiche. Er wankte, stolperte weiter in das Haus hinein, drohte zu stürzen. Er stützte sich auf einer Konsole aus kaltem Stein ab, sein Atem ging schwer. Heinz wollte nach Elisabeth rufen, die plötzlich nicht mehr zu sehen war, aber weder seine Zunge noch seine Lippen folgten dem Befehl seines Kopfes.

Sein Blick fiel auf einen Kerzenständer direkt vor seinen Augen. Riesengroß und aus Gold, das Ding musste ein Vermögen wert sein, wie alles hier drin. Seine Hand griff nach dem goldenen Stiel, der beinahe so lang war wie sein Unterarm. Den würde er mit Sicherheit mitnehmen. Er versuchte ihn anzuheben, doch auch der Arm verweigerte den Dienst, dann die Beine. Heinz sank auf die Knie, seine Hände rutschten haltlos über den glatten Stein, bis er auf dem kalten Boden liegen blieb. Über ihm glänzte das goldene Metall im matten Licht, das aus einem anderen Raum in den Flur fiel. Steh auf, befahl ihm das Monster, erinnerte ihn an die Frau, mit der sie noch einiges vorhatten, an das Geld und die vielen kostbaren Dinge, die hier überall herumstanden, aber Heinz hörte diese Stimme, die ihn schon so oft zu seinen Gräueltaten gedrängt hatte, plötzlich nur noch dumpf und leise, als wäre das Biest weit, weit weg.

Mühsam versuchte er, über den Boden Richtung Tür zu kriechen, als er plötzlich Elisabeths Stimme hinter sich vernahm.

»Willst du etwa schon wieder gehen? Wir sind doch gerade erst gekommen.«

Er rollte sich stöhnend auf den Rücken, Elisabeth ragte über ihn und starrte ihn an. Das Kastanienbraun ihrer Augen, das eben noch so warm und einladend gefunkelt hatte, wirkte mit einem Mal abweisend und kalt. Lässig lehnte sie gegen die Konsole, ihre Finger wanderten an dem Kerzenständer auf und ab. Heinz hatte Mühe, der Bewegung zu folgen, die ihm einen Schauer über den Rücken jagte, obwohl er nicht wusste, warum.

»Was ist denn los?«, wollte sie von ihm wissen, seinen Gesichtsausdruck richtig deutend. »Hast du etwa Angst? Aber wovor denn?« Sie sah sich gespielt suchend im Flur um. »Etwa vor mir? Aber ich bin doch nur eine kleine, hilflose Frau, so ganz allein hier in diesem Haus voller Reichtümer. Man könnte alles mit mir machen, Heinz. Alles. Das hast du dir doch sicher auch schon gedacht, oder? So ein harter Mann wie du, so ein starker Kerl wie mein lieber Gatte, Gott hab ihn selig.« Sie zuckte mit den Schultern und lächelte ihn an, ganz als würde sie mit einem kleinen Kind sprechen. »Vielleicht ist das eure größte Schwäche. Wenn ihr etwas haben wollt, ist euch der Preis so lange egal, bis es zu spät ist.« Sie beugte sich vor und flüsterte so leise, dass sich ihm die Nackenhaare hochstellten: »Er war genauso ein gewalttätiger, widerlicher Säufer wie du, Heinz. Aber das ist nicht das Einzige, was euch eint.«

Heinz grunzte, die Panik ließ sein Herz bis zum Hals schlagen. Schweiß trat ihm auf die Stirn.

Prüfend hob Elisabeth den Kerzenständer hoch, als wollte sie sein Gewicht abschätzen. »Mein Mann hat es auch erst begriffen, als es zu spät war. Hat so lange alles mit mir gemacht, was er wollte, bis irgendwann *ich* nicht mehr wollte. Bis ich die Regeln gemacht habe. Und dann war es für ihn zu spät.« Sie kicherte mädchenhaft. »Es ist jedes Jahr dasselbe. An Weihnachten will die ganze Welt einfach an Wunder glauben.«

Keuchend versuchte Heinz, sich wegzudrehen, aber sein Körper war wie zu Eis erstarrt. Er wusste mit einem Mal, was sie vorhatte. Er wusste, dass sie nicht ihn gesehen hatte, sondern das Monster in ihm. Sie war nicht sein Geschenk an diesem Abend. Er war das ihre.

Elisabeth griff nach dem schweren Leuchter und hob ihn mit beiden Händen über ihren Kopf. »Bestell meinem Mann einen schönen Gruß, Heinz. Frohe Weihnachten. Die Welt ist ein kleines Stück besser ohne euch.«

Wie eine Guillotine schlug das glänzende Metall nach unten.

# 16

Thomas Finn

# Cabin in the Wood

*Schwarzwald*

*Über den Autor:*

Thomas Finn, geboren 1967 in Evanston/Chicago, studierte Volkswirtschaft und war nebenbei als Journalist und Autor für diverse deutsche Verlage und Magazine tätig, u. a. als Chefredakteur für das Magazin *Nautilus*. Seit 2001 arbeitet er als Roman-, Spiele- und Drehbuchautor. Er ist mit zahlreichen Preisen ausgezeichnet worden, u. a. mit der Segeberger Feder. Bei Knaur schreibt er Horrorthriller, mit denen er sein Publikum in Atem hält. Zuletzt erschienen ist »Whispering Fields – Blutige Ernte«. Er lebt und arbeitet in Hamburg.
Mehr unter: www.thomas-finn.de

Redaktion: Dr. Heike Fischer

»Wo ist Wotan?«

»Wotan?« Sumaya richtete sich genervt über ihrem Rucksack auf. »Ernsthaft, Robbie: Keiner von uns nennt Kevin *Wotan*. Als Pressefuzzi solltest du eigentlich ein Gespür für solche Feinheiten haben.«

»Schon klar, dann also Kevin!« Ich versuchte, die Spitze wegzulächeln, würde mich aber wohl nie daran gewöhnen, dass einer der angesagtesten Deutschrapper einen so lapidaren Vornamen trug. »Übrigens heiße ich Robert, nicht Robbie.«

Wenigstens antwortete mir Sumaya nun. »Siehst du Kevin hier unten irgendwo? Er wird wohl draußen beim Pissen sein.«

Gott, ging mir die Blondine auf den Zeiger. Aber blöderweise war sie Wotans Frau und ich nur hier, um für die LOUD, eines der auflagenstärksten Musikmagazine Deutschlands, eine Homestory über Wotan zu verfassen, der als Shootingstar in einem Atemzug mit anderen Größen der Rapperszene genannt wurde. Der Beitrag war für die Weihnachtsausgabe geplant, und es war durchaus ein Privileg, auf Wotans privater jährlicher Wandertour im Schwarzwald dabei zu sein. Nur er, seine Frau, seine fünf engsten Freunde – und ich.

Ziel war der Adlersteinfelsen, ein beliebtes Klettergebiet, das wir heute erreichen wollten, bevor es übermorgen wieder zurück ging.

Ich hatte Kevin auf der diesjährigen Echo-Verleihung kennengelernt, wusste aber immer noch nicht, warum er ausgerechnet mich zu dieser Wanderung eingeladen hatte. Seine Erklärung mir gegenüber war jedenfalls mehr als kryptisch ausgefallen.

Seit zwei Jahren stürmte er mit Songs wie *Dickbomb, Freak* und vor allem *Alphamann* die Charts und sah sich wegen seiner provokanten Texte ständig der Kritik ausgesetzt, homophob und frauenfeindlich zu sein. Dabei zeigte er sich hinter der Bühne durchaus menschlich, hatte zur Preisverleihung sogar seinen fünfjährigen Sohn Timmy mitgebracht. Ob er tatsächlich das Arschloch war, für das ihn viele hielten, oder nur die in der Szene übliche Show abzog, galt es noch herauszufinden.

Ich ignorierte also Sumayas Stichelei, zumal ich mich ziemlich elend fühlte. Meine Fresse, war ich verkatert!

Kaum dass wir gestern Abend die Blockhütte hier im waldigen Nirgendwo erreicht hatten, hatten Wotan und die anderen beschlossen, zu feiern. Freundlich ausgedrückt. Nach dem Besäufnis wusste ich jedenfalls nicht einmal mehr, wie ich es in meinen Schlafsack geschafft hatte.

Entsprechend müde stellte ich daher meinen Rucksack samt der Fotoausrüstung neben den von Aslan, der mich lustlos begrüßte, während er sein Kletterequipment kontrollierte. Er war einer der ältesten Freunde Wotans und für das Rap-Mixing sowie für die komplette Sound- und Klangbearbeitung von Wotans Songs verantwortlich. Auch er wirkte angeschlagen.

»Kaffee?«, fragte Elke, Wotans Assistentin, und deutete auf einen dampfenden Becher neben den vielen Schnaps- und Whiskeyflaschen, die wir gestern geleert hatten.

Dankbar nahm ich einen Schluck. Der Nebel in meinem Kopf lichtete sich dennoch nicht, bis ich aus dem Fenster blickte. Entgeistert riss ich die Augen auf. Denn die Bäume da draußen erstickten förmlich unter ihrer Schneelast.

»O Mann, in der Nacht hat es geschneit?«

»Ja, deutlich früher als in den zurückliegenden Jahren«, seufzte Elke.

Die Holztreppe knarrte, und mit Maxim, Jan und seiner Verlobten Laura kam nun auch der Rest der Truppe nach unten.

Maxim zählte wie Aslan zu Wotans ältesten Freunden, beide hatten schon zu Teenagerzeiten zu dessen erster Band gehört.

Doch die Musik hatte Maxim längst aufgegeben. Heute war er Visagist und begleitete die Band bei ihren Touren.

Jan hingegen war ein gut aussehender Lockenkopf Ende zwanzig mit auffallend blauen Augen. Er hatte Wotan auf einer Musikmesse kennengelernt. Früher hatte er gerüchteweise Pilot werden wollen, was ihm jedoch wegen einer Augenschwäche verwehrt geblieben war. Dann hatte er die Band eine Zeit lang als Manager vertreten, heute kümmerte er sich vornehmlich um die Promotion, was er wiederum seiner Verlobten Laura zu verdanken hatte, die als Musikproduzentin einiges draufhatte.

Laura war ein echter Hingucker mit einem ausgeprägten Selbstbewusstsein, das sie sich als Tochter des Chefs von BLIZZ RECORDS, der Musikfirma, bei der Wotan unter Vertrag stand, wohl auch leisten konnte.

»Guten Morgen!« Jan stellte seinen Rucksack neben den meinen und fuhr sich müde durchs Haar. Laura hingegen wandte sich sogleich an Elke, kaum dass sie den Kaffee gerochen hatte.

»Das ist genau das, was ich jetzt brauche!«, stöhnte sie. »Was für eine beschissene Nacht!«

»Allerdings.« Maxim ließ sich von Elke ebenfalls einen Kaffeebecher geben und sagte dann: »Fuck! Es hat geschneit?«

»Ja, leider«, meinte Elke, die jetzt die vielen leeren Flaschen von gestern in einen Müllsack warf. »Letztlich muss Kevin wohl entscheiden, ob wir weitermarschieren. Mit dem frühen Wintereinbruch konnte ja keiner rechnen.«

»Wo ist er eigentlich?« Aslan blickte in Richtung Treppe, die hinauf zum Schlafboden der Hütte führte.

»Ist er nicht hier unten?«, fragte Jan verwundert. »Oben ist alles geräumt.« Er entriegelte die Tür, und wir alle sahen nun auf die zugeschneite weiße Fläche vor der Hütte und den dazugehörigen Schuppen auf der Lichtung bis hin zum Wald.

»Kevin?!«, rief Jan nach draußen. Doch es kam keine Antwort.

Ich trat neben ihm ins Freie und versank sofort bis weit über die Knöchel in der weißen Masse, es musste also bereits einige Stunden lang geschneit haben.

»Hier draußen ist niemand.« Ich blickte mich fragend zu den anderen um, die erstmals etwas beunruhigt wirkten.

»Wo sind überhaupt Kevins Sachen?«, wollte Laura wissen und musterte die Rucksäcke an der Wand neben dem Kamin.

Jan schüttelte ungläubig den Kopf, denn einer fehlte. »Kevin wird uns doch nicht mitten in der Nacht verlassen haben?«

»Wieso sollte er?«, fragte Elke weiter hinten.

»Was weiß ich.« Jan blickte zu Aslan. »Wegen eures Streits gestern?«

»Wir sind zwar aneinandergeraten«, meinte der, »aber ... so eine Kurzschlussreaktion wäre doch völlig bescheuert.«

Interessiert musterte ich ihn. »Ihr hattet Streit? Heißt das jetzt«, erwiderte ich, »dass Kevin deshalb wieder zurück zum Parkplatz marschiert ist, und das mitten in der Nacht? Wir haben für die Strecke gestern fast fünf Stunden gebraucht.«

»Ganz sicher nicht«, meinte Sumaya, die nun ihrerseits die Hütte nach Wotans Sachen absuchte. »Das passt nicht zu ihm. Aber wie es aussieht, hat er tatsächlich gepackt. Vielleicht ist er uns schon zum Adlersteinfelsen vorausmarschiert.«

»Wartet.« Maxim zückte sein Handy und stapfte durch den Schnee zu der einzigen Stelle, an der man hier draußen Empfang hatte. »Nichts. Entweder hat er sein Handy abgestellt, oder er befindet sich in einem Funkloch.«

»Er muss wirklich aufgebrochen sein. Hier!« Elke präsentierte eine rote Werbe-Waschtasche der Band, auf der in Weiß der Schriftzug WOTAN prangte. »Kevin hat unsere beiden Kulturbeutel verwechselt. Das ist nicht meiner.«

»Echt?«, fragte ich, denn das Ding sah etwas billig aus.

Elke nickte. »Ja, sie sind gleich, bis auf die Farbe.

»Und was jetzt?«, fragte der soeben zurückgekehrte Maxim.

Jan zuckte mit den Schultern. »Ich schlage vor, wir kehren um. Bei den Wetterverhältnissen ist der Marsch zu riskant.«

»Das geht nicht.« Ich blickte ernst in die Runde. »Wenn Kevin tatsächlich besoffen aufgebrochen ist, müssen wir hinter ihm her. Ihm könnte in diesem unwegsamen Gebirge schließlich etwas zugestoßen sein.«

Dass ich ein vornehmlich berufliches Interesse hatte, Wotan nicht so leicht vom Haken zu lassen, verschwieg ich.

»Unser Robbie hat recht«, meinte Sumaya. »Packt euer Zeug, in fünfzehn Minuten ist Aufbruch!«

Unwillig packten wir, und ich trug noch den Beutel mit unserem Müll zum Schuppen. Anschließend folgten wir Aslan, der, mit einer Wanderkarte bewaffnet, in Richtung Südosten voranging. Lustlos stapften wir hinter ihm her, erwies sich der Marsch durch den tiefen Schnee doch als zäh und anstrengend.

Wotan musste wirklich sturzbesoffen gewesen sein, wenn er sich nachts allein auf diesen Trip begeben hatte. Erstmals machte ich mir Sorgen um ihn.

Wir waren noch keine Viertelstunde unterwegs, als wir einen schmalen Bergpfad entlang einer tief abfallenden Klamm erreichten. Angesichts der Aussicht, hier wegzurutschen, wurde mir mulmig zumute. Und die Flüche der anderen hinter mir zeigten, dass es ihnen ebenso erging.

»Leute«, rief Maxim plötzlich erschrocken, »was ist das?!«

Wir folgten seinem Fingerzeig und entdeckten hangabwärts im Gestrüpp Wotans markante Sonnenbrille. Sie baumelte mit einem Bügel an einem verkrüppelten Baum mit einigen abgerissenen Zweigen, der dicht vor der Schlucht aufragte.

»Scheiße!« Laura war leichenblass geworden. Uns allen war klar, dass es hinter dem Gewächs steil in die Tiefe ging.

»Der Berg fällt hier mindestens 30 Meter ab«, ächzte Aslan.

Hektik brach aus. Schließlich packten Aslan und Sumaya ihre Kletterausrüstung aus, sicherten sich professionell und seilten sich unter unseren besorgten Blicken ein Stück ab, um einen Blick in die Schlucht zu werfen.

»Kevin!« Sumaya schrie auf und deutete entsetzt in die Tiefe. »Er liegt da unten … in einem Netz!«

»Was für ein Netz?«, fragte Jan verstört.

»So ein verdammtes Sicherheitsnetz!«, brüllte Aslan nach oben. »Die Behörden haben den Pfad inzwischen offenbar gesichert. Helft uns! Wir seilen uns zu ihm ab.«

Während Laura und Jan wie gelähmt dastanden, kramte Maxim ein weiteres Seil hervor, mit dem wir Aslan und Sumaya bei ihrem Bergungsversuch halfen.

Von Maxim gesichert, sah ich jetzt selbst, dass keine drei Meter tiefer auf einer Länge von gut 20 Metern Stützstreben aus der Felswand ragten, zwischen denen Sicherheitsnetze aufgespannt waren. In einem von ihnen lag Wotan. Er rührte sich nicht, obwohl sich Aslan um ihn kümmerte. Spätestens jetzt war mir klar, dass für ihn jede Hilfe zu spät kam.

Zu viert begannen wir nun, den Toten zu bergen und seinen steif gefrorenen Körper an Seilen in die Höhe zu ziehen, bis er vor uns auf dem schmalen Pfad lag.

Sein leicht verrenkter Körper war schneebedeckt, sein Mund stand ebenso wie seine Augenlider halb offen.

Elke begann zu schluchzen, Sumaya starrte fassungslos auf den Leichnam, wir Übrigen blickten uns schockiert an.

Jeder von uns sah die grässliche, blutverkrustete Kopfwunde, die zweifelsohne für den Tod des Rappers verantwortlich war und unmittelbar den Gedanken aufkommen ließ, dass jemand Wotan ein Vierkantholz über den Schädel gezogen hatte.

Das war auch der Moment, in dem ich mich darauf besann, warum ich eigentlich hier war. Ich zückte meine Kamera und schoss einige Aufnahmen von dem Leichnam. Die Gelegenheit, derartige Fotos schießen und verkaufen zu können, erhielt ein Reporter schließlich nur einmal im Leben.

»Wie kann man nur so abgefuckt sein!?«, fuhr mich Elke an.

»Darum geht es nicht«, belog ich sie und die anderen. »Ich versuche lediglich, Spuren für die Polizei zu sichern.«

Tatsächlich war mir etwas Ungewöhnliches aufgefallen.

»Was meinst du damit?«, brach es aus Laura heraus, die noch immer mit vor den Mund geschlagenen Händen dastand.

»Seht ihn euch doch mal genauer an«, erklärte ich. »Wenn Kevin hier wirklich abgerutscht und ins Netz gestürzt ist, wo konnte er sich den Kopf dann derart anschlagen, dass eine solche Wunde zustande kam? Zumal auch auf den paar Metern jenseits der Abbruchkante nichts ist, wogegen Wotan geprallt sein könnte, bevor ihn das Netz aufgefangen hat. Und die Stützstreben verursachen ebenfalls keine solche Verletzung.«

Die anderen musterten die Leiche daraufhin verstört und schwiegen. Elke schluchzte wieder, und Laura fragte:

»Was machen wir jetzt?«

»Wir kehren um. Was sonst?«, erklärte Maxim, der bereits sein Handy in der Hand hielt. »Wir müssen die Polizei informieren. Hier habe ich jedenfalls keinen Empfang.«

»Und Kevin?« Jans Lippen bebten. »Wir können ihn doch nicht hier liegen lassen.«

Ich bückte mich und tastete widerwillig den steif gefrorenen Körper ab. Allerdings fand ich nicht, wonach ich suchte. Wotan war voll bekleidet und trug noch immer seinen Rucksack samt Kletterausrüstung, den ich ihm nun ab- und an mich nahm.

»Was machst du da?« Sumaya starrte mich entgeistert an, während Aslan eine Regenschutzplane hervorkramte.

»Den nehmen wir mit«, erklärte ich. »Vielleicht hilft uns sein Inhalt, zu verstehen, was letzte Nacht passiert ist.«

»Was meinst du damit?«

»Checkst du es wirklich nicht?«, grunzte Aslan verärgert. »Robert geht offenbar davon aus, dass Kevin nicht durch einen Unfall ums Leben kam, sondern dass er umgebracht wurde. Und zwar von einem von uns. Stimmt's?«

Er fixierte mich ernst, und ich nickte.

»Das ist nicht euer Ernst?« Laura starrte uns ungläubig an.

»Na ja, das Sicherheitsnetz war offenbar keinem von euch bekannt«, führte ich meinen Verdacht aus. »Obwohl jeder von euch die Strecke hier von den letzten Jahren her kennt. Auf mich wirkt das so, als habe jemand Wotan erschlagen und dann über die Abbruchkante geworfen. Und zwar in der Hoffnung, dass sich nach seinem Aufprall in der Schlucht niemand seine Verletzungen noch genauer ansehen wird.«

Jan atmete tief ein. »Leute, glaubt ihr das wirklich?«

»Hat hier jemand eine andere Erklärung?«, hielt ich dagegen.

Schweigend ließen wir Kevins Körper, mit der Plane bedeckt, zurück und machten uns ebenso schweigend an den Rückweg zur Blockhütte, in der wir unser Gepäck abwarfen.

Laura und Jan wechselten Blicke, dann stiefelte Jan nach draußen. Wenig später kam er mit einigen Holzscheiten zurück, mit denen er wortlos im Kamin Feuer machte. Elke zündete sich zitternd eine Zigarette an, Sumaya saß reglos da, das Gesicht in den Händen vergraben, Aslan starrte schweigend aus dem einzigen Fenster. Maxim hingegen ging wortlos mit seinem Handy nach draußen, während ich mir erneut die Fotos von Wotans rätselhafter Kopfwunde ansah, der, ich war mir nun ganz sicher, erschlagen worden war.

»Die Polizei ist informiert und will, dass wir hier auf sie warten«, brummte Maxim, als er wieder zurück war. »Kann aber bis morgen dauern, bis sie sich zu uns durchgeschlagen hat.«

»Na, super.« Jan erhob sich stöhnend.

»Wenn es einer von uns war«, murmelte Sumaya, »muss er ein Motiv gehabt haben. Aslan, worüber ging der Streit gestern?«

»Du denkst, *ich* habe Kevin umgebracht?«

»Ich will wissen, was das für ein Streit war«, zischte sie.

»Wegen *Alphamann*«, beantwortete Jan statt Aslan ihre Frage. »Wie immer bei den beiden.«

»*Alphamann*«, fragte ich, »Wotans größter Hit?«

»Du musstest den Song gestern ja unbedingt wieder zur Sprache bringen«, fuhr Aslan Jan verbittert an, bevor er sich an uns wandte. »Ihr wisst doch, dass das Thema ein rotes Tuch für mich ist. *Alphamann* ist *mein* Song, für den ich aber nie finanziell oder in anderer Weise gewürdigt wurde. Kevin behauptet bis heute, den Song allein geschrieben zu haben. Er … Ach, scheiß drauf.«

»Kann mich mal jemand genauer ins Bild setzen?«, bat ich.

»Bis auf den neuen Text geht fast alles an *Alphamann* auf den Song *Rocketeer* aus unserer Teenagerzeit zurück, als Kevin, Aslan und ich noch unsere Schüler-Rockband hatten!«, klärte mich Maxim auf. »Wobei ich nicht weiß, wer von den beiden den Song tatsächlich entwickelt hat.«

»So oder so«, seufzte Jan, »Fakt ist, dass Kevin die Rechte an *Alphamann* an Aslan vorbei auf sich angemeldet und daher auch die meiste Kohle eingesackt hat. Dass die beiden noch nicht vor Gericht gelandet sind, liegt vermutlich nur daran, dass Aslan keine Beweise für seine Urheberschaft hat.«

»Glaubt ihr wirklich«, brauste Aslan auf, »dass ich Kevin deswegen umgebracht habe? Seid ihr irre?«

»Wäre jedenfalls ein Motiv«, erklärte Sumaya kalt. »Kevin ist ja nicht der Erste, den du zusammengeschlagen hast.«

»Was bist du bloß für eine selbstgefällige Kuh?« Aslan beugte sich lauernd vor. »Verrate den anderen doch mal, warum du zu dieser beschissenen Wanderung überhaupt mitgekommen bist.

Doch bloß, um vor dem Familiengericht deine Kooperationswilligkeit zu demonstrieren.«

Sumayas Augenbrauen zogen sich warnend zusammen.

»Ich dachte, eure Scheidung sei bereits durch?« Elke runzelte die Stirn, und ich lauschte interessiert.

»Ist sie nicht, und Kevin hat mir erzählt«, höhnte Aslan, »dass er und Sumaya sich wegen ihres früheren Drogenkonsums noch immer um das Sorgerecht für Timmy streiten.«

»Du blöder Wichser!«, zischte die darauf zurück.

»Ach was, Kevins Tod kommt dir in Wahrheit doch gelegen. Timmy landet jetzt bei dir, und du erbst auch noch alles.«

Worauf Sumaya aufsprang und Aslan eine Ohrfeige verpasste.

»Hey, hört auf!« Beherzt zog ich Sumaya von Aslan weg, der noch immer regungslos wie ein Felsblock dastand. Sumaya hingegen zitterte am ganzen Körper.

»Jetzt beruhigen wir uns erst mal«, wandte ich mich an alle. »Okay?« Ich setzte heißes Wasser auf, um Kaffee für uns zu machen. Anschließend teilte ich Pappbecher aus und schenkte der schweigenden Runde ein.

»Die Situation ist fürchterlich«, erklärte ich behutsam. »Wotan ist tot, und wir alle sind darüber entsetzt.«

»Du warst es, der hier die Mordthese aufgeworfen hat!«, zischte Sumaya.

»Ja, und dabei bleibe ich auch. Nur sollten wir das Ganze vielleicht etwas systematischer angehen und überlegen, was gestern Abend passiert ist. Ich für meinen Teil kann mich an fast gar nichts mehr erinnern. Wer hat denn noch was von dem Streit mitbekommen?«

»Ich«, erklärte Laura zögernd. »Zumindest, *dass* gestritten wurde. Mehr aber nicht. Ich hatte zu viel getrunken.«

Jan zuckte mit den Schultern. »Ich weiß nur noch, dass Aslan und Kevin die Letzten hier unten waren.«

»Das ist doch Bullshit!«, fluchte Aslan. »Ja, wir haben gesoffen und gestritten, aber dann bin ich eingepennt. Vielleicht ging Jan also doch nach mir ins Bett? Allerdings hat auch Maxim ganz schön lange mitgehalten. Warum fragt ihr die beiden nicht ebenfalls, wie sie zu Kevin stehen?«

Maxim fuhr auf. »Ach ja, wie stehe ich denn zu Kevin?«

»Du hast es doch nie verwunden, dass Kevin dich nicht in der Band wollte«, ätzte Aslan. »Für dich hat es doch gerade mal zum Gitarrenlehrer gereicht und später zum Friseur, womit dich Kevin ständig aufgezogen hat. Das nagt doch an dir.«

»Was erzählst du da?« Maxim schüttelte fassungslos den Kopf. »Außerdem bin ich Visagist!«

»Willst du abstreiten, dass du Kevin damals regelrecht angebettelt hast, dich in die Band aufzunehmen?«, höhnte Aslan. »Und gestern bist du eben endgültig ausgetickt.«

»Du Arsch!«, war Maxims einziger Kommentar dazu.

»Und du«, wandte sich Aslan an Jan, »leidest ebenfalls wie ein Hund darunter, nicht im Rampenlicht zu stehen.«

»Bist du jetzt völlig bescheuert?«, antwortete Jan sauer.

»Ich will damit sagen, dass du ein Blender bist«, erwiderte Aslan erzürnt. »Keine Ahnung, warum dich Kevin trotz deiner Chronologie des Scheiterns zu unserem Manager gemacht hat: deine verpfuschte Schauspieler- und Modelkarriere, die Musikkneipe zusammen mit deinem Bruder, der noch heute deine Schulden abbezahlt. Selbst deine geliebte Pilotenausbildung hast du vergeigt.«

»Ich werde mich ganz sicher nicht auf dein Niveau herablassen«, entgegnete Jan verärgert. »Ja, in meinem Leben ist nicht alles rundgelaufen. Und? Ich wäre tatsächlich gern Pilot geworden. Aber mir mein Augenleiden als Versagen auszulegen ist unterste Kanone. Und immerhin habe ich euch damals den Kontakt zu BLIZZ RECORDS geebnet.«

»Alles, was du gemacht hast, war, Laura flachzulegen«, schnaubte Aslan.

Lauras Kopf ruckte empört hoch, doch Aslan ließ sich davon nicht aufhalten. »Selbst deinen jetzigen Job als PR-Fuzzi vergeigst du dauernd. Darf ich dich an all die Influencer erinnern, die du mit deiner selbstgefälligen Art gegen uns aufgebracht hast? Zwei TV-Termine konnten wir nicht wahrnehmen, weil du sie nicht auf der Kette hattest. Erst kürzlich habe ich mit Kevin darüber geredet, dich auszuwechseln. Vielleicht hat er dich gestern ja auf die Straße gesetzt – und die Sache ist dann eskaliert.«

»Von wegen!« Jan lachte geringschätzig. »Stattdessen haben Kevin, Laura und ich über eine brandneue YouTube-Show nachgedacht. Sag bloß, du weißt davon nichts?«

Überrumpelt blickte Aslan zu Laura, die darauf kühl nickte.

»Lasst diese gegenseitigen Bezichtigungen«, stöhnte Elke.

»Okay«, wandte ich ein. »Bleiben wir bei den Fakten. Wir alle sind heute Morgen gegen sieben Uhr aufgewacht. Die hohe Schneedecke lässt darauf schließen, dass der Schneefall gegen drei Uhr eingesetzt hat. Oder etwas später.«

»Und?« Maxim blickte mich verständnislos an.

»Na ja, jemand muss Kevins Leichnam doch zu der Absturzstelle geschafft haben, wenn er hier ermordet wurde. Im Schnee waren aber keine Spuren zu sehen. Die Tat muss also vor dem Schneefall begangen worden sein.«

»Wäre es nicht möglich«, merkte Laura an, »dass jemand Kevin auf den Bergpfad gelockt und dort umgebracht hat?«

»Klar«, antwortete ich. »Aber seht euch das hier mal an.«

Ich präsentierte den sechs meine gezoomten Aufnahmen von Wotans linkem Stiefel. »Seht ihr die nachlässige Schnürung, als habe jemand Kevin die Schuhe angezogen?«

»Und wenn Kevin einfach nur zu besoffen war, um sich die Schuhe gescheit zu binden?«, fragte Maxim.

»Unmöglich. Das sind einfach zu viele Ungereimtheiten. Ich glaube, dass Kevin hier ermordet wurde, jemand ihn dann angezogen und anschließend in die Schlucht geworfen hat. Wie lange ging die Party gestern eigentlich?«

»Ich habe zuletzt um dreiundzwanzig Uhr auf mein Handy geschaut«, meinte Elke, die anderen wussten dazu nichts.

»Hm«, murmelte ich nachdenklich. »Also ist Kevin mutmaßlich zwischen Mitternacht und drei Uhr dreißig zu Tode gekommen. Dem Täter standen damit gut drei Stunden zur Verfügung. Das reicht locker, um Kevins Leichnam bis zur Absturzstelle zu schleifen. Zumal um diese Zeit noch kein Schnee lag.«

»Und wenn es mehrere Täter waren?«, warf Elke ein.

»Möglich«, gab ich zu. »Wir sitzen aber nicht in Agatha Christies ›Orient-Express‹. Wenn die Tat also hier stattgefunden hat, sollten wir uns noch einmal umsehen. Denn wer auch immer Kevin erschlagen hat, konnte nicht damit rechnen, dass wir das so schnell herausfinden. Und damit hier niemand Spuren verwischen kann, teilen wir sieben uns zur gegenseitigen Kontrolle in drei Teams auf, okay?«

»Robert hat recht«, meinte Jan. »Also los, Leute, auf geht's! Sumaya, wie sieht es aus, tun wir uns zusammen?«

Die nickte. Worauf Laura Aslan zu sich winkte, Maxim sich ihnen anschloss und ich mich neben Elke stellte.

Laura, Aslan und Maxim stiefelten sogleich nach draußen, während Jan und Sumaya den Schlafboden untersuchten.

Elke und ich wiederum räumten Wotans Rucksack aus.

»Du suchst doch nach irgendwas Bestimmten?«, fragte sie.

»Ja, nach Wotans Handy«, murmelte ich. »Ich habe es schon nach der Bergung gesucht, aber er trug es nicht am Körper.«

Wir kippten den Inhalt des Rucksacks endgültig aus, fanden jedoch nichts Auffälliges.

Immerhin konnte Elke nun ihren grünen Kulturbeutel wieder

an sich nehmen, der statt Wotans eigenem im Rucksack gelandet war.

»Sag mal«, murmelte ich, »eigentlich müsste doch der Täter und nicht Kevin eure Beutel miteinander verwechselt haben.«

»Ja. Stimmt«, hauchte Elke.

»Oben ist wie erwartet nichts!« Jan und Sumaya kamen wieder nach unten und verließen die Hütte ebenfalls.

»Hast du eigentlich schon mal einen Blick in Kevins Hygienebeutel geworfen?«, fragte ich Elke.

»Nein.« Sie kramte den betreffenden Beutel aus ihrem Rucksack und öffnete ihn: Sofort fiel mir die aufgerissene Packung Kondome darin auf.

»Hat Kevin eine Neue?«, fragte ich Elke daher.

»Nun, er ist immerhin einer der angesagtesten Rapper Deutschlands. Möglich ist es allemal.«

»Du kennst sein Liebesleben nicht?«

»Nein. Auch wenn das komisch klingt, so nah wie Kevin und ich uns beruflich standen. Aber er war selbst nach Konzerten, wenn die Mädels willig Schlange standen, sehr zurückhaltend. Ich habe jedenfalls nie etwas mitbekommen.«

Die Tür zur Blockhütte ging auf, und Laura winkte uns zu.

»Wir haben im Schuppen was gefunden, das ihr euch ansehen solltet.«

Im einsam stehenden Schuppen warteten Jan, Maxim und Sumaya bereits neben einem großen Grill samt einem Sack Holzkohle auf uns. Daneben lehnten noch zwei verschlossene schwarze Müllsäcke, darunter auch der unsrige.

Laura wies zu einer Leiter, über die Elke und ich nach oben zu einer niedrigen Dachkammer kletterten, in der ein dicker Schlafsack lag. Zudem eine Flasche mit Whiskey und eine Art kleiner, aufgeklappter Werkzeugkoffer, in dessen unterem Teil sich drei halb abgebrannte Teelichter befanden.

»Was ist das?«, fragte ich Aslan, der uns oben erwartete.

»Das ist eine transportable Teelichtheizung. Um es hier oben hübsch kuschelig zu machen. Der Schlafsack gehört Kevin. Und das«, er präsentierte die aufgerissene Packung eines Kondoms von der gleichen Marke wie in Wotans Kulturbeutel, »macht auch klar, was das hier oben war: ein Liebesnest.«

Wir kletterten wieder nach unten, wo ich, einer Eingebung folgend, den Müllbeutel, den ich heute Morgen hier abgestellt hatte, öffnete und kurzerhand auskippte.

»Sieh mal!« Elke hob eine unbeschriftete halbvolle Glasampulle auf, schraubte sie auf, benetzte ihren Finger mit der Flüssigkeit und kostete sie vorsichtig.

»Salzig und leicht seifig«, erklärte sie. »Ich … ich glaube, das sind K.-o.-Tropfen.«

Erstaunt musterte ich sie. »Wieso bist du dir da so sicher?«

»Weil ich so eine Ampulle schon mal gesehen habe. Vor einem Jahr hat die ein Typ auf einem unserer Konzerte verkauft. Aslan hat ihn dabei erwischt und ihn zusammengeschlagen.«

Der nickte darauf finster. »Was macht eine von diesen Ampullen in unserem Müll?«

Mir dämmerte längst, was dieser Fund bedeutete. Und ich war nicht der Einzige.

»Scheiße, waren wir letzte Nacht alle so fertig, weil uns jemand K.-o.-Tropfen in die Drinks gekippt hat?« Jan nahm das Fläschchen an sich und beäugte den Inhalt.

»Sieht ganz so aus«, antwortete ich und ging mit den anderen zurück in die Blockhütte. Jan machte frischen Kaffee, während ich mir erneut meine Kamerabilder vornahm und mich zu den Fotos durcharbeitete, die ich erst letzte Woche von Wotan gemacht hatte.

»Was grinst du so selbstzufrieden?«

Ich blickte auf Sumayas Frage hin auf und sah, wie Aslan genüsslich in einen Schokoriegel biss, während Jan allen Kaffee einschenkte.

»Na kommt, Mädels«, breitbeinig lehnte sich Aslan zurück. »Die Funde im Schuppen sind ja wohl eindeutig. Zu Sumayas Gunsten nehme ich mal an, dass sie mit Kevin dort keinen Versöhnungssex hatte. Bleiben nur noch Elke und Laura.«

»Bist du bescheuert?!«, fuhr ihn Laura an.

»Wieso? Auch ihr hattet Gründe, Kevin umzubringen.« Aslans Blick ruhte auf Elke. »Du in jedem Fall. Kevin hat dich doch wie seinen persönlichen Fußabtreter behandelt. Außerdem warst du heimlich in ihn verknallt.«

Elkes Augen füllten sich mit Tränen. »Ich hatte auch nicht vor, ewig bei euch zu bleiben.«

»Ja«, murmelte Aslan, »du hast dich bereits vor einem Vierteljahr bei den TWO FIGHTERS beworben. Du weißt schon, dass Kevin das verhindert hat, indem er dort erzählt hat, dass du eine labile Alkoholikerin bist?«

»Das sind bloß Gerüchte!«, empörte sich Elke.

»Also weißt du davon? Dachte ich mir.« Aslan lächelte böse. »Kevin hat es genossen, wenn andere von ihm abhängig waren.«

»Und warum bist *du* dann nicht weg von ihm?«, brach es verbittert aus ihr heraus.

»Weil unser Label gerade einen verdammten Höhenflug hat.«

»Und ich?« Laura musterte ihn provozierend. »Was ist mein Mordmotiv?«

»Weiß ich noch nicht«, gestand Aslan ein.

»Aber ich vielleicht«, erklärte Maxim überraschend. »Kevin wollte schließlich die Produktionsfirma wechseln.«

»Das soll mein Motiv sein?«, antwortete Laura.

»Genau! Erst baut ihr Kevin auf, und als der Laden endlich läuft, entschließt er sich, zur Konkurrenz zu wechseln.«

Jan blickte überrascht auf. »Kevin wollte das Label wechseln?«

»Ja«, antwortete Laura gereizt. »Aber ich hab's ihm ausgeredet. Er wollte bereits nächste Woche einen Verlängerungsvertrag mit BLIZZ RECORDS unterzeichnen.«

Aslans Lippen zuckten spöttisch. »Dann ist wohl auch nichts an dem Gerücht dran, dass du dich mit deinem Vater überworfen hast, weil alle anderen Bands, die du für BLIZZ RECORDS unter Vertrag genommen hast, kaum etwas abwerfen.«

»Und deshalb bringe ich ausgerechnet unsere Cashcow um?« Laura sah ihn empört an. »Du bist so ein widerlicher …«

»Hört auf!«, schnaubte Sumaya. »Kompliment, Aslan, du hast dich gerade als Vollarsch geoutet.«

»Darf ich dich daran erinnern, dass du es warst, die mich wie einen potenziellen Killer hat dastehen lassen? Und das ausgerechnet vor der Presse.« Aslan warf mir einen gereizten Blick zu. »Ich bin hier der Einzige mit Vorstrafe und weiß genau, wen die Bullen zuerst verdächtigen. Aber jetzt steht es pari. Das Liebesnest im Schuppen spricht eh Bände.«

»Nicht so vorschnell!« Ich seufzte, denn mir war beim Betrachten der Fotos etwas aufgefallen, und ich wusste zudem etwas, das die anderen nicht wussten.

»Zumindest eines können wir wegen der K.-o.-Tropfen jetzt mit Sicherheit sagen«, erklärte ich, »der Mord an Kevin war im Voraus geplant und fand nicht im Affekt statt. Der Täter hat sie mitgebracht, um uns damit gezielt als potenzielle Zeugen auszuschalten. Nur hat er nicht geahnt, dass der Wanderpfad zwischenzeitlich durch ein Netz gesichert wird. Und da ist noch etwas. Ich wurde nämlich von Wotan zu dieser Tour eingeladen, weil er eine Ankündigung machen wollte.«

Maxim runzelte die Stirn. »Was für eine Ankündigung?«

»Keine Ahnung, aber es muss sich um etwas gehandelt haben, wozu er mich und die LOUD benutzen wollte. Und inzwischen habe ich auch einen Verdacht, auf den ich nur gekommen bin, weil Aslan so darauf bestand, dass sich Kevin mit einer Frau im Schuppen getroffen haben muss. Aber was, wenn nicht?«

Sechs Augenpaare starrten mich irritiert an.

»Werft hierauf mal einen Blick.« Ich hielt den Anwesenden das Display meiner Kamera hin. »Seht ihr, mit wem Wotan da zusammensitzt?«

»Mit Kolja Ritter, dem Schauspieler, und dem Rudi Wagner«, meinte Laura stirnrunzelnd.

»Ihr wisst, welche Gemeinsamkeit die beiden haben?«

»Beide sind homosexuell«, meinte Elke, der als Erster dämmerte, worauf ich hinauswollte. »Und beide haben sich erst kürzlich geoutet …«

»Eben. Ist das für einen Macho wie Wotan nicht erstaunlich?«

Sumaya schnaubte ungehalten. »Was willst du damit sagen?«

»Na, dass Kevin vielleicht … ebenfalls schwul war?«

»Und das schließt du daraus, dass Kevin mit zwei Schwulen zusammensaß?«

»Nein, natürlich nicht.« Ich präsentierte eine weitere Aufnahme von Wotan und dem Schauspieler. »Schau mal genauer hin. Kolja berührt Wotan am Hintern. Und der wirkt nicht so, als würde ihn das stören.«

Sumaya starrte ungläubig auf das Foto.

»Du erwartest jetzt nicht, dass ich dir Details über unser Liebesleben verrate?«

»Liegt ganz bei dir.«

»Nein, ich meine … Wir sind zusammen, seit wir fünfzehn sind, und gehen schon lange getrennte Wege. Ich kann nicht einmal sagen, wann wir zuletzt miteinander im Bett waren.«

Jan schüttelte den Kopf. »Das ist doch völlig absurd.«

»Wirklich?«, meinte ich. »Es passt aber zu dem, was mir Elke vorhin erzählt hat. Dass sich Wotan trotz seines zur Schau getragenen Machotums mit Affären stets zurückgehalten hat. Was ein weiterer Hinweis darauf sein könnte, dass Kevin mit seiner wahren Sexualität gehadert hat. Wir leben zwar in den Zweitausendern, aber seinem Image als Rapper wäre das gewiss nicht zuträglich gewesen.«

»Du meinst, er trug sich mit dem Gedanken, sich zu outen!?«, entfuhr es Laura.

»Das wäre jedenfalls eine Ankündigung, die es in sich gehabt hätte. Und irgendwie scheint er mir wohl vertraut zu haben.« Ich nickte der zunehmend verdatterten Sumaya zu. »Er wäre nicht der erste Familienvater, der seine wahren Bedürfnisse über viele Jahre nicht auslebt. Wer weiß, vielleicht war das sogar der Grund, warum er immer so betont auf knallharten Kerl gemacht hat? Nur geht so eine Selbstverleugnung eben in der Regel nicht lange gut.«

»Also glaubst du, dass einer von euch Männern der mögliche Täter war?«, sprach Elke den im Raum stehenden Verdacht aus.

Ich hob die Hände. »Wäre doch möglich.«

Aslan beugte sich gereizt vor. »Sehe ich etwa aus wie so eine verdammte Schwulette?«

»Nichts für ungut«, wandte ich mich an Aslan, »aber du wärst in der Tat wohl der Letzte, dem sich Wotan offenbart hätte. Abgesehen von uns beiden – denn ich bin wohl der einzige Unverdächtige – sitzen hier ja noch zwei Männer.«

»Ich soll also schwul sein«, zürnte Maxim, als sich nun aller Blicke auf ihn richteten, »nur weil ich Visagist bin?«

»Trägt eigentlich jemand von euch eine Brille?«, stellte ich den Männern eine Falle.

»Was soll das denn jetzt schon wieder?«, fragte er. »Nein. Auch keine Kontaktlinsen.«

»Und ihr beide?« Ich sah zu Aslan und Jan.

Aslan schüttelte entschieden den Kopf. Ebenso Jan.

»Nicht mal du?«, fragte ich Jan in gespieltem Erstaunen. »Ich dachte, du hättest eine Sehschwäche, weswegen du deine Pilotenausbildung an den Nagel hängen musstest?«

»Nein«, antwortete er gereizt. »Ich habe eine Rotgrünschwäche. Dafür braucht man keine Brille. Wieso fragst du?«

»Weil ich deine Antwort auf diese Frage bereits geahnt habe. Ich wollte nur, dass du meine Vermutung bestätigst, denn nun bin ich sicher, dass du Elkes und Wotans Hygienebeutel verwechselt hast!«, klagte ich Jan an. »Wotan war nicht gerade klein. Du bist kräftig genug, um ihn von hier bis zum Pfad zu schleifen. Du hast auch, wie Aslan es erzählt hat, den Streit zwischen ihm und Wotan ausgelöst. Wohl wissend, was kommen würde, wenn du die Sache mit dem geklauten Song ansprichst. Du brauchtest schließlich einen Grund für Wotans überraschendes Verschwinden. Wäre es nach dir gegangen …«, ich hielt kurz inne und atmete tief durch, »wären wir heute Morgen umgekehrt und Wotans Leichnam erst viel später entdeckt worden. Zeit, die du vermutlich dazu genutzt hättest, den Schuppen in Ordnung zu bringen. Auch kann ich mir denken, was dein Motiv war. Denn Laura hat dich schließlich gut bei BLIZZ RECORDS untergebracht. Hätte Wotan dich und sich geoutet, und das hast du wohl befürchtet, dann hätte Laura dir garantiert den Laufpass gegeben. Und allein auf den wankelmütigen Wotan hättest du dich zukünftig nicht verlassen können. Nein, sein geplantes Outing stellte eine lebensbedrohliche Gefahr für dich dar. Habe ich recht?«

Jan mahlte mit den Kiefern. »Nichts von dieser haltlosen Scheiße kannst du beweisen … Was ist?«, blaffte er Laura an, die ihn resigniert anstarrte.

»Hast du mir nicht mal erzählt, dass du früher auch was mit Männern hattest?«, fragte sie ihn mit schwerer Zunge.

Jan musterte uns der Reihe nach eisig.

»Ich denke«, ergänzte ich, »dass die Polizei im Schuppen genug Spuren finden wird, die dich als Täter ausweisen.«

Plötzlich bebten Jans Lippen, und er wisperte mit belegter Stimme: »Nein, denn spätestens seit vorhin ist mir klar, dass ich aufgeflogen bin.«

Laura keuchte entsetzt. »*Du* hast Kevin umgebracht!?«

»Warum musstet ihr es so weit kommen lassen?«, sprach Jan tränenerstickt, ohne auf ihren Vorwurf einzugehen. »Musstet ihr unbedingt Sherlock Holmes spielen? Hättet ihr nicht einfach alles auf sich beruhen lassen können? Ich … wollte das nicht, aber ihr habt mir ja keine andere Wahl gelassen.«

Alarmiert sah ich ihn an, denn dieser Stimmungswechsel gefiel mir ganz und gar nicht. Auch fiel mir auf, dass Maxim in sich zusammengesackt war und Aslan müde blinzelte.

Jan schluchzte und stellte die leere Ampulle mit den K.-o.-Tropfen auf den Tisch. »Ihr Idioten habt mir einfach keine andere Wahl gelassen.«

Aufgeschreckt starrte ich auf unsere Kaffeetassen, deren dampfenden Inhalt Jan vorhin zubereitet hatte.

Elke rutschte plötzlich nach links weg, und Sumaya versuchte vergeblich, auf die Beine zu kommen, Aslan knickten die seinen weg, und auch Maxim kam ins Schwanken. Laura und ich schienen die einzigen noch einigermaßen Handlungsfähigen zu sein. Doch nun spürte auch ich Schwindel, und ich merkte kaum, wie Jan mich umstieß und Laura auf mich stürzte.

»Ich verspreche, es wird nicht schmerzen«, hörte ich Jans weinerliche Stimme noch sagen. Nahezu regungslos bekam ich mit, wie er nach draußen eilte, mit dem rostigen Grill und dem Sack Holzkohle wieder hereinkam, die er im Metallbecken entzündete. Dann schloss er die Tür sorgsam hinter sich.

Kohlenmonoxidvergiftung – so also würde ich sterben.

Das Seltsame war, dass mich der Gedanke nicht einmal erschreckte. Stattdessen wurde mir schwarz vor Augen, und ich verlor das Bewusstsein.

Dass wir am Ende doch nicht draufgegangen sind, versteht sich von selbst. Ansonsten könnte ich kaum von diesem Schwarzwaldtrip erzählen.

Als ich wieder zu mir kam, war das Blockhaus mit Polizisten gefüllt und über der Lichtung ein Rettungshubschrauber.

Die Polizei hatte sich eben doch zügig auf den Weg gemacht und uns alle gerade noch rechtzeitig aus der Blockhütte rausgeschafft, bevor wir jämmerlich darin erstickt wären.

Und Jan? Tja. Wie sich zeigte, hatte er den Schuppen zwar ausgeräumt, dann aber beschlossen, ausgerechnet über den verschneiten Pfad mit Wotans Leiche zum Adlersteinfelsen zu gelangen. Nur war er nicht weit gekommen, sondern bei seiner überhasteten Flucht ins Rutschen geraten und seinerseits in die Schlucht gestürzt. Und das keine zehn Meter vom gespannten Rettungsnetz entfernt.

Elke glaubt zwar als Einzige von uns immer noch, dass er möglicherweise Selbstmord begangen hat. Mir aber ist der Gedanke, dass es so etwas wie ein ausgleichendes Karma gibt, lieber.

Meine Story über Wotan in der LOUD wurde erwartungsgemäß ein riesiger Erfolg. Und natürlich habe ich auch die Fotos von seiner Leiche an den Mann gebracht. Schließlich zahlen die Boulevardmagazine hierzulande Höchstpreise für so was.

Das mag man zynisch nennen, aber mal ehrlich: Wotan, über den mein Trip viele unangenehme Charaktereigenschaften zutage gefördert hat, hätte es nicht anders gehalten.

Und das nennt man dann wohl ebenfalls Karma.

Anne Verhoeven

# Im Rhythmus der Stille

*Voerde (Niederrhein)*

*Über die Autorin:*

Anne Verhoeven, aufgewachsen in Voerde am Niederrhein, studierte in Düsseldorf und Uppsala Germanistik und Linguistik und lernte verschiedene Sprachen, darunter Schwedisch, Finnisch und die Deutsche Gebärdensprache. Heute arbeitet sie in München in der Verlagsbranche.

War's das also mit uns?«, gebärdete Alexander.

Seine Freundin Hannah stand ihm gegenüber. Sie führten diese Unterhaltung direkt vor der Bühne auf der großen Festwiese am Voerder Wasserschloss, am lautesten Punkt des Weihnachtsmarktes. Hannah warf einen abgelenkten Blick in Richtung des Chors aus ungefähr zwanzig Weihnachtsmännern, der auf der Bühne *Rudolf the Red-Nosed Reindeer* anstimmte.

Alexander bemerkte das, fasste sanft ihr Handgelenk und zog sie zwischen zwei Ausschankhütten, wo sie etwas ungestörter miteinander sprechen konnten. Dort musterte er sie fragend, obwohl er ihr schon ansah, was sie antworten würde.

»Wir wollen zu unterschiedliche Dinge«, gebärdete Hannah traurig. »Das Kinderthema kommt immer wieder hoch. Wir finden da einfach keine Lösung, mit der wir beide leben können. Wir hatten 'ne richtig geile Zeit zusammen, aber ich glaube, die ist vorbei.«

Alexander nickte. »Ich habe dich geliebt wie niemanden zuvor.«

»Ich dich auch.« Hannah zögerte, umarmte ihn dann aber ein letztes Mal, bevor sie sich seiner Berührung entzog und in die Zuschauermenge vor der Bühne eintauchte.

Als Hannah zwischen den Menschen verschwand, platzte die intime Blase, in der sich Alexander in den letzten zwanzig Minuten mit ihr befunden hatte. Nun stand er wieder inmitten von funkelnden Lichterketten und Zuschauern, die fröhlich Weihnachtslieder sangen. Zwischen geschmückten Weihnachtsbäumen, umherwuselnden Menschen, die Bratwürste, Weihnachtsplätzchen, Lebkuchen und Backfisch verspeisten, stand er da, den Duft von Tannennadeln, Orangen, Zimt und Glühwein in der Nase.

Inmitten dieses Trubels schloss Alexander die Augen und atmete ein, tief, bis zum absoluten Stillstand, an dem er die Luft anhielt. Er sog diesen Moment in sich auf, spürte in die völlige Bewegungslosigkeit, die nur sein Herzschlag von innen her durchbrach, spürte die feinen Schneeflocken, die sich sanft auf seiner Haut niederließen und dort zergingen.

Als er die Augen öffnete, stimmte der Chor der zwanzig Weihnachtsmützen gerade *Jingle Bells* an, was Alexander am Schunkelrhythmus der Zuschauer und den Lippenbewegungen der Weihnachtsmänner festmachte.

Die Zuhörer flippten bei dem Lied aus, Alexander jedoch zuckte nur mit einem Mundwinkel. Die Erinnerung an die Melodie hallte in seinem Kopf wider. Über die Jahre war sie in seinem Gedächtnis sicher verblasst, dachte er, während sein Blick am Gesicht eines singenden Weihnachtsmannes im Chor hängen blieb, dessen Augenbrauen sich für nicht mal eine Millisekunde leicht zusammengezogen hatten. In Kombination mit den hochgerissenen Augenlidern und den angespannten Lippen erregten sie Alexanders Aufmerksamkeit.

Der Weihnachtsmann schaute von seinem Platz auf der Bühne zur anderen Seite der Zuschauermenge. Dorthin, wo sich Alexanders Einschätzung nach gerade Hannah befand. Ein unangenehmes Prickeln, eine Intuition, die er kaum einordnen konnte, durchfuhr Alexander.

*Bisher war er im weiten Umkreis seines Heimatorts aktiv gewesen. Zunächst in Duisburg, Düsseldorf, Köln. Die Landkreise Wesel und Oberhausen hatte er zu seiner Sicherheitszone erklärt. Doch der Gedanke, heute Abend eine verführerische falsche Fährte zu legen, indem er nun auch in Voerde agierte, ließ ihn schon seit einigen Tagen nicht los. Entgegen seiner Intuition zu handeln, indem er sich seinem Wohnort näherte, statt sich davon zu entfernen, schien ihm inzwischen absolut logisch.*

*Voller neugieriger Vorfreude verfolgte er mit dem Blick die junge Frau, die sich Richtung Ortskern bewegte. Er vermutete, dass sie nicht länger auf dem Weihnachtsmarkt bleiben würde. Mit wem auch? Sie kannte in Voerde nur Alexander, und der schien ohne sie hier zu bleiben. Es kam ihm ganz gelegen, ein Opfer zu wählen, das ihm bereits bekannt war. Er würde eine ganz neue Erfahrung machen. Die Neugier kribbelte ihn schon jetzt unerträglich von innen. Nachdem* Jingle Bells *verklungen war, entfernte er sich von seiner Gruppe, um ihr zu folgen.*

Alexander drängte sich schnurstracks an der Bühne vorbei. Obwohl er nichts hörte, glaubte er manchmal, mehr mitzubekommen als die meisten anderen, die hörten, aber nicht zuhörten, die so oft redeten, ohne tatsächlich etwas zu sagen, die nie sagten, was sie meinten, und nie erfassten, was gemeint war.

Zwischen zwei Handwerksbüdchen betrat Alexander den schmalen Pfad, der den Schlosspark umringte, und strebte zur Allee. Die fünf Meter breite Straße war zu den Seiten hin abschüssig und von Platanen gesäumt und wie immer im Advent mit Lichterketten geschmückt. Hier waren vor allem Essensbuden und Vereinsstände platziert. Alexander sah sich um und wollte gerade weiter, als er einem Teamkameraden direkt in die Arme lief. Linus Ziegler, der Torwart seiner Handballmannschaft, lächelte Alexander zu, grüßte ihn überschwänglich. Linus brauchte keine Gebärdensprache, um Alexander verständlich zu machen, dass er mit ihm einen Glühwein trinken wollte.

Alexander lehnte ab. Er fragte stattdessen mit einfachen Gebärden und einigen Worten in Lautsprache, ob Linus Hannah gesehen habe. Der schüttelte den Kopf und setzte zu einem neuen Überredungsversuch für den Glühwein an, holte sich sogar Verstärkung von anderen Teamkameraden.

Kurz darauf wurde Alexander von seinen feierwütigen Mannschaftskameraden umringt und Richtung Festwiese geschoben, direkt auf das in violettes Licht getauchte Wasserschloss zu.

*Die Weihnachtsmannmütze hatte er bis über die Augenbrauen gezogen, den Bart eng an die Lippen gelegt, die perfekte Tarnung für diesen Abend. In freudiger Erregung pirschte er sich weiter an. Hannah war allein unterwegs, wahrscheinlich emotional aufgewühlt. Irgendetwas war zwischen Alexander und ihr vorgefallen.*

*Er wühlte sich durchs Getümmel und holte sie nur deshalb problemlos ein, weil sie an einer kleinen Bude für Holz- und Schnitzarbeiten noch einmal stehen geblieben war, um einen hölzernen Weihnachtsstern zu kaufen.*

*Er würde leichtes Spiel haben, wenn er sich geschickt anstellte. Und er wusste, wie er sich nehmen konnte, was er wollte. Sie würde sich ihm fügen.*

Seine Teamkollegen hatten ihn vereinnahmt, die Schunkelei auf der Festwiese war zu einer Open-Air-Party mutiert. Die Weihnachtsmänner auf der Bühne waren durch eine Band ersetzt worden, die sehr entfernt weihnachtliche Lieder spielte. Alexander spürte nun immerhin die Bässe und wippte ein bisschen mit.

Nach einem aufgezwungenen Glühwein zog er das Smartphone aus der Hosentasche und startete einen Videocall, der ins Leere führte. Als Alexander die App zur Seite gewischt hatte und das Handy gerade wegstecken wollte, sah er eine Meldung aufpoppen, die sein Daumen ohne direkten Befehl seines Gehirns antippte. *Mordserie in Nordrhein-Westfalen* lautete die Schlagzeile.

> *Seit inzwischen mehreren Wochen leben die Menschen am Rhein in Angst vor einem kaltblütigen Serienmörder. Laut Angaben der Kripo Düsseldorf sind ihm inzwischen mindestens vier Morde zuzuschreiben, die in Köln, Düsseldorf und Duisburg begangen*

*wurden. Es handelt sich um einen männlichen Täter, der bisher ausnahmslos Frauen missbraucht und anschließend getötet haben soll. Sachdienliche Hinweise richten Sie bitte an die Kripo Düsseldorf.*

Wie gebannt las er die Meldung noch einmal und schreckte hoch, als sich irgendein Typ mit Weihnachtsmütze und Rauschebart neben ihn stellte. Alexander friemelte das Smartphone zurück in die Hosentasche. Ein Blick in die Runde ließ ihn Böses ahnen. Einer fehlte.

Hannah spürte den fremden Blick im Rücken, doch sie wollte sich nicht umdrehen, wollte ihm noch nicht zeigen, dass sie von seiner Existenz wusste. Sie musste es zu ihrem Auto schaffen, wo sie sicher wäre. Bis dahin war es aber noch ein ganzes Stück. Sie straffte bewusst die Schultern und linkerte auf ihr Handy, das sich nicht entsperren ließ – Akku leer.

Sie befand sich ausgerechnet auf dem düsteren Weg, der hinter den Sporthallen entlangführte und für Fußgänger die Allee mit der Steinstraße verband. Tagsüber waren hier Schüler und Sportler unterwegs. Jetzt war sie auf sich allein gestellt. Und der Verfolger holte immer weiter auf.

Sie ballte eine Faust und positionierte den längsten ihrer Schlüssel zwischen ihren Fingerknöcheln, sodass ihre Schläge schmerzhaft werden würden, falls sie sich wehren musste.

Seine Schritte näherten sich ihr bedrohlich. Sie musste sofort handeln und drehte sich zu ihm um, zeigte ihm, dass sie ihn bemerkt hatte. Zeitgleich stellte sie fest, dass er nah war. Zu nah. Hannahs Fluchtinstinkt setzte ein. Sie rannte los. Begann dabei zu rufen. Seine Schritte wurden schneller, lauter, dann packte er sie grob. Sie verpasste ihm einen Schlag mit der Schlüsselfaust und riss sich los, sprintete ohne zurückzusehen Richtung Parkplatz.

Alexander überquerte den Vorplatz der Sporthalle und legte an Tempo zu, während er seine Taschenlampe zückte, ohne sie einzuschalten. Er joggte den schmalen Weg neben den Hallen entlang. Einer Ahnung folgend, reduzierte er seine Geschwindigkeit und blieb dann eine Sekunde stehen, sah sich um, leuchtete nun mit der Taschenlampe seine Umgebung aus und suchte verzweifelt nach Hinweisen. *Platt gedrückte Wiese!* Er lief zwischen die Hallengebäude, doch da war nichts. Wurde er paranoid? Reagierte er völlig über?

Er eilte zum Parkplatz. Hannahs Auto war weg, ein gutes Zeichen, eigentlich. Doch ein dumpfes Gefühl ließ ihn nicht ruhen. Er brüllte ihren Namen, doch sie zeigte sich nirgends.

Auf dem Weg zurück Richtung Allee vibrierte sein Smartphone in der Hosentasche. Er zog es überhastet heraus. Es fiel auf das Pflaster, und der Bildschirm zersplitterte. Alexander ließ einen tiefen Seufzer los, während er sich bückte und den Bildschirm erneut aktivierte. Das Gerät vibrierte noch immer. Er nahm den Videoanruf entgegen.

*Am Parkplatz war sie ihm entwischt. Das hatte sie clever angestellt. Jetzt wollte er sie umso mehr.*

*Sie war eingestiegen, hatte die Zentralverriegelung betätigt und die Abblendlichter eingeschaltet, sodass er sich nicht mehr unerkannt nähern konnte. Also war er abgedreht und hatte in einer dunklen Ecke gewartet. Dann war er ihrem Auto gefolgt. Dank einer roten Ampel und einem vollen Kreisverkehr hatte er sie auch zu Fuß nicht aus den Augen verloren. Sie war stadteinwärts gefahren, und er hatte Abkürzungen genommen, um an ihr dranzubleiben.*

*Nun pirschte er sich im Schutz des neuen Pennymarkts an das Auto heran und beobachtete sie aus der Ferne, als sie gerade die Innenbeleuchtung einschaltete.*

»Bin ich froh, dich zu sehen«, gebärdete Alexander, kaum dass er den Anruf entgegengenommen hatte.

»Gleichfalls. Ich wurde verfolgt.«

»Ich wusste, dass irgendwas nicht stimmt. Geht's dir gut? Wo bist du?«, wollte Alexander wissen.

»Ich bin zum Rathausplatz gefahren, hab meinen Akku erst mal laden müssen. Ich sitz im Auto, mir geht's gut.«

»Ich komme zu dir, wenn das o. k. ist.«

»Natürlich. Bis gleich.«

Hannah legte auf. Sie zitterte vor Aufregung und Kälte. Sie schaltete die Innenbeleuchtung wieder aus, um ihre Umgebung besser zu sehen, setzte sich etwas aufrechter hin und kam dabei mit dem Knie an den Knopf, der die Kofferraumklappe automatisch öffnete.

»Shit«, murmelte sie, denn die automatische Schließfunktion war kaputt. Sie sah sich um. Die Straße und der Kreisverkehr waren mit Straßenlaternen ausgestattet, die ihr ermöglichten, die Lage auszukundschaften. In ihrem direkten Umfeld von etwa 50 Metern war kein Mensch zu sehen. Nur eine Frau lief auf der anderen Straßenseite vorbei, zügig, als strebte sie nach Hause in ein warmes Bett. Dasselbe wünschte sich Hannah. Ein warmes, flauschiges, kuscheliges Bett. Stattdessen saß sie hier in der Kälte, und ihr Herz raste, obwohl sie entkommen war. Sie hatte im Auto auf Alexander warten wollen, aber mit der geöffneten Kofferraumklappe fühlte sie sich absolut ungeschützt.

Ihre schwitzigen Finger langten zum Türhebel. Sie musste kurz aufstehen, die Klappe schließen. Behutsam öffnete sie die Tür, stieg fast lautlos in die reine Abendluft und presste dabei die Lippen fest aufeinander.

*Da war sie – seine Chance. Hannah zögerte nicht, ging schnell und präzise zum Kofferraum auf die offene Klappe zu.* Jetzt oder nie. *Er bewegte sich so lautlos und zielgerichtet wie eine Fledermaus durch die Schatten der Nacht, machte schnell Strecke, erreichte das Auto mit langen, behänden Schritten. Er packte sein Ziel mit einem eisernen Griff. Wie nicht anders zu erwarten, wehrte sie sich sofort und ohne Hemmungen. Doch seine Größe verschaffte ihm den klaren Vorteil. Für eine Sekunde sahen sie sich direkt in die Augen, und sie erkannte ihn. Er sah den Schock in ihren Augen. Jetzt hatte er keine Wahl mehr, jetzt musste er es durchziehen, jetzt musste er sie töten.*

*Und dieser Gedanke gefiel ihm ausgesprochen gut.*

Alexander eilte durch die nächtliche Voerder Innenstadt, an der Volksbank und der »Fetten Henne« – einer kuriosen Vogelskulptur – vorbei. Direkt vor der kleinen Buchhandlung bog er links ab und nahm die schmale Gasse zum Marktplatz.

Wie froh er war, dass es Hannah gut ging. Er hätte es nicht ertragen, wäre ihr etwas passiert. Er würde sie nach Hause begleiten und auf ihrer Couch schlafen, wenn sie es zuließ. Wie irre musste man sein, eine junge Frau vom Weihnachtsmarkt zu ihrem Auto zu verfolgen? Was hatte der Typ mit ihr vorgehabt? Alexander schlug sich die Gedanken aus dem Kopf, während er von Weitem schon den Kreisverkehr sah. Unruhe durchströmte ihn, dann sah er in der Ferne zwei Gestalten miteinander ringen. Er sprintete auf sie zu.

Er war nur noch wenige Meter vom Auto entfernt, als er sah, dass Linus ausgestreckt und bäuchlings auf dem Boden lag. Hannahs Knie drückten seinen Kopf und seinen Brustkorb gnadenlos auf den Asphalt. Einen seiner Arme hatte sie unter sich fixiert, den anderen hielt sie angewinkelt hinter seinem Rücken.

Als sie aufblickte und Alexander ein paar Meter entfernt entdeckte, nutzte Linus die kleine Unaufmerksamkeit sofort. Er stieß sie heftig von sich und trat noch einmal nach. Wenige Sekunden später warf sich Alexander auf ihn, drückte ihn brutal zu Boden, prügelte und fixierte ihn mit allem, was seine eins vierundneunzig zu bieten hatten.

Alexander drehte sich hektisch nach Hannah um und entdeckte sie in der Nähe des Autos, wo sie reglos auf dem Asphalt lag.

»Verficktes Arschloch!«, brüllte er aus trockener Kehle, versetzte Linus noch einen zielgerichteten Tritt in die Seite und lief zu Hannah.

Er sah das Blut, das unter ihrem Kopf hervorsickerte, drehte sie vorsichtig auf den Rücken. Mit zittrigen Fingern strich er ihr die Haare aus den Augen. Sein Blick verhakte sich in ihrem, durchdrang sie mit der Bitte, nicht aufzugeben.

Während sich Linus hochrappelte und vom Parkplatz entfernte, holte Alexander sein Smartphone heraus, öffnete die Notruf-App und klickte sich durch das Menü, bis der Notruf samt Standort an Polizei und Rettungsdienst übermittelt war. Nur zwei Minuten später fuhr ein Polizeiwagen der nahe gelegenen Wache vor.

Als die Beamten neben ihnen hielten, war Linus nicht mehr da. Alexander presste Verbandsmaterial, das irgendwie neben ihm gelandet war, auf die Platzwunde an Hannahs Stirn. Ein junger Polizist kniete sich auf ihre andere Seite und half Alexander, während sie das Bewusstsein verlor. Sekunden fühlten sich wie Stunden an, während ihr Leben durch seine Finger zu rinnen schien.

Notarzt- und Rettungswagen hielten auf dem Parkplatz und verdrängten Alexander von seinem Platz bei Hannah. Zwei Polizisten überzeugten ihn gestisch, sich in ihren Bulli zu setzen. Eine Dolmetscherin wurde per Videocall zugeschaltet. Alexander berichtete. Der junge Polizist war sehr mit seinem Funkgerät beschäftigt und krickelte auf seinem Block herum.

Der andere, der sich inzwischen als Hauptkommissar Becker

vorgestellt hatte, sagte: »Erzählen Sie noch mal kurz, wie es zu den Handgreiflichkeiten kam.«

Alexander schilderte die ganze Story in Eile noch einmal von vorn, obwohl er viel lieber zu Hannah gegangen wäre.

»Haben Sie die Frau verfolgt?«

»Was? Nein! Ich habe sie gesucht, weil ich ahnte, dass sie in Gefahr ist.«

»Warum sollte sie in Gefahr gewesen sein?«

»Linus Ziegler, der Weihnachtsmann, hat sich total seltsam verhalten. Und dann war sie weg, nicht mehr erreichbar.«

»Wie kamen Sie darauf, dass er ihr etwas antun wollte?«

»Sein Gesichtsausdruck war voller Begierde, Lust und Verachtung, als er ihr von der Bühne nachgesehen hat. Später hat er gesagt, er hätte sie nicht gesehen, aber er hat dabei genickt. Danach ist er verschwunden. Er hat ihr das angetan. Ich verstehe nicht, warum Sie Linus Ziegler nicht stoppen. So wie der drauf war, hat der das bestimmt nicht zum ersten Mal gemacht«, gebärdete Alexander aufgebracht, und dann fiel ihm die Meldung wieder ein, die er vorhin gelesen hatte.

Der jüngere Polizist unterbrach den Gedanken: »Oder haben Sie Hannah Schwabe aus Eifersucht verfolgt? Wollten Sie die Trennung vielleicht nicht akzeptieren?«

Alexander ging darauf nicht ein. »Sie müssen ihn kriegen. Er könnte der Serientäter sein, der in Düsseldorf und Duisburg Frauen vergewaltigt und ermordet hat. Das passt alles zusammen.«

»Beantworten Sie bitte meine Frage, Herr Großmann. Haben Sie Hannah Schwabe aus Eifersucht nachgestellt?«

»Bullshit! Ich liebe Hannah, das werde ich immer, aber wir haben uns einvernehmlich getrennt.« Alexander raufte sich die Haare. Er kam sich vollkommen lächerlich vor mit seinen Behauptungen gegen Linus, aber er wusste, dass der Hannah verfolgt und ihr das angetan hatte. Und alles schien zusammenzupassen.

»Sie müssen Linus stoppen«, wiederholte Alexander noch einmal.

»Wir haben ein Problem, Herr Großmann, wir haben zwei Männer, die die Polizei gerufen haben. Wir haben zwei Männer, die behaupten, der jeweils andere hätte Hannah Schwabe verfolgt. Wir haben zwei Männer, die behaupten, sie hätten Hannah Schwabe vor dem anderen retten wollen. Warum sollte ich Ihnen glauben? Sie hatten kurz zuvor einen Konflikt mit ihr.«

Alexander starrte die Dolmetscherin für einen Moment an, bevor er verstand, was sie ihm gerade übersetzt hatte. Sein Blick wanderte zu Kommissar Becker, der ihn aus misstrauischen Augen beobachtete. Da wurde Alexander klar, dass er richtig in der Scheiße saß. Es ging nicht nur darum, den Kommissar zu überzeugen, dass Linus ein potenzieller Serienmörder war. Er musste auch noch seinen eigenen Arsch verteidigen.

»Ich will einen Anwalt«, gebärdete Alexander. *Einen, der mir hilft, diesen Scheißkerl dranzukriegen.* »Und in der Zwischenzeit fragen Sie mal meine Mannschaftskollegen. Ich war mit ihnen zusammen, während Hannah verfolgt wurde. Meine Bewegungsdaten können Sie auch auslesen.«

Er schob sein Smartphone mit dem zersplitterten Screen über den kleinen Tisch zu den Polizisten herüber.

»Wie geht's Hannah?«, wollte Alexander wissen, als er später begleitet von einem Dolmetscher in den Vernehmungsraum der Voerder Polizeistation geführt wurde.

»Ich kann Ihnen dazu keine Auskunft geben«, antwortete Kommissar Becker. Eine Kamera wurde auf Alexander und den Gebärdensprachdolmetscher gerichtet, während sich Kommissar Becker und seine Kollegin setzten und die Befragung einleiteten.

»Das ist Kriminalkommissarin Demir von der Mordkommission. Mein Name ist Becker. Erzählen Sie uns bitte noch einmal, wie der Abend abgelaufen ist, Herr Großmann.«

»Wenn Sie mich beschuldigen, will ich einen Anwalt.«

»Jemand ist auf dem Weg.«

Alexander seufzte. »Wann kann ich zu Hannah?«

»Das kommt ganz darauf an, was Sie getan haben und wie schnell wir hier fertig sind.«

»Ich habe nichts getan.«

»Sie haben einen Weihnachtsmann verprügelt«, sagte Kommissarin Demir.

»Weil er meine Freundin angegriffen hat.«

»Ich dachte, Sie hätten sich getrennt?«, bohrte Becker nach.

»Sie ist trotzdem eine Freundin.«

Alexander rieb sich das Gesicht.

»Wie Sie wissen, höre ich nichts«, fing er noch einmal an. »Deshalb muss ich Informationen aus Gesichtern und Körpersprache ziehen. Linus hat die Augenbraueninnenseiten hoch- und zusammengezogen, als er Hannah hinterherschaute, er hat mich mit unserer Mannschaft abgelenkt. Er wollte mit mir einen Glühwein trinken, aber seine Füße, seine Taille waren Richtung Innenstadt gerichtet. Das war Hannahs Richtung. Er wollte eigentlich zu ihr. Dann hat er sich unbemerkt von der Gruppe abgekapselt. Nachdem ich mit Hannah per Videocall gesprochen hatte, bin ich zum Rathausplatz gerannt. Sie hatte ihn dort überwältigt. Sie hat vor Jahren eine Nahkampfausbildung bei der Bundeswehr gemacht. Außerdem ist sie sportlich und intelligent. Er hatte keine Chance gegen sie. Jedenfalls nicht, bis ich kam.«

Alexander atmete tief aus und rieb sich die Arme.

»Wegen mir war sie eine Millisekunde abgelenkt. Die Chance hat er genutzt.« Er seufzte tief. »Hannah müsste Ihnen das bestätigen können, wenn es ihr besser geht. Sie wird doch wieder, oder?«

Becker zuckte leicht mit den Schultern und presste dabei die Lippen aufeinander. Er konnte nichts dazu sagen.

Alexander ließ die Hände kurz auf die Knie sinken. »Können Sie bitte Linus befragen? Es muss Anzeichen geben, dass er lügt. Sie haben da doch sicher auch Ihre Experten, Profiler oder so was.«

Becker und Demir wechselten einen schnellen Blick. Becker blinzelte schneller als zuvor und kratzte sich dabei an der Hand. Sie hatten also keinen Experten da.

Alexander rückte auf seinem Stuhl ein kleines Stück nach vorn. »Ich kann Ihnen dabei helfen, diesen Mistkerl dahin zu bringen, wo er hingehört. Ich kann Ihnen helfen, die Wahrheit aus ihm herauszuholen. Wenn eintritt, was ich vorhersage, will ich im Gegenzug sofort zu Hannah.«

Demir bat Becker vor die Tür.

Als die Kommissare zurückkehrten, waren nur wenige Minuten vergangen.

»Angenommen, Linus Ziegler hat etwas mit den vorherigen Taten zu tun und war nun hinter Hannah her«, setzte Demir an, und Alexander fiel ruckelig ein Stein vom Herzen, »was würden Sie erwarten, wie er sich verhält?«

Wie im Film saß Alexander etwas später hinter einer verspiegelten Scheibe und beobachtete Linus im Vernehmungsraum. Bei Alexander saßen Kommissar Becker und der Dolmetscher.

Demir betrat den Vernehmungsraum, setzte sich Linus gegenüber und eröffnete die Befragung. Nachdem sie ihm einleitend mit banalen Fragen ein sicheres Gefühl gegeben hatte, kam sie auf den Kern: »Herr Ziegler, was ist heute Abend passiert?«

Linus räusperte sich. »Ich habe einen Streit zwischen Alexander und Hannah mitbekommen. Ich weiß nicht genau, worum es ging, aber die beiden haben sich wohl getrennt. Ich glaube, Hannah wollte nach Hause, aber Alexander blieb zurück, dann lief er ihr doch nach. Das alles kam mir seltsam vor. Alexander wirkte ganz anders als sonst, abweisend, ärgerlich. Ich bin sicherheitshalber hinterher, habe Alexander abgefangen und in die Teamfeier integriert.« Er starrte die Kommissarin an, während er erzählte.

»Achten Sie auf sein Blinzeln – es lässt immer weiter nach. Ein Anzeichen für Konzentration«, gebärdete Alexander. »Sobald sie die erste kritische Frage stellt, geht er auf Distanz.« Der Dolmetscher übersetzte flüsternd.

»Woher wussten Sie, wo Hannah hingefahren war?«, fragte Demir, die einen Knopf im Ohr hatte. »Sie hatte ursprünglich woanders geparkt.«

Linus lehnte sich zurück und kaschierte diese Bewegung sofort, versuchte, seine Körpersprache durch verschränkte Arme zu überdecken. Dann schob er die Arme wieder auseinander, strich sich dabei selbst über die Unterarme.

»Er ist beunruhigt«, kommentierte Alexander zeitgleich. »Das ist gut. Er ist emotional angreifbar.«

»Ich wusste es nicht, ich habe halb Voerde abgesucht, bis ich sie fand. Alexander hatte sie jedoch leider vor mir gefunden.«

»Was hatten Sie mit Hannah vor?«

»Nichts«, sagte er und nickte dabei kaum merklich, für Millisekunden zuckten seine Mundwinkel nach oben.

»Haben Sie das gesehen?«, wollte Alexander im Nebenraum von Kommissar Becker wissen. »Absolut widersprüchlich. Unbewusst offenbart er ganz extrem, dass er etwas zu verbergen hat, auch wenn er natürlich das Gegenteil sagt.«

»Ich verstehe, worauf Sie hinauswollen«, brummte Becker. »Vielleicht ist das ein Erfolg versprechender Ansatz.«

Es klopfte an der Tür, der junge Polizist kam herein und flüsterte mit Becker. Kurz darauf führte Becker Alexander und den Dolmetscher vor die Tür.

»Ihr Alibi für den Abend wurde von mehreren Teammitgliedern glaubhaft bestätigt, außerdem konnten wir Ihre Handydaten inzwischen auswerten. Sie dürfen gehen, aber halten Sie sich für Nachfragen zu unserer Verfügung.«

Becker schüttelte Alexander die Hand. »Ihre Freundin ist nach Dinslaken ins evangelische Krankenhaus gebracht worden.«

**Eine Woche später**

Als Alexander zur verabredeten Zeit am Krankenhaus vorfuhr, wartete Hannah bereits vorm Eingang.

»Fröhliche Weihnachten«, wünschte er und ließ sie bei laufendem Motor einsteigen. Kurz darauf bog er auf die B8 Richtung Autobahn.

»Endlich nach Hause«, gebärdete Hannah an einer roten Ampel und nahm nachdenklich den Brief vom Armaturenbrett in die Hand. »Was ist das?«

»Hab noch nicht nachgesehen.«

»*Landeskriminalamt Düsseldorf* – der sieht ziemlich offiziell aus. Was hast du angestellt?«

»Mach auf«, forderte Alexander, während er anfuhr und Richtung A59 rollte.

»*Auf Empfehlung von Kommissarin Demir laden wir Sie zu einem Gespräch im Landeskriminalamt Düsseldorf ein*«, zitierte Hannah. »Was hab ich verpasst?«

Alexander lachte. »Während du kaltgestellt warst, hab ich mich nützlich gemacht.«

»Du hast geholfen, Linus wegen der Körperverletzung zu überführen?«, fragte Hannah.

»Und wegen fünffachen Mordes«, ergänzte Alexander. »Er hat letztlich detailliert gestanden.«

»Und was will das LKA nun von dir?«

»Sich bedanken vielleicht. Und ich hab gehört, sie hätten eine offene Expertenstelle.«

»Und da können sie dich als Psychologen gebrauchen?«

»Psychologe, Körpersprachexperte, Profiler … so was in die Richtung.«

Alexander lächelte gelassen und bog auf die Autobahn.

Thorsten Kirves

# Der zwanzigste Heiligabend

*Hamburg*

*Über den Autor:*

Thorsten Kirves, 1963 geboren, ist Filmemacher. Seine Leidenschaft für Cop- und Gangsterstorys und düstere Thriller lebte er in eigenen Kurzfilmen aus, die auf Festivals und im Fernsehen liefen und mit Preisen ausgezeichnet wurden. Für die Universal Studios inszenierte er in einer internationalen Co-Produktion zwei Filme für die Thrillerreihe »Urban Myth Chillers«. Er lebt mit seiner Familie in Hamburg. Sein erster Kriminalroman, »Der Aussteiger«, wurde für den Friedrich-Glauser-Preis nominiert. Im Februar 2023 erschien Band 2 seiner Reihe um den Hamburger Kommissar Tom Simon, »Die stille Mörderin«.

Das Gesicht ins Gras gedrückt, lag der mittlere der Heiligen Drei Könige vor der Krippe. Betty fragte sich, wie er hatte umfallen können. Die hölzernen Krippenfiguren hatten eine stattliche Größe und sicher einiges an Gewicht. Ob sich jemand einen schlechten Scherz erlaubt hatte? Kurz spielte sie mit dem Gedanken, die Figur wieder aufzurichten, aber sie traute sich nicht, denn sie fühlte sich hier nicht zugehörig. Schließlich kam sie nur einmal im Jahr in die St.-Joseph-Kirche. Stets am Heiligabend, dem Todestag ihrer Mutter. Sie glaubte zwar nicht an Gott, trotzdem kehrte sie auf dem Weg zur Arbeit hier ein, um eine Opferkerze für ihre Mama anzuzünden und ihr für einen Moment nah zu sein. Heute war der zwanzigste dieser Heiligabende, ein trauriges Jubiläum. Betty schritt vorbei an den Bänken, auf denen sich einige wenige Menschen zum Gebet niedergelassen hatten, und suchte die dunkle Nische auf, in welcher der vielarmige, schmiedeeiserne Ständer mit den kleinen brennenden Opferkerzen stand. Die erbetenen fünfundzwanzig Cent steckte sie in den Schlitz des Kastens, nahm sich eines der kleinen, gelben Glasschälchen mit den flachen Kerzen, zündete den Docht an und stellte die Kerze an einen freien Platz auf dem Ständer. Während sie in die Flamme starrte, hatte sie den liebevollen Blick ihrer Mutter und das sanfte Lächeln vor Augen, mit dem diese sich von ihr verabschiedet hatte, um noch schnell einen Weihnachtsbaum zu kaufen. Das hatte sie immer erst am Morgen des Heiligabends getan, weil die Bäume dann am günstigsten waren. In ihrem langen blauen Mantel und der roten Mütze, unter der die schwarzen Haare auf ihre Schultern fielen, war sie auf dem Fahrrad mit dem Anhänger in das Schneetreiben gefahren und darin verschwunden. Es war das Letzte gewesen, was sie von ihrer Mama gesehen hatte.

Irgendwann hatten die beiden Polizistinnen vor ihrer Tür gestanden. *Überfahren. Tot. Fahrerflucht.* Die Worte hatten sich in Bettys Gedächtnis gebrannt. Der Schmerz war zu groß gewesen für das zwölfjährige Mädchen. Ihr war der Boden unter den Füßen weggezogen worden. Von einem Moment auf den anderen war sie alleine gewesen. Einen Vater hatte es nie gegeben. Die Großeltern waren schon verstorben, und Geschwister hatte ihre Mutter keine gehabt. Eine qualvolle Odyssee hatte begonnen, die vom Jugendheim über drei furchtbare Pflegefamilien in ein intensivpädagogisches Wohnprojekt geführt hatte. Zu Hause war sie nirgendwo gewesen.

Die Flamme der Kerze flackerte ein wenig, und Betty stellte sich vor, dass die Mama ihr aus dem Himmel zuwinkte. Einen Moment genoss sie die schöne Fantasie, doch dann musste sie aufbrechen, um nicht zu spät zur Arbeit zu kommen.

Als sie die große, schwere Tür der Kirche öffnete, stürmte ein Mann in einem eleganten, grauen Mantel an ihr vorbei in das Gotteshaus. Irritiert drehte sie sich nach ihm um, was er ebenfalls tat. Kurz sahen sie einander in die Augen. Der Mann war schon älter, um die sechzig, mit blonden Haaren und hellen Augen, die in dem sonnengebräunten Gesicht zu leuchten schienen. Entschuldigend zuckte er die Schultern und lächelte, aber sie hatte keine Lust, freundlich zu sein. Er wandte sich dem Becken mit dem Weihwasser zu, benetzte seine Finger, bekreuzigte sich und eilte weiter zu den Bänken, wo er auf der hintersten Platz nahm.

Betty trat hinaus auf die Treppe. Ein feuchter Wind schlug ihr entgegen. Das Hamburger Schmuddelwetter kannte keine Gnade, auch nicht am Heiligabend. Sie schritt die Stufen hinunter. Durch die offene Tür der *Thai-Oase* an der Ecke gegenüber dröhnte einer dieser nervigen Weihnachtshits, und zwei Asiatinnen befreiten den Boden von dem Schmutz der Nacht, die in der beliebten Karaokebar sicher erst vor wenigen Stunden zu Ende gegangen war.

Betty schritt durch die Große Freiheit, vorbei an den Sexbars, Kneipen, Clubs und Diskotheken. Ein schillernder Paradiesvogel auf High Heels kreuzte ihren Weg und schenkte ihr ein Lächeln, welches sie gerne erwiderte. Vom Hafen wehte der vertraute Geruch von Elbe und Industrie herüber und gesellte sich zu den Ausdünstungen der Hinterlassenschaften des Partyvolks. Routiniert lenkte Betty ihre Schritte um Essensreste, Scherben, Pfützen von Erbrochenem und gelegentlich auch Blut herum. Das Glockenspiel von St. Joseph erklang und legte sich wie eine tröstende Geste über die Tristesse des verlassenen Rotlichtviertels. Sie überquerte die Reeperbahn, bog in die Silbersackstraße ein. An der nächsten Ecke stand sie schon vorm *Pink Paradise.* Sie klingelte, und während sie auf das Ertönen des Summers wartete, fragte sie sich, was sie heute wohl erwartete. In der Regel war an einem Heiligabend nicht viel los, aber dafür hatte es der eine oder andere Kunde in sich.

Zwei betrunkene Männer stolperten mitten auf der Straße über das Kopfsteinpflaster und grölten *Last Christmas* in die feuchte Luft. Hinter den beiden hielt ein roter Sportwagen, und als der Fahrer ausstieg, erkannte sie den eiligen Kerl aus der Kirche. Erstaunlich, dachte sie, das war ein *sehr* kurzer Besuch im Gotteshaus gewesen.

Der Summer ertönte, und Betty öffnete die rosa gestrichene Tür. Durch den engen Flur schritt sie in den Salon, der in pinkfarbenes Licht getaucht war. An der kleinen Bar saßen Viola und Glöckchen und begrüßten ihre Kollegin, bevor sie sich wieder in ihre Handys vertieften. Aus den Boxen plätscherte leise Loungemusik, und hinter dem Tresen machte sich Ritchie zu schaffen, die gute Seele des *Pink Paradise.*

»Gut, dass du da bist, Betty. Du hast schon einen Freier. Er wird gleich hier sein.« Ritchie hielt ein leeres Sektglas hoch. »Einen zum Warmwerden?«

Betty nickte, zog ihren Mantel aus, hängte ihn an den goldenen Garderobenständer und setzte sich dazu. Es läutete. »Das wird er schon sein.« Ritchie ging zur Tür. Betty trank ein paar Schlucke, genoss das Kribbeln unter der Zunge und hörte, wie Ritchie ihren Kunden begrüßte. »Sie sind zum ersten Mal bei uns, oder?«

»Das stimmt«, antwortete eine freundlich klingende Männerstimme.

Die beiden traten in den Salon. »Bitte, da an der Bar, das ist Betty!« Mit demonstrativer Gelassenheit ließ sie sich Zeit und trank noch einige Schlucke. Ihr Freier sollte Respekt bekommen. Dann drehte sie sich mit elegantem Schwung um. Vor ihr stand der eilige Kirchgänger mit dem roten Sportwagen und war ebenso überrascht wie sie. »Na so was«, sagte er und lächelte.

Betty nickte. »Also deshalb die Eile.«

Als sie vor ihrem Freier die steile Holztreppe emporstieg, wiegte sie sich aufreizend in den Hüften. Ihre Show hatte begonnen.

»Du kennst dich aus?«

»Ja.«

»Nur mit Gummi«, erklärte sie. »Küssen ist tabu. Griechisch auch. Ich mach's französisch, spanisch. Und Rollenspiele, wenn sie mir gefallen. Halt dich an die Regeln und du hast 'ne gute Zeit.«

Sie öffnete die Tür zu ihrem Arbeitsplatz, und sie traten ein. Die beiden Wände längs des schmalen Raums waren in einem kräftigen Pink gestrichen, die anderen dunkelblau mit vielen kleinen, silbernen Punkten, die sie wie nächtliche Sternenhimmel erscheinen ließen. Das Kingsize-Bett stand in der Mitte, auf dem rosa Samtlaken lagen zwei bunte Kissen. Alles frisch bezogen, wie Betty mit routiniertem Blick zufrieden feststellte. Den Eiskübel mit der Flasche Champagner und den beiden Gläsern stellte sie auf die Kommode.

»Die Kohle legst du in die Schale hier.«

Er hängte seinen Mantel an einen der Garderobenhaken neben ihren roten Kimono, zückte seine Brieftasche und ließ vier Hunderter in die weiße Holzschale fallen.

Betty füllte die Gläser, sie stießen an und tranken. Der würzige, frische Duft seines Aftershaves stieg ihr in die Nase. Ihr Kunde war rasiert und wirkte überhaupt gepflegt, das fand sie angenehm. Seine Hände waren so sonnengebräunt wie sein Gesicht. Am rechten Ringfinger bemerkte sie einen hellen Abdruck, der sicher von einem Ehering stammte. Für den Puffbesuch hatte er ihn abgenommen, dachte sie, wohl um das Symbol seiner Ehe nicht zu *beschmutzen*.

Sie schlüpfte aus ihrem Kleid und warf ihren blassen Körper in den roten Dessous in Pose.

»Wow, du bist eine Schönheit, Betty!«, sagte er beeindruckt.

»Wie möchtest du's? Soll ich mich aufs Bett legen? Oder lieber knien?«

Mit flinken Bewegungen zog er sich aus. Auch jetzt schien er es eilig zu haben, dachte Betty. Nackt stand er vor ihr, und sie betrachtete seinen sonnengebräunten Körper.

»Oder magst du's im Stehen?«

Vom Nachttisch nahm sie ein Kondom, holte es aus der glänzenden Packung, trat an ihn heran und begann ihre Arbeit. Dabei entdeckte sie die beiden Muttermale an der Innenseite seines linken Oberarms. Recht große, hellbraune Leberflecke, unmittelbar nebeneinander, fast symmetrisch. *Wie die Flügel eines Schmetterlings.* So hatte vor zwanzig Jahren die Sexarbeiterin die Muttermale ihres Freiers beschrieben, der sie am Heiligabend in ihrem Wohnwagen am Waldrand aufgesucht hatte und anschließend mit seinem weißen Sportwagen, zwei Kilometer weiter Bettys Mutter überfahren und einfach liegen gelassen hatte. Zeugen hatte es leider keine gegeben. Aber weiße Lackspuren am Fahrrad und an einem Begrenzungspfeiler. Der Fahrer wurde nie gefunden. Während Betty routiniert ihr Vorspiel fortsetzte, betrachtete sie die beiden Muttermale genau. Diese eigenartige Form konnte doch nur äußerst selten vorkommen. Sie erinnerte sich auch, dass sie sich an der Innenseite des linken Oberarms befunden hatten. Das hatte die Prostituierte der Polizei und Jahre später auch Betty erzählt, als diese sie aufgesucht hatte, um die Fragen zu stellen, die ihr nicht aus dem Kopf gegangen waren. Sie hatte wissen wollen, was für ein Mann das gewesen war, der ihrer Mutter das angetan hatte.

Nun schossen die Gedanken kreuz und quer durch ihr Hirn. Sie sah Rita wieder vor sich, wie sie in ihrem Wohnwagen auf dem roten Bett gesessen und den Mann beschrieben hatte. Blond, blaue Augen, sonnengebräunt, um die vierzig Jahre alt. Heute wäre er also um die sechzig. Das alles traf auf Bettys Freier zu. Und der Mann hatte damals ebenfalls den Ehering abgenommen und den Abdruck am rechten Ringfinger gehabt. Der Sportwagen passte auch, wenngleich dieser heute rot war. Ein Schauer lief ihr über den Rücken, und ihr wurde übel. Sie ließ von ihm ab.

Verwundert sah er sie an. »Was ist? Warum hörst du auf?« Sie erwiderte nichts, starrte ihn nur an. »Du bist ganz blass.«

»Ich muss mal auf Toilette.« Betty erhob sich, schritt schnurstracks zum Badezimmer und verschwand hinter der schmalen Tür. In dem engen Raum mit den himmelblauen Fliesen und pinken Wänden atmete sie erst einmal tief durch. Sie fragte sich, ob das alles vielleicht nur ein ungeheurer Zufall sein konnte.

»Betty, alles okay bei dir?« Die Stimme ihres Freiers klang besorgt. »Brauchst du Hilfe?« *Ein Gentleman,* auch das hatte Rita über ihren Kunden gesagt.

»Nein, danke. Ich komme gleich.«

Sie nahm sich noch ein wenig Zeit, atmete tief in den Bauch und sammelte sich. Dann öffnete sie die Tür. Der Mann lag entspannt auf dem Bett und beschäftigte sich mit seinem Handy. »Ist auch wirklich alles okay?«, fragte er mit einem liebevollen Lächeln.

Betty ging zum Fenster und sah hinaus. Unten in der Straße erblickte sie den Sportwagen.

»Der rote Flitzer ist deiner, oder?«

»Wie kommst du darauf?«

»Hab gesehen, wie du ausgestiegen bist.«

»Gefällt er dir?«

»Sehr, nur die Farbe nicht.«

»Warum?«

»Zu auffällig, ein bisschen protzig.«

»Ach echt? Das ist das Alfa-Rot, ein Klassiker. Ich hatte auch schon mal einen weißen. Ist aber lange her.«

Ihr wurde heiß und kalt zugleich. Er musste es gewesen sein. Sie stellte sich ans Fußende des Bettes und sah ihn an. Einfach liegen gelassen hatte er ihre Mutter, dabei hätte sie noch gerettet werden können. Sie sah ihm tief in die Augen. Ihr Hass auf diesen Menschen kannte keine Grenzen.

Der Mann legte sein Handy weg und erwiderte ihren Blick gespannt. Sie konnte kaum fassen, dass das Schicksal ihr diese Gelegenheit schenkte, und nahm sich vor, sie zu nutzen. Wie, war ihr noch nicht klar. Zunächst müsste sie Macht über ihn gewinnen.

Sie legte ein Knie neben seine Füße auf das Bett und schwang das andere Bein über ihn, so dass sie rittlings auf ihm saß. Langsam rutschte sie höher, wobei sie verfolgen konnte, wie die Erregung in seine Augen stieg. Er streckte seinen Arm nach ihrem Körper aus, doch sie packte diesen und drückte ihn über seinem Kopf aufs Bett. Blitzschnell tat sie das Gleiche mit seinem anderen Arm.

»Oh là là«, sagte er mit gespielter Überraschung.

Die Handschellen in der Schublade vom Nachttisch fielen ihr ein. Sie könnte es versuchen, dachte sie. Vielleicht würde er sich auf ein vermeintliches Spiel einlassen. Sie ließ seine Hände los. »Bleib so! Genau so!«

Er schmunzelte. Sie beugte sich zu dem Nachttisch herunter und holte die mit rotem Plüsch überzogenen Handschellen aus der Schublade.

»Ah nee, auf so was stehe ich nicht«, erklärte er.

»Psst«, machte sie und legte einen Finger auf seine Lippen. »Entspann dich!«, hauchte sie. »Und lass dich überraschen!«

Mit einer Mischung aus Neugier und Skepsis verfolgte er, wie sie ihm eine Schelle um sein Handgelenk schloss und die andere um eine Stange des Bettgestells. Den Schlüssel schob sie unter die rote Spitze ihres Büstenhalters. Arglos grinste er sie an. Jetzt hatte sie ihn. Sie schnappte sich sein Handy und stieg von ihm herunter.

»Hey, was soll das?«, protestierte er.

Betty spürte, wie ihr Herz vor Aufregung schneller schlug. Ein chaotisches Durcheinander verschiedenster Gefühle tobte in ihr, auch Angst war darunter. Sie legte sein Handy auf die Kommode, nahm sich ihr Sektglas und leerte es in einem Zug.

»Und was wird das jetzt?«, fragte er verärgert.

Nachdenklich sah sie ihn an. »Das weiß ich noch nicht.«

»Betty, das gefällt mir nicht. Mach mich bitte los!« Als sie nicht reagierte, setzte er sich mühsam aufrecht. »Du machst mich jetzt auf der Stelle los!«

»Du hast meine Mutter getötet.« Die Worte kamen ihr leise, in einem sachlichen Tonfall über die Lippen, obwohl sie innerlich zutiefst aufgewühlt war.

Überrascht hielt er inne. »Wie bitte?«

»Du hast sie auf der Landstraße überfahren und bist einfach weitergefahren.« Voller Verachtung sah sie ihn an.

»Was redest du da?« Fassungslos schüttelte er den Kopf. »Wie kommst du denn auf so einen Schwachsinn?« Er lachte, auf sie wirkte es künstlich.

»Vor zwanzig Jahren. Auf der Oldendorfer Straße am Rand von Axstedt. Mit deinem weißen Alfa.« Es war als kamen die Worte wie von selbst über ihre Lippen.

»Du spinnst ja.« Wieder schüttelte er den Kopf.

»Du bist gerast, obwohl dichtes Schneetreiben war. Bremsspuren hat es nicht gegeben. Fünf Meter weit ist sie geschleudert worden. Aber sie hat noch gelebt. Eine ganze Weile sogar. Sie hätte gerettet werden können, aber du hast sie einfach liegen gelassen.« Regungslos sah er Betty an. Es herrschte Stille, nur das Kreischen einer Möwe in der Ferne war zu hören. Bettys Augen füllten sich mit Tränen. »Ich habe mir oft vorgestellt, wie sie gelitten haben muss, als sie dort gelegen hat und keine Hilfe kam, weil keiner sie gesehen hat in dem Schneetreiben. Ein Lkw-Fahrer hat sie irgendwann entdeckt, da hat sie noch gelebt, aber im Rettungswagen ist sie dann gestorben.« Die Tränen liefen ihr die Wangen herunter. »Ich war zwölf Jahre alt und meine Mama war tot.«

»Das ist ja furchtbar«, sagte er mitfühlend. »Betty, ich war das nicht. Wie kommst du überhaupt darauf, dass ich das gewesen sein soll?«

Sie rang mit ihrer Traurigkeit, brauchte einen Moment, bevor sie weitersprechen konnte. »Die Leberflecke unter deinem Arm. Die Kollegin, von der du gekommen bist, hat sie der Polizei genau beschrieben.«

Er schüttelte den Kopf. »Was für eine Kollegin?«

»Eine Sexarbeiterin«, erklärte sie. »Du bist auch damals am Heiligabend zu einer Prostituierten gegangen. Wie heute.«

»Betty«, sagte er eindringlich. »Das war ich nicht. Ich bin bestimmt nicht der einzige Mann mit solchen Leberflecken. Obwohl diese Form sicher selten ist, zugegeben.«

»Sie hat auch deinen weißen Sportwagen gesehen. Und am Fahrrad hat die Polizei weiße Lackspuren gefunden.«

Er zuckte die Schultern. »Was glaubst du, wie viele weiße Sportwagen es gibt?«

»Warum hast du keine Hilfe geholt? Wie hast du einfach weiterfahren können?«

Wütend griff sie die weiße Holzschale mit den Geldscheinen und schleuderte sie mit voller Wucht auf ihn. Er riss seinen freien Arm hoch und wehrte das Geschoss gerade noch ab, während die Scheine durch die Luft segelten. Erschrocken starrte er sie an.

»Du feiges Schwein! Hattest du Angst, dass deine Frau erfährt, dass du am Heiligabend noch schnell bei einer Hure warst, bevor du mit ihr Weihnachten feiern würdest? So wie heute? Wartet sie jetzt wieder zu Hause auf dich? Kinder hast du bestimmt auch. Die sind wahrscheinlich schon groß, aber Heiligabend kommen sie nach Hause. Sicher seid ihr so eine tolle Vorzeigefamilie.«

»Betty …«, versuchte er sie zu unterbrechen.

»Machst du das jeden Heiligabend so?«

»Betty, ich verstehe dich ja, aber das kann alles nur ein verrückter Zufall sein. Ich war noch nie in dieser Gegend, wie heißt das Kaff noch?«

»Du lügst, weil dir der Arsch auf Grundeis geht.« Sie machte ein paar Schritte auf ihn zu und beugte sich zu ihm herunter. Unwillkürlich wich er zurück. »Du hast Angst, dass die kleine Hure durchdreht und dir vielleicht etwas tut.« Sie starrte ihn mit hasserfülltem Blick an. »Eine Scheißangst hast du!«, brüllte sie, und ihr Blick bohrte sich in seine Augen. »Zu Recht«, fügte sie düster hinzu.

Auf einmal wusste sie, was sie nun tun würde. Er sollte leiden, Todesangst haben. Wie ihre Mutter damals. Sie richtete sich auf, warf sich ihren Kimono über und ging zur Tür.

»Du bist ja wahnsinnig!«, schrie er ihr nach. Mit aller Macht rüttelte er an den Handschellen und stieß wütende Schreie aus. Kurz machte sie sich Sorgen, aber das Sexspielzeug hielt der

Wucht seiner Befreiungsversuche stand. Schnell schaltete sie die Soundstation an, wählte AC/DC in der Playlist aus und drehte die Lautstärke auf. *Highway to Hell* übertönte nun sein Geschrei. Es gefiel ihr, wie er sie mit panisch aufgerissenen Augen anstarrte. Sie ließ ihn allein, ging die Treppe hinunter und warf einen Blick in den Salon. Ritchie beugte sich neugierig über den Tresen. »Was läuft denn bei euch für 'ne Party?«

»Ist Benno schon da?«, fragte sie.

Ritchie schüttelte den Kopf. »Cheffe scheint heute keinen Bock zu haben.«

Das hatte sie hören wollen.

»Ist alles okay mit dem?«

Sie nickte. »Jaja!« Dann verschwand sie im Flur, an dessen Ende sich Bennos Büro befand. Sie öffnete die Tür, die nie verschlossen war, und trat ein. Zielstrebig ging sie zum Schreibtisch. Sie wusste, wo er seine Pistole aufbewahrte, und hoffte, dass er sie nicht mitgenommen hatte. Aber das war am Heiligabend eher unwahrscheinlich.

Hinter dem Schreibtisch beugte sie sich zu dem kleinen Fach unter der Tischplatte herunter, das kaum zu sehen war. Betty hatte einmal zufällig durch die offen stehende Tür beobachtet, wie Benno sie von dort hervorgeholt hatte. Sie öffnete die schmale Klappe und hatte Glück. Griffbereit lag die schwarze Pistole an ihrem Platz. Sie zog die Waffe heraus. Das kalte Metall und das schwere Gewicht flößten ihr Respekt ein. Zum ersten Mal in ihrem Leben hielt sie eine echte Pistole in der Hand. Aufgeregt spürte sie, welche Gefahr von ihr ausging.

Als sie aufsah, schreckte sie zusammen. Auf den ersten Blick wirkte das Weihnachtsmannkostüm, welches auf einem Bügel an der Tür hing, wie eine Person, die sie beobachtete. Erleichtert betrachtete sie das rote Kostüm mit dem weißen Rauschebart, der Mütze darüber, den Hosen und schwarzen Stiefeln, die darunter auf dem Boden standen. Offenbar hatte Benno heute noch einen Job zu erledigen. Das brachte sie auf eine Idee.

Irritiert blickte er sie an, als sie in dem Weihnachtsmannkostüm das Zimmer betrat. »Betty?« Sie reagierte nicht. »Was hast du vor?« Die Angst in seiner Stimme war trotz der lauten Musik nicht zu überhören.

»Betty, ich habe deine Mutter nicht überfahren«, rief er, um gegen den Rock von AC/DC anzukommen. »Ich kann ja verstehen, dass es so aussieht, wegen der ähnlichen Leberflecke, aber ich war es nicht. Bitte glaub mir doch!«

Das tat sie nicht. Sie stellte sich vor das Bett und holte aus der Tasche der roten Jacke die Pistole hervor. Augenblicklich erstarrte ihr Gegenüber. Sie richtete den Lauf auf ihn. Intuitiv wich er zurück, blankes Entsetzen in den Augen. »Bist du verrückt?« Seine Stimme zitterte. »Ist die echt? Was ist, wenn das Ding losgeht?« Sie reagierte nicht, genoss seine Panik. »Bitte, tu das nicht!«, flehte er kaum hörbar.

Diese Macht über ihn zu haben gefiel ihr, alles erschien ihr möglich. »Gib es zu!«, brüllte sie ihn an.

Er schüttelte den Kopf. »Ich war das nicht«, rief er weinerlich. »Verdammt, ich war das nicht. Du machst einen riesigen Fehler.«

Betty zögerte, tatsächlich stiegen Zweifel in ihr empor. Was, wenn er doch die Wahrheit sagte? Sie spürte das Gewicht der tödlichen Waffe, ihr Arm wurde schwer, die Hand begann zu zittern. Sie nahm die andere zu Hilfe und hielt die Pistole nun mit beiden Händen.

»Gib es zu, und ich lass dich leben«, hörte sie sich sagen. Gespannt ruhte ihr Blick auf ihm. Wieder schüttelte er den Kopf, dann verharrte er regungslos. Sie sahen einander in die Augen. Ihre Zweifel wurden immer stärker. Auf einmal bekam er feuchte Augen.

»Du warst es.« Sie ließ ihre Hände mit der Pistole sinken.

Er brach in Tränen aus. »Es war ein Unfall«, stammelte er und war kaum zu verstehen.

»Sprich lauter!«, herrschte sie ihn an.

Er nickte, tat wie ihm geheißen. »Ich hatte sie nicht gesehen … aber ich hätte nicht weiterfahren dürfen, ich hätte das nicht tun dürfen. Ich war zu feige, einfach zu feige.« Er starrte ins Leere und wurde wieder leise. »Meine Frau, die Kinder, meine Arbeit … alles wäre hin gewesen.«

Voller Verachtung betrachtete Betty dieses nackte, erbärmliche Häuflein Mann. Um seine heile, schöne Welt zu retten, hatte er ihre Mama elendig verrecken lassen. Sie wollte ihm sagen, was sie von ihm hielt, ihren Hass herauslassen, aber ihr fehlten die Worte. Stattdessen fragte sie sich, ob sie es nicht einfach tun sollte. Ihn erschießen. Kurz schwindelte ihr bei dem Gedanken. Dann, wie von selbst, hoben sich ihre Arme. Sie umfasste den Griff der Pistole fester, legte den Finger entschlossen auf den Auslöser und richtete den Lauf wieder auf ihn.

Er wurde seltsam ruhig, sah sie mit einem festen, klaren Blick an.

»Du brauchst nicht abzudrücken. Ich bin schon tot. Also so gut wie.«

Was sollte das jetzt?

»Ich habe Krebs. Bauchspeicheldrüse. Endstadium.«

Sie stutzte, sah ihm in die Augen, suchte nach einem Zeichen, dass er ihr etwas vormachte, doch sie konnte keines entdecken. Sie schüttelte den Kopf. »Ich glaube dir kein Wort. Du bist braun gebrannt, siehst fit aus, wie das blühende Leben.«

Er lachte bitter. »Tja, das tue ich immer, egal wie schlecht es mir geht. Und dann hab ich auch was dafür getan, weil ich nicht will, dass man es mir ansieht. Viel Proteine, Sonnenstudio …«

»Du lügst schon wieder. Um deinen armseligen Arsch zu retten.«

In seinem Gesicht regte sich nichts, er sah sie nur ruhig an. »Dieses Weihnachtsfest wird mein letztes mit meiner Frau und den Kindern.«

Verunsichert ließ sie die Hände mit der Pistole sinken, ging zur Kommode und stellte die Musik aus.

»Und da gehst du Heiligabend noch ins Bordell?«

»Ja, das ist komisch, aber das tue ich jeden Heiligabend, Betty, da hattest du schon recht. Einmal im Jahr gönne ich mir das Vergnügen. Das ist irgendwie so ein eigenartiges Ritual geworden, ich hatte damit angefangen, als ich noch Single war und ein bisschen einsam. Mein eigenes, heimliches Weihnachtsgeschenk.« Er zuckte die Schultern. »Und da ist nichts Verwerfliches dran. Das brauche ich dir ja wohl nicht zu erklären.«

Sie wusste nicht, was sie von der Geschichte mit dem Krebs halten sollte, fragte sich, ob sie möglicherweise stimmte. Vielleicht war er deshalb noch in der Kirche gewesen. Um Gott um ein wenig Aufschub zu bitten.

»Ich habe schon oft gedacht«, sagte er, den Blick ins Leere gerichtet, »dass der Krebs die gerechte Strafe ist für meine Schuld.«

Nein, dachte sie, er spielt mir etwas vor. »Schluss jetzt!«, herrschte sie ihn an, stellte sich wieder vor das Bett und richtete die Pistole erneut auf ihn. Er blieb ruhig. »Mensch, Betty, mach dir doch die Hände nicht mehr schmutzig, das hat der da oben schon erledigt. Erspar dir lieber den Knast! Wirf dein Leben nicht unnötig weg!«

»Mein Leben«, lachte sie bitter. »Was juckt dich mein Leben? Das meiner Mutter hatte dich auch nicht interessiert. Und weißt du was? Ich glaube dir kein Wort.«

Er nickte und schien zu überlegen. »Ich habe gleich einen Chemotermin in der Klinik. Ja, auch am Heiligabend muss ich das über mich ergehen lassen, damit ich wenigstens noch ein paar Monate mit meiner Familie habe.« Leise fügte er hinzu: »Oder Wochen.«

Ein ungläubiges Lachen rutschte ihr heraus. »Erst ficken, dann zur Chemo. Am Heiligabend.« Betty schüttelte den Kopf.

»Komm mit!«, sprach er weiter. »Dann kannst du sehen, dass ich nicht lüge. Ist nicht weit von hier. Ich bezahl dir auch deine Zeit.«

Der Vorschlag verunsicherte sie endgültig, dann aber dachte sie, dass er nur bluffte. »Okay, mache ich.« Trotzig sah sie ihn an.

»Gut«, erwiderte er und wirkte erleichtert. »Dann musst du mich jetzt losmachen.«

Kurz zögerte sie, fragte sich, ob sie dabei war, einen Fehler zu machen, schließlich jedoch griff sie unter ihr Kostüm, zog den Schlüssel aus ihrem BH und warf ihm diesen zu. Während er sich von den Handschellen befreite und in seine Klamotten stieg, hielt sie ihn mit der Pistole in Schach.

»Und du?«, fragte er. »Willst du der Weihnachtsmann bleiben?«

Nur wenige Autos verloren sich auf dem weitläufigen Parkplatz. Zarte Schneeflocken wurden vom Wind durch die Luft gewirbelt und schmolzen, sobald sie auf dem Asphalt landeten. Ein paar freche Krähen flogen kreischend über ihre Köpfe hinweg, als sie auf den Seiteneingang des Krankenhauses zugingen.

»Das ist der kürzeste Weg, ich bin hier schon fast zu Hause«, sagte er, und es klang keine Spur ironisch.

Es war schon alles ziemlich eigenartig, dachte Betty, als sich im Fahrstuhl die Tür vor ihnen schloss. Kaum ein Wort hatten sie auf der Fahrt gesprochen, und je länger sie unterwegs gewesen waren, desto absurder war ihr alles erschienen. Dass sie in diesem Weihnachtsmannkostüm steckte, setzte dem Ganzen noch die Krone auf.

Als sie ausstiegen und den verlassenen Korridor entlang auf die Glastür zugingen, über der das Schild »Onkologie« hing, wurde ihr endgültig klar, dass er nicht gelogen hatte. Sein Schicksal empfand sie als traurige Genugtuung. Eine merkwürdige Mischung aus Bitterkeit und Melancholie legte sich auf ihr Gemüt. Sie spürte keinen Hass mehr. Ihre Schritte wurden langsam, schließlich blieb sie stehen.

»Ich gehe nicht mit rein.«

Er drehte sich zu ihr um, sah sie erstaunt an. »Was heißt das?«

Betty zögerte, rang ein letztes Mal mit sich. »Ich bleibe hier draußen.«

»Willst du etwa auf mich warten?«, fragte er verwundert. »Du glaubst doch nicht, dass ich wieder herauskommen werde und mich von dir erschießen lasse.«

Sie schüttelte den Kopf. Er hatte gewonnen. Sie würde ihn seinem Schicksal überlassen.

»Geh einfach!«

Ungläubig zögerte er.

»Geh! Bevor ich mir's anders überlege.«

»Okay«, sagte er und wirkte, als wenn er nach den passenden Worten für einen Abschied suchte. Dann drehte er sich um, öffnete die Glastür und betrat die Station.

Durch die Scheibe beobachtete Betty, wie er von einem Krankenpfleger begrüßt wurde und mit diesem in einem Raum verschwand. Es war gut so, wie es war, dachte sie. Sie verspürte Erleichterung, es hatte nicht viel gefehlt, und sie hätte einen Menschen erschossen. Ob sie wirklich hätte abdrücken können? Als sie sich zum Gehen wandte, kam ihr eine Krankenpflegerin entgegen.

»Sind Sie der bestellte Weihnachtsmann?«

»Nein«, antwortete Betty, und ein trauriges Lächeln huschte über ihre Lippen.

»Aber Sie sind doch gerade mit Professor Lahndorf gekommen.«

»Professor Lahndorf?«, fragte sie irritiert.

»Unser Chefarzt. Er hatte einen Weihnachtsmann für die Kinderstation bestellt.«

»Ach so!«, erwiderte Betty, und die Erkenntnis traf sie wie ein Schlag in die Magengrube. Sie nickte, mehr zu sich selbst, das konnte die Frau nicht verstehen.

»Aber der bin ich nicht.«

»Na dann«, sagte die Krankenpflegerin freundlich, musterte Betty von oben bis unten, zuckte die Schultern und ging zur Tür der Station, wo sie sich noch einmal umdrehte.

»Frohe Weihnachten!«

»Frohe Weihnachten!«, erwiderte Betty verstört und sah der Frau nach, als sie in der Onkologie verschwand.

Die Abenddämmerung hatte eingesetzt, ein eisiger Wind pfiff jetzt über den Parkplatz. Aus dem leichten Schneefall war ein dichtes Schneetreiben geworden, und eine weiße Decke hatte sich über alles gelegt. Wie damals, dachte Betty, als sie ihre Mutter zum letzten Mal gesehen hatte. Sie stand hinter der großen Eiche, von wo sie sowohl den roten Alfa Romeo als auch den Seiteneingang der Klinik im Blick hatte. Obwohl ihr dünnes Weihnachtsmannkostüm sie kaum vor der Kälte schützte, spürte sie diese nicht. Konzentriert hatte sie nur ihr Ziel vor Augen.

Lange musste sie nicht warten, dann trat er aus dem Gebäude. Er schlug den Mantelkragen hoch und ging mit ausladenden Schritten zu seinem Wagen. Dabei schien er etwas vor sich hin zu pfeifen. Als er näher kam, konnte sie es hören. Es war *White Christmas* von Bing Crosby, was er gut gelaunt in das Schneetreiben pfiff.

Betty trat vor und ging hinter ihm her. Kurz bevor der Mann seinen Alfa erreichte, rief sie: »Professor Lahndorf!«

Er drehte sich um und erstarrte. Sie machte noch ein paar Schritte auf ihn zu und zog in aller Ruhe die Pistole aus der Tasche ihres Weihnachtsmannkostüms. Mit beiden Händen richtete sie die kalte, schwere Waffe auf ihn. Panisch sah er sich zu allen Seiten um, aber niemand war da, der ihm jetzt noch hätte helfen können. Der Wind blies ihnen den Schnee in die Gesichter, auf seinem Haupt wuchs eine weiße Krone.

»Betty«, sagte er in jämmerlichem Tonfall. »Ich … es …«

Sie drückte ab. Ein lauter Knall durchschnitt die Stille. Die Wucht des Rückstoßes riss ihr die Arme nach oben. Mit aller Kraft hielt sie dagegen und drückte mit festem Griff gleich noch einmal ab. Und noch ein drittes Mal. Laut hallten die Schüsse über den Platz und wurden vom Schneetreiben verschluckt. Professor Lahndorf sackte zusammen, fiel auf die Knie und kopfüber zu Boden, das Gesicht in den Schnee gedrückt. Betty musste an den umgefallenen der Heiligen Drei Könige denken. Ihre Hände zitterten. Auch die Arme. Ihr ganzer Körper. Ein dumpfes Pfeifen surrte monoton durch ihre Gehörgänge. Ungläubig starrte sie auf den leblosen Körper. Ein Rinnsal Blut floss aus dem Mund des Professors und färbte den Schnee rot.

Langsam löste sie sich von dem Anblick, wandte sich ab. Wie in Trance setzte sie einen Fuß vor den anderen und verließ den Parkplatz. Glockenläuten erklang. In der Nähe musste eine Kirche sein. Der Weihnachtsgottesdienst würde gleich beginnen. Sie ging die Straße entlang. In einigen Fenstern brannte Licht, und Betty konnte Weihnachtsbäume erkennen und Menschen, wie sie die Bescherung oder das feierliche Essen vorbereiteten.

Eine Mutter und ihre kleine Tochter kamen ihr entgegen. Das Mädchen tanzte fröhlich durch die fallenden Schneeflocken. Als sie Betty erblickte, blieb sie stehen und starrte sie mit großen Augen an. »Mama, Mama, der Weihnachtsmann!«, rief sie aufgeregt. Betty fiel ein, dass sie die Pistole noch immer in der Hand hielt. Schnell ließ sie diese in der Tasche ihrer Jacke verschwinden. »Hohoho«, sagte sie mit tiefer Stimme. »Frohe Weihnachten euch beiden!« Das Mädchen drückte sich schüchtern an ihre Mutter, aber ihre Augen strahlten Betty an.

»Dir auch, Santa!«, erwiderte die Mutter. Betty lächelte dankbar und ging weiter. Sie drehte sich noch einmal um und sah den beiden nach, wie sie Hand in Hand im Schneetreiben verschwanden. Ein warmes Gefühl breitete sich in ihr aus. Auf einmal musste sie lachen, laut lachen, sie konnte nichts dagegen tun.

Iny Lorentz

# Ein fast perfekter Mord

*Ebersberg*

*Über die Autorin:*

Iny Lorentz ist das Pseudonym des Autorenpaars Iny Klocke und Elmar Wohlrath. Ihr größter Erfolg »Die Wanderhure« erreichte ein Millionenpublikum und wurde ebenso wie fünf weitere ihrer Romane verfilmt. Außerdem wurde dieser Roman für das Theater adaptiert. Auf die »Wanderhure« folgte Bestseller auf Bestseller. Viele ihrer Romane wurden zudem ins Ausland verkauft. Neben anderen Preisen wurde das Autorenpaar mit dem Wandernden Heilkräuterpreis der Stadt Königsee ausgezeichnet und in die Signs of Fame des multikulturellen und Völker verbindenden Friedensprojekts Fernweh-Park aufgenommen.
www.inys-und-elmars-romane.de
www.facebook.com/Inys.und.Elmars.Romane

»1.00 Uhr – Start!«, murmelte Markus Kofler und ließ den Wagen an. Dieser rollte vom Parkplatz auf die Rosenheimer Straße und fuhr, von einem leisen Elektromotor angetrieben, wie eine schleichende Katze durch das schlafende Ebersberg.

Markus Kofler kannte in diesem Teil der Stadt jeden Weg und Steg. Immerhin hatte er mehr als ein Jahrzehnt hier gelebt. Zumindest so lange, bis Saskia gefunden hatte, dass ein Beziehungswechsel für sie das Richtige wäre.

»Und das, obwohl ich mich jahrelang abgeschunden habe, ihr den gewünschten Lebensstandard zu bieten!«, rief Kofler aus.

Es klang zutiefst verbittert. Mithilfe eines versierten Scheidungsanwalts hatte Saskia ihn ausgenommen wie eine Weihnachtsgans. Davon hatte besonders ihr neuer Lover profitiert. Geheiratet aber hatten die beiden nicht, damit Saskia ihren Unterhaltsanspruch ihm gegenüber nicht verlor.

Während Kofler dies alles durch den Kopf ging, bog er nach links ab und folgte der Straße zu dem Haus, in dem er mit Saskia gewohnt hatte. Sie lebte nun mit ihrem Lebensgefährten darin, und zwar in ihrer alten Wohnung. Kofler verglich deren zweihundertfünfzig Quadratmeter Wohnfläche mit dem jämmerlichen Appartement, in das er nach seiner Scheidung hatte ziehen müssen, und fühlte noch deutlicher die fürchterliche Wut, die seit der Scheidung in ihm brannte.

Heute war endlich der Tag, an dem er Saskia alles heimzahlen würde. Für einige Augenblicke genoss er die Vorfreude, rief sich dann aber wieder zur Ordnung. Er durfte weder überhastet vorgehen noch sonst einen Fehler machen.

Etwa hundert Meter vor seinem Ziel hielt er an und schaute auf die Anzeigen. Es war 1.06 Uhr. Die Temperatur lag knapp unter null Grad, und der Himmel war klar. Nur einzelne, dünne Nebelschwaden zogen durch die Straße und lösten sich wieder auf. Als Kofler ausstieg, war um ihn herum alles still. Es war die Heilige Nacht, und um die Zeit gab es keine Bescherungen mehr. Die meisten Leute würden bereits schlafen. Sollte wirklich noch einer wach sein und durch das Fenster schauen, würde er nur einen Mann im Santa-Claus-Kostüm sehen, der anscheinend heimwärts ging. Das Kostüm verbarg auch den Vollkörperanzug aus Latex, den er darunter angezogen hatte, um weder Fingerabdrücke noch andere Spuren zu hinterlassen, die auf ihn hindeuten konnten.

Kofler fand seine Tarnung genial. Der rote Mantel, die Mütze und der Bart machten es unmöglich, mehr zu erkennen, als dass er ein Mensch war. Nun erreichte er sein früheres Heim. Als er ausziehen musste, hatte er brav alle Schlüssel abgegeben. Niemand ahnte, dass er sich vorher im Ausland einen Ersatzschlüssel hatte machen lassen. Schon damals hatte er gewusst, dass der heutige Tag kommen würde.

Vor dem Haus bog er ab und näherte sich ihm von hinten. Ihm kam zugute, dass die Stadt die Straßenlaternen aus Energiespargründen gedimmt hatte, und die Bäume und Büsche im Garten boten ihm Sichtschutz, als er die Gartentür öffnete. Der Garten war noch genauso angelegt wie zu seiner Zeit, und so konnte Kofler mühelos dem Plattenweg zur Garage folgen. Damals hatte Saskia sich an der Rückseite eine Tür zum Garten gewünscht, und nun kam diese ihm zugute. Nachdem er das Schloss ertastet hatte, steckte er den Schlüssel hinein und drehte ihn mit einer gewissen Anspannung um. Die einzige unbekannte Variable in seinem Plan war, dass Saskia alle Schlösser im Haus ausgetauscht haben könnte. Sie hatte es nicht! Die Tür ging auf, und Kofler verschwand in der Garage.

Er wagte es nicht, Licht zu machen, fand aber die nach unten führende Treppe. Nur Augenblicke später stand er vor Tür, die in den Keller des Hauses führte. Es war doch gut, dass er alles mit dem Architekten durchgeplant hatte, dachte er zufrieden. Daher fand er sich auch in fast völliger Dunkelheit zurecht.

Wie erwartet, passte sein Schlüssel auch hier. Augenblicke später befand er sich im Keller. Hier war es stockdunkel. Diesmal dauerte es etwas, bis Kofler die Tür fand. Dort durchfuhr ihn ein Schreck, denn sein Schlüssel passte nicht. Anscheinend hatte Saskia dieses Schloss austauschen lassen. Für einen Moment sah Kofler sich gescheitert. Dann aber bemerkte er, dass die Kellertür nicht versperrt war und er sie öffnen konnte.

Als er vorsichtig ins Erdgeschoss hochstieg, nickte er zufrieden. Früher hatte ihn Saskias Angewohnheit genervt, in jedem Raum, den sie womöglich aufsuchen könnte, ein Nachtlicht brennen zu lassen. Nun kam ihm der matte, blaue Schein zugute, denn er musste sich nicht allein auf seine Erinnerung verlassen, sondern konnte zumindest Konturen erkennen.

Sein erster Weg führte ihn in die Küche. Die Einrichtung war neu, doch Saskia hatte ihre Gewohnheit beibehalten, ihre Messer in einem möglichst großen Messerblock aus Holz aufzubewahren. Kofler zog ein scharfes Fleischmesser heraus, sah es an und verharrte ein paar Augenblicke regungslos. Noch konnte er umdrehen und gehen, fuhr es ihm durch den Kopf.

»Niemals!«, murmelte er, verließ die Küche und stieg vorsichtig die Treppe zum Obergeschoss hoch. Auch hier half ihm das Nachtlicht. Seine Anspannung stieg, als er sich dem Schlafzimmer näherte. Plötzlich stieß er mit dem Fuß gegen etwas. Es war eine Flasche, und sie rollte auf die Treppe zu, die er eben hochgekommen war. Wenn sie dort hinunterfiel, gab es einen Krach, der selbst einen Toten aufwecken würde. Dabei hatte Saskia einen leichten Schlaf. Noch während er es dachte, eilte er der Flasche nach und erwischte sie gerade noch rechtzeitig.

Aufatmend stellte er sie an die Wand. Es war eine Weinflasche. Das Etikett hatte er in dem schwachen Dämmerlicht nicht erkennen können, doch wie er Saskia einschätzte, war es keine Discountermarke gewesen.

Wenn Saskia und ihr Lover den Heiligen Abend feuchtfröhlich gefeiert hatten, würden sie so betrunken sein, dass er die Sache ungestört hinter sich bringen konnte. Von diesem Gedanken angetrieben, öffnete er die Tür des Schlafzimmers und war froh um das Nachtlicht, in dem er das schlafende Paar erkennen konnte.

Kofler trat auf der Seite des Mannes neben das Bett und wünschte sich etwas mehr Licht. Es musste jedoch auch so gehen. In Gedanken hatte er sich die nächste Szene oft ausgemalt und auch geübt. Mit einem zufriedenen Grinsen setzte er das Messer an die Kehle des Mannes und zog die Klinge kräftig durch. Im nächsten Augenblick trat er zurück und sah zu, wie der andere verzweifelt nach Luft rang, aber nur Blut in die Lunge bekam.

Mit einem leisen Fluch rief Kofler sich zur Ordnung. Noch war die Sache erst halb getan. Mit ein paar Schritten stand er bei seiner Ex-Frau und stieß ihr das Messer mit aller Kraft in die Brust.

Danach wartete er ab. Es gab keinen Schrei, nur einen leisen, verzweifelten Ruf, der gleich wieder erstarb. Langsam begriff Kofler, dass sowohl seine Ex-Frau wie auch ihr Lebensgefährte tatsächlich tot waren. Es war wie ein Schock, und einen Augenblick lang wollten seine Knie nachgeben. Er war zum Mörder geworden! Zwei Menschen lagen durch seine Schuld in ihrem Blut! Ihm wurde übel, und er befürchtete, sich neben den Leichen erbrechen zu müssen.

»Nimm dich zusammen!«, rief etwas in ihm. »Wenn du hier kotzt, hat die Kripo genug Material, um dir die Tat nachzuweisen.«

Kofler schüttelte es bei dem Gedanken. Ganz offiziell befand er sich in Prag. Er hatte dort zu Abend gegessen und wollte bis zum Frühstück wieder zurück sein.

»Mein Plan ist perfekt!«, sagte er zu sich selbst. Er hatte an alles gedacht und wollte sich jetzt nicht durch dumme Gewissensbisse verraten.

»Die haben nur bekommen, was sie verdienten!«, murmelte er unversöhnlich.

Bevor er ging, musste er noch einiges tun. Ließ er die Leichen so, wie sie waren, würde jeder Kriminalbeamte sich wundern, wie der Mann sich zuerst die Kehle durchschneiden und danach noch die Frau hatte erstechen können.

Kofler zog das Messer aus der Brust seiner Frau und versetzte ihr noch mehrere weitere Stiche, als hätte ihr Mörder wild auf sie eingestochen. Danach kehrte er zu dem toten Mann zurück und drückte ihm das Messer so in die Hand, dass auch ja genug Fingerabdrücke zurückblieben. Damit es so aussah, als wäre es zwischen dem Paar zum Streit gekommen, zerrte er die Leichen aus dem Bett und drapierte sie so, dass die Ermittler glauben konnten, der Mann hätte die Frau umgebracht und dann Selbstmord begangen. Kofler warf auch ein paar Gegenstände auf den Boden und zuckte zusammen, weil es für sein Gefühl zu laut war. Danach arbeitete er vorsichtiger weiter und schaltete, nachdem er sich davon überzeugt hatte, dass die Jalousien geschlossen waren, das Licht an. Es musste brennen, wenn die Toten gefunden wurden, damit es so aussah, wie er es geplant hatte.

Beim Anblick von Saskias Leiche dachte er kurz daran, dass er sie doch einmal geliebt hatte. Sein verletzter Stolz wehrte sich sofort gegen dieses Gefühl. Schließlich hatte sie ihn nach der Scheidung praktisch ausbluten lassen, bis er sich kaum noch regen konnte.

»Das hast du nun davon!«, sagte er in ihre Richtung und machte sich daran, das Haus auf demselben Weg zu verlassen, wie er es betreten hatte.

*

Kofler kam unbemerkt nach draußen. Im Garten erinnerte er sich plötzlich an die Außenkamera, die er auf Saskias Drängen angebracht hatte. Die Steueranlage war im Keller. Er musste dorthin zurück und alle Aufnahmen löschen.

Verärgert über sich selbst, weil er das gleich hätte erledigen können, kehrte er in die Garage zurück und tastete sich zum Keller durch. Dort musste er nun doch das Licht einschalten. Sollte es doch jemand sehen, so stimmte es mit dem Todeszeitpunkt des Paares überein. Die Anlage war noch genauso, wie er sie damals geplant hatte. Es kostete ihn keine zwei Minuten, dann waren die schattenhaften Aufnahmen seines Eindringens gelöscht. Um alles glaubhafter zu machen, sorgte er auch im Keller für eine gewisse Unordnung, als hätte es bereits hier einen Streit zwischen Saskia und ihrem Lover gegeben.

Danach verließ Kofler endgültig das Haus und nützte draußen jeden Schatten aus, um zu seinem Auto zu kommen. Als er auf den Fahrersitz Platz nahm, atmete er erleichtert auf. Der erste Teil seines Planes hatte geklappt. Nun musste nur noch der zweite Teil gelingen.

Er startete den Motor und fuhr vorsichtig los. Das war das Gute an Elektroautos. Auch wenn sie einen gewissen Geräuschpegel erzeugen mussten, um von Fußgängern und Radfahrern wahrgenommen zu werden, waren sie doch bei Weitem nicht so laut wie ein Auto mit Verbrennungsmotor.

Selbst wenn der Wagen gesehen wurde, konnte ihn niemand mit dem Geschehen hier in Verbindung bringen. Er hatte ihn unter der Hand in Tschechien gekauft und würde ihn nach den Feiertagen ebenso wieder abstoßen. Das aus Norddeutschland stammende Nummernschild hatte er von einem geparkten Wagen in Vaterstetten gestohlen. Die beiden Blechteile würden unterwegs in einem Weiher landen und wahrscheinlich erst in tausend Jahren von einem Archäologen ausgegraben werden.

Sein Blick streifte die Zeitanzeige am Armaturenbrett. Es war 1.37 Uhr. Also hatte das Ganze gerade einmal eine halbe Stunde gedauert. Er konnte es kaum glauben, denn er hatte mit mindestens der doppelten Zeit gerechnet. So aber würde er auf jeden Fall früh genug in Prag sein, um sich um sieben Uhr an den Frühstückstisch setzen zu können.

Kofler überflog kurz die Ladeanzeige der Batterie. Sie war noch über drei viertel voll. Er würde daher erst in Tschechien aufladen müssen, um das letzte Stück nach Prag zu schaffen. Für diese Fahrt blieben ihm sechs Stunden Zeit, und das war mehr als genug.

Kofler fuhr durch die Eisenbahnunterführung und hätte nun nach rechts in die Wasserburger Straße in Richtung der B304 abbiegen können. Er wählte jedoch die Bahnhofstraße, dann die Hauptstraße und bog hinter dem Marienplatz auf die Staatsstraße 2080 nach Markt Schwaben ein. Diese Route war er gewöhnt. Sie führte zehn Kilometer durch den Ebersberger Forst und traf bei Forstinning auf die A94. Von dort würde er auf die A99 und dann auf die A9 in Richtung Nürnberg wechseln, um dann beim Dreieck Holledau auf der A93 über Regensburg nach Prag zu fahren. Sobald er wieder in seinem Hotel war, hatte es diese Fahrt nach Ebersberg nie gegeben. Mit einem Grinsen dachte Kofler daran, wie viel die offenen Grenzen zwischen den Ländern doch wert waren.

Mittlerweile hatte er auch das Gewerbegebiet im Norden Ebersbergs hinter sich gebracht und fuhr in den Forst hinein. Er drückte den »Gashebel« fester durch und sah, wie der Tacho immer höher stieg. Eigentlich waren hier nur 100 km/h erlaubt, aber in einer Nacht wie dieser würde die Polizei wohl kaum kontrollieren, dachte er und ließ die Geschwindigkeitsanzeige bis hundertfünfzig hochsteigen.

Es erfasste ihn wie ein Rausch. Er hatte es diesem Biest Saskia und deren Lover heimgezahlt. Vor allem aber würde man ihn niemals mit deren Tod in Verbindung bringen können.

»Es ist der perfekte Mord!«, sagte er lachend und kniff die Augen zusammen, weil eine Nebelbank in Sicht kam. Da es weiter vorne wieder klar wurde, sah Kofler keinen Grund, langsamer zu werden. Etwas verwundert bemerkte er, dass der Nebel im Licht der Scheinwerfer leicht glitzerte. Er fuhr hinein und spürte, wie das Heck des Wagens zur Seite wanderte. Sofort steuerte er dagegen und stand mit dem Wagen plötzlich quer zur Straße.

Im nächsten Augenblick prallte das Fahrzeug mit immer noch weit über hundert Stundenkilometern gegen die Hubertuskapelle und fegte diese förmlich hinweg. Kofler spürte einen Schlag, dann wurde es schwarz um ihn. Ein paar Sekunden später schlugen hohe Flammen aus dem Wrack des Elektroautos. In ihrem Licht glitzerte das Eis, das sich an dieser Stelle durch den niederschlagenden Nebel auf der Fahrbahndecke gebildet hatte. Kofler hatte bei seinem Plan an alles gedacht, nur nicht dass es irgendwo auf seinem Fluchtweg glatt werden könnte, und so war es doch nur ein fast perfekter Mord.

Thomas Kastura

# Fasanen

*Kitzbüheler Alpen*

*Über den Autor:*

Thomas Kastura, geboren 1966 in Bamberg, studierte Germanistik und Geschichte und arbeitet seit 1996 als Autor für den Bayerischen Rundfunk. Er hat zahlreiche Erzählungen, Jugendbücher und Kriminalromane geschrieben, u.a. »Der vierte Mörder« (2007 auf Platz 1 der KrimiWelt-Bestenliste). Unter dem Pseudonym Gordon Tyrie verfasst er Hebriden-Krimis. Zuletzt erschien »Schottenkomplott« (2022). Für die Erzählung »Genug ist genug« ist er mit dem Glauser-Preis ausgezeichnet worden.

Er stand direkt vor ihr. Ganz nah. Wundervoll fühlte sich seine Anwesenheit an und schmerzlich zugleich. Denn tief drinnen neben dem Glück lauerte schon die Angst. Wie schnell konnte, wie schnell würde dies alles wieder vorbei sein?

»Darf ich die Augen jetzt aufmachen? Bitte!« Sophie konnte es kaum erwarten.

»Noch nicht!« Rupert suchte sein Feuerzeug, um die Kerzen anzuzünden. Schließlich fand er es in der Zigarettenpackung auf dem Fensterbrett.

»Bist du endlich fertig?«, nörgelte sie – und ärgerte sich sofort über ihre Ungeduld. Keine unnötige Hektik an diesem magischen Wochenende kurz vor Weihnachten. Seit Monaten hatten sie es geplant. Keine Ablenkung, keine äußeren Einflüsse. Nur sie beide.

Eine verschneite Berghütte in den Kitzbüheler Alpen, weit weg von allem. Hier waren sie ungestört.

Ein Knall. Sie erschrak, hielt die Augen aber geschlossen. Wenn sie mit Rupert zusammen war, konnte sie nichts erschüttern, schon gar nicht das Ploppen eines Korkens.

Einmal waren sie auf dem Dachboden übereinander hergefallen, während ihr Mann draußen im Garten Holz gehackt hatte. Die schweren, regelmäßigen Schläge der Axt. Tschack … Tschack … Als Marc nach ihr rief und seine Arbeitshandschuhe verlangte, biss sie gerade in Ruperts Hals. Viel zu schnell lösten sie sich voneinander. Es war riskant, doch genau das hatte den Reiz ausgemacht.

»Es ist angerichtet«, verkündete er feierlich.

Sophie blinzelte, bis sie im Kerzenlicht etwas erkennen konnte.

Ein Tisch wie in einem feinen Restaurant. Mehrere Weingläser, Tafelsilber, Stoffservietten, Mistelzweige zur Dekoration. Rupert musste alles durch den Schnee hergeschleppt haben, nur für diesen Abend.

Ihre Freundin Lilli lag falsch. Ewig zweifelnde Lilli. Er war durchaus imstande, sie stilecht zu verwöhnen. Auf dem Tisch stand eine Platte mit geöffneten Austern, hübsch angerichtet mit Zitronenvierteln. In einer gusseisernen Form auf einem Rechaud brutzelten zwei Fasanenbrüste, umwickelt mit knusprigen Speckstreifen. Als Beilage ein herrlich duftendes Kartoffelgratin. Dabei war er nur eine Stunde in der Küche verschwunden.

»Dessert gibt's auch noch«, sagte er und schenkte Champagner ein. »Auf uns!«

»Wahnsinn, wie viel Mühe du dir gegeben hast.«

»Für dich tu ich alles.«

»Wirklich?«

Rupert senkte die Stimme. »Weißt du doch, oder?«

»Ich find's schön, wie du das sagst.«

Ihre Gläser berührten sich, und nach dem ersten Schluck auch ihre Lippen und ihre Körper. Sophie trug ein ausgeschnittenes Schlauchkleid, das ihre Figur betonte. Sie küssten sich, Sophie schloss die Augen wieder. Gierig kaute und saugte sie an ihm, als wollte sie ihn noch vor dem Essen verschlingen.

Lilli hatte vorausgesagt, dass es nach diesem Wochenende vorbei sein würde. Rupert würde sich ein letztes Mal holen, was er bei seiner Frau Thea, dieser Verrückten, nicht bekam. Dann würde er einen Cut machen, ein für alle Mal, so Lillis düstere Prophezeiung.

Zugegeben, es kriselte. Rupert glaubte, dass Thea Verdacht geschöpft hatte. Auf gewisse Weise war er abhängig von ihr. Oder sie von ihm, wie man es nahm. Er genoss die Annehmlichkeiten, die ihm dank ihres Vermögens in den Schoß gefallen waren, während Thea einen zuverlässigen Betreuer, Unterhalter, Aufmunterer besaß, wenn sie wieder einen ihrer bipolaren Schübe bekam. Dann beschimpfte sie Rupert als »unsensiblen Dreckskerl«, warf mit Teilen seiner teuren Fotoausrüstung nach ihm, riss seine Urkunden und Auszeichnungen von der Wand – um sich daraufhin tagelang in ihrem Schlafzimmer zu verbarrikadieren und mit Tabletten vollzustopfen. Der letzte dieser Schübe lag erst eine Woche zurück. Vorbei die Zeit, da er sich in ihre endlos langen Haare verliebt hatte, Haare, mit denen sie ihn einst umarmt und eingehüllt hatte, während sie gemeinsam dem Klarinettenkonzert von Mozart gelauscht hatten. Haare, die inzwischen zu einem unförmigen verfilzten Dutt geworden waren.

Es war eine Zweckgemeinschaft, ähnlich wie Sophies Ehe mit Marc, der mehr mit seiner Münchner IT-Firma und seinen Jagdfreunden verheiratet war als mit ihr. Geld hatte Sophie auch, aus einem Immobilienfonds, der auf ihren Namen lief. Vielleicht war es an der Zeit, zusammen mit Rupert über einschneidende Veränderungen nachzudenken.

Sie waren mit seinem Geländewagen ins Brixental gefahren und hatten den Wagen auf einem hoch gelegenen Parkplatz abgestellt. Den Rest des Weges hatten sie mit Rucksäcken zu Fuß zurückgelegt. Die Berghütte gehörte Thea, aus dem Nachlass ihrer Familie. Doch sie war schon seit einer Ewigkeit nicht mehr hier gewesen. Rupert gab vor, an seinem neuen Bildband zu arbeiten, er war ein gefragter, preisgekrönter Naturfotograf. Sophie verbrachte angeblich ein Frauenwochenende bei Lilli, die ihre Werbeagentur bereits eine Woche vor den Feiertagen geschlossen hatte. Ein perfektes Arrangement.

Sophie nahm eine Auster und hielt inne. »Was war das?«

Rupert hatte es auch bemerkt. Ein unbestimmtes Geräusch. Ein bisschen wie ein ferner Schrei. Um Hilfe? Oder zur Warnung?

Er stand auf und sah durch ein Sprossenfenster nach draußen.

Die Hütte lag fernab der präparierten Pisten. Es gab keine Nachbarn in Hör- oder Sichtweite. Undurchdringlich und allgegenwärtig wirkte die Dunkelheit. Die schmale Sichel des Mondes verbarg sich hinter einer Wolkendecke. Nur ganz schwach war der Widerschein des Schnees zu erkennen.

Dann ein Flackern. Ganz kurz.

»Ich sehe mal nach.« Rupert nahm die Taschenlampe vom Fensterbrett.

»Ich komme mit«, sagte Sophie.

»Besser, du bleibst hier.«

»Sei nicht so dramatisch.« Sie schlüpfte in ihre Jacke und tauschte ihre schicken Pumps gegen Moonboots.

Er öffnete die Tür und leuchtete hinaus.

Stille und Schnee. Es war überraschend mild, kein Lufthauch regte sich. Mit einem entschlossenen Schritt trat er ins Freie.

Unten im Tal sah man vereinzelt Autoscheinwerfer auf der Kelchsauer Landesstraße. Zur Rechten lag ein Streifen Tannwald.

Sophie zog ihre Jacke enger um die Schultern.

Langsam ließ Rupert den Lichtstrahl der Taschenlampe über die Hütte gleiten. Über den Zaun und den Holzschuppen. Er stutzte, schaute genauer hin.

Die Axt steckte nicht mehr im Hackblock.

Beim Holzmachen war er nicht so geschickt wie Marc. Doch in den Bergen mit den eigenen Händen Feuerholz für den Kamin zu schlagen war etwas Besonderes. Man fühlte sich lebendig, nah bei sich selbst.

Rupert wusste genau, dass er die Axt in dem groben Klotz stecken gelassen hatte.

»Was zum Teufel …«, rief Sophie.

Er drehte sich um – und wurde von einem Aufprall zu Boden gerissen.

»Aus dem Weg!«

Dicht neben ihm pflügten Skier durch den Schnee. Ausgelassenes Johlen, spöttische Rufe. »Pass doch auf!« – »Bahn frei!«.

Der Geruch von Alkohol. Eine ganze Reihe junger Burschen rauschte an ihnen vorbei. Jeder trug bengalische Fackeln anstelle von Skistöcken. Sie machten einen Lärm, als wäre schon Silvester.

Im Liegen sah Rupert den letzten Freerider zwischen den Bäumen verschwinden.

Dann war der Spuk vorüber. Zurück blieben der Gestank von Schwarzpulver und gespenstische Rauchschwaden.

»Alles in Ordnung?« Sophie hob die Taschenlampe auf und leuchtete ihn an. »Ist dir was passiert?«

»Ich bin okay.« Er rieb seine Schulter, wo er mit dem Skifahrer zusammengeprallt war. »Was waren denn das für Spinner?«

»Die haben uns einen ganz schönen Schrecken eingejagt, wie?« Sie lachte. »Oben in der Bergstation steigt wohl 'ne Party.«

»Die Raunächte haben begonnen, Geisteraustreibung und so, ein alter Brauch hier in der Gegend. Aber mit Bengalos? Das ist ja gemeingefährlich.«

»Die Jungs toben sich bloß aus.«

»Ich glaub, die waren zugedröhnt bis obenhin!« Rupert kam wieder auf die Beine.

»Immer noch besser als ein Verrückter, der ums Haus herumschleicht. Für einen Moment hatte ich richtig Angst.«

Ihm fiel der Hackklotz ein. »Das ist nicht witzig.«

Sophie wandte sich zur Tür. »Unser Essen wartet.«

Vielleicht hatte sich die Axt durch das Tauwetter gelöst, mutmaßte er. Kurz vor Weihnachten wurde es häufig schlagartig wärmer. Wenn das Holz auseinanderging … Aber warum war die Axt dann verschwunden? Lag sie irgendwo im Schnee, und er hatte sie übersehen?

»Komm schon!«, forderte Sophie ihn auf.

Er gab nach und folgte ihr.

Zurück in der Hütte, schloss er alle Türen ab und versteckte den Schlüssel im Anzündholz neben dem offenen Kamin. Dann holte er eine Whiskyflasche aus der Küche. »Jetzt haben wir eine Stärkung nötig.«

Sie tranken abwechselnd aus der Flasche.

»Wie wär's mit einem Doppelten?«, fragte Sophie, nahm noch einen Schluck und schloss ihn in die Arme.

Sie ließ den Whisky in Ruperts Mund laufen, bis die brennende Flüssigkeit ihrer beider Gaumen ausfüllte. Sophies Zunge fand die seine. Es wurde ein langer, stürmischer Kuss. Keiner wollte sich vom anderen lösen.

Langsam schob er ihr Kleid hoch.

»Die Fasanenbrüste werden kalt«, mahnte sie, ließ ihn aber gewähren. Strampelte die Moonboots von den Füßen. Half ihm, ihren Slip abzustreifen.

Sie würde ihn immer gewähren lassen. Rupert schien sich alle Zeit der Welt zu nehmen, wenn sie sich liebten. Er war viel sanfter als Marc, der sich bloß hastig an ihr abarbeitete und sie dann wie einen gebrauchten Lappen liegen ließ. Falls überhaupt.

Der Slip rutschte über ihre Knöchel und glitt auf den Holzboden. Er nestelte an seinem Hosenbund.

»Warte.« Sophie hielt seine Hand fest.

»Was ist los?«

»Die Austern.« Sie drehte sich von ihm weg und deutete auf die Platte. »Waren das nicht ein Dutzend?«

»Na und?«

»Eine fehlt.«

»Was soll das? Ich komm gerade in Fahrt, und du …«

»Wie romantisch«, erwiderte sie eingeschnappt. So viel zu: sich alle Zeit der Welt nehmen. Vielleicht war er doch wie Marc – und wie alle anderen, die vorgegeben hatten, ihr jeden Wunsch von den Augen abzulesen. Es war ja nicht so, dass es vor Rupert niemanden gegeben hätte … Heimliche Treffen in den Wohnungen von Freundinnen, Wochenenden in Luxushotels und Strandhäusern. Sophie hatte schon so einige Versuche gestartet, sich ihre Freiheit zurückzuerobern. Doch ein Menü mit Fasanenbrüsten, das war eine Premiere.

»Tut mir leid, Liebes.« Rupert bereute seinen Ausbruch, überlegte. »Diese Auster vorhin in deiner Hand ... Die hast du doch gegessen, oder?«

»Ich hab sie wieder zurückgelegt.«

»Wirklich?«

»Ganz sicher.«

Beunruhigt sah sich Sophie um. Die Hütte bestand aus einem großen Wohnraum. Eine Tür führte zur Küche, eine zweite ins Bad. Das Dachgeschoss mit dem Schlafzimmer erreichte man über eine Stiege. Dort lag alles im Dunkeln.

Widerstrebend kontrollierte Rupert die Räume. Ging auch nach oben, tastete nach dem Lichtschalter. Er dachte an Marc. Wenn Sophies Mann vermutete, dass sie ihn betrog, war er ihr vielleicht ins Brixental gefolgt. Um sie in flagranti zu erwischen. Und zu bestrafen. Das würde zu seinem antiquierten Gerechtigkeitssinn passen.

Das Doppelbett. Ein scheußliches Hirschgeweih hing über dem Kopfende, daneben standen ein großer Kleiderschrank mit Bauernbemalung und ihre Rucksäcke. Auf der Bettdecke lag sein Handy. Mehr war da nicht.

Das Geweih erinnerte Rupert daran, dass Marc Hobbyjäger war und schon zahlreiche Hirsche erlegt hatte, wie auch Sophies verstorbener Vater, die beiden hatten sich hervorragend verstanden. Marc wusste mit Waffen umzugehen. Mit Waffen aller Art.

Oder die Auster tauchte unversehens wieder auf, und ihrer beider Besorgnis war nur das Produkt von Verfolgungswahn. Von Sophies Schuldgefühlen, die sie trotz allem noch plagten. Würde sie sich je von Marc lossagen und mit ihm, Rupert, ein neues Leben beginnen? Möglicherweise machte sie nach diesem Wochenende wieder einen Rückzieher wie eben, als sie ihn daran gehindert hatte, nach dem lästigen Slip weiterzumachen. Sie konnte sehr sprunghaft sein.

Kopfschüttelnd kletterte er nach unten. »Blinder Alarm!«

Erstaunt blickte er sich um.

Sophie war verschwunden.

Der Slip lag noch auf dem Boden, ein Knäuel schwarzer Spitze. Was sollte das nun wieder? Spielte sie Verstecken mit ihm?

Aus dem Bad drang ein seltsames Geräusch. Ließ da jemand Wasser in die Wanne ein?

Er klopfte. »Bist du da drin?«

Keine Antwort. Er öffnete die Tür.

Sie lag splitternackt in der Wanne, bedeckt von Schaum, die Champagnergläser und die Austernplatte auf einem Tischchen neben sich. Dampf erfüllte den Raum.

»Fröhliche Weihnachten!«

»Was soll das?«

»Lass uns hier essen. Ich finde, das hat was.«

Rupert schwieg. Prinzipiell hatte er gegen Planänderungen nichts einzuwenden, solange sie von ihm ausgingen. Er mochte keine Überraschungen, behielt gern die Oberhand. »Und was ist mit den Fasanenbrüsten?«

Wie eine Balletttänzerin streckte Sophie ein Bein in die Luft. Sie breitete die Arme aus und rekelte sich im Badewasser. »Erst die Vorspeise. Kleine Wiedergutmachung für vorhin.«

»Du und deine Launen …«

»Jetzt komm schon! Zieh dich aus und hüpf rein!«

Er setzte sich auf den Wannenrand, nahm einen Zitronenschnitz und träufelte Saft über eine Auster. Schlürfte sie geräuschvoll aus. »Schmeckt nach mehr.«

»Kannst du haben.« Sie pustete ihm Schaum ins Gesicht und richtete sich in der Wanne auf. Strich mit den Händen genüsslich an sich herab. Ließ ihn sich sattsehen in der Gewissheit, dass ihre nass glänzende Haut die Wirkung nicht verfehlte. Das tat sie nie.

»Ich glaub, mein Reißverschluss klemmt«, murmelte er. Unbeholfenheit kam immer gut an, zumindest bei den Frauen, denen er bislang ein neues Leben in Aussicht gestellt hatte. Weil sie es nicht von einem Abenteurertypen wie ihm erwarteten und ihr Helfersyndrom geweckt wurde.

»Dagegen müssen wir dringend was unternehmen!«, sagte Sophie. Mit flinken Fingern brachte sie den Reißverschluss wieder in Gang und entschädigte Rupert mehr als reichlich für die Unterbrechung ihrer Zärtlichkeiten. Da sie nie eigene Kinder haben wollte, fand sie es reizvoll, Männer zu behandeln wie Kinder, die noch nicht wussten, welche Geheimnisse in ihren Körpern schlummerten.

Als sie mit den Austern, dem Champagner und allem anderen fertig waren, fröstelten beide. Das Wasser war erkaltet. Sie stiegen aus der Wanne, frottierten sich gegenseitig ab und schlüpften in Bademäntel.

Rupert legte Holz im Kamin nach. Daraufhin nahmen sie wieder am Tisch Platz und ließen es sich schmecken. Die Fasanenbrüste waren immerhin noch lauwarm.

»Macht nichts, dann sind sie umso besser«, meinte Sophie. »Dafür hat das Kartoffelgratin die Temperatur gehalten.«

»Wusstest du, dass der Fasan ein Symbol für Liebe und Sinnenfreuden ist?«

»Das passt. Wir sollten ihn ausgiebig genießen.«

Dazu tranken sie einen sündhaft teuren Burgunder. Der Alkohol entspannte zusätzlich. Rupert hatte richtig was investiert in diesen Abend. Er fand, es habe sich schon jetzt gelohnt.

Sophie lehnte sich zurück. »Könnte es nicht immer so sein? Du und ich, allein im Schnee?«

»So abgelegen ist die Hütte gar nicht, das hab ich vorhin ja zu spüren bekommen.«

»Wegen der Freerider?«

»Aus diesem Grund kommt Thea so selten her. Für sie muss es die totale Einsamkeit sein, ohne eine Menschenseele.«

»Wahrscheinlich wäre sie erst in einem Iglu in Grönland glücklich.«

»Glücklich ist kein Wort, das ich mit Thea verbinde«, sagte Rupert.

»Marc hat für so was überhaupt keinen Sinn. Wenn er seine Geschäftspartner und seine Jägerkumpel nicht beeindrucken kann, pfeift er darauf.«

»Müssen wir über unsere … über die anderen reden?«

»Entschuldige. Machen wir es uns gemütlich.«

Sie legten sich auf das ausladende Sofa vor dem Kamin, schmiegten sich aneinander und starrten eine Weile in die Flammen. Stumm, ohne ein Wort zu verlieren.

Ihr Hunger und ihre Lust waren vorerst gestillt. Was gab es Schöneres, was gab es mehr? Was sprach dagegen, all dies künftig immer aufs Neue zu wiederholen? Einander zu belohnen für das, was sie in ihren verkorksten Ehen tagein, tagaus erleiden mussten? Wenn sie sich von ihren Partnern trennten, konnten sie ihr Glück endlich ohne Ausflüchte und Heimlichkeiten offen ausleben. War das die Freiheit, nach der sie suchten?

Sie verschränkten die Hände, glaubten sich verbunden.

Dann kamen, schneller, als das Feuer im Kamin herunterbrannte, Zweifel und Ängste. Wie lang würde ihre wundervolle Beziehung denn halten, wenn die Ursachen, Marc und Thea, Geschichte waren? Wenn es niemanden mehr gab, von dem sie sich befreien mussten?

War es nicht verlockender, sich einfach andere Tröster zu suchen? Den Thrill von Neuem zu beginnen?

Sie betrachteten einander, als hätten sie sich bei dem gleichen Gedanken ertappt. Dass hinter der nächsten Biegung des Lebens immer noch etwas Besseres lag, egal wie gut die Gegenwart sich anfühlte.

Sophie beschloss, dass die Zukunft noch warten konnte. »Ich wär jetzt bereit für das Dessert. Was hast du für uns gezaubert?«

»Wirst du gleich sehen.« Rupert zog den Frotteegürtel aus seinem Bademantel. Zur Abwechslung wollte er wieder die Initiative übernehmen. Vielleicht gab das dem Abend neuen Schwung.

»Was hast du vor?«, fragte sie.

Er verband ihr mit dem Gürtel die Augen.

Sie kicherte. »Schon wieder Blindekuh?«

»Fütterungszeit.«

»Ist das ein Spiel? Was ich alles am Geschmack erkenne?« Sie leckte sich über die Lippen. »Ich bin auf alles vorbereitet …«

»Dauert nicht lang.«

Rupert ging in die Küche und holte zwei Schalen Crème brûlée aus dem Kühlschrank. Behutsam entfernte er die Plastikfolie. Er hatte die Crème schon im Vorhinein karamellisiert.

Als er das Tablett zum Sofa tragen wollte, sah er eine leere Austernschale auf der Arbeitsfläche liegen. Das musste die sein, die vorhin gefehlt hatte. Wie sie wohl dahin gekommen war?

Sophie hörte seine Schritte. »Jetzt bin ich aber gespannt.« Gehorsam öffnete sie den Mund.

Er gab ihr einen Löffel voll mit viel Zuckerkruste.

»Crème brûlée!«

»Dein Lieblingsdessert.«

Sie schnappte nach dem nächsten Löffel. »Mmh, ist das gut!«

Er fuhr fort, sie mit der Crème zu füttern. Wie bereitwillig Sophie die Kontrolle wieder an ihn abgab! Die kleine Schale war schnell leer.

»Gibt's noch mehr?«

Rupert machte sich wenig aus Süßspeisen. Er überließ Sophie die zweite Portion und drückte ihr den Löffel in die Hand.

Dankbar aß sie auf, immer noch mit verbundenen Augen. »Du stehst darauf, mir Rätsel aufzugeben. Und dass ich alles mache, was dir so einfällt.«

»Kann man so sagen.«

»Weil ich dir vertraue? Bedingungslos?«

»Stimmt genau.«

»Ich mag das«, sagte Sophie. »Aber nur wenn wir die Rollen auch mal tauschen. Spielen wir Blinder Fotograf? Ich sehe was, was du nicht siehst?«

»Wär eine ganz neue Erfahrung.«

Eine Bewegung in der Dunkelheit, oben am Ende der Stiege. Rupert war so, als hätte er etwas aufblitzen gesehen. Sein Handy im Schlafzimmer, das den Eingang einer Nachricht anzeigte? Er stand auf und schlich auf Zehenspitzen über den Teppich. Nahm die erste Stufe.

»Der Nachgeschmack ist ein bisschen bitter.« Sophie tastete nach dem Weinglas und trank einen großen Schluck. »Rupert?«

»Psst!«

»Kann ich den Gürtel jetzt abnehmen? Oder hast du noch mehr mit mir vor?«

Sie nahm ein Geräusch wahr, das sich so anhörte, als würde jemand eine Nuss knacken. Dann ein dumpfer Aufprall. »Was machst du da?«

Keine Antwort. Stattdessen Schritte auf der Stiege. Die herunterkamen.

Sophie bemerkte es nicht, vom Alkohol benebelt, abgelenkt von einem stechenden Schmerz im Magen. Ihr wurde übel. Sie riss die Augenbinde herunter – und spürte eine Hand in ihrem Nacken.

Brutal wurde sie auf den Teppich geschleudert. Sie landete

auf dem Bauch. Jemand kniete sich auf ihren Rücken und bog ihre Arme nach hinten. Handschellen klickten, sie wurde gefesselt.

»Hör auf! Mir ist schlecht!«

Wieder Handschellen. Jetzt kamen ihre Fußgelenke dran.

»Schluss damit!«, rief Sophie. »Was wird das, Rupert? Ich steh nicht auf Fesselung! Das Spiel ist vorbei.«

»Korrekt.«

Sie würgte. »Ich muss gleich kotzen. Irgendwas war in dieser Crème!«

»Wär möglich.«

Sie kannte diese Stimme. Das war nicht Rupert.

Es war Marc.

Sophie schrie, so laut sie konnte.

Ein Tritt in die Seite presste ihr die Luft aus den Lungen.

»Wer soll dich hier hören?«, fragte Marc. »Dein Lover?« Er packte sie an den Beinen und drehte sie auf dem Boden wie einen Kreisel. »Der kriegt nichts mehr mit. Ist direkt in meine Axt gelaufen.«

Ruperts Leiche lag reglos vor der Stiege nach oben. In einer Blutlache, die sich stetig vergrößerte.

Wieder Schritte. Sophie reckte den Kopf.

»Hab schon gedacht, ich komm niemals aus diesem Bauernschrank raus.« Lilli stieg langsam vom Schlafzimmer herunter. Kniete sich neben ihre beste Freundin. Ex-Freundin. »Hat's geschmeckt? Eine Portion Crème hätte schon gereicht. Aber du liebst das Zeug ja.«

»Was war da drin?«, stieß Sophie hervor.

»Mit Süßem vor Weihnachten muss man vorsichtig sein. Da verdirbt man sich schnell den Magen.«

Marc trat neben Lilli. »Gut gemacht.« Er küsste sie, kurz, aber leidenschaftlich. Sie lächelten wie zwei Bestattungsunternehmer, die einen lukrativen Auftrag witterten. Was sie in gewisser Weise auch waren.

»Aber … warum?«, fragte Sophie. Ihre Kräfte schwanden, die Beine fühlten sich plötzlich taub an. »Warum können wir das nicht wie vernünftige Menschen regeln? Trennung, neue Partner, und jeder ist zufrieden?«

»Du kennst doch unseren Ehevertrag, Darling.« Marc machte eine betrübte Miene. »Bei einer Trennung gehe ich leer aus. Aber jetzt kriege ich das, was mir zusteht.«

»Mein Geld«, flüsterte Sophie.

»Meine Freiheit.«

»Unsere Freiheit«, korrigierte Lilli. »Die Werbeagentur ist pleite, ich musste Insolvenz anmelden. Aber Marc macht den Laden schon wieder flott. Dafür hat er ein Händchen.«

Sophies Mann ließ es sich nicht nehmen, seinen grandiosen Plan darzulegen. Nichts war leichter gewesen, als sich bei der Fackelparade der Skifahrer in die Hütte zu stehlen und die Crème brûlée mit Blausäure zu impfen. Marc und Lilli hatten sich erst im Freien und dann in dem Bauernschrank versteckt. Sie waren dem Liebespaar in die Kitzbüheler Alpen gefolgt, um abzurechnen – und nach einer angemessenen Trauerphase einen eigenen Relaunch aufzusetzen.

Wie Marc mit einem wohlgezielten Axthieb Rupert ausgeschaltet hatte, das war zwar nicht elegant, aber durchaus effektiv gewesen.

Sophie starb in Raten, die Zunge wurde ihr schwer. »Damit kommt ihr … nicht durch. Wer soll das glauben?«

Marc ging zum Kamin. Demonstrativ nahm er ein qualmendes Holzscheit heraus. »Hier brennt alles wie Zunder. Ihr wart unachtsam, wart abgelenkt, habt euch nicht ums Feuer gekümmert …« Seine Stimme wurde bedrohlich. »Von euch beiden wird nichts übrig bleiben außer einem Haufen Asche. Und ein paar verkohlter Knochen. Keine Hinweise auf uns, keine Indizien. Spuren im Schnee? Es taut, die lösen sich in Luft auf.«

Schrapp! Ein Fensterladen schlug zu.

Marc fuhr herum.

Schrapp! Der zweite Laden.

Lilli eilte zum Fenster, schaute nach draußen. »Da ist jemand.«

Sie sah eine Gestalt, vermummt in dicken Wintersachen. Mit ungewöhnlich langem Haar, es schimmerte silbrig im Mondschein. Die Wolken waren aufgerissen.

Schrapp! Schrapp! Es gab nur drei Fenster. Binnen kürzester Zeit waren sie von außen verschlossen, mit soliden Flügelschrauben. Normalerweise hielt das den Wind ab. Jetzt hielt es jeden drinnen, der hinauswollte.

Lilli ging zur Tür. Verschlossen.

Marc probierte den Hintereingang. Dasselbe. Sie saßen in der Falle.

»Den Schlüssel ... findet ihr nie«, sagte Sophie und vermied es, zum Anzündholz zu blicken, einem Ort, an dem Marc und Lilli keinesfalls suchen würden.

Es waren ihre letzten Worte. Sie hörte noch das Plätschern einer Flüssigkeit. Benzin? Man roch es schon durch alle Ritzen.

In Theas Gepäck befand sich ein Flugticket München–Sisimiut über Reykjavík. Um diese Jahreszeit konnte man in Grönland Polarlichter besonders gut beobachten. Sie hatte ihr Schlafzimmer verlassen und die Tabletten abgesetzt, diesmal endgültig, wie sie sich schwor. Auf die Idee eines reinigenden Feuers war sie dann ganz schnell gekommen. Als sie Ruperts WhatsApp-Account geknackt und von dem Rendezvous mit Sophie in den Kitzbüheler Alpen erfahren hatte.

Jetzt waren die beiden in der Hütte gefangen, daran bestand kein Zweifel. Thea hatte alle Türen mit ihren eigenen Schlüsseln abgesperrt und die Hintertür zusätzlich mit einem schweren Balken unter der Klinke verrammelt. Wenn Rupert und Sophie eine Flucht nach vorn durch die Eingangstür versuchten, würde Thea sie mit der Flinte ihres Vaters empfangen.

Aber niemand kam heraus. Für einen Augenblick glaubte sie, dass die Rufe und Schreie gar nicht von ihrem Mann und seiner Geliebten stammten. Veränderte Todesangst die Stimmen?

Thea stöpselte ihre Kopfhörer ein und startete die Mozart-Playlist mit dem Klarinettenkonzert. Sah zu, wie diese verdammte Hütte abbrannte. Es ging unglaublich schnell. Die Flammen schlugen hoch, Funken flogen, die Hitzeentwicklung war enorm. Sie band ihre langen wallenden Haare wieder zu einem Dutt, damit sie keinen Schaden nahmen. Warf die Benzinkanister ins Feuer, sie schmolzen wie Wachs.

Was hatte Rupert vor ein paar Tagen gekauft? Laut der Rechnung des Delikatessenladens, die sie im Papierkorb gefunden hatte? Fasanenbrüste?

Die waren jetzt sicher gut durch.

Kirsten Nähle

# Weihnachten im Blackout

*Würzburg*

*Über die Autorin:*

Kirsten Nähle unterhielt schon als Kind ihre Familie mit eigenen Geschichten. Am Schreiben fasziniert sie, dass sie und ihre Leser gefahrlos Abenteuer erleben können. Nach ihrem Studium in Köln hat der Tectum Wissenschaftsverlag ihre Magisterarbeit im Fach Geschichte publiziert. Ob als Journalistin oder PR-Redakteurin, ob in Köln, Basel oder Würzburg, die Autorin hat stets auch beruflich geschrieben. Seit 2011 wohnt Kirsten Nähle in ihrer Wahlheimat Würzburg, die sie zu einer Krimitrilogie inspiriert hat. Der erste Teil »Zwölf Sünden« ist im Mai 2021 bei Droemer Knaur erschienen. Außerdem schreibt sie Kurzgeschichten. »Der Rosenkavalier« hat es auf die Shortlist (Top 5) des lit.Love-Schreibwettbewerbs 2018 geschafft und ist somit Teil des E-Books »LiebesGeschichten 2018«.

Diese Feier ist mein Dank für eure Loyalität und euren unermüdlichen Einsatz.« Unser Chef Uli wirft einen wohlwollenden Blick in die Runde.

Ich verdrehe die Augen. Jedes Weihnachten die gleiche Leier. Als könnte diese Lobhudelei seine Schikanen unter Jahr wieder wettmachen. Ich stibitze mir ein weiteres Plätzchen von einem der Gebäckteller. Die sind sicher gekauft und nicht selbst gebacken, aber na ja, ich erwarte ohnehin nichts von dieser Feier. Seit Monaten ist die Stimmung in der Agentur mies und der Job so stressig, dass ich schon nach einer neuen Stelle suche.

»Lasst uns anstoßen.« Der Chef reckt seine Sektflöte in die Höhe. »Auf einen unvergesslichen Abend.« Er hat den sportlichen Körper, auf den er viel Wert legt, in eine enge Jeans, Hemd und Sakko gehüllt. Ich weiß, dass er sich trotz seines Alters von Mitte fünfzig für unwiderstehlich hält. Blöd nur, dass sein Äußeres nicht über den Charakter hinwegtäuschen kann.

»Prost«, kommt geschlossen von den sieben Angestellten zurück. Von dem Geld, das die Marketingagentur einnimmt, hätte es ruhig mal Champagner sein dürfen. Ich verziehe das Gesicht. Die Plörre ist viel zu süß. Da hätte man gleich Glühwein servieren können. Wenigstens hat der Chef sich bei der Location für die Weihnachtsfeier nicht lumpen lassen. Ein Fünf-Sterne-Restaurant mit Blick auf Käppele und die Festung Marienberg. Um diese Uhrzeit sind beide Sehenswürdigkeiten beleuchtet. Zusammen mit den Laternen auf der Alten Mainbrücke verleihen sie Würzburg ein festliches Ambiente.

Wir sind die einzigen Gäste im Restaurant. Geschlossene Gesellschaft. Dabei hätten locker drei- bis viermal so viele Personen in den Raum gepasst. Die Festtafel nimmt die Mitte des Saales ein.

Auf einer kleinen Bühne sorgen ein Pianospieler und eine Sängerin mit Weihnachtsliedern für Stimmung, oder versuchen es zumindest. Ich bin gespannt, ob später jemand tanzen wird. Richie und Ellen, unsere Eventmanager und »Oldies« der Agentur, sind so Kandidaten, die ab einem bestimmten Alkoholpegel die Hüften schwingen. Dann kommt wenigstens Stimmung auf, denn dafür, dass Uli meist einen auf ultralässig macht, scheint mir das Ambiente ein wenig spießig.

»Hey, Selly, hast du schon das Essen gesehen?« Projektmanager Tim zwinkert mir zu. »Schaut gut aus.« Er ist wie ich dreißig und seit Ewigkeiten hinter mir her. Als würde ich mit einem Kollegen etwas anfangen. Da müsste er schon verdammt gut aussehen, aber mit seiner unreinen Haut und dem Wanst gehört er definitiv nicht in mein Beuteschema.

»Noch nicht.« Ich laufe zur fensterlosen Seite des Raumes, wo das Buffet aufgebaut ist und ein Angestellter soeben Teller und Besteck auffüllt. Der Geruch nach Schweinefleisch und Klößen zieht mir in die Nase und sorgt in meinem Magen für ein ungeduldiges Knurren. Mit großem Appetit begutachte ich auch Hähnchen, Lachs, Kartoffelgratin, Nudeln und Gemüse. Es gibt sogar Nachtisch. Kuchen und Mousse au Chocolat. Dann könnte es ja doch noch ein lohnender Abend werden. Wenn Uli mich schon nicht anständig bezahlt, hole ich die harte Arbeit eben über dieses Essen raus.

»Das Buffet ist eröffnet«, verkündet Uli freudig lächelnd. Wie praktisch, dass ich bereits vor den Leckereien stehe, dann kann ich direkt loslegen. Ich schaufele mir meinen Teller voll und nehme an der Tafel Platz. Es dauert keine zwei Minuten, da setzt Tim sich neben mich.

»Ich weiß gar nicht, wo du das alles lässt.« Seine leuchtenden Augen wandern meinen Oberkörper entlang.

Ich ziehe die Schultern hoch und nehme einen Knödel in Angriff. »Gute Gene.«

»Was möchten Sie trinken?« Die Kellnerin mit dem strengen Dutt sieht mich erwartungsvoll an. »Rotwein? Weißwein?«

»Rot, bitte«, antworte ich. Tim bestellt ein Bier. Die Grafikerin Lena und mein Texterkollege Luke, die sich soeben zu uns gesellen, bestellen beide ein Glas Weißwein. Der Chef nimmt am Kopf der Tafel Platz. Richie und Ellen setzen sich zu seiner Linken und Rechten. Am längsten braucht Valerie am Buffet, was mich wundert, denn als Vegetarierin hat sie ja nicht so viel Auswahl wie die anderen.

»Ob die das Fleisch zusammen mit dem Gemüse angebraten haben?«, fragt sie, nachdem sie sich gesetzt hat, und schiebt mit der Gabel das Essen auf ihrem Teller hin und her, als würde sie Brokkoli und Karotten wissenschaftlich analysieren.

»Ach, Valerie, das bisschen Fleischbrühe wird dir nicht schaden.« Uli lacht spöttisch. »Dann kriegst du vielleicht endlich mal so etwas wie weibliche Rundungen.«

Tief unter der Gürtellinie, denke ich. So typisch für unseren Chef. Als jüngstes und zartestes Gemüt der Agentur ist Valerie am häufigsten seinen Angriffen ausgesetzt. Ich weiß nicht, wie sie es als Buchhalterin und Assistentin mit ihm aushält. Sie ist blass geworden.

»Beachte ihn einfach nicht«, flüstere ich ihr zu. »Er ist nur ein hässlicher, alter Wurm.«

»Isst du dann eigentlich auch keinen Fisch?«, fragt Ellen an Valerie gewandt, und ich schüttele verständnislos den Kopf. Warum muss sie denn jetzt auch noch darauf rumhacken? Außerdem bin ich sicher, dass sie dasselbe schon auf der letzten Weihnachtsfeier gefragt hat.

»Nein«, antwortet Valerie mit ungewöhnlich fester Stimme. »Fische sind schließlich auch Lebewesen. Wir alle sollten darauf verzichten, Tiere zu essen. Auch der Umwelt zuliebe.«

Innerlich rolle ich ein wenig mit den Augen. Jetzt kommt wieder ihre Greenpeace-Nummer. »Ich hole mir Nachschub«, verkünde ich, froh, dieser jämmerlichen Runde einen Moment zu entkommen. Wobei Tim mir leider folgt.

»Also, Valerie und ich wären definitiv kein gutes Paar.« Tim schaufelt sich feixend vier Schweinemedaillons und einen Hähnchenschenkel auf den Teller.

»Wir auch nicht, Tim«, bemerke ich spitz. »Du bist maßlos.«

Plötzlich ertönt ein Summen, gefolgt von Dunkelheit. Ein lautes Klirren verrät mir, dass jemand sein Besteck fallen gelassen hat. Die Sängerin singt nicht mehr, das Piano verstummt.

»Blackout«, stellt Richie in seiner ruhigen Art fest.

Ich vernehme Gemurmel und Schritte auf dem Parkett. Das Quietschen eines Stuhls und einer Tür. Die Beleuchtung vor dem Fenster reicht nicht aus, um im Inneren mehr als Schemen auszumachen. Etwas greift nach mir, berührt mich am Busen.

»Hör auf, mich zu begrapschen, Tim«, fauche ich und stoße mich mit der freien Hand weg. Wahrscheinlich rutscht mir dabei die Hälfte der Nudeln vom Teller.

»Was?!«, empört der sich. »Ich habe nichts getan.« Tatsächlich scheint seine Stimme weiter weg als gedacht. Stand er nicht eben noch neben mir?

»Ruhig bleiben, Leute«, sagt der Chef. »Macht euch doch nicht in die Hose wegen eines harmlosen Stromausfalls.«

»Könnte romantisch werden.« Das war Luke. Immer für einen lockeren Spruch zu haben. Ich hingegen bin genervt und versuche, den Weg zurück zum Tisch auszumachen.

Da geht das Licht wieder an. Allgemeines Aufatmen. Es sind nur wenige Schritte bis zu meinem Sitzplatz. Doch noch bevor ich mich setze, merke ich, dass irgendetwas anders ist. Nicht stimmig. Ich werfe einen Blick in die Runde am Tisch, dann in den Raum hinein.

»Wo ist Ellen?«, nimmt mir Lena die Frage vorweg.

»Ja, genau, wo ist sie?«, wundert sich auch der Chef.

»Na, sie wird halt mal für kleine Mädchen gegangen sein«, meint Luke. »Ich hoffe, du hast was vom Buffet übrig gelassen, Tim.« Er steht auf, den leeren Teller in der Hand. Lena folgt ihm, und die Musiker stimmen *Jingle Bells* an.

»Ellen ist sicher nicht während des Stromausfalls aufs Klo«, gebe ich zu bedenken. Gleichzeitig frage ich mich, wo die Toiletten sind. »Ich muss auch mal.« Eine Lüge, aber ich habe ein komisches Gefühl. Selbst wenn Ellen auf dem Klo ist, sollte jemand nach ihr sehen. Sie ist herzkrank, wie jeder von uns weiß. Deswegen kann ich auch nicht nachvollziehen, dass nur ich mir Sorgen um sie mache.

Ich durchquere den Raum zur schweren Saaltür aus Massivholz. Presse die Metallklinke herunter und ziehe. Umsonst. Ich seufze, dann drücke ich. Nichts passiert. »Es ist zugesperrt«, stelle ich verblüfft fest und wende mich an den jungen Bediensteten am Buffet. »Entschuldigen Sie, könnten Sie bitte aufschließen?«

Er lupft eine schmale Braue und zieht die Schultern hoch. »Muss auf sein.«

»Hast du einen Schwächeanfall, Selly?«, wiehert der Chef. »Lass das mal lieber einen Mann machen.«

Sehr lustig. Ich schnaufe. »Die Tür ist abgeschlossen.« Zur Demonstration ziehe ich erneut an der heruntergedrückten Klinke. »Du kannst es ja selbst versuchen, Ulrich.« Absichtlich spreche ich ihn mit seinem vollen Namen an, weil ich weiß, dass er den nicht mag. Aber sein Sexismus kotzt mich an.

Der Bedienstete erbarmt sich und kommt zu mir herüber. Versucht, die Tür zu öffnen. »Sie hat recht.« Seine Miene spiegelt Verwirrung wider. »Ist fest verschlossen.«

»Sie haben keinen Schlüssel?« Endlich scheint Uli die Situation ernst zu nehmen und stapft zu uns. »Wieso sperren die uns ein? Das muss ein Versehen sein.« Der Chef rüttelt an der Tür, sein Versuch wirkt lächerlich.

Ich verkneife mir einen entsprechenden Kommentar nur, weil ich den Job brauche. Zumindest noch so lange, bis ich was Neues gefunden habe.

Uli klopft an die Tür. »Hallo? Könnte uns jemand bitte aufmachen?« Er pocht energischer, ebenso wie die Ader an seiner Schläfe. Gleich geht er in die Luft, denke ich.

»Aufmachen!«, ruft er dann auch ungehalten. »Das ist eine Unverschämtheit, uns hier einzusperren! Ich werde kein gutes Haar an diesem Lokal lassen. Ich habe Connections, ich …«

»Das war keiner vom Personal«, unterbricht ihn der Bedienstete.

Die Kellnerin stimmt ihm zu. »Unser Chef auch nicht. Der ist nicht mehr da. Nur noch das Küchenpersonal, aber die sind sehr beschäftigt. Da muss sich jemand anderes einen blöden Scherz erlauben.«

»Ja, aber die müssen uns doch hören«, empört sich der Chef. »Was ist denn das für ein Saftladen?«

»So langsam müsste ich auch mal das Bier ablassen«, erwähnt Tim, während die Sängerin immer noch von Schlittenfahrten im Schnee plärrt, als würde sie das alles nichts angehen.

»Vielleicht hat Ellen uns hier eingesperrt.« Lukes Vermutung sorgt für einstimmiges Kopfschütteln.

»So ein Blödsinn«, zische ich. »Wieso sollte sie so etwas tun?«

»Als Abschiedsgeschenk?«

Hä? Ich starre Luke an. Was erzählt er da? »Ellen will die Agentur verlassen?«

»Hat sie dir das etwa nicht erzählt?« Luke verschränkt die Arme vor der Brust. »Von Wollen kann allerdings keine Rede sein. Uli hat ihr gekündigt.«

Alle Blicke richten sich wie Speerspitzen gegen den Chef. Automatisch haben wir einen Halbkreis um ihn herum gebildet.

»Das ist so nicht wahr«, verteidigt sich Uli. »Ich habe ihr nur wegen ihrer Herzgeschichte nahegelegt, frühzeitig in den Ruhestand zu treten, und sie kriegt eine überaus wohlwollende Abfindung.«

»Ach, deswegen ist Ellen so fertig in letzter Zeit«, sagt Richie und fährt sich über die Halbglatze.

Ulis Stirn glänzt vor lauter Schweißperlen. »Ich würde sagen, wir setzen uns alle wieder hin und reden wie zivilisierte Menschen darüber.« Er durchbricht den Halbkreis, setzt sich demonstrativ an die Tafel und nimmt einen großen Schluck Rotwein. »Ich leite diese Agentur«, sagt er dann. »Ihr scheint zu vergessen, wer hier das Sagen hat. Ich tue das mit Rücksicht auf Ellens Gesundheit.«

Nach und nach nehmen auch wir wieder an der Tafel Platz.

»Was ist denn nun mit der Tür?«, frage ich, weil ich mich wundere, dass sich auf einmal niemand mehr darum schert. »Und mit Ellen?«

»Wird schon jemand aufmachen irgendwann«, kommt Lukes lapidare Antwort. So langsam geht er mir auf den Keks.

»Essen wir halt Nachtisch«, schlägt Tim vor. »Wäre sonst schade drum.«

Mir ist der Appetit auf Nachtisch vergangen. »Vielleicht sollten wir lieber mal die Polizei rufen?«, entgegne ich blaffend. »Immerhin kann Ellen unmöglich so lange auf dem Klo sein. Wer auch immer uns hier eingesperrt hat, hat ihr wahrscheinlich was angetan.«

Uli lacht. »Du liest zu viele Krimis.« Immerhin geben mir Valeries und Lenas besorgte Mienen recht. Letztere hat bereits ihr Smartphone gezückt.

»Kein Empfang«, stellt sie ernüchtert fest. »Komisch. Vorhin hatte ich noch Netz.« Alle bis auf den Chef kramen ihre Handys heraus, nur um zum selben Ergebnis zu kommen.

»Wir sind also von der Außenwelt abgeschnitten.« Ich stecke

mein Smartphone wieder in die Handtasche und beobachte fassungslos, wie Tim sich die Mousse au Chocolat reinschaufelt. »Na toll!« Ich leere mein Glas Wein.

Eine Sekunde später sitzen wir erneut im Dunkeln. Ein kollektives Aufseufzen macht die Runde.

»Das gibt es doch nicht!«, donnert der Chef. Dann schreit er auf, gefolgt von einem dumpfen Schlag und lautem Poltern. Irgendetwas schleift über den Boden. Jemand stöhnt unmenschlich. Schatten huschen durch den Raum.

»Was ist das?«, fiepe ich. Ich bin kein ängstlicher Mensch, aber das Ganze hier wird immer unheimlicher. Es quietscht.

»Da ist jemand an der Tür«, ruft Lena. »Es ist offen.« Man hört mehrere Stühle rücken. Ich kann nicht erkennen, ob Lena recht hat und die Tür wirklich geöffnet ist, da von außen kein bisschen Licht in den Raum fällt. Trotzdem bewege ich mich in Richtung Tür, um nachzusehen, doch kaum habe ich den Metallgriff ertastet, zieht jemand von der anderen Seite so heftig daran, dass ich mitgezogen werde und gegen das Holz knalle. Autsch! Ich reibe mir die Stirn. Verärgert rüttele ich am Griff, doch keine Chance – die Tür ist wieder verschlossen. »Macht endlich auf«, schreie ich. »Das ist nicht mehr lustig!«

Als das Licht angeht, muss ich blinzeln, so ungewohnt ist die plötzliche Helligkeit für meine Augen. Auch die Ohren werden angegriffen, denn mehrere Personen im Raum schreien los wie die Irren.

»Da ist Blut!«

»Wo ist Uli?«

»Ach du heilige Scheiße!«

»Jemand hat ihn umgebracht.«

Ungläubig fahren meine Augen die Blutspur, die sich von der Tür bis zu Ulis Platz über das Parkett zieht, nach. Wie mir blutige Abdrücke auf dem Fußboden verraten, bin ich mit meinen nagelneuen Winterstiefeln durchgelaufen. Auch Ulis Stuhl ist mit der dunkelroten Flüssigkeit besudelt.

Mein Blick fällt auf die Sängerin.

»Das waren Sie.« Ich marschiere auf sie zu. »Sie hatten vorhin noch Handschuhe an. Warum jetzt nicht mehr? Weil sie ebenso blutverschmiert sind wie der gesamte Raum?«

Die Angesprochene zuckt zusammen, wird kreidebleich. »Wie bitte? Was soll das? Ich habe nichts getan.«

Der Pianist löst sich vom Schemel und eilt zu seiner Kollegin, um ihr den Arm um die Schulter zu legen. »Was sind das für haltlose Unterstellungen?«, fährt er mich an. »Wir wissen ja nicht einmal, was passiert ist.«

»Genau«, pflichtet Luke ihm bei. »Wer sagt denn überhaupt, dass das wirklich Blut ist?«

»Wonach sieht es denn aus?«, antworte ich.

»Das haben wir gleich.« Tim läuft zum Stuhl des Chefs, tippt mit dem Zeigefinger in die rote Flüssigkeit und steckt ihn sich in den Mund. Mir kommt der Brechreiz, und an den Reaktionen der anderen merke ich, wie angeekelt auch sie sind.

»Eindeutig Blut«, sagt er. »Irgendjemand hat den Chef umgebracht und dann die Leiche rausgeschafft.«

»Nein, nein, nein.« Valerie sinkt heulend in ihrem Stuhl zusammen, fast fürchte ich, sie rutscht unter den Tisch.

»Ich rufe die Polizei«, murmelt Richie, nur um einen Augenblick später festzustellen, dass er noch immer keinen Empfang hat.

»Ich will hier raus.« Die sonst eher stille Lena wirkt panisch. Verzweifelt rüttelt sie an der Tür und schlägt dann mit der Faust gegen das Holz. »Hilfe! Bitte machen Sie auf!«

»Das ist Irrsinn!«, meint Richie, ohne zu spezifizieren, ob er sich dabei auf die Bluttat oder Lenas Aktion bezieht. Ich selbst bin nicht sicher, ob ich hier rauswill. Was, wenn der Täter vor der Tür wartet? Oder ist er nach der Beseitigung der Leiche wieder hineingekommen? Die Sängerin ist für mich jedenfalls noch nicht aus dem Schneider. Es ist auffällig, dass sie sich ihrer langärmligen Handschuhe ausgerechnet während des zweiten Stromausfalls entledigt hat. »Woher kennen Sie Uli?«, frage ich sie.

»Gar nicht«, behauptet sie und vergräbt sich tiefer in die Umarmung des Pianisten. »Er hat uns über unsere Website gefunden und engagiert.«

»Ich glaube ihr«, verkündet Luke. »Schließlich hätte jeder von uns viel eher einen Grund, den Chef umzulegen.«

»Ach, ja?« Ich stemme die Hände in die Hüften. »Dann erzähl mal«, fordere ich ihn auf.

»Na, du zum Beispiel.« Er setzt ein triumphierendes Grinsen auf. »Du hast dich mit Abstand am häufigsten mit Uli angelegt. Jede Woche hattet ihr Streit. Das hat jeder in der Agentur mitgekriegt.«

»Weil ich die Einzige bin, die den Arsch in der Hose hat, ihm mal Kontra zu geben«, verteidige ich mich. Glaubt er allen Ernstes, ich hätte meinem Chef etwas angetan? Ich gebe zu, dass ich ihn nicht leiden kann und wir uns oft zoffen, aber so eine Nummer abzuziehen ist total krank. »Und dann bringe ich ihn vor euch allen um? Schwachsinn!« Ich schenke mir selbst Rotwein nach. Die Kellnerin sitzt an die Wand gelehnt auf dem Fußboden, die Augen weit aufgerissen. Sie wird heute niemanden mehr bedienen. Ihr Kollege vom Buffet hat sich neben ihr niedergelassen und beobachtet schweigend unsere Auseinandersetzung. An Essen denkt sowie keiner mehr. Wobei – bei Tim bin ich mir da nicht so sicher.

»Sie könnten auch mal was sagen oder tun«, schnauze ich den Servicemitarbeiter an. »Haben Sie etwa auch keinen Empfang? Gibt es hier vielleicht so etwas wie einen Alarmknopf oder so?«

Der Bedienstete räuspert sich. »Nein. Und wir dürfen während der Arbeit kein Handy bei uns tragen.«

»Du hattest ebenso einen Grund, den Chef zu töten«, sagt Richie auf einmal. Ich folge seinem Blick, der überraschenderweise an Luke hängen bleibt.

»Sieh an.« Ich kann mir ein Schmunzeln nicht verkneifen. »Erzähl mal, Richie.«

Der Eventmanager sieht bedeutungsvoll in die Runde. Alle Augen bis auf Valeries sind auf ihn gerichtet. Die Assistentin scheint geistig abwesend zu sein. »Der Chef hat mitbekommen, dass Luke und Lena eine Affäre haben. Das hat er nicht gern gesehen. Ihr wisst ja, dass er private Beziehungen und Geschäft strikt trennen will. Letzten Montag habe ich gehört, wie er Lena gedroht hat, ihrem Freund alles zu erzählen, wenn sie die Beziehung nicht beendet.«

»Dann hatten also beide, Luke und Lena, ein Motiv«, fasse ich zusammen. »Vielleicht habt ihr Uli ja auch gemeinschaftlich getötet.«

»Das wäre auf jeden Fall einfacher zu bewerkstelligen«, stimmt Richie mir zu.

»Leute«, mischt Tim sich ein. »An das Naheliegendste habt ihr nicht gedacht. Ellen ist diejenige, die als Erste verschwunden ist. Vielleicht hat sie das Ganze hier geplant.«

»Niemals«, protestiert Richie. »Ellen kann keiner Fliege etwas zuleide tun. Ich mache mir eher Sorgen, dass auch ihr was passiert ist.«

»Richtig«, pflichte ich dem Kollegen bei. Wobei sie durchaus einen Grund hatte, sich zu rächen. Uli wollte sie loswerden, weil sie krank ist. Und selbst Richie hat ein Motiv. Er ist schon seit ein paar Jahren unzufrieden, weil der Chef ihm den lange versprochenen Posten als Co-Geschäftsführer verweigert. Genau das kreidet Luke ihm nun auch an.

»Blödsinn«, wiegelt Richie ab. »Ich habe mich damit abgefunden, dass das nichts mehr wird.«

»Tim hingegen nicht, stimmt's?«, wirft Lena in den Raum. Sie hat sich anscheinend wieder gefasst, obwohl ihre natürliche Gesichtsfarbe noch nicht wiedergekehrt ist.

»Was meinst du?« Tims Stimme klingt defensiv.

»Na, du pochst seit einem Jahr auf eine Beförderung. Die du auch verdient hättest. Doch der Chef hält dich hin.«

Interessant, denke ich. Davon wusste ich gar nichts.

»Was bringt es mir dann, ihn zu töten?«, blafft Tim zurück, klingt jedoch verunsichert. »Wenn Uli tot ist, haben wir alle keinen Job mehr.«

Richtig. Ein Totschlagargument. »Deswegen war es ja auch die Sängerin.« Anklagend deute ich mit dem Finger auf sie. Mir fehlt nur noch ihr Motiv.

»Was haben Sie gegen mich?«, fragt sie und greift sich ans Herz, als hätte ich ihr eine tödliche Kugel verpasst. Der Pianist sitzt inzwischen wieder auf dem Schemel. Er sieht erschöpft aus. »Lassen Sie sie doch endlich in Ruhe.«

»Haben Sie ihr geholfen?« Ich steige auf die Bühne, auf der Suche nach irgendeinem Beweis für die Schuld der Musiker. Ihnen traue ich einen Mord auf jeden Fall zu, einfach weil ich sie nicht kenne. Ich inspiziere die Bühne. Laufe einmal um den Flügel herum und halte plötzlich inne. Was ist das denn? Ich gehe in die Hocke und spüre, wie sich ein Triumphgefühl in meinem Inneren ausbreitet.

»Die Musik kam vom Band.« Ich hebe einen schwarzen Rekorder vom Boden auf und strecke ihn demonstrativ in die Höhe. »Wenn das kein Beweis dafür ist, dass sie uns die ganze Zeit nur etwas vorspielen.«

Ein Raunen geht durch den Saal. Richie, Lena und Luke treten näher an die Bühne, um das Gerät zu begutachten.

»Das gibt es doch nicht.« Richie drückt die Playtaste, und *Last Christmas* tönt durch den Raum. Letztes Weihnachten hätte ich kündigen sollen.

»Glaubt ihr mir jetzt endlich?« Ich stelle mich möglichst nah vor die Sängerin, in der Hoffnung, bedrohlich rüberzukommen. »Was habt ihr mit Uli und Ellen gemacht?«

»Der Rekorder beweist gar nichts.« Der Pianist ist wieder aufgestanden und stellt sich neben seine Kollegin. »Außerdem gibt es weder eine Leiche noch eine Tatwaffe.«

»Ähm, Leute?« Tim versucht, unsere Aufmerksamkeit zu erlangen. »Das hier solltet ihr euch ansehen.« Er hält einen spitzen roten Gegenstand in den Händen.

»Ist das ein Messer?«, fragt Richie entsetzt. Wir alle laufen zum Tisch zurück.

»Ja«, antwortet Tim. »Valeries Messer. Es ist Blut dran, und es lag unter ihrem Stuhl.«

Valerie? Richtig, über ihr Motiv haben wir noch gar nicht gesprochen. Tatsächlich hatte sie allen Grund dazu, Uli zu töten. Nahezu täglich hat er sie schikaniert, oft genug vor aller Augen.

»Du hast den Chef erstochen?«, frage ich entsetzt. Die Assistentin ist die Letzte, der ich einen Mord zugetraut habe.

»Nein!« Valerie richtet sich im Stuhl auf. Ihre dunklen Augen wirken wie Höhlen in dem fahlen Gesicht. »Ich habe Uli nichts getan.«

»Warum liegt bei dir dann ein blutiges Messer?«

»Jemand muss es mir untergeschoben haben.« Valerie zittert. »Bitte. Ihr müsst mir glauben.«

Ein Quietschen hinter uns verrät, dass jemand die Tür öffnet. Der Anblick der Person, die den Raum betritt, überrascht und erleichtert mich zugleich. »Ellen!« Ich renne zu ihr. »Wo warst du denn? Was ist passiert?« Ich nehme sie kurz in den Arm.

Die Eventmanagerin sieht mich mit wirrem Gesichtsausdruck an. Ihre kurzen Haare stehen nach allen Seiten hin ab, als hätte sie einen Stromschlag erlitten. »Ich weiß es nicht. Ich bin gerade eben in einem der kleinen Nebenräume aufgewacht. Aber wie ich da hineingekommen bin – keine Ahnung. Mir brummt der Schädel.« Ihre Augen streifen den Raum, bleiben ungläubig an den Blutspuren auf dem Parkett hängen. »Mein Gott, was ist denn hier passiert?«

Sofort ist Richie da und packt sie sachte am Arm. »Setz dich doch erst einmal.« Er führt sie zu einem freien Stuhl am Tisch.

»Wer hat dir die Tür aufgeschlossen?«, fragt Tim. »Es steckt kein Schlüssel von außen.« Ausnahmsweise bin ich beeindruckt von seiner Geistesgegenwärtigkeit.

Ellen zieht die Schultern hoch. »Niemand. Sie war einfach offen.« Seit wann?

»Dann können wir ja endlich gehen.« Luke bedeutet Lena, dass er bereit ist, aufzubrechen.

»Spinnt ihr?«, halte ich ihn zurück. »Wir wissen immer noch nicht, was mit Uli ist.«

»Deswegen sollten wir rausgehen, um die Polizei zu rufen«, sagt Lena und zieht sich die Jacke über. »Auf keinen Fall warte ich hier, bis man uns noch einmal einsperrt.«

»Sie hat recht.« Auch Tim wirft sich seinen Mantel über.

»Niemand verlässt diesen Raum!« Alle drehen wir uns der Tür zu. Dort steht Uli. Quicklebendig und mit einem fetten Grinsen im Gesicht. »Na, habe ich euch nicht versprochen, dass es ein unvergesslicher Abend wird?«

Wir alle starren ihn an. Luke fängt sich als Erster wieder. »Du lebst? Wo warst du?«

»Nebenan. Ich habe mir das Ganze hier in Ruhe angesehen.« Er deutet auf eine kleine Kamera in einem Eck über der Bühne. Wieso ist die keinem von uns aufgefallen? »Ganz großes Kino! Ich danke euch.«

»Was?!« Ich glaube, ich spinne. Was denkt der sich?

»Ellen habe ich aus dem Spiel genommen, da ich Angst um ihr Herz hatte. Ich hoffe, meine Liebe, du verzeihst mir, dass ich Gerd, unseren Pianisten, gebeten habe, dich während des ersten Stromausfalls zu betäuben und aus dem Raum zu bringen. Er und unsere Sängerin sind übrigens Schauspieler.«

Ellen reagiert nicht. Ich bezweifle, dass sie versteht, was der Chef uns hier offenbart.

»Du hast das alles arrangiert?«, frage ich fassungslos. »Warum?«

»So ein reinigendes Gewitter tut uns allen gut. Auch weiß ich jetzt, was ihr alle von mir haltet.« Er wendet sich an die falschen Musiker. »Ich danke euch für das Arrangement mit dem Blut, dem Messer und dem Störsender.«

»Dann ist niemand gestorben?«, flüstert mir Valerie zu. »Aber was ist mit dem Blut? Kommt das von einem Tier?«

»Keine Ahnung«, antworte ich zerknirscht. »Aber eines ist heute Abend auf jeden Fall gestorben. Der gute Geschmack.«

Florian Schwiecker

# Das Weihnachtswunder

*Berlin*

*Über den Autor:*

Florian Schwiecker ist 1972 in Kiel geboren und hat viele Jahre in Berlin als Strafverteidiger gearbeitet. Während seiner Tätigkeit für ein internationales Wirtschaftsunternehmen in den USA entstand die Idee zu seinem ersten Thriller »Verraten«. Seit 2021 schreibt er gemeinsam mit Michael Tsokos die Justizkrimireihe um den Strafverteidiger Rocco Eberhardt und den Rechtsmediziner Doktor Justus Jarmer, deren Bände allesamt in den Top 5 der *Spiegel*-Bestsellerliste landeten. Außerdem empfiehlt Florian Schwiecker regelmäßig Krimis in seiner Kolumne auf freundin.de.

# Eine Rocco-Eberhardt-Kurzgeschichte

## 1. Kapitel

**Berlin-Moabit – Kriminalgericht, Saal 217,**
**Freitag, 22. Dezember, 9.35 Uhr – letzter Verhandlungstag**

Für jemanden, der nach Ansicht der Presse und der überwiegenden Zahl seiner Kollegen auf absolut verlorenem Posten stand, hatte Rechtsanwalt Rocco Eberhardt allerbeste Laune. *Jingle Bells* pfeifend betrat er am letzten Tag, den das Kriminalgericht Berlin in diesem Jahr vor Weihnachten geöffnet hatte, den altehrwürdigen Saal 217. Er ließ seinen Blick über die mit dunklem Holz getäfelten Wände bis zur Richterbank schweifen, in deren Mitte ein kleiner Adventskranz mit vier roten Kerzen stand.

Roccos ohnehin schon gute Stimmung besserte sich sogar noch, als er seinen schärfsten Kritiker, und in dieser Sache auch gewissermaßen seinen Gegner, am Tisch der Verteidigung stehen sah: Rechtsanwalt und Notar Doktor von Klosterwitz. Von der Presse auch gerne als der Anwalt der Reichen und Schönen bezeichnet, schien er gerade einigermaßen erfolglos Tobias Baumann, Roccos besten Freund und Privatdetektiv, in ein Gespräch verwickeln zu wollen.

»Hallo zusammen«, begrüßte Rocco beide und warf seine Robe lässig über den Stuhl. Dann legte er sein iPad zentral vor sich auf den Tisch. Im Unterschied zu den anderen Anwälten war er zwischenzeitlich komplett auf die digitale Akte umgestiegen, was ihm den von den meisten Anwälten genutzten Pilotenkoffer ersparte.

»Sie sehen ja aus, als wäre Ihnen eine Laus über die Leber gelaufen«, sagte Rocco mit hochgezogenen Augenbrauen und einem breiten Lächeln auf den Lippen und musterte den Notar von oben bis unten. »Und das so kurz vor Weihnachten.«

Von Klosterwitz schien Roccos gute Laune überhaupt nicht nachvollziehen zu können. Er erwartete wohl eher Verzweiflung, zumindest aber Demut. Er räusperte sich kurz, beugte sich leicht nach vorne und wandte sich dann mit ernstem Ton an Rocco.

»Ich kann nicht verstehen, warum Sie sich hier so entspannt geben. Und Ihre gute Laune, werter Kollege Eberhardt, wird Ihnen das Gericht auch spätestens in sechs Stunden vermiesen. Denn Ihr Mandant wird für sehr lange Zeit einfahren. So sagt man das doch in Ihren Kreisen, oder?«

Von Klosterwitz macht eine Pause, vermutlich um seinem Vortrag eine gewisse Dramatik zu verleihen, ehe er mit einem Ton, der Rocco an die Standpauke eines Lehrers erinnerte, der gerade einen Schüler beim Rauchen auf dem Jungenklo erwischt hatte, fortfuhr.

»Und wissen Sie auch, warum Ihr Mandant schon dieses Jahr am Heiligen Abend gesiebte Luft atmen wird?! Weil er es verdient hat, der kleine Gauner. Und ich sage Ihnen noch was. Sie haben das auch verdient. Eine krachende Niederlage wird das für Sie werden. Von wegen Berlins bester Strafverteidiger. Schiffbruch werden Sie erleiden, Herr Kollege. Schiffbruch!«

Mit diesen Worten beendete er seine Ansprache, blickte noch einmal abschätzig zu Rocco, ehe er sich auf dem Absatz umdrehte, offensichtlich um Staatsanwältin Tina Marfurt zu begrüßen, die gerade mit fünf Leitzordnern bewaffnet in der Tür des Gerichtssaals erschien.

»Sympathischer Kerl, das muss man ihm lassen«, raunte Tobias Baumann Rocco zu.

»Ja, durch und durch«, erwiderte dieser vollkommen ungerührt und fügte mit einem vielsagenden Blick hinzu: »Und ganz und gar vom Geist der Weihnacht beseelt.«

»Aber leider, leider nicht ganz up to date, was die Beurteilung des Falles betrifft«, sagte Tobi. »Das wollen wir ihm allerdings nicht vorhalten. Er weiß es halt einfach nicht besser.«

»Noch nicht«, schloss Rocco und eilte Staatsanwältin Marfurt zu Hilfe, der gerade die Hälfte ihrer Aktenordner zu entgleiten drohte.

Dankbar lächelte sie ihn an und warf einen Blick auf das iPad auf Roccos Tisch.

»Ich wünschte, der Staat würde uns mit den gleichen Mitteln ausstatten«, sagte sie schnaufend. »Dann würden wir tonnenweise Papier sparen und damit sogar ein bisschen was für unsere Umwelt tun.«

Rocco nickte zustimmend, nahm ihr die oberen drei Aktenordner ab und drückte sie von Klosterwitz in die Hand, der unbeholfen passiver Teil des Geschehens war.

»Geschätzter Kollege, vielleicht sind Sie so nett und helfen unserer Staatsanwältin mit den Akten«, schlug Rocco gespielt jovial vor, ehe er verschwörerisch hinzufügte: »Und möglicherweise können Sie ihr ja auch noch den ein oder anderen Tipp geben, wie sie ihr Plädoyer halten soll. Schließlich wird meinem Mandanten vorgeworfen, das Eigentum Ihrer Mandanten aus deren Schließfächern gestohlen zu haben.« Er lächelte den vollkommen überforderten von Klosterwitz an, der, die Akten balancierend, gar nicht mehr so souverän aussah, wie er sich das wohl gewünscht hätte. Zu allem Überfluss erhoben sich jetzt auch noch einige der Journalisten, die die ersten beiden Reihen des zwischenzeitlich bis auf den letzten Platz besetzten Gerichtssaals eingenommen hatten, um mit ihren Handykameras die ungewöhnliche Szene zu dokumentieren.

Rocco zwinkerte Staatsanwältin Marfurt noch einmal zu und sah jetzt auch einen fragenden Ausdruck auf ihrem Gesicht. Offensichtlich konnte sie ebenso wenig wie von Klosterwitz seine gute Laune nachvollziehen. Nach einhelliger Meinung der Prozessbeobachter, die, wie Rocco wusste, auch die Meinung der Staatsanwaltschaft widerspiegelte, würde sein Mandant vorausichtlich noch heute zu einer jahrelangen Gefängnisstrafe verurteilt werden. Allerdings wussten diese allesamt auch nicht, was Rocco wusste.

**Acht Wochen zuvor**

## 2. Kapitel

**Berlin-Charlottenburg, Fasanenstraße 72, Kanzlei Eberhardt, Montag, 16. Oktober, 10.45 Uhr**

»Ich bin hier, weil ich gerne verhaftet werden möchte.«

Rocco zog die Augenbrauen hoch und fragte sich für einen Moment, ob er sich verhört hatte. Zweifelnd blickte er Andreas Malchow an und musterte den jungen Mann, der ihm an dem langen, gläsernen Besprechungstisch seiner Kanzlei gegenübersaß, von oben bis unten. Höchstens fünfundzwanzig Jahre alt, mit hellblauen Jeans, weißen Sneakern und einem rosafarbenen Hoodie von American Eagle blickte er Rocco aus hellblauen Augen an. Ein offener Blick. Geradezu durchdringend. Aber nicht unsympathisch.

Vor allem aber sah er nicht so aus, als würde er scherzen.

»Und was genau hat Sie zu dieser Entscheidung veranlasst?«, fragte Rocco, um Sinn in diesen doch sehr ungewöhnlichen Wunsch zu bringen.

»Aufmerksamkeit«, erwiderte dieser offen. »Und Wiedergutmachung.«

»Und dafür wollen Sie sich verhaften lassen?«, hakte Rocco nach, weil er nach wie vor keine Ahnung hatte, worum es hier eigentlich ging.

»Unter anderem. Aber nicht nur.«

»Und wofür sollte die Polizei Sie genau verhaften?«

Ohne darauf zu antworten, zog Malchow die aktuelle Ausgabe des meistgelesenen Hauptstadtblattes aus seinem hellgrauen Rucksack und legte sie vor Rocco auf den Tisch. In großen schwarzen Lettern, unterstrichen mit einer fetten roten Linie, war da zu lesen:

*Berliner Polizei tappt weiter im Dunkeln. Spektakulärer Bankraub bleibt seit einer Woche ungeklärt. Täter sind mit Millionenwerten entkommen.*

Unterhalb der Überschrift war das leicht unscharfe Bild eines Tresorraums mit Bankschließfächern zu sehen, von denen einige aufgebrochen waren.

»Das waren Sie?«, fragte Rocco und verstand immer weniger, was hier gerade vor sich ging.

»Ja, das war ich.«

»Aber doch nicht alleine?«

»Das spielt keine Rolle«, erwiderte Malchow vollkommen ruhig.

»Und warum wollen Sie sich jetzt stellen?«

»Das sagte ich doch bereits. Aufmerksamkeit und …«

»Jaja, Wiedergutmachung«, vollendete Rocco den Satz. »Das habe ich schon verstanden. Aber ich habe noch nicht begriffen, warum das Ganze.« Kritisch fügte er hinzu: »Sieht ja so aus, als wenn Sie so weit unerkannt geblieben sind.«

»Stimmt«, entgegnete Malchow. »Und das bereitet mir tatsächlich auch eine diebische Freude.« Dann lehnte er sich leicht über den Tisch und ergänzte mit leiser Stimme, ganz so als mache er sich Sorgen, jemand könnte ihn belauschen: »Und das hat folgenden Hintergrund.«

In den nächsten dreißig Minuten erzählte er Rocco eine der wohl ungewöhnlichsten Geschichten, die dieser je gehört hatte. Rocco kam nicht umhin, mit zunehmender Zeit mehr Respekt für die unglaubliche Chuzpe dieses jungen Mannes zu empfinden. Als Malchow fertig war, lehnte er sich selbstbewusst in seinem Stuhl zurück, schlug lässig ein Bein über das andere und grinste Rocco an.

»Und, sind Sie dabei?«

Rocco dachte kurz nach. Wenn er sich auf dieses Spiel einließ, würde er für eine ganze Zeit lang die Strafverfolgungsbehörden im Dunkeln tappen lassen. Ja sogar an der Nase herumführen. Aber das war vollkommen okay. Denn als Strafverteidiger war es nicht seine Aufgabe, die Arbeit von Polizei und Staatsanwaltschaft zu erledigen. Ganz im Gegenteil: Er war im Rahmen der Gesetze nur seinem Mandanten verpflichtet. Nicht mehr, aber auch nicht weniger. Und wenn er ehrlich war, fand er das Vorhaben doch sehr unterstützenswert.

»Also gut«, sagte er nickend. »Ich bin dabei. Aber bevor wir die Polizei rufen, müssen wir noch einige Sachen klarstellen. Und vorbereiten. Denn wenn wir das so durchziehen, wie Sie sich das gedacht haben, müssen wir mit Widerstand und Angriffen rechnen. Und gänzlich unbeschadet werden Sie auch nicht aus der Sache herausgehen.«

»Das, lieber Herr Eberhardt, ist es ja wohl wert.«

## 3. Kapitel

**Berlin-Charlottenburg, Fasanenstraße 72, Kanzlei Eberhardt, Montag, 16. Oktober, 14.20 Uhr**

Hauptkommissarin Jenny Adams blätterte zum zweiten Mal durch ihre Notizen und blickte abwechselnd erstaunt von Rocco Eberhardt zu Andreas Malchow. So wie es schien, versuchte sich die Beamtin einen Reim darauf zu machen, was die beiden ihr gerade erzählt hatten. Rocco hatte das Gefühl, dass sie sich ganz und gar nicht wohl in ihrer Haut fühlte. Sie sah sich sorgfältig in seinem Büro um, und er fragte sich, ob sie nach einer versteckten Kamera Ausschau hielt.

»Das ist jetzt wirklich ausgesprochen ungewöhnlich«, sagte sie schließlich. »Und ob Sie sich damit einen Gefallen tun, weiß ich nicht. Aber das ist mir jetzt auch egal. Sie sind volljährig und haben mit Rechtsanwalt Eberhardt auch noch einen Rechtsbeistand an Ihrer Seite.«

»Ganz genau«, sagte Malchow und nickte ihr zu. »Und jedes einzelne Wort, das ich Ihnen erzählt habe, ist wahr.«

»Dann lassen Sie es mich noch einmal kurz zusammenfassen, damit ich auch wirklich sicher bin, dass ich nichts falsch verstanden habe«, sagte Adams skeptisch.

»Aber gerne, das sollten Sie unbedingt tun«, stimmte Rocco Eberhardt ihr zu.

»Also, Sie, Herr Malchow, haben einen Tunnel von einer Garage aus, die Sie zu diesem Zweck angemietet haben, unter der Straße bis zum Tresorraum der privaten Sicherheitsfirma gegraben. Ob und von wem Sie dabei unterstützt wurden, wollen Sie nicht mit uns teilen.«

»Genau.«

»Dann sind Sie am vergangenen Sonntagmorgen als letzten Schritt Ihres Plans durch die Außenwand in den Tresorraum eingedrungen …«

»… wo ich dann fünf der über vierhundert Schließfächer aufgebrochen habe«, fügte Malchow hinzu. »Genau so war es.«

»Um dann mit dem Inhalt der Schließfächer, die Rechtsanwalt und Notar Doktor von Klosterwitz für seine Mandanten dort angemietet hatte, zu entkommen.«

»Soweit Sie sich auf das Entkommen beziehen, haben Sie ganz offensichtlich recht.«

Hauptkommissarin Adams sah Rocco zweifelnd an. »Und was genau erwartet Ihr Mandant sich von diesem Geständnis?«

»Aufmerksamkeit«, erwiderte Rocco schmunzelnd. »Und Wiedergutmachung.«

»Das heißt, Sie möchten jetzt auch das Diebesgut übergeben?«, fragte die Beamtin und blickte wieder zu Malchow.

»Dazu werden wir uns nicht äußern«, antwortete Rocco.

»Ich werde Ihren Mandanten vorläufig festnehmen müssen«, entgegnete Adams.

»Darüber könnten wir jetzt leidlich streiten, ob die Voraussetzungen von Paragraf einhundertsiebenundzwanzig, der die vorläufige Festnahme regelt, auch wirklich vorliegen«, sagte Rocco und klopfte auf die vor ihm auf dem Tisch liegende aktuelle Ausgabe der Strafprozessordnung. »Aber das wird nicht nötig sein. Mein Mandant weist ausdrücklich darauf hin, dass er dem nicht widersprechen wird.«

»So ist es«, entgegnete Malchow. »Und weil ich mit dem Gedanken gespielt habe, mich abzusetzen, liegt nach meiner Einschätzung der Haftgrund der Fluchtgefahr vor. Oder, mit anderen Worten, Sie müssen mich auf jeden Fall festnehmen, bevor ich es mir noch anders überlege und mich aus dem Staub mache.«

»Sie wollen mich doch verarschen«, warf Hauptkommissarin Adams wütend ein. »Sie gestehen vollkommen ohne Not eine Tat ein. Einen Bankeinbruch, der nach dem aktuellen Stand der Ermittlungen möglicherweise nie aufgeklärt worden wäre. Und dann lassen Sie sich auch noch freiwillig verhaften. Das kann doch nicht Ihr Ernst sein.«

»Abgesehen davon, dass es sich hier um eine private Sicherheitsfirma mit Schließfächern handelt, es also technisch gesehen ein Einbruch in deren Räume war und kein Einbruch in eine Bank, und dass wir kein Wort darüber verloren haben, ob und was sich in den Schließfächern befindet, und dass mein Mandant sich nicht verhaften lässt, sondern Sie ihn vorläufig festnehmen werden, sodass Sie dann über die Staatsanwaltschaft in Ruhe einen Haftbefehl wegen Fluchtgefahr beantragen können, ist das absolut zutreffend«, entgegnete Rocco, ehe er hinzufügte: »Und nein, wir wollen Sie keineswegs auf den Arm nehmen.«

»Da waren Millionen drin«, erwiderte die Hauptkommissarin. »Das hat uns doch von Klosterwitz versichert.«

»Nun, er muss es ja wissen«, entgegnete Rocco, ohne weiter darauf einzugehen.

Adams schüttelte den Kopf und dreht sich zu der uniformierten Polizistin um, die bis dahin ruhig auf der Stirnseite des Besprechungstisches gestanden hatte.

»Na gut, wie die Herren wollen. Polizeihauptmeisterin Brockhoff, nehmen Sie bitte Herrn Malchow vorläufig wegen des dringenden Tatverdachts auf Einbruchdiebstahl fest.«

»Soll ich ihm Handfesseln anlegen?«, fragte die Uniformierte.

»Unbedingt«, erwiderte Malchow schmunzelnd und streckte seine Hände aus. »Es besteht ja Fluchtgefahr.«

## 4. Kapitel

**Berlin-Moabit – Kriminalgericht, Saal 217,**
**Freitag, 22. Dezember, 12.35 Uhr**

»Bevor wir jetzt zu den Schlussplädoyers kommen«, wandte sich Richter Benedikt an die Prozessbeteiligten, »werden wir noch einmal für eine Mittagspause unterbrechen. Es gibt ja schließlich nicht jeden Tag Gänsebraten in der Kantine. Wir sehen uns dann in einer knappen Stunde, um 13.30 Uhr, wieder hier.« Damit erhob er sich und verschwand mit den beiden Schöffen im Richterzimmer, das durch eine Tür mit dem Verhandlungssaal verbunden war.

Andreas Malchow, der nach wie vor offiziell in Untersuchungshaft war, wurde von einem Wachtmeister in einen Nebenraum gebracht. Rocco stand ebenfalls auf, blickte sich kurz um, musste aber nicht lange suchen. Rechtsanwalt und Notar Doktor von Klosterwitz kam schnurstracks aus dem Besucherbereich, von dem aus er die gesamte Verhandlung verfolgt hatte, auf ihn zu.

»So, lieber Eberhardt«, sagte er spöttisch. »Noch einmal kurz Mittag essen, und dann geht es für Ihren Mandanten für Jahre in den Knast.«

»Das glaube ich nicht«, erwiderte Rocco und schob sich einen Spekulatius in den Mund. Traditionell standen auf den Tischen der Prozessbeteiligten in der Verhandlungswoche vor Weihnachten immer Teller mit Keksen und Dominosteinen. Rocco kaute den Spekulatius seelenruhig zu Ende und fuhr dann mit einer unerwarteten Schärfe in der Stimme fort. »Denn jetzt, lieber Herr Kollege von Klosterwitz, werden wir beide uns einmal miteinander unterhalten.«

Von Klosterwitz zuckte zusammen. Er hatte wohl nicht mit so einer direkten Ansprache gerechnet. Leicht irritiert, aber nicht weniger hochmütig als sonst auch sagte er: »Warum sollte ich das tun, da habe ich weiß Gott Besseres vor.«

»Das kann ich mir nicht vorstellen«, erwiderte Rocco und beugte sich so weit zu von Klosterwitz nach vorne, dass sein Mund unmittelbar neben dessen Ohr war. Er wollte sichergehen, nicht von den noch zahlreich im Gerichtssaal befindlichen Personen gehört zu werden. Leise flüsterte er von Klosterwitz etwas zu. Von einer Sekunde auf die andere fielen dessen Mundwinkel nach unten, und sämtliche Farbe wich aus seinem Gesicht. Von dem eben noch so selbstbewussten Juristen war nicht mehr viel übrig. Als Rocco nach knappen zwei Minuten fertig war, ging er einen Schritt zurück und sah von Klosterwitz direkt in die Augen.

»Und, haben wir einen Deal?«, fragte er.

»Das, das weiß ich nicht«, stotterte dieser unsicher. »Da muss ich erst mit meinen Mandanten Rücksprache halten.«

»Das glaube ich nicht«, hielt Rocco dagegen. »Wenn Sie jetzt nicht darauf eingehen, gibt es keinen Deal. Und mein Mandant wird nach der Mittagspause die ganze Wahrheit über den Inhalt der Schließfächer offenbaren. Auch darüber, wem die Inhalte wirklich gehörten.«

»Das können Sie nicht tun«, fuhr von Klosterwitz ihn in einem vergeblichen Versuch, seine Selbstbeherrschung zurückzugewinnen, an. »Das werde ich nicht zulassen.«

»Gut«, sagte Rocco völlig ruhig. »Dann haben wir keinen Deal.«

Er zog seine Robe aus und hängte sie über den Stuhl. Ihm war natürlich völlig klar, dass von Klosterwitz tatsächlich mit seinen Mandanten würde sprechen müssen, ehe er etwas so Bedeutendes entscheiden könnte. Er hatte aber einfach Spaß daran, den aufgeblasenen Fatzke ein wenig zu ärgern. Deshalb ließ er sich auch etwas Zeit, ehe er auf seine Uhr blickte.

Mit versöhnlichem Ton sagte er: »Na gut, ich will ja kein Unmensch sein. Schließlich hängt Ihr guter Ruf und möglicherweise auch Ihre Zulassung als Anwalt mit an der Sache. Wir machen deshalb Folgendes. Ich werde ins Anwaltszimmer gehen. Und wenn Sie sich doch noch entscheiden, die Sache auf meine Art zu klären, dann kommen Sie in zehn Minuten dazu. Sind Sie auch nur eine Minute zu spät da, dann haben Sie und Ihre Mandanten eine einmalige Chance verpasst.« Er lächelte von Klosterwitz an. »Und das, lieber Kollege, um Ihre eigenen Worte zu benützen, wäre dann ja wohl Ihr Schiffbruch.«

Mit diesen Worten griff er sich sein iPad und verließ den Verhandlungssaal.

## 5. Kapitel

**Berlin-Moabit – Kriminalgericht, Saal 217, Freitag, 22. Dezember, 15.59 Uhr**

Offensichtlich immer noch erstaunt, welche Wendung das Verfahren in den letzten zweieinhalb Stunden genommen hatte, stand Richter Benedikt hinter seiner Bank und blickte in den Verhandlungssaal. Mit fester ruhiger Stimme sagte er dann: »Im Namen des Volkes ergeht folgendes Urteil. In der Strafsache gegen Andreas Malchow, geboren am 13. Oktober 1998, wird der Angeklagte wegen Sachbeschädigung zu einer Geldstrafe von dreihundertsechzig Tagessätzen zu je zwanzig Euro verurteilt.«

Richter Benedikt machte eine Pause und blickte durch seine randlose Lesebrille auf den weißen Zettel vor sich, auf dem er sich Notizen zu seinem Urteilsspruch gemacht hatte. Er zog ein weißes Stofftaschentuch mit Schneeflocken-Stickereien aus seiner Tasche und wischte sich die Schweißperlen von der Stirn. Rocco vermutete, dass der Vorsitzende ganz sicher sein wollte, kein Fehlurteil zu produzieren, weil er irgendetwas übersehen hatte. Er hatte fast ein bisschen Mitleid mit dem Richter. Der abrupte Wechsel in der Beurteilung des Falles musste ihn ordentlich durcheinandergebracht haben. Aber das war notwendig und Teil von Roccos Verteidigungsstrategie. Und schließlich würde sich alles zum Guten wenden. Zumindest für eine ganze Reihe von Menschen.

»Eine Bestrafung wegen Einbruchdiebstahls kommt in Ermangelung von Diebesgut nicht infrage.« Mit einem Ausdruck, dessen Missbilligung keinem im Saal entging, blickte er zu Rechtsanwalt und Notar Doktor von Klosterwitz, der in der ersten Reihe des Zuschauerraums Platz genommen hatte und so aussah, als würde er am liebsten im Erdboden versinken.

»Wie uns der Vertreter der zunächst angeblich Geschädigten

glaubhaft durch die Vorlage dreier eidesstattlicher Versicherungen vermittelt hat, waren entgegen der ursprünglichen Annahme sämtliche von dem Angeklagten aufgebrochenen Schließfächer leer, sodass die Voraussetzungen des Paragrafen zweihundertdreiundvierzig Strafgesetzbuch nicht vorliegen. Denn auch wenn der Angeklagte, wie er ja eingestanden hat, die Schließfächer aufgebrochen hat, hat er keinen Diebstahl begehen können, da diese ja leer waren.«

Jetzt blickte der Richter zu Rocco und Andreas Malchow. Offensichtlich war ihm klar, dass die beiden hier ihr ganz eigenes Spiel gespielt hatten. Allerdings wusste er nicht, welches, und hatte aufgrund der Sachlage auch keinerlei Handhabe, etwas anderes zu beweisen.

»Ein versuchter Diebstahl scheidet ebenfalls aus, da auch dessen Voraussetzungen nicht nachgewiesen werden konnten.«

Richter Benedikt wischte sich erneut mit seinem Taschentuch über die Stirn, ehe er seufzend hinzufügte: »Schließlich entfällt auch eine Strafbarkeit wegen Hausfriedensbruch, weil die private Sicherheitsfirma Tresorum, ebenfalls nach Vorlage einer entsprechenden Urkunde durch Doktor von Klosterwitz, in letzter Minute einen entsprechenden Antrag zurückgezogen hat.«

Noch bevor der Vorsitzende dazu ansetzen konnte, die weiteren Bestandteile seines Urteilsspruchs zu verkünden, sprangen die Zuschauer im Saal auf und sprachen heillos durcheinander. Die Vertreter der Presse tippten wie wild auf ihren Smartphones, um das Ergebnis dieses unglaublichen Urteilsspruchs an ihre Redaktionen zu übermitteln oder direkt über die sozialen Medien zu teilen.

Rocco hingegen blickte mit einem breiten Lächeln zu seinem Mandanten, der während des gesamten Prozesses ruhig neben ihm gesessen hatte.

»Gut gemacht«, sagte er nur.

Der erwiderte Roccos Lächeln. »Sie aber auch.«

## 6. Kapitel

**Berlin-Charlottenburg, Fasanenstraße 72, Kanzlei Eberhardt, Freitag, 22. Dezember, 19.22 Uhr**

Ein paar Stunden später, nachdem Andreas Malchow, ohne auf die Interviewwünsche der Presse einzugehen, als freier Mann, lediglich mit einer Geldstrafe behaftet, das Gericht verlassen hatte, waren Tobi und Rocco noch in Roccos Kanzlei gefahren. Klara Schubert, Roccos Bürochefin und langjährige Mitarbeiterin, hatte sich in diesem Jahr wieder selbst übertroffen.

Geschmackvoll und gerade im richtigen Maße war es ihr gelungen, eine weihnachtliche Atmosphäre in der Kanzlei zu schaffen. Die großen Altbaufenster waren mit kleinen weißen Stickern, die an Schneeflocken erinnerten, geschmückt, und im Wartezimmer und auf dem Empfangstresen stand jeweils ein Weihnachtsstern. Im Hintergrund spielte in dezenter Lautstärke eine Weihnachts-CD mit Klassikern des Rat Pack um Frank Sinatra.

Die perfekte Stimmung, um diesen Sieg zu feiern, dachte Rocco und holte eine Flasche besonders guten Rotweins aus dem bis unter die Decke des hohen Zimmers reichenden hellgrauen Einbauschranks. Dann ließ er sich in einen der komfortablen weißen Lederstühle fallen, die um den langen gläsernen Besprechungstisch in seinem Büro standen. Rocco war zufrieden, dass dieses doch sehr ungewöhnliche Strafverfahren so kurz vor Weihnachten noch gut zu Ende gegangen war.

Er goss Tobi und sich jeweils ein großes Glas Wein ein und prostete seinem besten Freund zu. Tobi lächelte und griff einen Lebkuchenengel von dem bunten Teller, der mitten auf dem mit Tannengrün und einem Adventskranz geschmückten Besprechungstisch stand.

»Jetzt sag mir doch bitte noch einmal, was genau du von Klosterwitz im Saal ins Ohr geflüstert hast«, fragte er Rocco.

»Oh«, erwiderte dieser vergnügt und grinste über das ganze Gesicht. »Das war eigentlich ganz einfach. Ich habe ihm nur gesagt, dass in den Schließfächern neben vier Millionen Euro in bar auch ausreichend Unterlagen waren, die auf ihre Besitzer hindeuteten.«

»Allesamt Politiker«, sagte Tobias Baumann kopfschüttelnd.

»Allesamt Politiker«, bestätigte Rocco. »Und zwar mit Verantwortung für die Bau- und Wohnungspolitik in dieser Stadt.«

»Das Geld haben sie als Bestechung erhalten?«, fragte Tobias weiter.

»Das kann ich dir nicht einmal sagen, auch wenn vieles dafür spricht. Aber dass es nicht versteuert war, das steht fest. Und das habe ich von Klosterwitz auf den Kopf zugesagt. Und das ist im Ergebnis nicht weniger strafbar.«

»Wusste er denn, dass seine Mandanten das Geld illegal erhalten hatten?«, hakte Tobi nach.

»Auch davon habe ich keine Ahnung«, sagte Rocco. »Kann sein, kann auch nicht sein. Vermutet haben dürfte er es wohl schon. Denn es ist eher ungewöhnlich, Schließfächer bei einer privaten Firma und nicht einer zugelassenen Bank anzumieten.«

»Warum?«, wollte Tobi wissen.

»Oh, das ist ganz einfach. Seit Anfang 2021 müssen Kredit- und Finanzinstitute dem Finanzministerium alle Schließfächer melden, die eröffnet werden«, erwiderte Rocco.

»Auch, was sich darin befindet?«, hakte Tobi nach.

»Nicht automatisch. Aber die Behörden können unter bestimmten Voraussetzungen den Inhalt überprüfen und gegebenenfalls darauf zugreifen.«

»Und das wäre dann für von Klosterwitz' Mandanten fatal gewesen«, schlussfolgerte Tobi.

»Ganz genau. Also blieb ihm nur ein Ausweg. Und den«, fügte Rocco amüsiert hinzu, »hat er dann auch ergriffen. So kam es, dass nach dem Rückruf mit seinen Mandanten diesen gerade noch rechtzeitig eingefallen ist, dass da wohl doch nichts in ihren Schließfächern aufbewahrt wurde.«

Tobi schmunzelte.

»Und was geschieht jetzt mit dem Geld, das es nie gegeben hat?«

»Keine Ahnung, ich weiß von keinem Geld«, erwiderte Rocco und zwinkerte seinem Freund zu. »Aber nach allem, was ich gehört habe, ist soeben eine Zuwendung in Millionenhöhe auf dem Konto einer wohltätigen Organisation eingegangen, die Familien finanziell unterstützt, die aufgrund der verfehlten Politik ihre Wohnung verloren haben.«

Rocco nahm sich einen Dominostein und schob diesen in den Mund, ehe er hinzufügte: »Woher das Geld für diese Spenden kommt, weiß niemand.«

»Tja«, schloss Tobi und griff sich einen weiteren engelsförmigen Keks. »Dann werden wir es wohl als das Einzige bezeichnen müssen, was es ist. Ein kleines Weihnachtswunder.«

Kilian Eisfeld

# Der dreifache Perkeo

*Heidelberg*

*Über den Autor:*

Kilian Eisfeld arbeitete zunächst als Sozialarbeiter in einer psychiatrischen Klinik, bevor er sich ganz dem Schreiben widmete. Als Daniel Wolf verfasste er zahlreiche historische Bestseller, die sich bislang über eine Million Mal verkauften. Mit »Wahnspiel« erschien im März sein erster Kriminalroman. Anfang des Jahrtausends wohnte er eine Weile über einer der populärsten Kneipen Heidelbergs, ehe er nach Speyer zog, wo er heute lebt und arbeitet.
Mehr unter: https://www.autor-daniel-wolf.de/
Facebook: https://www.facebook.com/DanielWolfAutor

Ein toter Zwerg«, sagte Erste Kriminalhauptkommissarin Sofija Marković, als sie den Dienstwagen anließ.

Kommissar Alexander Schwerdt war noch nicht ganz wach. Er hatte gestern Abend zu lange an der Playstation gespielt, in der Annahme, er und seine Kollegen vom Dezernat für Kapitaldelikte könnten die Restwoche vor den Weihnachtsfeiertagen geruhsam ausklingen lassen. Ein Irrtum. Alex trank von seinem Coffee to go und fragte die Chefin: »Geht's ein bisschen genauer?«

»Die Stadtreinigung hat ihn heute früh gefunden. Liegt auf einer Treppe zur Tiefgarage am Uniplatz. Genick gebrochen. Mehr wissen die Kollegen vom KDD noch nicht.«

»Was meinst du mit ›Zwerg‹?« Alex leerte den Plastikbecher. Diese Koffeindosis reichte nicht annähernd.

»Na ja, ein erwachsener Mann, aber halt nur eins dreißig groß.«

Schweigend fuhren sie von der Kriminalpolizeidirektion in Richtung Heidelberger Altstadt.

»Das sagt man nicht mehr«, bemerkte Alex nach einer Weile.

»Was sagt man nicht mehr?«

»›Zwerg‹. Es heißt ›Kleinwüchsiger‹.«

»Okay«, meinte Sofija. Sensible Sprache war ihre Sache nicht. Aber immerhin war sie lernfähig.

Die Parkplatzsituation in der Altstadt war wie üblich katastrophal. Sie mussten den Dienstwagen in einer Seitengasse abstellen und den restlichen Weg zu Fuß gehen. Sie überquerten den Marktplatz mit der Weihnachtsstadt, deren Buden morgens um neun freilich noch geschlossen hatten. Stirnrunzelnd betrachtete Alex das Große Fass, eine Hommage an das gewaltige Weinfass im Heidelberger Schloss und die Hauptattraktion des Weihnachtsmarktes.

Die haushohe Holzkonstruktion enthielt einen Glühweintresen, und obendrauf stand eine Figur des berühmten Heidelberger Originals Perkeo.

Alex blinzelte und strebte zum einzigen Café, das bereits offen hatte.

»Was wird das?«, fragte Sofija.

»Ich brauch noch einen Kaffee.«

»Nix. Zuerst wird gearbeitet.«

Seufzend folgte er der Chefin und dachte, dass Sofija ihre diversen Spitznamen – »die Kaltfront«, »das Fallbeil« – durchaus zu Recht trug. Sie gelangten zum Uniplatz, wo sich der Weihnachtsmarkt fortsetzte. Zwischen den Glühwein- und Crêpesbuden standen Einsatzfahrzeuge, es wimmelte von Kriminaltechnikern in weißen Overalls. Alex und Sofija bückten sich unter dem Flatterband hindurch, mit dem die Kollegen einen Bereich bei der Neuen Universität abgesperrt hatte, und gingen zur Tiefgarage. Die fragliche Treppe führte hinab zu einer mit bunten Stickern vollgeklebten Metalltür. Der Schacht stank nach Urin. Auf dem Betonboden lag die Leiche. Sie blieben am oberen Ende der Treppe stehen und betrachteten den Toten aus zwei Metern Entfernung, um etwaige Spuren nicht zu kontaminieren. Ein kleinwüchsiger Mann Anfang/Mitte dreißig. Weiß, dunkelhaarig, bärtig. Jeans, Lederschuhe, Winterjacke: alles Markenklamotten. Blut gab es keines.

»Fällt dir dazu spontan was ein?«, fragte Sofija.

»Peter Dinklage«, antwortete Alex.

Sie schaute ihn verwirrt an. »Heißt so der Tote?«

»Was? Nein, das ist ein kleinwüchsiger Schauspieler. In *Game of Thrones* spielt er den …«

»Geh mir nicht auf die Nerven, Alex.«

Der Einsatzleiter der KT trat zu ihnen.

»Was haben wir bisher?«, kam Sofija direkt zur Sache.

»Dir auch einen guten Morgen, Marković. Also, Todesursache:

Möglicherweise ist er die Treppe runtergestürzt und hat sich den Hals gebrochen. Bisher keine Hinweise auf Fremdeinwirkung. Die Rechtsmedizin kann dazu sicher mehr sagen. Bei der Leiche haben wir ein iPhone, einen Schlüsselbund und einen Geldbeutel mit Perso gefunden. Der Tote heißt Holger Jülich. Jahrgang 1990. Wohnt im Neuenheimer Feld. Hier ist die Adresse. Die Kollegen haben ihn bereits überprüft. IT-Fachmann in einer Mannheimer Firma. Geordnete Finanzen. Keine Vorstrafen oder andere Auffälligkeiten.«

»Irgendwelche prägnanten Spuren in der Umgebung?«

»Bisher nichts. Aber wir sind dran.«

»Zeugen? Etwas, das als Tatwaffe infrage käme?«

»Nix. Tut mir leid.«

»Okay. Braucht ihr den Schlüsselbund noch?«

»Erst mal nicht.«

»Gib her.«

Wortlos nahm Sofija den Asservatenbeutel entgegen. Der KT-Chef entfernte sich kopfschüttelnd und murmelte etwas, das möglicherweise »Gern geschehen, Kaltfront« lautete.

»Weißt du«, meinte Alex, »Personen mit einer Körpertemperatur von über 35 Grad sagen gelegentlich ›bitte‹ und ›danke‹. Vielleicht möchtest du das nachahmen. Besonders in der Weihnachtszeit freuen sich deine Mitmenschen über etwas Herzenswärme und Freundlichkeit.«

»Hol dir deinen Kaffee, damit wir zu Jülichs Wohnung fahren können«, sagte Sofija ohne jegliche Herzenswärme und Freundlichkeit.

Jülich wohnte in einem topmodernen Bungalow mit einem handtuchgroßen Vorgarten. Niemand reagierte auf ihr Klingeln. Sofija zog Latexhandschuhe an, ehe sie den Schlüsselbund aus dem Asservatenbeutel nahm und die Haustür aufsperrte.

»Kriminalpolizei!«, rief sie. »Jemand zu Hause?«

Keine Antwort.

Sie traten ein und warfen einen Blick in die Zimmer, die von der Diele und dem Wohnzimmer abgingen. Niemand da.

»Wir schauen erst mal nur, ob uns irgendwas ins Auge springt«, sagte Sofija. »Je nachdem, was die Autopsie ergibt, soll sich dann die KT das Haus vornehmen.«

Das gesamte Haus war kleinwüchsigengerecht gestaltet sowie sauber und aufgeräumt. Nichts deutete auf einen Einbruch oder dergleichen hin. Jülich lebte offenbar allein und verdiente gut; die Einrichtung wirkte teuer, sämtliche Elektrogeräte waren High End. In Wohn- und Schlafzimmer entdeckte Alex mehrere gerahmte Selfies, die Jülich vor den Pyramiden von Gizeh, vor Stonehenge und vor anderen beliebten Reisezielen zeigten. Daneben interessierte er sich fürs Theater: An einer Pinnwand in der Küche hingen eingerissene Eintrittskarten für hochkarätig besetzte Stücke in Heidelberg, London und Wien.

»Ich hab was.«

Sofija trat zu ihm, und er hielt ihr eine ausgeschnittene Zeitungsannonce hin. Darin suchte ein Eventmanager namens Marcel Kaiser für ein historisches Szenentheater über das Leben des Perkeo einen kleinwüchsigen Laienschauspieler. Kaisers Handynummer war angegeben.

»Vielleicht hat sich Jülich für die Rolle beworben«, mutmaßte Alex.

»Hilf mir auf die Sprünge: Wer war Perkeo gleich noch mal?«

Dass Sofija voraussetzte, dass Alex ihr diesbezüglich Auskunft geben konnte, verdankte er seinem speziellen Ruf: Er galt als der Nerd der Kripo Heidelberg, der über Expertenwissen in den Themengebieten Geschichte, Mythologie, Science-Fiction, Videospiele und Internetkultur verfügte. Das meiste davon war, wie er zugeben musste, für die alltägliche Polizeiarbeit vollkommen nutzlos. Bei ungewöhnlichen Fällen jedoch – und dieser entwickelte sich offenbar zu einem solchen – half es ihnen mitunter weiter.

»Perkeo – eigentlich Clemens Pankert – war kleinwüchsig. Er galt als außergewöhnlich schlagfertig und trinkfest, weswegen Kurfürst Karl Philipp ihn aufs Heidelberger Schloss holte und ihn zu seinem Hofzwerg und zum Hüter des Großen Fasses ernannte.«

»Ich dachte, ›Zwerg‹ sagt man nicht mehr.«

»Das war im 18. Jahrhundert, da hat man kleinwüchsige Menschen so genannt. Damals spielten diese oft die Rolle von Hofnarren. Mit der Zeit wurde Perkeo zu einer Art Maskottchen für Heidelberg.«

»Woran ist er gestorben?«

»Weiß man nicht genau. Alt geworden ist er jedenfalls nicht, dreiunddreißig oder so. Es gibt die Legende, er sei vergiftet worden. Aber ich halte es für wahrscheinlicher, dass er sich totgesoffen hat. Willst du noch mehr wissen?«

»Reicht erst mal.« Nach einer kurzen Pause fügte Sofija hinzu: »Danke dir.« Sie betrachtete das gut bestückte Weinregal in der Küche und sinnierte: »Jülich ist auch nur dreiunddreißig geworden. Und er scheint auch ganz gerne einen getrunken zu haben.«

Alex hob die Annonce hoch. »Sollen wir mit diesem Marcel Kaiser reden?«

Sofija nickte zögernd. »Bis der rechtsmedizinische Befund da ist, schadet es nicht, Informationen zusammenzutragen. Aber vorher sprechen wir mit Jülichs Arbeitgeber.«

Ihr Blick war auffordernd. Mit »wir« meinte sie wie üblich: Alex.

»Hast du schon was?«, fragte die Chefin zwei Stunden später, als Alex gerade den Hörer auflegte.

»Gerade fertig geworden. Setz dich.«

Mit einem Gesichtsausdruck, als wäre sie gezwungen, sich einer verminten und radioaktiven Müllkippe zu nähern, betrat sie das Büro und blieb stirnrunzelnd zwischen den aufgetürmten Aktenordern und überquellenden Regalen stehen.

»Warte. Ich mach dir Platz.« Er entfernte einen alten SpuSi-Overall, mehrere Einkaufstüten, einen leeren Pizzakarton sowie eine Box mit Fachzeitschriften und legte einen zweiten Bürostuhl frei.

»Ernsthaft, Alex. Wenn du nicht endlich aufräumst, stell ich demnächst einen Müllcontainer unters Fenster und schmeiß den ganzen Krempel raus!«

»Das ist kein Krempel«, empörte er sich. »Das ist wichtiges dienstliches Material, für das ich mir ein Ablagesystem überlegen muss.«

»›Wichtiges dienstliches Material‹?« Sie hielt eine *Starship Troopers*-DVD hoch.

Er riss ihr den Film aus der Hand und verstaute ihn in einer Schublade, die so voll war, dass sie nicht richtig schloss. »Zum *Thema*«, sagte er mit Nachdruck. »Ich hab mit dem Geschäftsführer der Softwarefirma gesprochen; außerdem mit der Personalchefin und Jülichs direktem Vorgesetzten. Alle wirkten ehrlich schockiert. Irgendwelche Auffälligkeiten bei der Arbeit gab es nicht. Jülich war Experte für Cloud-Lösungen, kompetent und zuverlässig. Fehltage hatte er in den letzten Jahren keine, weswegen man sich gewundert hat, als er heute Morgen nicht auftauchte. Eine Sache ist da allerdings. Ich musste ziemlich bohren, bis seine Chefs endlich damit rausrückten. Jülich war ein Schandmaul wie Perkeo.«

»Heißt?«

Alex fummelte eine Lakritzschnecke aus der Tüte und antwortete kauend: »Er war ein großer Sprücheklopfer, der sich gern über die Kollegen lustig gemacht hat. Dabei hat er es auch mal übertrieben und Tränen und Wutanfälle provoziert. In der Firma war er deswegen nicht eben beliebt.«

»Ist es denkbar, dass er irgendwen so gereizt hat, dass der oder die ihn umgebracht hat?«

»Konkrete Anhaltspunkte dafür gibt's im Moment keine. Der letzte Vorfall in dieser Richtung ist wohl schon ein paar Monate her. Aber wir behalten das mal im Hinterkopf.«

»Nehmen wir uns Kaiser zur Brust«, sagte Sofija.

Marcel Kaiser war studierter Regisseur, der Theaterevents für das Heidelberger Schloss organisierte. Da dies nicht zum Leben reichte, hatte er diverse Nebenjobs. Im Dezember etwa betrieb er einen Glühweinstand unweit der Neuen Universität. Dort trafen die Kripobeamten ihn nachmittags an.

Sofija schob ihren Dienstausweis zurück in die Jackentasche. »Kannten Sie einen Holger Jülich?«

Der hagere Vierzigjährige mit dem markanten Gesicht und dem silbrig gesträhnten Haar bediente gerade einen Kunden. »Ja, der hat vor ein paar Tagen bei mir wegen einer Rolle vorgesprochen.«

Alex zeigte ihm die Annonce. »Für dieses Stück, nehme ich an.«

»Korrekt. Herr Jülich wird den Perkeo spielen. Ist er in Schwierigkeiten?«

»Schließen Sie bitte den Stand, damit wir uns in Ruhe unterhalten können«, sagte Sofija.

»Jetzt? Das wäre schlecht fürs Geschäft.«

»Bitte, Herr Kaiser. Wir können Sie auch in die Direktion laden, das wäre dann noch langwieriger.«

Ungehalten klappte Kaiser an der Theke die Läden hoch, öffnete an der Seite eine Tür und winkte die Beamten herein.

»Wer ersetzt mir den Verdienstausfall? Ihre Behörde?«

Im Licht der Neonröhre sah er ungesund aus. Die Ringe unter den Augen, die belegte Stimme und die veritable Fahne verrieten Alex, dass der Regisseur verkatert war. Das Standinnere wirkte klebrig und unordentlich. Das fiel auch Sofija auf. Sie konterte: »Ich denke vielmehr darüber nach, eine andere Behörde auf Ihren Stand hinzuweisen: das Gesundheitsamt. In dem Fall würden Sie sicher noch mehr Geld verlieren.«

Kaiser hörte augenblicklich auf, sich zu beschweren. »Sorry für die Unordnung. Ich mach nachher gründlich sauber. Heute Morgen bin ich nicht dazu gekommen. Was ist jetzt mit Jülich?«

»Er ist tot.«

Der Regisseur musste sich setzten. »Das ist ja … Ich weiß nicht, was ich sagen soll … Einfach furchtbar …«

Sofija erläuterte ihm knapp, wann, wo und in welchem Zustand man Jülichs Leiche gefunden hatte. »Können Sie uns dazu etwas sagen?«

»Nein. Tut mir leid.«

»Wann haben Sie Herrn Jülich das letzte Mal gesehen?«, fragte Alex.

Kaiser zögerte. »Gestern Nacht. Kurz nach neun, als der Weihnachtsmarkt geschlossen hatte, kamen Jülich und Ole Rothmann zu mir in den Stand, wir tranken Glühwein.«

»Wer ist Ole Rothmann?«

»Da muss ich etwas ausholen. Sie wissen, was ich beruflich mache? Also wenn ich mir nicht gerade auf dem Weihnachtsmarkt die Beine in den Bauch stehe, meine ich.«

»Sie inszenieren für das Schloss ein szenisches Theaterstück, in dem es um Perkeo geht«, sagte Alex.

»Ich will Perkeos Leben und seinen Aufstieg zum Hüter des Großen Fasses historisch korrekt darstellen. Solche Sachen mach ich seit ein paar Jahren, bei den Touristen kommt Museumstheater gut an. Für die Hauptrolle hab ich einen kleinwüchsigen

Schauspieler gesucht. Einen Laien, Profis kann ich mir nicht leisten. Drei Kandidaten haben sich auf die Anzeige gemeldet: Sven Heindel, Ole Rothmann und Holger Jülich. Beim Vorsprechen hat sich gezeigt, dass alle drei gleich gut für die Rolle geeignet wären. Ich konnte mich nicht für einen entscheiden. Also hat Jülich mir und den anderen vorgeschlagen, die Sache mit einem Trinkspiel zu entscheiden. Da Perkeo als trinkfest galt, sollte der die Rolle bekommen, der den meisten Glühwein verträgt.«

»Darauf haben Sie sich eingelassen?«, fragte Sofija.

»Warum nicht? Ich hätte die drei auch Streichhölzer ziehen lassen können, aber Jülichs Idee fand ich lustiger. Also haben wir uns gestern Abend hier getroffen. Heindel nicht, der fand die Aktion kindisch und ist ausgestiegen.«

»Jülich und Rothmann haben also um die Wette getrunken. Wie ist das ausgegangen?«

»Nicht nur Jülich und Rothmann haben getrunken. Ich auch, um ehrlich zu sein. War halt ein lustiger Abend …« Kaiser rieb sich die Stirn. »Nach einer Weile hat sich gezeigt, dass Jülich gut was verträgt und uns locker unter den Tisch trinken könnte. Was in Rothmanns Fall auch passiert ist. Der ist irgendwann weggedöst. Damit war die Sache entschieden. Ich hab Jülich zur Hauptrolle gratuliert, er ist kurz darauf nach Hause. Rothmann hab ich geweckt und in ein Taxi gesetzt.«

»Wann war das?«, fragte Alex.

»Gegen eins, ungefähr.«

»Haben Sie gesehen, wo Jülich hin ist?«

»Nein, ich war ja erst mal mit Rothmann beschäftigt. Hat eine Weile gedauert, den wach zu kriegen.«

»War Jülich eigentlich mit dem Auto da?«

»Der war so schlau, sein Auto zu Hause stehen zu lassen. Ich nehm an, er wollte sich auch ein Taxi nehmen.« Kaiser sank in sich zusammen und war plötzlich grau im Gesicht. »Das ist eine

Katastrophe. Jülich war der perfekte Perkeo. Was soll ich denn jetzt machen?«

»Rothmann oder Heindel engagieren«, schlug Sofija vor. »Sagten Sie nicht, die beiden seien genauso gut gewesen?«

»Beim Vorsprechen dachte ich das. Aber gestern habe ich meine Meinung geändert. Sie hätten Jülich erleben sollen. Der war unglaublich witzig und schlagfertig.« Ein Lächeln huschte über Kaisers Gesicht. »Der im Perkeo-Kostüm vor dem Großen Fass – die Leute hätten ihn geliebt.« Das Lächeln verschwand. »Nein. Rothmann oder Heindel können ihn nicht ersetzen. Zumal ich ohnehin keine Lust mehr habe, das Stück zu machen. Das wäre unter diesen Umständen auch reichlich unangemessen.«

»Ihr Stand bleibt erst mal geschlossen«, sagte Sofija. »Bis der Fall aufgeklärt ist, dürfen Sie hier drin nichts verändern. Auf keinen Fall putzen. Eventuell muss die Kriminaltechnik die Bude untersuchen.«

»Das können Sie nicht machen!«, brauste Kaiser auf. »Das kostet mich Unsummen!«

»Ich kann auch das Gesundheitsamt anrufen, wenn Ihnen das lieber ist.«

Der Regisseur kniff die Lippen zusammen und gab Ruhe.

»Also: der rechtsmedizinische Befund«, sagte Sofija am nächsten Tag, als sie vom Parkplatz fuhren. »Jülich hat eine enorme Menge Glühwein intus. Das zumindest passt zu Kaisers Geschichte. Wie er sich den Hals gebrochen hat, lässt sich leider nicht eindeutig klären. Könnte bei einem Sturz die Treppe runter passiert sein, oder man hat ihm mit einer stumpfen Waffe hart in den Nacken geschlagen. Die wenigen Spuren bei der Tiefgarage liefern kein klares Bild.«

»Wir sind also so schlau wie vorher.« Alex hatte sich auf ruhige Weihnachtsfeiertage gefreut. Mit Steffi und Kater Frodo auf der

Couch fläzen, Playstation spielen, einen Fantasyroman lesen. Das konnte er vergessen. Dieser eigenartige Fall würde sie wohl noch länger in Beschlag nehmen. Für eine kriminaltechnische Untersuchung der Glühweinbude reichte es vorerst nicht; sie wussten ja nicht einmal, ob überhaupt ein Tötungsdelikt vorlag. Wahrscheinlich hätte der Staatsanwalt Jülichs Tod längst als Unfall eingestuft und die Akte geschlossen, wäre da nicht diese eine Unstimmigkeit: Wenn Jülich nachts mit dem Taxi nach Hause fahren wollte, wieso war er zur Tiefgarage gegangen?

»Was ist mit Jülichs Handy?«

»Ist noch in der IT, sollte aber bald ausgewertet sein«, antwortete die Chefin. »Bitte sag mir, dass du ein bisschen mehr hast.«

»Ich hab pro forma Sven Heindel überprüft. Der hat für die fragliche Nacht ein Alibi. Ist seit ein paar Tagen auf Dienstreise im Ausland und kommt erst am 24. zurück. Unser Freund Marcel Kaiser ist da schon interessanter. Der wollte nach dem Studium mit klassischen Bühnenstücken groß rauskommen, Schiller, Brecht und so weiter. Ist damit aber auf die Nase gefallen. Seine schrägen Inszenierungen kassierten einen Verriss nach dem anderen, bis ihn kein Theater mehr haben wollte. Seitdem macht er solche Sachen wie das historische Szenentheater im Schloss. Ach, und ein Choleriker ist er außerdem. Bei Theaterleuten ist er als jähzornig verschrien. Vor Jahren hat er sogar eine Bewährungsstrafe bekommen, weil er bei einem Wutanfall einem Schauspieler die Nase gebrochen hat.«

»Ein sympathischer Mensch. Und Ole Rothmann?«

»Jahrgang 99. Spielt seit der Jugend Laientheater. Arbeitet als Aktivist für die Inklusion von Kleinwüchsigen. Mehr hab ich nicht gefunden. Da sind wir auch schon.«

Alex parkte den Wagen, und sie gingen zu einem Wohnblock. Rothmann teilte sich die Vierzimmerwohnung mit seiner ebenfalls kleinwüchsigen Lebensgefährtin, die gerade auf der Arbeit war. Der junge Mann bestätigte Kaisers Geschichte. Tatsächlich litt er noch immer unter den Nachwirkungen des Wetttrinkens und spülte eine Kopfschmerztablette mit Wasser herunter, während er die Nachricht von Jülichs Tod verdaute. Sonderlich betroffen wirkte er nicht. Vermutlich überlagerte der Kater alle anderen Empfindungen.

»Ich weiß nicht, was mich geritten hat, bei dem Besäufnis mitzumachen«, nuschelte er kopfschüttelnd. »Eine idiotische Idee …«

»Können Sie sich noch erinnern, wie Herr Kaiser Sie geweckt und zum Taxi gebracht hat?«, fragte Sofija.

»Sorry, totaler Filmriss. Das Nächste, was ich weiß, ist, wie ich morgens mit dröhnendem Schädel aufgewacht bin. Kaisers Glühwein ist eine ekelhafte Plörre. Dass man so was verkaufen darf, gehört verboten.«

»Wie Herr Jülich gegangen ist, haben Sie also auch nicht mitgekriegt?«

Rothmann verneinte.

»Waren Sie enttäuscht, dass Sie die Rolle nicht gekriegt haben?«, fragte Alex.

»Das steht doch noch gar nicht fest. Kaiser wollte uns die Tage Bescheid geben, wer sie kriegt.«

Die Kripobeamten wechselten einen Blick.

»Uns hat er gesagt, er hätte sich direkt nach dem Wetttrinken für Jülich entschieden«, meinte Alex.

»Ach so. Dann hab ich ihn wohl falsch verstanden. Kann mich an das Gespräch ehrlich gesagt kaum erinnern. Na ja, das hat sich jetzt alles sowieso erledigt, oder?«

»Vermutlich.«

»Schade drum. Ich hätte den Perkeo gern mal anders dargestellt. Nicht wie einen kaspernden Trunkenbold, sondern wie der vielschichtige Charakter, der er in Wirklichkeit war. Außerdem wäre es eine gute Gelegenheit gewesen, die Anliegen von Kleinwüchsigen in die Presse zu bringen.«

»Dieser Aktivismus – machen Sie das eigentlich hauptberuflich?«, fragte Sofija.

»Damit kann man leider kein Geld verdienen.«

»Und was *machen* Sie beruflich?«

»Ich bin gelernter Goldschmied.« Zögernd fügte Rothmann hinzu: »Aber gerade auf Jobsuche.«

»Seit wann?«, fragte Alex.

»Fünf, sechs Monaten.«

»Ihre Partnerin kommt also allein für die Wohnung auf?«

»Na ja, ich steuere mein Arbeitslosengeld bei. Es ist eng, aber es geht übergangsweise.«

»Waren Sie eigentlich mit Heindel und Jülich schon länger bekannt?«, fragte Sofija.

Zwischen Rothmanns Augenbrauen bildete sich eine Falte. »Weil alle Kleinwüchsigen miteinander befreundet sind, oder was? Kennen Sie alle Deutschjugoslawen?«

»Hätte ja sein können, dass Sie ihnen im Rahmen Ihres Aktivismus schon mal begegnet sind.«

»Nein. Beim Vorsprechen habe ich sie zum ersten Mal gesehen.«

»Danke, Herr Rothmann. Das war's erst mal von unserer Seite«, sagte Sofija. »Bitte melden Sie sich bei uns, wenn Ihnen noch was zur Sache einfällt.«

»Ich hab mit Rothmanns Vermieter telefoniert«, sagte Alex später in Sofijas Büro, das im Gegensatz zu seinem penibel aufgeräumt war. »Deren finanzielle Situation ist nicht bloß ›eng‹, sondern offenbar äußerst schwierig. Die sind zwei Monatsmieten im Rückstand. Der Vermieter ist ein harter Hund, der hat dafür null Verständnis. Er will sie rausschmeißen. Rothmann hätte die Gage jedenfalls gut gebrauchen können.«

»Aber würde er so weit gehen, seinen Konkurrenten umzubringen, um an die Rolle zu kommen?«, gab Sofija zu bedenken.

»So richtig traue ich ihm das nicht zu. Rothmann wirkt ja wie einer, der sich für andere Menschen einsetzt. Aber er war eben auch sturzbetrunken. Wer weiß, was im Suff über ihn gekommen ist.«

»Der war nicht mehr fähig, irgendwen niederzuschlagen oder auch nur eine Treppe runterzustoßen.«

»Wenn es stimmt, was Kaiser erzählt. Vielleicht ist das auch alles ganz anders abgelaufen …«

Das Telefon klingelte. Sofija nahm ab und formte stumm mit den Lippen die Silben »IT«.

»Schon fertig? Danke euch … Okay … Ich bin gespannt. Ja, stellt sie einfach ins System.«

Sie legte auf, bewegte die Maus und beendete den Bildschirmschoner. »Die haben Jülichs Handy ausgewertet und darauf mehrere Sprachaufnahmen gefunden. Wenn ich den Kollegen richtig verstanden habe, sind das Reden im Perkeo-Stil, die Jülich wohl zu Übungszwecken aufgezeichnet hat. Ah, da sind die Dateien schon. Ich spiel sie mal der Reihe nach ab.«

Sie lauschten schweigend.

»Oha«, sagte Alex, als die letzte Aufnahme zu Ende war. »Starker Tobak. Jülich war wirklich ein unangenehmer Typ.«

»Ich glaube, ich weiß jetzt, wer ihn umgebracht hat. Und wieso«, bemerkte Sofija.

»Ich auch. Warte mal. Ich hab eine Idee. Vielleicht können wir den Tatverdächtigen mit der Aufnahme zu einer Dummheit verleiten. Spiel sie bitte noch mal ab …«

Am frühen Abend klingelte Alex bei einem ungepflegten Reihenhaus in Heidelberg-Kirchheim. Ein unrasierter und schlecht gelaunter Marcel Kaiser öffnete die Tür.

»Allein diesmal? Wo ist denn die Frau Obermacker?«

»Frau Marković hat in der Direktion zu tun.«

»Was wollen Sie? Mir hoffentlich erlauben, den Stand wieder aufzumachen.«

»Das geht leider nicht. Ein paar Tage müssen Sie sich noch gedulden.«

»Verdammte Scheiße! In ein paar Tagen ist der Weihnachtsmarkt vorbei. Wissen Sie, was mich das kostet? Eine verfickte Stange …«

»Herr Kaiser«, unterbrach Alex die Tirade, »ich bin wegen etwas anderem hier.« Er zog Jülichs Handy aus der Jacke. »Hören Sie sich bitte diese Aufnahme an.«

»Was ist das?«, fragte Kaiser misstrauisch.

»Eine von mehreren Sprachaufnahmen, die Herr Jülich erstellt hat, um für die Rolle des Perkeo zu üben.« Alex drückte auf Play, und aus dem Handy tönte eine meckernde Stimme, die vor Häme triefte.

*»Mein lieber Freund Marcel. ›Kaiser‹ nennen sie dich, aber für Perkeo bist du nur ein König. König der Stümper! König der Einfaltspinsel! In der Theaterwelt lachen sie noch immer über dich. Und wie sie hinter deinem Rücken über dich reden, die Schauspieler, die Intendanten, die alten Kollegen. Nachts, wenn du nicht schlafen kannst, kannst du sie hören, nicht wahr? ›Wisst ihr noch, der Kaiser? Was war das nur für ein armseliger Spinner. Seine ›Dreigroschenoper‹, o! Mein! Gott! Der Kerl hielt sich für originell, dabei war das schlichtweg eine Vergewaltigung, was er dem armen Stück angetan hat.‹«*

Der Regisseur war erbleicht. »Machen Sie das aus!«, zischte er. Doch Alex ließ die Aufnahme weiterlaufen.

*»Als Narr am Hofe des Kurfürsten sieht man so manchen Versager kommen und gehen«*, höhnte Jülich alias Perkeo. *»Aber noch nie ist mir ein so jämmerlicher Wicht wie du untergekommen.*

*Möchtegern-Marcel, der Kann-nichts-Kaiser. Die Nullnummer vom Nationaltheater …«*

»Es reicht!«, fauchte Kaiser.

»Ist gleich vorbei, nur noch dreißig Sekunden …«

»Nein!« Kaiser riss Alex das Handy weg und stoppte die Sprachaufnahme.

»Geben Sie bitte das Asservat zurück.«

Der Regisseur schmetterte das Mobiltelefon so heftig auf den Boden, dass kleine Stücke davon abbrachen. »Der kleine Scheißer!«, schrie er. »So einem gehört das Maul gestopft!«

»Bitte, Herr Kaiser. Jetzt stellen Sie sich nicht so an.« Alex beschloss, noch einen draufzusetzen. Grinsend sagte er: »›Nullnummer vom Nationaltheater‹. Sie müssen doch zugeben, dass das lustig ist.«

Das hatte den gewünschten Effekt.

»Lustig findest du das? Scheißbulle! Dir zeig ich, was lustig ist!«

Kaiser bleckte die Zähne und schwang die Faust. Alex blockte den Schlag ab, woraufhin Kaiser versuchte, ihn zu würgen. Sofija und zwei Streifenbeamte kamen hinter der Hausecke hervor und hasteten durch den Vorgarten. Mit vereinten Kräften brachten die Beamten den schreienden Regisseur zu Boden.

»Sie sind ausgerastet und haben Jülich umgebracht, richtig?«, keuchte Alex, während er Kaiser Handschellen anlegte.

»Ich wollte das nicht!« Über das rotfleckige Gesicht rannen die Tränen. »Ich hab ihm nur eine verpasst, damit er sein Schandmaul hält! Aber dann ist er umgekippt und voll mit dem Nacken auf die Stuhlkante. Das war ein Unfall, Mann! Wir waren doch alle stockbesoffen …«

Der Regisseur zappelte noch einen Moment, dann gab er die Gegenwehr auf.

»Zwei Glühwein, bitte.« Alex zahlte und trug die dampfenden Tassen zu einem Stehtisch vor dem Großen Fass in der Weihnachtsstadt. Es war der 23. Dezember. Es schneite leicht.

Sofija nippte an ihrem Becher und seufzte. »Das tut gut nach dem ganzen Stress.«

»Ich lass dich gleich Feierabend machen«, sagte Alex. »Ich erzähl dir nur noch schnell, was die KT gefunden hat.«

»Okay, aber mach's kurz.«

»Die Kollegen haben den fraglichen Hocker aus Kaisers Stand untersucht und vorne an der Sitzfläche Hautpartikel und winzige Blutspuren von Jülich gefunden. Das passt sowohl zu Kaisers Geständnis als auch zur Beschaffenheit der Verletzung an Jülichs Nacken.«

»Also können wir Kaiser festnageln?«

»Das sollte reichen, ja.«

Seit der Rangelei in seinem Hausflur saß der Regisseur in U-Haft und schwieg auf Anraten seines Anwalts beharrlich. Doch viel würde ihm das nicht helfen, schätzte Alex. Dank seines im Affekt herausgebrüllten Teilgeständnisses und der übrigen Indizien konnten die Beamten rekonstruieren, was in den ein, zwei Stunden vor Jülichs Tod in der Glühweinbude passiert war. Anders, als Kaiser zunächst behauptet hatte, hatte das Trinkspiel nicht mit einem eindeutigen Sieger geendet, sondern mit einem Patt zwischen den Bewerbern für die Rolle des Perkeo, da beide in etwa gleich trinkfest waren. Kaiser konnte sich erneut nicht für einen Kandidaten entscheiden und wollte Rothmann und Jülich mit dem Versprechen abwimmeln, gründlich darüber nachzudenken und in den kommenden Tagen eine Wahl zu treffen. Jülich war damit nicht einverstanden; er wollte *jetzt* eine Entscheidung. Er schlug Rothmann und Kaiser einen neuen Wettkampf vor: Die Rolle solle derjenige bekommen, der genauso treffsicher spotten könne wie vor dreihundert Jahren der schlagfertige Hofnarr. Rothmann bekam das schon nicht mehr mit, er verlor währenddessen das Bewusstsein – was aber weder Jülich noch Kaiser merkten, betrunken, wie sie waren. Ob Kaiser dem Wettspotten zugestimmt hatte oder nicht, ließ sich nicht ermitteln. So oder so legte Jülich los, und der meisterhafte Lästerer demonstrierte sein grausames Können. Wie die Handyaufnahmen bewiesen, hatte er sich nicht nur auf die Rolle des Perkeo vorbereitet, sondern auch auf diese Situation, indem er Kaisers Vergangenheit recherchierte und eine Spottrede auf dessen unrühmliches Scheitern als Regisseur einstudierte – vermutlich um Kaiser mit seiner scharfen Zunge zu beeindrucken. Kaiser reagierte tatsächlich beeindruckt, als der sturzbesoffene Perkeo-Anwärter ihn mit Häme überschüttete – doch nicht so, wie Jülich sich dies erhofft hatte. Statt ihm spontan die Rolle zu geben, explodierte der in seinem wunden Punkt getroffene Regisseur vor Wut und schlug Jülich zu Boden, woraufhin der sich das Genick brach. Kaiser packte das Entsetzen. Hastig schaffte er die Leiche zur Tiefgarage und warf sie die Treppe hinunter, um Jülichs Tod wie einen Unfall aussehen zu lassen. Dann kehrte er zu seiner Bude zurück und weckte Rothmann, der zu seiner Erleichterung von alldem nichts mitbekommen hatte. Kaiser machte ihm weis, Jülich sei bereits gegangen, und setzte Rothmann ins Taxi.

Sofija schüttelte den Kopf. »Eigentlich hat Kaiser nur zwei Fehler gemacht. Hätte er Jülichs Handy verschwinden lassen und die Leiche woanders hingelegt statt ausgerechnet vor eine Tiefgarage, hätten wir seiner Geschichte womöglich geglaubt. Erstaunliche Leistung bei dem Alkoholpegel.«

»Und echte Fehler waren das aus seiner Sicht nicht mal«, sagte Alex. »Wieso hätte er das Handy verschwinden lassen sollen? Er wusste ja nichts von der Aufnahme. Und er konnte die Leiche schwerlich durch die halbe Altstadt tragen. Die Treppe zur Tiefgarage ist die einzige Stelle in der Nähe, die einigermaßen zu seiner Story mit dem Unfalltod passt.«

»Sei's drum. Wir haben ihn, nur darauf kommt's an. Stell dir vor, ich hätte für diesen schrägen Fall eine Soko aus dem Boden stampfen müssen. So kurz vor Weihnachten. Horror!«

»Was denkst du, was unser Ausnahmeregisseur kriegt?«

»Für Mord reicht's nicht. Wahrscheinlich Totschlag oder Körperverletzung mit Todesfolge. Mit seiner Vorgeschichte geht der für eine Weile in den Bau.«

»Verdient. Aber auch ein bisschen schade«, meinte Alex.

»Wie bitte?« Sofija hob eine Augenbraue.

»Nicht um Kaiser. Nur um das Stück. Ich hätte mir Perkeos Lebensgeschichte gern angeschaut. Andererseits: Wir sind in Heidelberg, da kann man dem kleinen Kerl nicht entgehen.«

Die beiden Kripobeamten hoben die Köpfe und betrachteten die Holzfigur, die auf dem Dach des Großen Fasses stand. Spitzbübisch lächelnd, als wäre das Leben ein einziger Scherz, führte Perkeo den Weinbecher zum Mund.

Mona Nikolay

# Merry Ripmas

*Rügen*

*Über die Autorin:*

Mona Nikolay ist das Pseudonym von Eva Siegmund. Sie ist Schriftstellerin in Vollzeit und veröffentlicht spannende Bücher für Erwachsene und Jugendliche bei Droemer, Knaur und cbt. Ihre Krimis und Thriller wurden allesamt vertont. Mona ist gelernte Kirchenmalerin mit allem Zipp und Zapp und Gesellenbrief sowie studierte Juristin. Die ersten Sporen in der Verlagswelt hat sie sich in der Lizenzabteilung und dem Lektorat eines Berliner Hörbuchverlags verdient. Mona kann Strom verlegen, Hochbeete bauen, den Werkzeugschuppen verwalten, gute Geschichten erzählen, ihr Söhnchen durchkitzeln und versteht sich aufs geschriebene sowie gesprochene Wort.

Es war eine besonders kalte Weihnachtsnacht, und die erleuchteten Fenster der umliegenden Häuser sahen aus wie geöffnete Türchen eines Adventskalenders. Hinter den meisten Fenstern wurde in diesem Moment friedlich gefeiert, im Kreise der Familie, mit Freunden, gutem Essen, zu viel Wein und viel zu vielen Süßigkeiten. Was für eine deprimierende Vorstellung.

Polizeikommissarin Karen Peters ließ sich in ihren Drehstuhl fallen, und beide gaben ein Seufzen von sich. Kam es ihr nur so vor, oder wurden die Heiligabende auch immer länger? Der Zeiger kroch in einer Geschwindigkeit über die Uhr, die Karen fast schon als persönliche Beleidigung empfand. Wenn es so weiterging, dann war es bald vorgestern.

Überall um sie herum lagen die Reste ihrer eigenen, kleinen Weihnachtsfeier im Büro verstreut. Aufgerissene Kekspackungen, ein bisschen Geschenkpapier und aufdringlich blinkende Lichterketten, die auszuschalten Karen irgendwie auch nicht übers Herz brachte. Es war schließlich Weihnachten. Sie hatten Kinderpunsch getrunken, Plätzchen und Kartoffelsalat in sich reingeschaufelt und das Schrottwichteln durchgezogen, während Marios Playlist das dritte Mal durchlief. Und doch war es gerade mal kurz nach halb zehn. Vor ihr lagen noch endlose neun Stunden Dienst. Früher hatte sie sich sogar mal auf die Weihnachtsdienste gefreut, die sie, als kinderlose Singlefrau jährlich übernahm; war die Stimmung auf der Wache doch immer eine ganz besondere. Aber irgendwie konnte sie sich dieses Jahr nicht darauf einlassen.

Was vielleicht auch daran lag, dass die heiße Phase dieses Abends schon viel früher begonnen hatte als sonst. Normalerweise häuften sich die Anrufe erst nach zweiundzwanzig Uhr. Autounfälle, häusliche Gewalt, Teenager, die nach einem heftigen

Streit ihre Sachen packten und von zu Hause fortliefen. Nicht selten Suizid. Das war es, womit sich die Beamten am Heiligen Abend und in den Tagen darauf beschäftigten. Hier auf Rügen genauso wie im Rest der Republik. Und obwohl halb Berlin Weihnachten auf ihrer Insel zu verbringen schien, ließen sie die wirklich spannenden Verbrechen – sehr zu Karens Leidwesen – in der Großstadt zurück. Schließlich kamen ja alle für die Beschaulichkeit. Sie selbst könnte ein bisschen Abwechslung wirklich gut vertragen. Aber natürlich sollte man sich so was nicht ernsthaft wünschen. Und außerdem war es ihre eigene Schuld, dass sie es noch nie wirklich von der Insel runtergeschafft hatte. Sie hätte weggehen können, wie all die anderen, die keine Lust auf »irgendwas mit Touristen« oder »irgendwas mit Fisch« gehabt hatten. Doch Karen war geblieben.

Gedankenverloren tippte sie mit einem Kugelschreiber gegen den kleinen Schneemann, den ihr Thomas gewichtelt hatte. Das Ding fing sofort an, zu blinken und zu tanzen. Die Mechanik im Inneren übertönte das leise *Jingle Bells,* das aus einem Lautsprecher auf der Unterseite drang, fast vollständig. Weihnachtlicher wurde es hier heute wohl nicht mehr. Die Polizistin rieb sich mit der flachen Hand durchs Gesicht. Sie wusste selbst nicht, warum sie so gereizt war. Zu Hause in ihrer kleinen Wohnung wäre es genauso einsam wie auf der Wache. Und sie verbrachte sowieso mehr Zeit hier in diesen Räumen als bei ihrer Katze Molly, die auf ihre Gesellschaft ohnehin wenig bis gar keinen Wert legte. Sie wurde zu Hause weder vermisst noch erwartet.

Karens Blick fiel aus dem Fenster auf den fast leeren Parkplatz. Draußen hatte es wieder zu schneien begonnen. Eigentlich ja ganz schön, nur ihre Kollegen, die gerade unterwegs waren, taten ihr leid. Mit Schnee würde es noch mehr Unfälle geben. Dank einer ungünstigen Mischung aus Glühwein, Eierpunsch und Blitzeis.

Insofern hatte sie was von ihrem Deal mit den Kollegen: Dafür, dass Karen jedes Jahr an Weihnachten Dienst schob, bekam sie lediglich das Telefon. Sie musste nur raus, wenn sonst keiner mehr da war. Natürlich nicht ganz allein, sondern gemeinsam mit ihrem Kollegen Martin, der zu Hause feiern durfte, weil er praktisch neben der Polizeiwache wohnte und im Ernstfall genauso schnell bereitstand. Martin hatte jedes Weihnachten mit seiner Frau und den Zwillingen, durfte aber keinen Schluck Alkohol trinken und musste mit Karen die ganze Nacht wach bleiben. Meistens kam er irgendwann gegen Mitternacht zu ihr rüber und brachte Reste vom Abendessen mit.

Dazu würde es aber heute wahrscheinlich nicht kommen. Wenn nicht bald eines der Teams wieder in Bergen eintrudelte, war der nächste Anruf für Martin und sie bestimmt. Kein besonders verlockender Gedanke. Karen nahm einen Schluck Kaffee aus ihrer Weihnachtstasse und tippte aus purem Masochismus noch einmal gegen den Schneemann. Dann griff sie nach dem True-Crime-Thriller, der vor ihr auf dem Schreibtisch lag.

Bis das Telefon klingelte, konnte sie genauso gut noch ein bisschen lesen.

Doch es war nicht das Telefon, sondern die Türklingel, die wenige Minuten später läutete. Jemand wollte zur Polizei. Hm. Verwundert legte sie das Buch zur Seite. Das war selten. Normalerweise kam an Heiligabend niemand zu ihnen.

Als Karen die Tür erreichte, dachte sie gleich an einen Klingelstreich, da niemand zu sehen war. Vielleicht waren ein paar Teenager nach der Bescherung draußen unterwegs, aufgekratzt von Zucker und Alkohol. Dennoch öffnete sie die Tür, auch um ein wenig von der frischen Schneeluft einzuatmen – das ganze Sitzen hatte sie müde gemacht.

Beinahe wäre sie über das kleine, grüne Päckchen mit der roten Samtschleife gestolpert, das direkt auf der Schwelle lag. Sie hob es auf und bemerkte die Fußspuren, die vor der Wache im frischen Schnee zu sehen waren. Was war denn das jetzt für ein Quatsch? Karen schüttelte das Päckchen leicht und fühlte, wie etwas im Inneren herumrollte. Ob sie es öffnen sollte?

Das Telefon, das sie am Gürtel bei sich trug, klingelte, und sie seufzte entnervt. Klar, Timing war ja bekanntlich alles.

»Polizei Bergen, Peters am Apparat«, meldete sie sich, während sie zurück in den Flur ging und die Tür hinter sich schloss. Die Stimme, die vom anderen Ende der Leitung tönte, klang rau und seltsam weit weg. Etwas an ihr jagte Karen einen Schauer über den Rücken, dabei war sie nicht leicht zu verunsichern.

»Haben Sie mein kleines Wichtelgeschenk erhalten?«, fragte der Mann, und Karen starrte auf die glänzende, grüne Schachtel.

»Ja«, antwortete sie und legte das Päckchen vorsichtig auf einer Fensterbank ab. Die Sache wurde immer merkwürdiger. »Wer sind Sie?«, schob sie noch hinterher.

»Öffnen Sie es«, forderte die Stimme.

Karen stemmte ihre freie Hand in die Hüfte. »Ob und wann ich Ihr Päckchen öffne, entscheide ich ganz allein. Und wenn Sie mir nicht sagen, wer Sie sind, werfe ich es gleich in den Müll.«

»Das würde ich an Ihrer Stelle nicht tun«, sagte die Stimme ruhig, aber ätzend. »Ein Menschenleben wirft man nicht leichtfertig weg.«

Karen schloss für einen Moment die Augen und atmete tief durch. Sie hoffte inständig, es einfach nur mit einem Spinner zu tun zu haben, der sich einen Scherz erlaubte. So ruhig sie konnte, sagte sie: »In Ordnung. Ich muss das Telefon weglegen.«

»Stellen Sie auf Lautsprecher«, forderte die Stimme, die leicht belustigt klang. Karen nickte, auch wenn der Mann sie natürlich nicht sehen konnte, und aktivierte die Freisprechfunktion. Dann zog sie vorsichtig die rote Schleife auf und anschließend Ober- und Unterseite der grünen Schachtel auseinander. Kurz schoss ihr noch die Frage durch den Kopf, ob sie vielleicht besser Handschuhe tragen sollte, da war es auch schon zu spät.

In dem Kästchen, grotesk auf einem Bett aus blutbefleckter Watte, umkränzt von ein paar Tannenzweigen, lag ein abgetrennter Zeigefinger. Karen schnappte hörbar nach Luft, und die Stimme lachte leise.

»Scheiße, was soll das?«, fragte Karen flüsternd.

»Ich stelle hier die Fragen«, sagte die Stimme. »Kennen Sie einen Martin Prerow?«

Martin. Karen fühlte, wie ihr Mund trocken wurde. »Den kenne ich. Was ist mit ihm?«

»Sagen wir, wenn Sie nicht in einer Dreiviertelstunde dort sind, bekommt er mächtig Probleme.«

»Wo soll ich hin?«, fragte Karen. Ihre Stimme überschlug sich vor Anspannung, doch da hatte der Mann schon aufgelegt. Die Kommissarin wusste nicht, was sie jetzt tun sollte. Ihr Blick glitt durch die Glasscheiben der Eingangstür in Richtung von Martins Haus, das komplett dunkel war. Sein Auto stand nicht vor der Tür.

Vorsichtig legte sie das Kästchen ab und wählte die Nummer der Prerows, die sie auswendig konnte. Niemand nahm ab, doch schon nach dem dritten Klingeln meldete sich der Anrufbeantworter. Nicht etwa mit dem fröhlichen »Wir sind leider nicht da, können aber nicht weit sein« von Mirka Prerow, sondern mit Worten, die ihr die Haare zu Berge stehen ließen. Die Stimme hatte keine Minute zuvor noch mit ihr gesprochen. Nun sagte sie:

*Eine zeitlose Uhr, ein gefallener Stern, eine Brücke, die nichts verbindet.*

*Komm, Karen, und schau, ob sich etwas darunter befindet!*

Kommissarin Peters musste nicht lange überlegen. Sie wusste haargenau, welcher Ort gemeint war. Hastig nahm sie die Schachtel und rannte in Richtung der Garderobenschränke, um sich ihre

Ausrüstung zu holen. Eine Dreiviertelstunde war bei dem Wetter jetzt auch keine großzügige Frist, um nach Binz zu kommen. Vor allem nicht, wenn man sich noch ausrüsten musste und das Wetter scheiße war. In der Großstadt gab es für solche Fälle ausgestattete Fahrzeuge, in die man sich nur reinsetzen und losfahren musste, ohne groß nachzudenken. Hier auf der Insel war das leider etwas anders. Hier hatten sie einen Werkzeugtrolley mit Handschuhen, Absperrband, Überziehern und so weiter, den man hinter sich herziehen musste. So was war für dieses Wetter natürlich völlig unbrauchbar.

Nach kurzer Überlegung riss Karen ihren schwarzen Rucksack aus dem Spind und stopfte einen Handschuhspender, eine Stabtaschenlampe und Absperrband hinein. Nach kurzem Zögern legte sie das Päckchen mit dem abgetrennten Finger in eines der kleinen Seitenfächer. Nicht dass das noch mal wichtig wurde. Dann legte sie ihren Gürtel mit Handschellen und Waffenholster um. Ihre Dienstwaffe holte sie ebenfalls hervor, steckte ein volles Magazin hinein und lud sie durch.

Dann warf sie sich ihre Jacke über und schaltete die Rufumleitung ein. Jetzt gingen alle Anrufe rüber nach Stralsund. Nun, das war nicht zu ändern. Karen schnappte sich den letzten Schlüssel vom Brett und joggte zum einsam auf dem Hof stehenden kleinen Opel – dem letzten Einsatzwagen, der noch übrig war. Zum Glück stand er unter einem Dach, sodass sie ihn nicht von Schnee und Eis befreien musste. Noch während sie den Wagen startete, versuchte sie, über Funk die Kollegen, die unterwegs waren, zu erreichen. Vielleicht war ja schon jemand auf dem Rückweg und könnte stattdessen ebenfalls nach Binz kommen?

Doch sie hörte nichts als weißes Rauschen. Niemand meldete sich. Lag das etwa am Wetter? Hätte sie zurückgehen und einen Zettel hinterlassen müssen? Ein Blick auf die Uhr zeigte, dass es dafür jetzt zu spät war. Karen zog ihr Handy hervor und tippte mit leicht zitternden Fingern eine kurze Nachricht, die sie an die Mitglieder ihres Teams verschickte. Nur an Martin nicht. Falls er in Gefahr war und sein Handy bei sich trug, wollte sie ihn nicht in zusätzliche Schwierigkeiten bringen.

Kommissarin Peters atmete einmal tief durch und fuhr dann vom Hof.

Es war surreal, in dieser Situation durch die festlich geschmückte Stadt zu fahren. Überall blitzten die Weihnachtsbäume hinter Gardinen und Terrassentüren hervor, Weihnachtssterne leuchteten in Fenstern und Gärten. Und sie versuchte, sich auf die rutschige Fahrbahn zu konzentrieren und nicht darauf, dass aller Wahrscheinlichkeit nach der Zeigefinger ihres engsten Vertrauten und langjährigen Kollegen neben ihr auf dem Beifahrersitz in der Seitentasche ihres Rucksacks steckte. Scheiße, was wollte der Typ von Martin? Oder von ihr?

Karen schluckte. Sie war hier doch nur die Kleinstadtpolizistin. In Bergen geboren und aufgewachsen, ausgebildet, verheiratet und geschieden. Warum passierte das ausgerechnet ihr? Und ausgerechnet jetzt, wo ihr keiner der anderen zur Seite stehen konnte?

Karen war die Strecke von Bergen nach Binz bestimmt schon über tausend Mal gefahren, doch heute zog sie sich endlos. Sie gab so viel Gas, wie sie sich traute, kam aber nicht sehr weit über 60 km/h hinaus. War die Zeit vor dem Anruf noch rückwärtsgelaufen, sprintete sie nun davon, als wolle sie Karen in ihrem kleinen Auto überholen. Die ganze Zeit über krampfte sich ihr Griff fest um das Lenkrad, damit es ihr nicht auch noch durch die Finger glitt. Wenn sie jetzt einen Unfall baute … wenn sie zu spät kam … Die Gedanken drehten sich unablässig in einem schrecklichen Kreis.

Das Ortsschild des berühmten, mondänen Seebades, in dem sie als kleines Mädchen jeden Sommer am Strand verbracht hatte, kam ihr vor wie eine Erlösung.

Trotz des Durchfahrverbots fuhr sie die Hauptstraße zur Seebrücke mit dem Auto entlang, vorbei an festlich geschmückten Häusern, immer auf den großen Weihnachtsbaum zu, der im Zentrum des Brunnens vor der Brücke stand. Drei Minuten vor Ablauf der Zeit zog sie die Handbremse an. Karen stieg aus und blickte sich suchend um. Es war kein Mensch auf der Straße – und das, obwohl man hier eigentlich nie alleine war.

Nichts regte sich. Verflucht. Ihr Atem ging stoßweise, dabei war sie mit dem Auto gefahren und nicht gerannt. Doch ihr Herz pochte wie nach einem Marathon.

»Martin? Bist du hier?«, rief sie aus voller Kehle, aber sie bekam keine Antwort. Kurz hatte sie Angst, am falschen Ort zu sein, aber nirgendwo sonst auf der Insel gab es die Kombination aus einer Uhr, einem Nordstern am Boden und einer Brücke, die nirgendwo hinführte.

Was hatte die Stimme gesagt? Sie sollte darunter schauen? Hastig rannte sie zu einem der Abgänge, die hinunter zum Strand und damit unter die Seebrücke führten. Die Festbeleuchtung des Kurhauses spendete ihr zum Glück ausreichend Licht. Die Menschen dort oben hatten keine Ahnung, was sich hier unten abspielte, während sie gerade mit Verdauen beschäftigt waren. Mit kalten Fingern fummelte Karen unten angekommen ihre Taschenlampe aus dem Rucksack und knipste sie an. Unter der Brücke schien ebenfalls niemand zu sein, dennoch nahm sie vorsichtshalber ihre Waffe zur Hand und entsicherte sie. Das Wasser brandete gegen die Stützpfeiler der Seebrücke, und obwohl alles friedlich schien, wollte sich ihr Atem nicht beruhigen. Was, wenn sie Martin hinter einem der Pfeiler entdeckte? Schwer verletzt oder tot? Noch einmal schaute sie auf ihr Handy. Nichts. Keiner der Kollegen hatte geantwortet. Was war denn hier los? War das Netz mal wieder zusammengebrochen? Aber so voll wie im Sommer konnte es auf Rügen gerade unmöglich sein!

Karen wagte sich mit Taschenlampe weiter unter die Seebrücke vor. Sie leuchtete die Pfeiler ab, ob sie dort vielleicht einen Hinweis finden konnte. Weiter unten in Richtung Ostsee entdeckte sie rötliche Spuren im Sand. War das etwa Blut?

Doch sonst gab es hier nichts. Karen war allein. Der Wind pfiff ihr erbarmungslos um die Ohren, und sie wusste nicht, was sie jetzt tun sollte. War das etwa schon eine Sackgasse? Plötzlich hörte sie ein lautes Klopfen, das von überall gleichzeitig zu kommen schien. Als würde jemand mit einer Brechstange gegen einen der Brückenpfeiler schlagen. Karen rannte unter der Seebrücke hindurch in die Richtung, aus der das Geräusch zu kommen schien. In dem Moment hörte es auf. Karen blickte sich um, doch nichts regte sich. Nur auf der Promenade meinte sie, ein paar Leute zu entdecken. Vielleicht eine Familie, die sich nach einem schweren Essen noch die Beine vertreten wollte. Sie spazierten offenbar ohne Hast.

Da fühlte sie, wie etwas ihre Schulter traf. Karen zuckte heftig zusammen und leuchtete mit der Taschenlampe den Sand ab. Und da lag er. Schräg hinter ihr. Ein Beutel aus rotem Satin mit einer goldenen Schleife. Sofort kam ihr die Weihnachtstradition »Julklapp« in den Sinn. Ursprünglich kam der Brauch aus Skandinavien. Hier im Norden war es üblich, dass ein »Unbekannter« Heiligabend an die Tür klopfte und dann ein Päckchen in den Wohnraum warf. Was für ein beschissener Scherz. Sie schnappte sich den Beutel und rannte in Richtung der langen Strandpromenade, die von Binz bis rüber nach Prora führte.

Doch es war schwer, im schneebedeckten Sand voranzukommen, sie war viel zu langsam. Wer auch immer den Beutel geworfen hatte, war längst verschwunden, das wusste sie schon, bevor sie oben ankam. Unter einer Straßenlaterne hielt sie kurz inne und öffnete den Beutel. Die Welt um Karen herum schwankte bedrohlich, als sie erkannte, dass ein zweiter Finger darin lag. Sie wollte auf gar keinen Fall reingreifen und ihn rausholen. So viel war klar.

Und jetzt? Sie betrachtete den Beutel genauer, zwang sich, hineinzugreifen und zu prüfen, ob kein Zettel im Inneren zu finden war. Auf der Schleife fand sich auch nichts. Himmel, das durfte doch nicht wahr sein! Wer trieb dieses kranke Spiel mit ihr?

»Kommissarin Peters?«, hörte sie eine Stimme fragen und blickte auf. Vor ihr stand ein Mädchen, vielleicht acht oder zehn Jahre alt, so genau konnte sie das nicht sagen. Sie war festlich gekleidet, unter ihrer Pudelmütze schauten blonde Haare hervor. Sie grinste bis über beide Ohren.

»Ja?«, fragte Karen skeptisch und zog hastig das Band um den Beutel wieder zu. Das Mädchen streckte ihr wortlos und noch immer grinsend einen Zettel hin. Die Kommissarin nahm ihn entgegen.

»Wer hat dir das gegeben?«, wollte sie wissen, doch das Mädchen drehte sich einfach auf dem Absatz um und rannte Richtung Prora davon.

»Hey!«, schrie Karen. »Warte!« Aber das Kind wurde nicht einmal langsamer. Karens erster Impuls war, dem Mädchen zu folgen, doch wie wahrscheinlich war es, dass es sie zu Martin führen würde? Also blieb sie stehen und faltete den Zettel auseinander. Noch ein Rätsel.

*Im Winter zwar Mützen, doch nackte Füße, spielen die beiden Spaziergängern Grüße.*

*Dem Meer den Rücken zugewandt, blicken sie tot und starr aufs Land.*

*Komm und schau, welch milde Gaben dir die Bettler zu geben haben.*

Sofort lief Karen los. Diesmal hatte sie es nicht weit, denn nur weniger Meter weiter die Promenade runter standen die beiden kleinen Bronzeskulpturen, denen im Winter immer jemand winzige Wollmützen aufsetzte.

Nur Sekunden später erreichte sie die Skulpturen, die schräg gegenüber vom Kurhaus auf ihren Stelen saßen. Auf den ersten Blick sahen sie aus, wie immer, nur dass beide schwarz-gelb geringelte Mützen trugen, als hätte sie jemand als Bienen verkleiden wollen.

Karen atmete durch und besah sich die Statuetten genauer. Nichts. Also nahm sie den beiden die kleinen Mützen vom Kopf, und tatsächlich fiel ein winziger, gefalteter Zettel aus der Mütze des Flötenspielers. Karen faltete ihn vorsichtig auseinander. Sie hatte Mühe, die Worte zu entziffern.

*Wie ein Ufo aus der Ferne schaut er aufs Land, die Sterne, das Meer.*

*Liebende sagen hier meist »Ja«, und ich sag dir: Komm her, komm her!*

Eines konnte man über den Typen jedenfalls sagen: Er reimte besser, als er Rätsel stellte. Wieder wusste Karen sofort, welcher Ort gemeint war. Eines der Wahrzeichen der Stadt: der Rettungsturm von Ulrich Müther.

Hier würde sie Martin ganz sicher auch nicht finden. Wer quälte einen Menschen denn in einem Turm, der zu allen Seiten verglast war?

Mit wachsender Verzweiflung joggte sie in Richtung des Rettungsturms, wieder an der Seebrücke vorbei in entgegengesetzter Richtung die Promenade entlang. Wie lang sollte diese absurde Schnitzeljagd noch gehen? Als sie die Hauptstraße kreuzte, winkte ihr ein kleiner Junge zu und rief »Frohe Weihnachten!«, doch sie schüttelte nur unwirsch den Kopf.

Warum hatte sich noch niemand von den Kollegen bei ihr gemeldet? Waren vielleicht noch mehr Polizisten in Gefahr?

Karen bekam Seitenstechen. Vielleicht war das heute Abend ein bisschen viel Schokolade und Kartoffelsalat gewesen. Ein Wunder, dass sie noch nicht gekotzt hatte bei allem, was hier gerade passierte. Als sie den Müther-Turm erreichte, musste sie kurz innehalten und Atem schöpfen.

Dabei fragte sie sich, ob der Täter sie wohl beobachtete. Ob es ihm Spaß machte, sie durch die Gegend zu hetzen. Ob er einen Zweck verfolgte mit seinem Handeln oder einfach nur Freude daran hatte, eine Polizistin wie eine Sau durchs Dorf zu treiben. Ging es hier um sie persönlich? Um Martin? Oder war das alles nur Zufall? Jedenfalls musste es jemand sein, der Martin und sie genauso gut kannte wie die Insel.

Der Turm lag komplett im Dunkeln, nur die weißen Schalenwände schimmerten fahl im Laternenlicht. Karen knipste ihre Taschenlampe an und entdeckte es sofort. Oben auf dem Treppenabsatz vor der Tür lag ein weiteres Päckchen. Oder eher ein Paket, größer als ein Schuhkarton. Blau mit einer silbernen Schleife.

Ihre Füße waren schwer und wollten ihr nicht recht gehorchen, als sie die Treppe emporging. Karen konnte es nicht verhindern. Sie war sich sicher: In dem Karton lag kein Finger. Denn er war groß genug für einen Kopf.

Das Rauschen in ihren Ohren übertönte selbst den Wind und die laute Brandung. Sie wollte da nicht hochgehen. Doch Karen ging. Schritt für Schritt.

Oben angekommen, setzte sie sich neben das Paket, legte ihre Lampe ab und atmete einmal tief durch. Sie musste sich jetzt zusammenreißen, egal wie schwer es ihr fiel. Das, was sich in der Schachtel befand, war so oder so da drin, völlig egal, ob sie nun reinschaute oder nicht. Das versuchte sie sich vor Augen zu halten, als sie die Schleife aufzog. Trotzdem kniff sie die Augen zusammen, während sie den Deckel der Box abhob. Dann öffnete sie ganz vorsichtig ihr rechtes Augenlid und … war verwirrt.

In der Box lag ein Rentier aus Plüsch. Mit Pudelmütze und Norwegerpulli. Karen nahm es heraus und entdeckte den Zettel, der darunter gelegen hatte. Kein Reim diesmal.

*Drück auf meine Nase.*

Karen war so verdattert, dass sie genau das tat. Und zusammenzuckte, als das Tier anfing, zu tanzen und »We wish you a merry christmas« zu singen. Sie starrte das Teil an, als wäre es vom Teufel besessen.

Bei »and a happy new year« ging das Licht im Müther-Turm an, und Karen hörte Leute, die aus voller Kehle mit einstimmten. Wurde sie jetzt etwa verrückt? Sie hörte ein leises Klicken hinter sich.

Und eine vertraute Stimme fragen: »Willst du da draußen festfrieren, oder was?«

Martin! Karen stand so schnell auf, dass sie fast die schmale Treppe hinunterfiel. Martin griff nach ihrem Arm – mit einer völlig intakten Hand. Die andere sah auch gut aus. Sie hielt einen Becher.

Karen blinzelte. Sie konnte nicht glauben, was hier gerade geschah.

»Was zur Hölle?«, brachte sie hervor, während sie sich von Martin wie ein kleines Kind an der Hand in den Müther-Turm führen ließ.

In Inneren stand ein Weihnachtsbaum, und … es waren alle da! Sämtliche Kollegen, die angeblich auf irgendwelchen Einsätzen waren, standen mit Bechern in der Hand im Raum herum. Ihre Lebensgefährten und Kinder waren auch da. Sogar Marios Hund Matrose. Alle grinsten, als hätten sie die Zeit ihres Lebens.

»Frohe Weihnachten, Karen!«, schmetterten sie wie aus einer Kehle, und Karen musste sich setzen. Ihr wurde mit einem Mal sehr, sehr schwindlig.

»Aber … aber wie?«

Martin kniete sich vor seine Kollegin und sah sie besorgt an. »Hast du das Ganze etwa ernst genommen?«

Karen nickte matt. »Die Finger … die … die Stimme auf dem Anrufbeantworter.«

Sie zog die Schachtel mit dem ersten Finger hervor, machte sie auf und schaute hinein. Karen konnte es selbst kaum glauben: Das Ding war aus Plastik. Wahrscheinlich im Internet bestellt. Wie hatte sie nur denken können, das sei Martins echter Finger? Warum hatte sie das nicht gründlicher überprüft? Sie war doch sonst so gewissenhaft.

»Du beschwerst dich doch immer, dass hier nie was Aufregendes passiert, und da haben wir uns gedacht, wir schenken dir mal einen richtigen Kriminalfall zu Weihnachten. Aber ich hätte nicht geglaubt, dass du …« Martin brach ab und sah ehrlich zerknirscht aus. »Ach Mensch, Karen.«

Karen Peters hob den Blick. Die Umstehenden grinsten nicht mehr, sie blickten alle betreten zu Boden. Keiner von ihnen schien damit gerechnet zu haben, dass sie diese Schnitzeljagd für voll nahm. Sie selbst hätte auch nicht damit gerechnet. Ach verdammt.

»Ich habt das alles auf die Beine gestellt? Ohne mich?«, fragte sie ungläubig und ließ ihren Blick von einem zum anderen wandern. Ihre Kollegen, ihre Freunde, nickten.

»Und wer hat unser Telefon?«

»Sellin«, grinste Thomas. »Schon den ganzen Abend. Du willst nicht wissen, was die uns dafür alles an Sonderschichten aus den Rippen geleiert haben. Eieiei.«

Die Kommissarin konnte es kaum glauben. Ihre Leute hatten sich viel Mühe gegeben, hatten so einiges organisiert und dann noch dichtgehalten – alles nicht unbedingt ihre Stärken –, nur um ihr eine Freude zu machen. Karen fühlte, wie ihre Augen feucht wurden. Martin drückte ihr einen Becher Glühwein in die Hand.

»'n Schnaps hat keiner?«, fragte sie mit leicht zittriger Stimme und sorgte so dafür, dass sich die Stimmung löste.

»Doch klar!« Thomas grinste und brachte ihr kurz darauf ein kleines Glas mit klarer Flüssigkeit. Ihr war schon egal, was genau das war.

»Vielen Dank«, sagte Karen und hob ihr Glas, »dass ihr mir gezeigt habt, wie schön es sein kann, wenn nichts Spektakuläres passiert. Ich werde das kommende Jahr weder über geklaute Handtaschen noch über geprellte Hoteliers meckern und jedem Touristen geduldig zuhören, der mir erklärt, warum er zu schnell gefahren ist. Versprochen.«

»Na, das ist doch mal ein Wort«, rief Martin und hob seine Tasse. »Auf Karen Peters! Vielleicht nicht der Kopf, aber das Herz unserer Wache.«

Karen holte aus und verpasste Martin einen festen Schlag auf den Oberarm.

»Frohe Weihnachten, ihr Fischköppe!«, rief sie grinsend und exte ihr Glas.

War vielleicht doch nicht so schlecht, dieses Weihnachten.